도완석 장편 시나리오

길 위의 초상 2

도완석 장편 시나리오

길 위의 초상
2

도완석 지음

주께 힘을 얻고 그 마음에 시온의 대로가 있는 자는
복이 있나이다.(시편 84 : 5)

평민사

국민학교 입학식날 엄마와 함께 찍은 사진 1959.3.2

목 차

서문

　나는 한국 전쟁 중에 유복자로 태어났고 청년시절에 아내를 만나 지금의 가족을 이루기 전까지 내 인생의 절반을 어머님과 단둘이서 살았다. 이 책은 나의 소중한 어머님에 대한 실존적 이야기를 중심한 나의 가족사 이야기이다. 물론 어머님에게 있어서는 늘상 당신 자신보다 더 소중했던 자식인 내가 있었기에 어쩌면 어머님의 인생 이야기 가운데에는 나의 이야기가 대부분일 수도 있다. 실제로 자첫 잊힐 뻔했던 나의 어릴 적 성장기 이야기가 상당 부분 기술되었는데 그것은 어머님의 사랑과 고난이라는 인생 여정의 회고를 통해 비로소 인생의 의미와 가치를 염두했기 때문이다.

　글의 기본적인 테마는 내 어릴 적 어머니께서 들려주셨던 아버지에 대한 사무친 정과 한국전쟁이라는 대서사적 배경 속에서 어머님의 실존적 경험 속에 등장했던 동시대 사람들에 대한 인물초상들이 중심이다. 오래 전 이야기이기에 전적으로 나의 기억력에 의존하였고 애매한 시대적 상황의 설명을 보완하기 위해 역사적 자료를 참조하였으며 문학적 표현의 구성을 위해 팩트가 아닌 비사실 (nonfactive)적인 꾸밈을 첨가하기도 하였다.

　특히 어머님과 나의 인생이라는 여로 속에서 등장하는 수많은 인물들에 대한 초상을 기술한 것은 그들 모두가 비록 역사의 뒤안길에 사라진 민초들이지만 어쩌면 그들의 삶 자체가 먼 훗날 이 시대를 설명할 수 있는 역사적 증인이 될 수 있기 때문이다. 또 하나 나는 종종 아내로부터 "당신은 왜 그렇게 살아오면서 신세진 사람들이 많으냐?" 하는 핀잔을 듣게 되는데 그것은 달리 말하면 내 살아온 지난날의 인생 굴곡이 심했다는 증거이기도 하다. 비록 이야기 속에 등장하는 그들의 생존여부는 알 수 없지만 나는 그들과 책 속에서의 조우라도 소중했기 때문에 대사 한 마디 한 마디에 정성을 기울인 것은 그분들에 대한 뒤늦은 감사를 꼭 표현하고 싶었기 때문이다.

또 하나의 자부심은 우리 가족사의 한 시대적 혼돈과 소용돌이 속에서 모질었던 고난의 세월, 그 삶의 공간적 배경이 바로 대전이라는 것이다. 나는 내 인생의 터전인 대전이라는 도시를 누구보다도 사랑한다. 그래서 언젠가 내 사랑하는 손주들이 오랜 세월 후에 나를 회고할 때 할아버지가 살았던 대전의 모습을 그리게 해주고 싶었다. 그들이 보는 훗날의 대전이 아닌 그들이 기억해야할 대전의 옛 도시풍경을 상상할 수 있는 자료로써 말이다.

이 책의 시대적 배경은 1950년대부터 2021년까지로 했다 상황에 따라 인물들의 회고장면에서는 1900년 초반으로 거슬러 내려가기도 하겠지만… 한 가지 독자들에게 양해를 구하는 것은 책 속에 등장하는 인물들의 이름이 그리고 사건의 장소나 배경이 실명과 가명으로 뒤섞여 있다는 점이다. 아무래도 창작 시나리오로서의 작품이기에 그 점을 이해해 주시길 바란다.

버드내 산방에서
지은이 드림

제11부

중앙시장

#1. 이사가는 날

마당에 낙엽들이 휘날리고 초가 마루에 한 짐 가득한 세간들이 쌓여 있다. 맹씨가 부지런히 길자가 들고 나오는 세간들을 지게 위에다 올린다.

맹씨 애하고 둘이 사는 살림이라고 해서 내래 피란보따리 짐 정돌 거라 생각했는데 무슨 짐이 이래 많은 겁네까! 이럴 줄 알았다면 내레 아는 지게꾼이라도 한 사람 더 부를 걸 그랬시요.

길자 아이구 된니더. 돈 없어가 남의 집으로 셋방살이 가는 형편인데 우에 지게 품삯꺼정 내가면서 이삿짐을 옮길 수가 있단 말잉교! 첨엔 지 혼자서 애하고 짐을 날를라켔어예. 근데 이래 생각지도 않게시리 맹씨 아저씨가 오셔가 힘쓰는 거보이 다행이다 싶으면서도 미안하고 염치가 없는 기라예. 내 오늘은 이래 신세 좀 지고 난중에 꼭 갚을 끼라예. 암튼 참말로 억수로 고마버예! 맹씨아저씨는 그 짐만 옮겨주이소! 그카면 남은 물건들은 내캉 우리 애하고 들어 날르면 됩니더.

이때 어린 영신이가 마당으로 들어온다.

길자   니 어데 갔다 지금 오노? 오늘 우리 이사간다 안 캤나?

어린 영신   응! 나도 아는데 예배당 형들이랑 역전에 갔다왔어!

길자   역전엔 와?

어린 영신   오늘 대전 역전을 새로 고쳤는데 딥다 멋있어! 사람들이 나팔도 불고 행진도 하고 그랬는걸!

맹씨   오늘 대전역이래 새로 지어져 낙성식을 하는가 봅네다. 6.25 때 폭격을 맞아 부서진 건물을 아예 밀어 붙이고서리 철근콘크리트 3층 건물로 지었다는데 아주 멋있더만요. 길구 역전 앞에 노상 질퍽거리던 땅두 아예 쎄멘으로 전체를 싹 씌어노니까는 서울역 같더만요.

길자   이사 끝내고 지도 한번 구경가야 쓰겠네예! (어린 영신에게) 니는 참 아저씨한테 인사도 안하나?

맹씨   관두시라요!

어린 영신   아저씨 안녕하세요!

맹씨   기레 니가 그렇게 똑똑하다믄서….

길자   아이시더 그냥 얼란데 뭘. (영신에게) 니도 퍼뜩 안에 들가니 물건 있음 챙겨나온나!

맹씨   아니 어린아한테 뭘 시키는 겁네까! 놔두시라요….

어린 영신   아저씨 나도 내 책가방이랑 이 요강단지는 들고 갈 수 있어요!

맹씨	기레? 기럼 기케 하라우야! 고노마 참. 너 몇 학년이가?
어린 영신	빵학년이요. 이제 쪼금 있으면 예배당 학교말고 진짜 학교 갈 거예요!
맹씨	아, 참 그렇디! 긴데 사내놈이 너무 이쁘게 생겼다야… 너 이담에 커설랑 뭐가 되고 싶으네?
어린 영신	돈 많이 버는 대통령이요!
맹씨	대통령?
어린 영신	예! 그래서 우리 엄마하구 나하구 맨날맨날 맛있는 반찬에다 쌀밥두 먹구 또 우리 엄마 맨날맨날 예쁜 옷 사줄 꺼예요. 그리고 또 우리 아버지 찾아서 엄마가 맨날맨날 울지 않고 웃으며 살게 해줄 꺼예요
맹씨	기래? 기리고 또 뭐할 거네?
어린 영신	또 나같이 아버지 없이 엄마하고 사는 불쌍한 애들한테 돈 많이 주면서 도와줄 꺼예요
맹씨	기래? 또?
어린 영신	그리고… (엄마를 보고) 엄마 또 뭐해야 돼?
길자	니한테 물으시는데 내한테 물음 우에 하노 니가 생각해가 말씀드려라!
어린 영신	아! 알았다. 남북통일을 시켜서 세계에서 제일 큰 나라를 만들 꺼예요!
맹씨	고럼 고럼 기래야디. 돈 많이 벌어서 엄마하구 함께 잘 살구 또 불쌍한 사람들 많이 도우라. 기리고 꼭 남북통일을 시키라우야. 참 기리고 또 뭐라 했디?
어린 영신	우리 아버지 찾아 오는 거요!
맹씨	니네 아바이가 어디 갔는데?
길자	영신아!

어린 영신 우리 엄마가요 어쩌면 하늘나라로 가셨을 거래요! 그래서 내가 지금도 맨날맨날 하나님한테 기도해요. 우리 아버지 혼자 하늘나라에 살지 말고 우리집에 오게 해달라구요.

맹씨 (어린 영신이를 물끄러미 쳐다보다가) 영신이라 했디?

어린 영신 예!

맹씨 아저씨가 너레 한번 안아봐도 되갔니?

어린 영신 왜요?

맹씨 영신이가 이담에 대통령 될 사람이니끼니 그냥 한번 안아보고 싶어기레!

어린 영신, 엄마 얼굴을 쳐다보다가 두 팔을 벌린다.

맹씨 (덜썩, 영신이를 끌어올려 안는다. 그리고 눈시울이 붉어진다) ….

길자 (눈치를 살피며) 맹씨 아저씨두 아들한테 뭔 사연이 있는 갑네예?

맹씨 (아이를 내려놓으며) 꼭 이놈만 했디요. 창이라고 우리 집안의 삼대독자였는데 1.4후퇴 때 아 엄마가 고놈 데리고 피란을 내려오다가시리 개성 지나 문산 쪽에서 그만 포 맞고 모두 딴 세상으로… 갔디오 (잠긴 목소리로) 야처럼 참 잘 생겼드랬는데….

길자 오메나 시상에! 근데 문산서 그리 됐다는 걸 우에 알았능교?

맹씨 (멍하니 하늘을 쳐다보다가 손으로 눈물을 닦아내며) 이북 고향서 한마을 사람들끼리 몽땅 같이 피란을 내려오다 그리 되설라므니 난중에 살아남은 고향 사람을 통해 자세히 들었디오.

길자 아니 그럼 맹씨 아저씨는 그때 어디 있었는데예?

맹씨 내레 그때는… 내레 인민군이었더랬시오. 난중에 국방군 애들한테 포로로 잡혀가 거제도에 수용돼 있다가 반공포로로 전향해설라므니 전쟁 끝나고 풀려나 지금 이래 살고 있는 겁네다.

길자 맹씨 아저씨도 내맹키로 억수로 고생 많이 했는갑네예, 참말로 우리 모다 한 많은 세상인 기라예!

어린 영신 엄마 빨랑 이사 안 가?

길자 그래 알았다. (맹씨에게) 지는 맹씨 아저씨 맴에 그런 한이 있는 분인 줄도 모르고 시장서 기냥 보기에 무뚝뚝한기 어려벘어예. 아이고야 그랬구만예!

어린 영신 엄마 빨랑 이사 가자.

맹씨 그만 가디요! (지게를 짊어진다) 우리 영신이래 공부 많이 해설라무니 꼭 훌륭한 사람이 되라우야 알갔네?

어린 영신 네! (길자에게) 엄마 우리 진짜로 이사가는 거 맞지?

길자 그래 원래 이 집서 살던 주인네 아들이 나타났다 카드라. 그라고 니도 인제 핵교 다닐라카믄 예보다는 핵교 근처가 훨씬 수월헐 것 같지 않노! 안 그나? 니도 좋제?

어린 영신 엄마 우리 이사 가믐 내 동무들 집에 델구와서 놀아도 돼?

길자 어데! 안즉은 안 된다. 코딱지만한 방 한칸에 살림살이 들여노믐 니하고 내캉 둘이 누버도 될까 말까 한데 우에 동무들이 와가 놀 수가 있겠노. 노는 건 핵교 운동장 같은 데서 가 놀아라! 이담에 엄마가 돈 더 마이 벌어가 더 큰 데로 옮기면 그때 델고 온나! 그카면 내 니 동무들한테 옥시기랑 감자 쪄줄 테니까는!

어린 영신 (신나하며) 와! 우리 엄마 최고! 아저씨 빨랑 가요!

맹씨 (지게를 짊어지며) 네 알갔습네다. 우리 대통령 각하!

일동   하하하 호호호.

배경음악과 함께 영신 독백.

영신   (독백) 어머니하고 난 그렇게 기찻길 옆 오막살이집을 떠나 사람들이 북적이는 동네 한가운데로 이사를 갔어. 아마도 그때부터 어린 마음에 항상 눌려있던 혼자라는 무서움이 사라졌던 것 같아. 그리고 가끔씩 시장에 가서 맹씨 아저씨를 보면 내가 먼저 달려가서 아저씨를 안아주었지! 그러면 아저씨는 생선냄새 난다고 하시면서도 앞치마를 벗고는 언제나 내 이름 대신 대통령 각하라고 불러주었던 기억이 나!

음악 *up-down.*

#2. 이층 단칸방

궤짝 위에 이불 한 채가 놓여있고 간단한 살림가재도구들이 정갈하게 놓여있는 작은 방, 길자 화장을 하고 있다. 양말을 신고 있는 어린 영신.

어린 영신   엄마 오늘 왜 이렇게 일찍 왔어? 두부 많이 팔았어?

길자   그래! 아침 절에 받아온 두부는 다 팔았는데 저녁두부는 안 받았다. 왠지 아나? 오늘은 우리 영신이하고 시장 아지매들하고 오랜만에 영화 보러 갈라칸다.

어린 영신 영화 보러 간다고, 어디루?

길자 군인극장이라고 저기 대흥동에 가믐 대전고등학교라는 왜정 때부터 있는 오래된 학교 안 있드노. 그 길 건너편에 있는 극장이라 카드라.

어린 영신 와! 신난다. 무슨 영환데?

길자 응 촌색씨카는 영환데 억수로 슬프다 카데! 맹씨 아저씨 친구가 그 극장 주임인데 표를 마이 얻었다 카믐서 시장 아줌마들캉 우리한테 공꼬로 표를 준다캤다. 그칸데 그 영화에 나오는 배우들을 엄마가 좀 안다.

어린 영신 어떻게 아는데?

길자 옛날에 니 태어나기 전에 엄마가 느그 아부지 만나러 지경에 가는 노상에서 안 만났드노! 최은희하고 니 맹키로 잘생긴 이민이라 카는 남자배우캉 모다 같은 도라쿠를 타고서 한 달 반 동안 한솥밥 묵으면서 같이 안 지냈드노! 그래 아는기라!

어린 영신 그래서 엄마 그 배우아줌마 아저씨들 만날려고 예쁜 옷 입고 예쁘게 화장하는 거야?

길자 어데! 영화는 배우들이 진짜로 나오는 게 아이고 영화로만 나오니깐 오늘 몬 만나지 하지만 엄마 가슴이 왜 이리 떨리는지 모르것다. 모다 한번 보고잪았은데….

어린 영신 그런데 왜 멋을 내는데?

길자 멋! 오메야 이기 무신 멋이고? 진짜 멋내는 사람 몬 봤는갑다. 기냥 사람 많은 곳에 가니까 시장 냄새 안 낼라꼬 분만 바르는 기다. 니도 양말 다 신었제? 그럼 어여 가자! 시장 아줌마들이 먼저 와가 기다리면 우에 하노!

길자, 영신이와 함께 이층 계단을 내려온다.

#3. 군인극장 앞

〈촌색씨〉 영화간판이 클로즈업되고 1958년도에 유행했던 팝송 리치 발렌스가 부른 "Come On, Let's Go"와 그룹 코스터즈가 불렀던 "Yakety Yak" 같은 음악이 들려오는 가운데 극장 앞에 군인들과 여인들로 북적댄다. 맹씨와 신 주임이 담배를 피며 극장 입구 앞에서 이야기를 나누고 있다. 이때 어린 영신이와 길자가 나타난다

어린 영신 (맹씨를 보고 반갑게 달려가서 안긴다) 아저씨!

맹씨 (어린 영신이를 안아 올리며) 오 우리 대통령 각하!

신 주임 (어린 영신이를 보며) 얘가 당신이 말하던 그 여자 아들이야? 정말 잘 생겼다야. 이 담에 커서 영화배우 해도 되겠는걸!

맹씨 기런 말 마시라야! 장차 돈 많이 버는 대통령이 되설라므니 가난한 백성이래 도와주고 남북통일 시킬 대통령한테 영화배우라니, 기렀티? 우리 대통령 각하! 엄마는?

어린 영신 (구석진 곳을 가리키며) 저기요!

맹씨 (어린 영신이가 가리키는 곳에 서 있는 길자에게 다가간다) 영신이 어마이 오셨구만요! 저녁은 드셨습네까?

길자 예! 먹고 오는 길이라예!

맹씨 다른 아주마이들은 안즉 안 왔습네까?

길자 글씨 지도 방금 와가 잘 모르겠네예! 아마 모다 시간 맞쳐 올끼라예!

맹씨 기럼 다 오시믄 말씀하시라요. 전 저 친구하고 있갔습네다!

길자 그라시소!

맹씨 친구 신 주임 있는 곳으로 다가간다. 그리고 주머니에서 미제 초코렛을 꺼낸다

맹씨 (어린 영신에게 초코렛을 주며) 우리 대통령 각하 이거 드시갔습네까?

어린 영신 와! 신난다 쪼꼬렛이다! (받자마자 종이를 벗겨내며 먹는다)

길자 (멀리서 소릴 친다) 영신아! 니 감사합니다 하고 인사 안하나!

어린 영신 아참! (맹씨에게 넙죽 절하며) 감사합니다!

신 주임 야! 고놈 볼수록 참 잘생겼네. 당신 아들 삼으면 되겠다!

맹씨 (길자를 흘낏 바라보고는) 기게 무슨 말이네? 야 아바이 아즉 살아있어야!

신 주임 그래? (영신이에게) 니네 아빠 어디에 사시니? 대통령 각하!

어린 영신 (초코렛을 열심히 먹으며) 몰라요! 살았는지 죽었는지 잘 모른대요!

길자 (멀리서 나무라며) 영신아!

맹씨 (담배 한 모금을 길게 들이키며) 야야! 기따위 말 말고 아까 하던 말이나 계속하라우야!

신 주임 응 그럴까! 그렇게 충남연극동맹소속의 좌익계열 놈들이 저기 시내 사거리에서 〈산돼지〉라는 연극을 만들어 소위 프로레타리아 공연을 했을 때 이쪽에서는 내가 주동이 되서 우리 우익단체들도 '신무대'라는 극단을 만들었지 바로 여기 군인극장에서 〈행복의 문전〉이라는 작품을 공연했어!

맹씨 서로 충돌은 없었네?

신 주임 아, 왜 없었겠어! 맨날 서로 쌈박질이었지! 하지만 놈들

은 주로 김일성 선전용으로 목적극만 했고 배우들도 월북한 황철이 빼고는 특별한 배우들이 없었지만 우리는 김승호, 변기종, 최남현, 남춘역, 백송, 조미령, 유계선 등 최고의 배우들이 출연했고 작품은 나 말고도 유치진 선생, 박진 선생, 이서구 선생 등 조선 최고의 극작가들이 쓴 탄탄한 희곡으로 극이 재미도 있고 예술적이라서 대전 사람들한테 아주 인기가 좋았지. 우리 담으로 '학도의용선무공작대'라는 이름으로 정훈국의 지원을 받아 이 지역 출신의 최문휘, 또 대구에서 올라온 김성수라는 친구들이 우익연극단체로서 활동을 계속했어!

이때 시장 아줌마들이 소란스럽게 몰려온다.

길자   와 이리 늦었어예? 내사마 영화시간 놓칠까봐 조마조마 안 했능교!

짱아댁   아 말두 마. 글씨 목척다리서 만나기로 해놓고서는 저 빤쓰가 미나리 성님하고 중교다리서 기다리는 바람에 이리 안 늦었냐. 내 분명히 목척다리라 했구만서도….

고무댁   아, 원제 목척다리서 만나자 했다고 그렇게 계속 우기는 겨. 나는 분명히 중교다리서 만나자고 했고만….

젓갈댁   아이고 고만들 하소 좀, 여즉 이리 오맹시 고것 갖꼬 안 싸왔다요. 아 이래 왔으믐 됐지. 뭔 나라 망치는 일이라꼬 목척다리니 중교다리니 해쌈서 입씨름이다요. 아 됐니다.

미나리할매 그래 그만들 하그라. 내도 남사스러버가 느그들하고 같이 몬 다니겠다. 젓갈 말대로 빤쓰하고 장아찌 느그 둘이서 고것가꼬 싸울라카믐 아예 영화보는 거 포기하고 저기 멀찌감치 떨어져 가가 대판 싸우고 가든지! 오랜만에 영화 보러 간다고 장사도 일찍이 치야뿔고 왔드만서도 뭐하는 짓들이고!

이때 맹씨가 신 주임을 데리고 온다.

맹씨　　모다 이자 왔습네까? (신 주임을 내세우며) 내 친굽네다. 이 극장에 신 주임이라고 인사들 나누시라요!

신 주임　안녕들 하십니까? 이 사람 친구 되는 신관우라고 합니다.

짱아댁　(신 주임을 보고 놀라며) 아니 저 그 뭐시냐 혹시 배우 아니었데유?

신 주임　네! 맞습니다. 김승호 씨하고 여러 번 무대에 섰었지요. 근데 실제로는 배우가 아니구요. 연극을 만드는 제작자 겸 작가 일을 좀 하고 있습니다. 지금은 여기 군인극장에 소속해 있구요!

짱아댁　하이구야! 암튼 이래 훌륭하신 분을 만나뵙게 되어 정말 반갑구먼유!

어린 영신　엄마! 영화 시작한다구 저기 저 아저씨가 볼라면 빨리들 들어가레! 얼릉 엄마!

맹씨　　기래야겠습네다. 나머지 인살랑 담에 하시구 얼릉 들어들 가시라요! 표는 내게 있으니끼니 기냥 들어들 가시면 됩네다.

고무댁　암튼 저 장아찌 푼수, 아, 첨 본 남정네한테 뭔 너스레래!

짱아댁　뭐여?

미나리할매　뭐구 자시구 암말 안했다. 어서 들가자카이!

짱아댁　암만혀도 쟈랑 내는 영화 보고 중교다리로 가야 쓰겠네유

성님!

고무댁 왜? 목척다리가 아니구?

젓갈댁 고메마 들어들 가유 성님들!

모두 신나게 영화관으로 몰려 들어간다.

음악.

#4. 극장 안

1958년에 제작 상영된 영화 〈촌색씨〉 몇 장면과 함께 미나리할매, 고무줄, 장아찌, 명랑젓갈, 길자, 어린 영신, 그리고 신 주임과 맹씨 멀리 떨어진 좌석에서 각각 영화를 본다.

미나리할매, 손수건으로 눈물을 찍어내며 영화를 본다.
고무줄아줌마, 울음소리를 내가면서 영화를 본다.
장아찌아줌마, 코 골다가 명랑젓갈댁이 깨우면 영화를 보고 다시 존다.
명랑젓갈댁, 코 골며 자는 장아찌를 깨우고는 주위를 보며 민망해한다.
길자, 눈물을 흘리면서 조용히 영화를 본다.
어린 영신, 똘망거리며 열심히 영화를 본다.

#5. 극장 밖

관객들이 극장 안에서 밀려나오는 광경 속에 시장 아줌마들의 모습
이 보인다.
뒤이어 맹씨와 신 주임이 나온다.

신 주임   모두 잘 보셨습니까? 영화 괜찮지요?

짱아댁   말해 뭐해유? 정말 오랜 만에 좋은 영화 귀경 잘했구먼유.

젓갈댁   잘하긴 뭘 잘해유. 영화는 안 보고 잠만 자드만.

짱아댁   (신 주임 눈치를 보며) 아 내가 자긴 언제 잤다구그래! 야 좀
봐라. 야도 생사람 잡을 때가 다 있네 그려.

젓갈댁   아휴 남들 눈치보느라 민망해 죽을 뻔했시유! 그렇게 피
곤해서 잠만 잘 거면 뭐 하러 극장엘 온 거래유. 집에서 잘
내기지!

짱아댁   안 잤다니께 그러네. 내 눈은 조금 감고 있었지만 귀로는
다 들었어! 내용도 다 듣고.

신 주임   저 그럼 모두 살펴들 가십시오. 저는 극장으로 들어가서
마무리할 게 좀 남아서….

미나리할매   네 그라입시더. 참말로 구경 잘했심니더.

짱아댁   아 저 선생님 지 진짜로 안 잤어유! 저 고…고마….

모두 인사를 하고 돌아선다.

미나리할매   니는 그래 잠 안 잘 때도 그리 코를 고나? 야 말대로 영화
볼라 사람들 눈치 볼라 내사마 영활 보긴 봤어도 니 땜에
햇갈려 뭐가 뭔지 다 안 이자뿌렸드노.

짱아댁 아 성님꺼정 왜 그런데유?

미나리할매 꼭 영낙없는 니 얘기드라카이. 니 전에 내한테 니 시집살이한 거 야기했제? 영화 속의 옥경이 신랑이 니 신랑캉 달라그렇지 그 시에미 독살 맞은 거까라 시누이 못되쳐먹은 거 까라 똑 니같드라카이.

고무댁 쟈랑 다른 게 또 있잖유?

미나리할매 뭔데?

고무댁 인물 바탕이 다르잖유 최은희랑은 비교도 안 되게….

일동 웃음.

짱아댁 너 참말로 목척다리로 가볼겨?

젓갈댁 아휴 남 얘기가 아니더만유! 지도 성님들한테 말은 안 했지만서두 지가 오죽했으면 영신네 맨치로 집을 나왔겠시유! 영신네는 애나 하나지 지는 얼라가 자그만치 다섯이잖유. 어휴 참말로 고생고생 말도 못했시유!

미나리할매 그게 무신 소리고? 니는 강경서 젓갈장사하는 니 시댁이 있어가 사는 거는 괘안타 안 했드노?

젓갈댁 말이 시댁이지 우리랑은 피 한방울 안 섞인 남남이였시유. 애 아범이 어릴 때 양자로 그 집에 들어갔는데 말이 양자지 머슴이나 매한가지로 쪼메 할 때부터 죽도록 부려먹더니 애아범이 일에 지쳐 우리 막둥이 막 들어서던 해에 골병들어 죽자 이번엘랑 지하고 지 새끼들꺼정 종년 취급을 하더라니까유. 근데 어디 그뿐인 줄 알어유? 지보고는 즈그 집안 대 이을 신랑 잡아먹은 년이라 카면서 사람들 눈에 띄지 않을 적엘랑 내보구 아들 하나 낳아 니 남편 대신

대를 있게 하라구 밤낮으로 찝쩍대는데 시상에 그런 나쁜 인간들도 있드만유. 어휴 말도 마세유! 그래서 지는 하느님 부처님 그딴 거 안 믿어유! 만약에 있다면 그런 악랄한 짐승 같은 것들 왜 안 잡아 갔겠시유? 내 영화 보면서 참말로 많이 울었네유!

고무댁 사람 사는 거이 다 똑같은겨! 내 살아온 고생만 생각하믐 내가 천하에 불쌍한 인간으로 생각되지만 봐라! 저 영화를 본게 저리 예쁜 최은희도 난중에 미쳐버리잖여! 어휴 썩을년 내 다시는 도금봉이 같은 여시 같은 년이 나오는 영화는 두 번 다시 안볼 꺼여!

길자 성님 저거는 영화라예! 최은희가 미친 게 아이고 옥경이가 미친 거고 도금봉이가 아이고 정옥이라예!

고무댁 암튼간에 최은희든 도금봉이든 누구던간에 저래 남의 인생 망쳐놓는 것들은 육이오때 모두 총살시켰어야 했어!

길자 아 영화라니까 그라네!

어린 영신 엄마! 배우들은 착한 사람도 되고 나쁜 사람도 되는 거지?

미나리할매 느그들 봐라 모다 이 영신이 하는 말 들었나? 영화에서 배우라 카는 것은 역할에 따라 좋고 나쁘고 할 수 있는 거지 본시 배우가 좋고 나쁜기 아닝기라 애만도 이헬 못하나!

짱아댁 오메야 큰 성님은 왜정 때 글방에라도 쪼금 다녔다고 그래도 좀 뭘 아시네! 참 유식혀 우리 성님!

고무댁 글씨 내 말은 배우고 뭐고 저리 나쁜 년들은….

미나리할매 (고무줄 입을 막으며) 알았다 그만해라 니 말이 맞다카이….

어린 영신 엄마! 나 졸려!

길자 그래 내한테 업히그레이! (영신이를 업는다)

고무댁 (미나리할매 손을 뿌리치며) 글씨 내 말은….

짱아댁 (말을 가로채며) 쟈 아무래도 오늘 밤 내랑은 목척다리서 만나야 할랑가봐유!

대사 F.O 되면서 모두 어둠 속에 피어오르는 밤안개 속으로 사라진다.

음악.

#6. 밤길

밤안개가 스멀스멀 피어오르고 동네 가로등이 한두 군데 켜져 있어 약간 어두운 밤길에 시장 아줌마들 국화빵을 손에 쥐고 먹으면서 왁자지껄 걸어온다. 길자, 영신이를 업고 있다. 맹씨가 그 곁에서 따라온다.

짱아댁 참말로 오늘 호강했구만이라. 공짜 영화구경에 이렇게 신미당서 공짜로 국화빵꺼정 얻어 먹을 줄이야 누가 알았당가? 호호!

고무댁 오늘 일진이 좋았던게벼. 낮엔 파리새끼 한 마리 없어 속이 문드러지는 줄 알았는디 이래 맹씨 덕분에 저녁에 별별 호강을 다 허구말여! 암튼 고마워 맹씨!

맹씨 아닙네다. 내레 오늘 돈낸 기 없어설라므니 되레 미안하디 뭡네까! 극장표도 공꼬로 얻은 기고 신미당서도 공꼬로 국화빵을 얻어 먹었으니끼니 기레 칭찬들 마시라요!

미나리할매 아이다 그래도 니 아니였음 우에 우덜이 극장 귀경을 할 수 있고 또 이래 맛난 빵을 먹을 수가 있었겠드노! 그칸데 아무리 생각해봐도 참 신기한기 그 신미당 빵집 할배가 며칠 전 소매치기 당해가 니 때문에 돈 되찾은 할배일 줄 뉘가 알았겠드노. 사람의 인연이랑 이래 얼키고 저래 엉킨 거미줄 같다 카드만 하나도 틀린 말이 아니네

길자 참말이라예 지도 깜짝 안 놀랬능교? 그때 장에서는 하얀 모시두루메기를 입고 갓꺼정 써가 어디 시골서 올라오신 노인인 줄 알았드만 저래 앞치마 두르고 빵떡모잘 쓰고 빵을 굽는 걸 보이 영 딴 사람잉기라예, 근데 맹씨 아저씨는 우에 그리 금방 알아봤십니꺼?

맹씨 아니지요. 내가 알아본 기 아이구 그 할아바이께서 먼저 우덜을 알아보신 겁네다.

미나리할매 우에됐던 간에 맹씨 니가 먼저 신미당에 가자케서 그 할베를 만나 거 아이가. 봐라 느그들 사람이라 카는게 맹씨같이 이래 덕을 베풀면 그 덕이 다시 안 돌아 오드나! 그기 덕인기라!

짱아댁 근데말여 워째서 맹씨가 요즘 우덜한테 이래 잘해주능겨? 전엔 안 그랬잖여! 노상 뭔 말을 걸어싸도 생선칼로 도마만 내리치고 말 한마디 않던 사람이 요즘 들어 헤헤 웃덜 않나 또 요로콤 극장 귀경을 시켜주덜 않나 뭐 시상이 거꾸로 갈 일이라도 있었등겨?

맹씨 그런 거 없시오. 내레 기냥 고향이 그리운께 아주마이들 보면 고향사람들 같아 보여설라므니 그러디 딴 뜻이 뭐가 있갔습네까!

고무댁 허기사 내도 그 맴 알제! 내도 첨엔 우리 쌍둥이 애비 저래대고 머시마만 둘인 우리 쌍둥이놈들 델구 즈기 부여 양화서부터 예까지 올 땐 이를 악물고 독한 맴으로 왔었으

니께. 오늘 영화맨키로 시어머니 모진 시집살이에 팔자 사
나워 혼자된 여시 같은 시누이 등쌀에 이래 살단 내 명대
로 살지 못하지 싶어서 아예 그놈오 진절머리나는 시댁하
고 완전히 인연을 끊을 작정으로 에라 시펄! 아이고 미안
혀유 욕해서! 대판 집구석을 뒤집어 놓고 나왔응께요…
그때는 뭐가 씌웠는지 지 눈깔에 암껏도 뵈는 거시 없드만
요. 그렇게 난리를 치고는 지 손으로 손구루마를 끌고 송
장매냥 움직이도 못하는 애아범하구 어린 쌍둥이 놈들 실
고서 백리도 넘는 열흘길로 이곳 대전에 왔드만 시퍼런 악
만 남드구먼유!

미나리할매 하모. 내 니 처음에 이 시장바닥에 왔을 때 보이까 아이고
무시라 무시라 구신도 아이고 사람도 아이고 뭐 저런 여편
네가 다 있나 하고 정말 안 놀랬드노! 내 예배당에 막 다닐
때라서 맴 옳게 먹고 사람 가리지말자카는 맴이 우러나 니
한테 다가갔지 안 그러믐 남들캉 똑같이 니를 멀리 했을끼
라. 지금 이래 착한 여편네를 두고….

고무댁 암튼 화무십일홍이라고… 내 그 곱던 옛 모습 다 이자쁘리
고 내 신세 내 팔자 내가 고쳐보자는 맴을 가지고 이날 이
때꺼정 이 장바닥서 뿌리를 내렸던 거여. 여기 큰 성님 도
움 많이 받았구먼….

젓갈댁 시장바닥서 우리 큰성님 도움 안 받은 사람 있간디요! 오
메 벌써 삼성사거리 다 왔네! 지는 성남동이라서 저 굴다
리로 가야헌께 여기서 인살혀야 쓰겄네유. 맹씨 오늘 고마
웠시유! 그럼 큰 성님하고 모다 성님들 내일 아침에 봐유!

미나리할매 그래라 니도 밤길 조심하구….

일동 서로 인사를 나눈다.

짱아댁 우덜도 이짝으로 가야헝께 큰 성님 어여 가십시다. 참 근
데 맹씨는 어딜 가는데 예까지 따라온 기여? 맹씨가 사는
집은 저짝 인동 쪽 아녀?

맹씨 (당황하며) 내레 아주마이들 길 바래다 준다고시리 함께 온
긴데 기만 돌아가야디요. 기럼 내도 여기서 인사하갔시오.
안녕히들 가시라요!

미나리할매 그래 욕봤다. 내일 새벽같이 공판장에 갈라카픔 퍼뜩 자야
할긴데 어여 가가 자그라 고맙데이!

맹씨 그럼 오마니도 잘 주무시라요.

짱아댁 담에 그 신 주임인가 하는 분한테 시장 한번 나오라혀 내
무말랭이 장아찌라도 좀 줄랑게.

고무댁 아니 넌 그 남정넬 언제 봤다고 그런 소릴 하는겨? 맹씨
야가 미쳤는가벼! 그런 말 전하지 마! 그 남자 달리 생각
하픔 야 지 신랑한테 뼈도 못치릉께!

짱아댁 아니 니 고거시 뭔 말잉겨?

맹씨 하하 알갔습네다.

길자 살펴 가입시더.

고무줄아줌마와 장아찌아줌마 저 먼치서 서로 티격태격한다.

미나리할매 (조용히 국화빵 봉지를 길자 등에 넣어주며) 이거 영신이 깨면 맥
이그라!

길자 이기 뭔데예? 국화빵 아닝교!

미나리할매 그래 낼랑 이빨이 시원찮아 뭘 먹으면 자꾸 끼어싸 이런

앙꼬빵은 잘 못 먹는다. 아까 전에 주인 할배한테 봉지 좀 달라켔드만 빵을 더 얹어주는기라! 그래가 내 우리 똑똑하고 착한 영신이 줄라꼬 이래 안 가져왔드노! 암만 말고 가지고 가그라. 저 여편네들 보믐 또 뭐라칸데이.

길자   아… 아입니더. 지들은 괜않아예!

미나리할매   조용히 하라카이! (큰소리로) 그럼 가그라. 내일 새벽에 일찍 나오고!

길자   야 그럼 살펴가시소! 성님들도 잘 가입시더!

짱아댁   (뒤돌아보며) 그려 니 땜시 호강했다!

길자   야? 그기 뭔 소린교?

고무댁   아녀 암것두 아녀! (장아찌를 꼬집으며) 너 미쳤어?

길자   …? 잘들 가시소! (고개를 갸우뚱거린다)

#7. 영신이네 집 앞

길자, 어린 영신이를 업고 외부 나무계단 있는 이층 다락방을 오르려 한다. 이때 웬 그림자가 몇 걸음 뒤에 서 있다.

그림자   (맹씨) 저 영신이 오마니!

길자   (소스라치게 놀라며) 네? 누… 누군교?

그림자   (맹씨) 저 접네다!

길자   (뒤를 돌아보며) 아이고 놀래라! 매… 맹씨 아저씨 아입니꺼? 아직 안갔나 보네예?

맹씨   저 이거 쫌…. (두툼한 봉지를 내민다)

길자   이, 이기 뭡니꺼?

맹씨	국화빵입네다. 아까 영신이래 자느라고 국화빵을 못먹었 잖습네까. 기레서!
길자	(당황하며) 아… 아입니더? 영신이 먹을 빵은 예 있어예! 아 까 전에 미나리 아주머니께서 주시가!
맹씨	기레도 이거이 내 성의니까는 받으시라요! (빵봉지를 건넨다)
길자	정말로 괘않은데…!
맹씨	기리디 말구 받으시라요! 이거이 영신이 오마니한테 주는 게 아니고 우리 대통령각하한테 주는 거니끼니 받으시라 요! 기리구…!
길자	(빵봉지를 마지못해 받으며) 뭐… 뭔데예?
맹씨	저 시간 좀 되시믐 영신이 재우고시리 밖에서 이야기 좀 할 수 있습네까?
길자	무슨… 말인데예? 낼 낮에 하시믐 안 됩니꺼?
맹씨	네! 내레 오늘 밤에 드릴 말씀이야요! 그리니끼니… 좀!
길자	(당황하며) 맹씨 아저씬 낼 새벽부텀 공판장에 가가 생선을 띠올라카믐 일찍 주무시야 안 합니꺼! 그칸데…!
맹씨	기런 거는 문제가 되질 않습네다. 내레 오늘 밤에 꼭 영신 이 오마니한테 드릴 말씀이 있어서리!
길자	… (잠시 생각하다가) 그럼 쪼메 기다이시소. 내 얼릉 올라가 우리 얼라 눕히고 내려 올 테이까는…. (길자, 영신이를 업은 채 이층 계단으로 오른다)

맹씨, 손을 비비며 홀로 서 있다. 문득 인기척에 돌아다보는 맹씨. 순 간 두 명의 남자 그림자가 몽둥이로 맹씨를 내리친다. 푹 쓰러지는 맹씨. 두 그림자, 맹씨를 끌고 먼 발치에 대기하고 있는 검정 세단차 로 끌고 간다. 그리고 맹씨를 태우고는 어둠 속으로 사라진다. 잠시

후 길자 계단으로 내려온다.

길자　(맹씨가 보이지 않자 두리번거리며) 매… 맹씨 아저씨에! 어… 어데 있능교?

계속 두리번거리며 맹씨를 찾는다.

길자　이상테이. 분명 내보고는 할 얘기가 있다믐서 나오라카더니… 맹씨 아저씨에! (혼잣말로) 이 양반이 장난하나? 맹씨 아저씨예! (한참을 서 있다는) 별 싱거운 사람도 다 있다카이… 모르겠다. 낼 만나믐 뭔 말이 있겠지! (다시 이층 계단으로 올라 다락방으로 들어간다)

음악.

#8. 중앙시장

길자를 비롯하여 시장 아줌마들이 앉아 장사를 하고 있다. 그녀들 옆에 있는 가두 생선 구루마가 포장을 씌운 채 세워져 있다.

미나리할매　(근심스러운 듯) 아니 맹씨 이놈아는 뭔 일이 있나? 왜 며칠째 안 나오는기가? 여태 그런 적이 없었는데 혹시 어디가 아픈가?

길자　(관심을 보이며) 그러게 말입니더!

짱아댁　(길자에게) 왜 걱정돼 그러닝겨? 영신이 니가 모르면 우리도 모르지 참 이상하네. 여적 그런 적이 없었는데….

고무댁 아, 뭔 걱정이여! 쫌 있음 나오겠지 뭐! 어쩌면 저번에 우덜 영화 귀경시켜주던 날 극장에 있다는 그 친구한테 가설랑 젊은 사내놈들끼리 밤새 술 퍼마시고는 탈이 났는 게비지 뭐!

미나리할매 그카믐 다행이고…!

짱아댁 봐라! 영신아! 너는 뭐 짐작가는 거 없능겨? 맹씨가 요즘 니한테 바짝 공을 들이드만!

길자 (당혹스러워 하며) 그, 그기 무슨 말씀이라예? 쫌 전에 성님 하는 말도 그렇고…

짱아댁 아, 몰라 그러는겨? 아님 부끄러워 시침떼는겨?

길자 (버럭) 서… 성님요!

짱아댁 아, 뭘 그려 우덜도 하나 보믐 열을 아는 장사꾼들인데… 솔직혀봐 부끄러울 거 하나도 없응께!

길자 (자리에서 벌떡 일어서며) 서… 성님요! 무신 말을 그리하는지 내 모르겠네예! 그카니까 돌려대지말고 기냥 똑바로 말씀하시소! 지캉 맹씨캉 뭐가 어떻다구예?

미나리할매 (장아찌에게) 니는 또 무신 심술보가 터져가 아침부터 이러능기가? 아, 사람을 봐가며 입을 열어야제. 그렇게 터진 주둥아리라고 함부러 입 놀려싸면 안 되능기라.

고무댁 그려! 쟈가 알아듣게끔 뭔 말인지 조근조근 말혀줘라! 글구 쟈 얘기도 좀 들어보고!

짱아댁 알았어! 그럼 내 영신이 니한테 한번 물어보자, 니네 성남동 철길 오두막서 집 이사 나올 때 누가 느그 이사짐 날라다 준기여?

길자 (당황하며) 뭐… 뭐라꼬예?

짱아댁 내가 지금 니한테 양키놈들 말했냐? 뭐라꼬라니… 니네 이사할 때 누가 니들 짐 실어다 주었냐고?

길자 (당황하며) 그기 지금 뭔 상관인데예?

짱아댁 우덜이 지금 너한테 뭘 흉볼라고 그러는 거 아녀! 시비 거는 것도 아니고! 니네 이삿짐 날라다 준 거 맹씨 맞지? 그라고 저번 날에 우덜 모다 영화귀경 시켜준 것도 실은 너 땜시 그런 거잖여! 늙어 찌그러진 우덜 땜이것어? 그때 보니께 맹씨 고것이 힐끔힐끔 너 쳐다보는 눈이 예사롭지가 않더구먼! 넌 그런 거 못 느꼈냐?

고무댁 그려! 장아찌가 하는 말 다 널 위해 하는 말이지 널 흉보고 망신시킬려고 하는 말이 아녀! 아 넌 애는 하나 있지만 젊은 과부고 맹씨 쟈는 이북서 홀홀단신 내려온 홀아비고 뭐가 어때서 그려… 나이도 얼마 차이 나지 않겠다 눈 한쪽이 저거 혀서 그렇지 사지육신 멀쩡하고 또 일도 성실하게 하니께 둘이 좀 부쳐볼까 하는 맴으로 중신할라고 하는 말인데 니가 불끈하니께 쟈가 당혹스러워 저러는 거 아니냐!

미나리할매 아 그런 맴들이라카믐 니들 하는 말부터 틀린 기다. 아 다르고 어 다르다꼬 조근조근 쟈 맴부터 떠보면서 말을 건네야지 밑도 끝도 없이 다구치니 영신이 쟈가 얼마나 당황했을끼고 어서 미안타 하고 이따가 밥 묵을 때 모다 같이 속맴들 꺼내놓고 야기들 해 보믐 우에겠노?

길자 아니라예! 밥 묵을 때까지 기다릴 것도 없고 내 지금 지 속 맴을 말할랍니더. 지는예 우리 영신이 애비가 살았둥 죽었둥 그 사람을 배신 몬 합니더. 내는 누가 내한테 억만금을 주고 어떤 뭐를 준다케도 조금도 변하지 않을끼라예! (울먹이며) 내는 예 그 사람 하나만 생각하믐서 평생을 우리 영신

이를 키우며 살낍니더. 그칸데 와 모다 내한테 이래 쌓는데예! (눈물지으며 일어나 다른 곳으로 달려간다)

짱아댁 오메메 쟈가 왜 저란디어?

고무댁 그러게 말여 지한테 나쁜 말도 아니고 큰 성님도 조근조근 말하자는데 왠일이랴? 과부 시집가라는 말에 얼굴 붉힐 것도 아니구먼 그래쌓네! 참말로….

#9. 제사공장 뒤 자재창고

허름한 자재 창고. 맹씨가 의자에 꽁꽁 묶인 채로 앉아있고 박건달, 오건달이 다른 벽면에 기대어 담배를 물고 다리를 흔들며 서 있다.

박 건달 (담배연기를 품어대며) 아자씨! 우덜을 원망하덜 마소! 다 자업자득잉께. 우리도 이래 객지에 나와갖고 먹고살라 안혀요! 근데 왜 남 영업을 고러콤 시시각각으로 방핼하는 거시다요! 고거이 아자씨 실수지라. 안 그요?

맹씨 (퉁퉁 부은 얼굴로 입에 피를 흘리면서) 이 간나새끼야! 하늘로 머릴 들렀으면 기렇게 살면 안 되는기야! 이 새끼들아! 느그 조상님들한테 부끄럽지도 않네? 까불지말고 날레 이 줄을 풀라우야!

박 건달 나가 지금 국민핵교 다닐 때 우리 선상님 만난 거 같소잉. 나가 쪼금 까불라요!

오 건달 쩌번에 아자씨가 나한테 내 사주에 재수 옴이 붙는다고 했는데 말이시 아자씨 사주에 옴 붙어 불어 워째요. 난 또 우리 오야붕 친구라혀서 겁나게 쫄아불었그만 족보 따져본께 암것도 아니드만!

맹씨 (다시 쳐다보고는) 너 이 간나새끼레 계속 주둥이 나불댈 거이가? 너 몇 살 처먹었네?

오 건달 (다가와서는) 나요? 오늘 아침절에 아자씨 땜시 아즉 굶었지라. 그찮아도 찹쌀로 맹긴 떡 한댕이 먹고잪았는데 히히히!

맹씨 (눈을 지그시 감고) 그래 기렇게 계속 까불라! 쫌 있음 니 사주에 옴 붙는기 뭔가 내 보여줄 테니끼니.

오 건달 오메메 무시라! 무시라! 나가 아자씨 말이 무서버 오줌 쬐가 싸고 올라요. (박건달에게) 잘 지키거라잉. 나 소피 좀 보고 올랑게!

이때 철문이 열리며 빵떡모자를 쓴 꼬붕이, 오야붕 주봉이와 함께 들어온다.
박·오 건달 냉큼 일어서서 넙죽 절을 한다.

꼬붕이 (맹씨를 쳐다보며) 오메야! 야들이 지금 큰성님 친구분한테 뭔 지꺼리들을 했다요? 저 얼굴하매 온몸에 선지피 같은 거이 다 뭐당가?

오·박 건달 (고개를 숙인 채) 성님들 나오셨으랴?

꼬붕이 (두 건달들을 향해 소리를 치며) 야 이 상노모 새끼들아 큰성님 친구분잉게 내 그냥 잘 모시라했드만 왜 상의도 없이 저렇게 맨들었어야? 느그들 죽고잪아 환장한겨. 아 새끼들 참말로 상황파악도 못하고말여! (면도칼에게 고개를 숙이며) 큰성님 죄송하구만이라!

면도칼 (꼬붕이에게) 상황파악이래 꼬붕이 니 새끼가 못하는 거이디

조놈들이 뭘 알갔네!

꼬붕이 (고개를 숙이며) 죽을죄를 졌구만이라!

면도칼 (맹씨에게) 언제 왔네? 여기서 밤을 샌 기야? 진작에 내게 알릴 거이디 왜 얼라새끼들하고 쌈박질을 하는 거이가!

맹씨 이 간나새끼래 뭐라는기야! 지금 말장난하는 거네? 확 모가지를 뿐질러 버릴라.

면도칼 (맹씨에게) 너도 상황파악 못하는 거네? 소리 낮추고 흥분가라 앉히라야! 이봐 병찬이 우리가 어떤 사이네? 우리가 어케 목숨 부지하고 살아났네? 야 내 좀 봐주면 안 되갔어? 너 새끼래 본시 양반지주놈이니끼니 나 같은 걸랑 사람새끼로 보딜 않았겠지만 말이디 나는 너한테 오랫동안 의리 하나만큼은 지켜오질 않았네! 그런데 와 기러는기야? 나도 좀 낯선 타향서 밥 좀 먹고 살자우야!

맹씨 그러니끼니! 기케 살지 말란 말이야! 니놈 말처럼 우리가 어케 살았는데 지금 이남서 이런 개 같은 삶을 사는 거이가? 좀 덜먹고 단벌옷 입더라도 기냥 떳떳하게 입고 살면 안 되갔네?

면도칼 떳떳한 기 뭐이가? 기래서 우덜이 손에 피 한방울 묻히지 않고설라무네 삼팔선을 넘어 온 거네!

맹씨 (버럭) 주봉아! 이 새끼야! 우리 이제 기따위 악몽 같은 지난 세월 다 잊기로 하잖았네! 다 잊고설라므니 기냥 우리 어릴 때매냥 기케 살면 안 되갔어?

면도칼 (같이 언성을 높이며) 누군 기러고 싶지 않아서리 이케 사는 줄 아네? 야 이 간나새끼야! 하지만시리 우덜이 살라믄 말이디 남 해코지 않고 좋은 일만 하면서 살 수 있갔어? 아직도 전쟁은 끝나지 않은기야! 새끼야! 생존경쟁이란 말도 모르네? 니 한짝 눈 와 기렇게 된 거이가? (사이, 건달들에게) 야! 너네 모두 나가있으라우야! 쥐새끼래 한 마리 얼씬거리면 내 밟아 죽이갔어?

건달들 (큰 절을 올리며) 넷! 성님

건달들 급하게 철문을 열고 사라진다.

면도칼 암튼 병찬이 아니 처남 미안하기요. 내레 아 새끼들이레 모다 자네 때문에 수입이 없다해설라므니 약간 겁만 주라 했더니만 이케까지 한 줄은 몰랐어야!

맹씨 기따위 말은 난중에 하고 얼른 이 끈이나 풀으라우! 너 내 꼴이 안 보이네?

면도칼 끈 풀기 전에 약속하기요. 처남 그 불 같은 성내미 부리지 말고서리 잠시 이야기만 하자우. 내 자넬 치료도 해주고 맛난 거로 보상할 테니끼니….

맹씨 알갔어! 날레 끈을 풀라우!

면도칼 맹씨를 풀어준다. 맹씨 끈을 풀자마자 면도칼에게 주먹을 날린다.

면도칼 (한 손으로 얻어맞은 입을 가리며) 너 와 기레 새끼야! 약속이 틀리잖네!

맹씨 한 대만 맞으라! 내 더 이상 네놈을 때리지도 않갔어! 맘같아선 어릴 때처럼 실컷 두들겨 패주고 싶지만서리 내 할 말이 있으니끼니 참는기야 알갔네? 너 담배 한 대 있으믄 한 가치 내 놓으라우!

면도칼　(담배를 꺼내 불을 붙여 한 모금을 빨고 맹씨에게 건넨다) 아새끼래 주먹맛은 여전하구먼기래….

맹씨　(담배 한 모금을 길게 빨고 연기를 내품으며) 간나새끼들이래 젊어 그런지 힘이 어찌나 좋은지 아주 옴싹달싹을 못하겠더구만!

면도칼　그거이 우덜이래 나이 들어간다는 징조지 뭐가! 기래 할 말이 뭐이가? 서당 훈장 같은 소리 할라믐 관두라야!

맹씨　간나새끼래 왜 하필이면 그 중요한 시간에 날 건드러갔고시리…!

면도칼　기게 뭔 말이네?

맹씨　야 이 새끼야! 내레 장가 좀 갈라고시리 어떤 참한 에미나이헌테 어젯밤에 청혼을 할려고 기랬는데!… 기런데 이 간나새끼래, 어휴 그냥! (담배 연기를 뿜다가 윽! 소리를 내며 배를 움켜잡고 쓰러진다)

면도칼　야! 병찬아! 처남! 와 기래! 응? 정신 차리라우야! (밖을 향해 소리친다) 야! 밖에 아무도 없네 꼬붕이 야! 꼬붕이!

　　음악.

#10. 목척교 뚝방

길자, 목척교가 보이는 뚝방 위에 턱을 괸 채 무릎을 세우고 앉아있다. 저녁 노을이 비친다. 이때 미나리할매가 다가온다.

미나리할매　(근심스러운 듯 다가오며) 야 이 문디이 가시나야 니 예 있었드노? 장사하는 여편네가 장살 내팽기뿔고 왠종일 이래 있으면 우얄낀데. 한푼이라도 벌어가 지 새끼 키우겠다꼬 이를 악물고 사는 여편네가 이래 할 짓이 없드노! 아이고 무시라 내 니 뭔일 났는 줄 알고 내도 장사고 뭐고 정신이 하나도 없었능기라! 니 밥은 묵었드노? 점심도 굶었제? 아나 이거라도 묵거라 (흰가래떡 한 개를 건넨다)

길자 (눈물을 흘리며) 괘않아예!

미나리할매 묵으라카이! 니 우나?

길자 아이라예. 울긴예!

미나리할매 (볼에 흐르는 눈물을 손으로 닦어주며) 니 이래 맴 약해가꼬 우에 살낀데… 걔들 말에 신경 꺼뿌리라. 그마… 걔들도 모다 니 위해 하는 소리 아이가! 워떤 과부한테는 걔들 말이 고마운 거고 니 같은 사람한테는 듣기에 거스리나본데 남 얘기가 니 배 창새를 뚫고 가는기 아이니까는 마 그만 이자 뿌리거레이!

길자 아입니다. 그래 그카는게 아이라예! (다시 눈물을 흘린다)

미나리할매 (다시 눈물을 닦어주며) 그라믐 와 우는데!

길자 우리 그이가 너무 보고잖아예! (북받치는 울음) 우리 영신 애비가 너무 보고잖아 그러니더! 우에면 좋은교? 아지매예… 우에 하면 좋아예!

미나리할매 (몸을 돌려 석양을 향해 긴 한숨) 하나님은 사람들한테 모다 똑같은 고난을 준다카는 말 니 몬들어봤제? 근데 워떤 사람은 그 고난을 화로 맹길고 워떤 사람은 그 고난을 복으로 맹긴다 카드라! 내도 말이다 니 맴치는 모르겠다만서도 처녀 때부터 내 혼자서 맘에 두고 살았던 정인이 안 있었드노! 내 느그 신랑을 본 적은 없지만서도 영신이를 본께 대충 어찌 생겼을 꺼라는 짐작이 간다. 그 사람도 참말로 인물이 출중했고 키도 늘씬한기 더구나 일본서 법을 공부하는 유학생이다보이 열여섯 처녀 맴이 얼마나 울렁거렸겠드노. 그칸데 언젠둥 우리 아버지가 술에 취해가꼬 집에 오시더니 큰소리로 그 도련님댁하고 우덜하고 사돈 맺기로 했다 카는기라. 그래 내 놀라가 밤새 잠 한심 못 잤다 카이! 근데 아침절에 우리 어머니가 이카는기라. 그 도련님캉 우리집에 같이 살던 내보다 한 살 위였던 우리 막내 고모캉 혼인을 한다꼬… 오메야 그기 청천벽력이라카이! 내 어머이 말에 그 자리서 기절을 안 했드노. 그라고 워찌된둥 한달 보름을 아무런 병명도 없이 그냥 열나고 삭신이 쑤시며 덜덜 떠는 병에 걸려가 있는데 하루는 어느 무당이 와가 집에서 내를 위해 굿을 하는데 내 보고 역마살이 끼었응께 객지로 나가지 않음 죽능다 카는기라.

길자   그래 우에 됐는데예?

미나리할매 (다시 긴 한숨) 울아부지가 내를 만주로 안 보냈드나! 그때가 그러니까 뭐시냐 민국12년 아이다 텐노 다이쇼12년이니까는 그때 내 나이가 열일곱이었는데 당시 울아버지가 제일로 존경하던 김규식 선생님이 지청전, 여운형 선생님캉 모다 힘을 모아가 상해다 고려공화국을 세웠는데 어차피 역마살 끼어가 객사할 팔자라믐 그리로 찾아가 조선독립을 위해 목심을 바치라 카는기라. 내 역시 그 도련님캉 그래 인연이 없을 바엔 죽더라도 그기 낫겠다 싶어가 그래 고향을 안 떠났드노! 그때 상해는 배타고 안 가믐 만주를 통해서만 갈 수가 있었거든. 그런데 몸이 쇠약해가 배는 몬 타고 육로로 가야 했는데 그기 어디 뜻대로 되드노.

민증도 없지 노잣돈도 넉넉지 않지 세상구경 한번 몬 해본 어린 것이 우에 그 먼 곳을 찾아 갈 수가 있었겠드노. 결국 일경놈들한테 붙잡혀가 주재소 감옥서 빨개벗고 매를 맞질 않나 마적놈들한테 끌려가 다 늙어 죽어가는 송장 같은 중국 할배 몸 녹여주는 일도 했능기라. 또 니 사람이 열흘 동안을 암것도 먹지도 자지도 못하큼 우에 되는 줄 아나? 내 그 넓은 만주벌판서 그래 늑대같이 살았다. 그카다가 어찌어찌해서 상해라 카는 델 결국 찾아 안 갔드노.

길자 아이구마 다행이네예.

미나리할매 다행은 무신 다행. 고마 그래 가까스레 상해라는 델 찾아 가보이 조선사람은 모다 어데로 간동 찾아볼 길도 없고 일본놈들이 상해를 점령해가 있었는데 내 또다시 황당한 인생살이 안 겪었드노. 그때 이미 내 나이를 따져보이 어느덧 스물댓 살이 됐든기라. 꼬박 만주서 근 8-9년을 헤매며 허송세월 한 기지! 근데 이번엔 상해서 군수공장인 줄 알고 끼니라도 때울 생각에 그 공장을 찾아갔더만 말도 말거레이 그거시 왜놈들이 처음으로 상해다 세운 위안소였던기라. 니 위안소가 뭐하는 덴 줄 아나?

길자 위안소라꼬예? 혹시 유곽 같은 덴교?

미나리할매 그래 그 비슷한 데지! 난중에 알고보이 일본정부서 군인이나 탄갱이나 공장같이 전쟁 때문에 강제 동원된 남정네들 노동력이 모이는 곳에다 의도적으로 이 위안소를 설치해놓고는 남정네들 몸풀이 시키는 곳이었던기라.

길자 그런 곳에서 우에 살았능교?

미나리할매 우에 살았냐꼬? 말도 말그라! 사는기 사는기 아니라카이. 뭐 몸이사 이미 산전수전 다 겪은 터였지만서도 우에 그런

둥 이 가슴에 첫 정을 심겨준 그 도련님이 그렇게 그리운 기라. 그래가 그때는 그저 하루라도 빨리 죽는기 소원 아니었드노. 이승서 못 다한 내 인연 저승 가서 이룰 수 있음 좋겠다는 생각에서였지.

길자 아이고마 우리 아지매 불쌍해가 우에하노?

미나리할매 아이다 그게 아니라카이 사람이 그런 고난 중에도 하늘의 섭리가 분명코 안 있었드노.

길자 하늘의 섭리라꼬예?

미나리할매 하모 하늘의 섭리!

길자 그기 무신 말인데예?

미나리할매 니 단디 들어봐라! 내한테 기적이 일어난기라 꿈이라도 그런 꿈이 있을 수 없는 일이 생겨낭긴데 그기 바로 하늘의 섭리였든 거지!

길자 그기 뭔데예?

미나리할매 그 도련님이 내한테 나타난기야! 오메불망 꿈속에서만 그리던 그 도련님이 실제로 말이다. 그게 있을 수 있는 일이었드노? 복사꽃 지던 그 산마루 언덕빼기에서 내게 한양 이야기를 들려주며 장차 한양 가가 함께 살자며 내 가슴에 그 뭐라 카드노 마 암튼 그런 거를 심가준 그 도련님이 내 앞에 떡하니 나타난기야!

길자 아이고 오메요 이기 무신 조환교?

#11. 위안소 담

봄기운 감도는 칙칙한 위안소 담벼락에 기대어 앉아있는 정심이와 여러 위안부 여인들. 그 앞에 빵을 들고 일본군 남자 한 명이 등을 보이며 서 있다.

미나리할매 (소리) 하루는 내가 너무 배가 고파가 담장 밑에서 이래 앉아있는데 누가 내한테 보리빵을 내밀고 서 있능기라.

일본군남자 (떨리는 목소리로 일본말로) お腹がすいているのか。 오나카가 스이테이루노카
배가 고픈가?

정심 (와락 빵을 잡으려하다가 포기하며) 消えてしまえ 키에테시마에
꺼져버려.

일본군남자 (다시 떨리는 목소리로) お腹が空いているじゃないか! 오나카가 아이테이루자 나이카
배가 고프지 않은가 말이다!

정심 (눈을 감으며) 私のそこが痛くて元気がないからこのままいるのがいいから他の所を探してみて! 와타시노 소코가 이타쿠테 겐키가 나이카라 코노마마 이루노가 이이카라 호카노 토코로오 사가시테미테
내 그곳이 아프고 쓰리고 기운 없어 기냥 이렇게 있는 것이 좋으니 다른 델 찾아봐!

일본군남자 (조선말로) 정심이!

정심 (소리/눈을 감은 채) 정심이? (어릴 때 불리던 이름이 들려온다) 정심아! 정심아!

정심 (감았던 눈을 천천히 뜨면서) 정심이라꼬?

일본군남자 (조선말로) 정심이! 내가 누군지 알아보겠소? 그냥 편하게 조선말로 대답해도 되요.

정심 (남자를 쳐다보며 일본말로) 私がどうやってあなたのように高

い人を見分けることができますか! 와타시가 도오얏테 아나타노요오니 타카이 히토오 미와케루 고토가 데키마스카

내가 어떻게 당신같이 높은 사람을 알아 볼 수가 있능교!

일본군남자 (조선말로) 우리 조선 말로 하라니까! 나도 조선 사람이요

정심 (물끄러미 다시 남자를 쳐다본다) 誰なのか分からないけど、もう私の名前はカネコだから、ジョンシムは私の幼い頃の本名をむやみに呼ぶな! その名前は私の夢でありプライドだから…! 다레나노카 와카라나이케도, 모오 와타시노 나마에와 카네코다카라 존시무와 와타시노 오사나이 코로노 혼묘오오 무야미니 요부나! 소노 나마에와 와타시노 유메데아리 푸라이도다카라

누신지 모르겠지만서도 이제 내 이름은 가네꼬라예. 정심이라 카는 내 어릴 적 본명을 함부로 부르지 마소! 그 이름은 내 꿈이고 자존심이니까는…!

일본군남자 (조선말로) 암튼 일어나서 날 따라오시오 어서!

정심, 비틀거리며 일어선다. 일본군 남자, 부축하려고 손을 내밀자 뿌리친다. 일본군 남자, 들고 있던 보리빵을 옆에 있던 위안부 여성에게 던져주고는 앞장선다. 힘없이 약간 비틀거리며 따라가는 정심.

#12. 군용 지프차

(롱샷으로) 마당에 대기하고 있던 지프차. 일본군인이 정심이를 태운다. 처음에는 승차를 거부하는 듯하다가 포기한 듯 지프차에 오르는

정심. 지프차 달려 나간다.

#13. 법무소 건물

지프차에서 내려 일본군인을 따라가는 정심. 계단을 오르고 복도를 걸어 법무관실 앞으로 가서 서는 두 사람.

#14. 법무관실

법무소 법무관실. 병사계. 일본군인이 책상에 앉아 사무를 보다가 창수(일본군 남자)가 문을 열고 들어서자 기립한다. 창수, 정심이를 사무소 안으로 데리고 들어온다.

창수　(일본말로 병사계에게) さっき僕が準備しろと言った食事を持ってきて、牛乳を一本飲んで! 삿키 보쿠가 준비시로토 잇타 쇼쿠지오 못테키테, 규우뉴우오 잇폰 논데
　　　아까 내가 준비하라고 했던 식사를 가져오게, 우유 한 병하고!

병사계　하이! (사무소에 붙어있는 커텐 친 벽 문으로 나간다)

창수　(서서 두리번거리는 정심에게) 정심이! 긴장하지 말고 의자에 앉아요!

정심　(의자에 앉으며) 참말로 댁은… 누군교? 낼러 부르는 이름이 낯설지가 않네예!

창수　(모자를 벗으며) 아직도 내가 누군 줄 모르겠오? 나 하동의 쌍기와집 아들 창수요! 최창수!

정심	(놀라 말을 더듬거리며) 누… 누구라꼬예? 쌍기와집 도… 도련 님이라꼬예?
창수	(정심이 손을 두 손으로 잡으며) 그래요. 정심이, 나요. 나 창수란 말이요 최창수!
정심	(그대로 멍하니 주절대며) 최 참판댁 도련님이라꼬예?… 도련 님! (눈을 감고 쓰러지며 기절한다)
창수	(정심이 부축하고 흔들며) 정심이, 정심이 정신 차려요! 정심이!

음악.

#15. 일본군 야전병원 병실

정심이가 침상에 누워있고 그 옆에서 의자에 앉아있는 창수, 그리고 문 앞쪽에 부관 야마모토가 서 있다.

창수	山本副官! 今すぐ司令部の人事係りに行って私、橋本法務官の一週間休暇を申請すると代わりに請願してきて。 야마모토 후쿠칸! 이마 스구 시레에부노 진지가카리니 잇테 와타시 하시모토 호오무칸노 잇슈우칸 큐우카오 신세에스루토 카와리니 세에간시테키테!
	야마모토 부관! 지금 바로 사령부 인사계로 가서 나 하시모토 법무관 일주일간 휴가를 신청한다고 대신 청원하고 오게나!
야마모토	ハイ! ところで休暇願いの理由を何と記録すればいいですか? 하이! 토코로데 큐우카네가이노 리유우오 난토 키로쿠스레바 이이데스카?

하이! 그런데 휴가청원 사유를 뭐라 기록하면 좋겠습니까?

창수　え、だから以前、自分がうわさをたよりにしていた妹を
探したと言って、自分の妹と一緒に安徽省ニシチ司令官
閣下の自宅に何日間行ってくると記述するのか。 私の人
事係長には電話しておくから! 에, 다카라 이젠 지분가 우
와사오 타요리니 시테이타 이모오토오 사가시타토 잇테,
지분노 이모오토토 잇쇼니 안키 쇼오 니시츠 시레에칸 캇
카노 지타쿠니 난카칸 오코낫테쿠루토 키주츠스루노카.
와타시노 진지카카리초오니와 덴와시테오쿠카라!
*에 또 그러니까 전에 내가 수소문하던 그 여동생을 찾았다고
하고 내 여동생과 함께 안휘성 니시찌 사령관 각하 자택에 며
칠간 다녀오겠다고 기술하게나. 내 인사계장한테는 전화를 해
놓을 테니까!*

야마모토　하이! (인사를 하고 나간다)

음악과 함께 창수가 정심이를 돌보며 간병하는 장면이 여러 컷 보여
준다.
음악 서서히 F.O되고 정심이 침상에서 눈을 뜬다.

창수　이제 정신이 좀 드는 거요? 그래 나를 알아볼 수가 있겠오?

정심　도… 도련님?

창수　그렇소. 나 쌍기와집 최창수요!

정심　그카면 지금 이게 꿈인교 아님 참말로 생시라예?

창수　글쎄 아마 꿈인 거 같소! 나도 그러니까!

정심　꿈이라꼬예?

창수　(손을 잡으며) 내 손을 한번 잡아보시오. 꿈인지 생신지!

정심 이게 우에 된 일입니꺼?

창수 우에 되긴 내 정심이 당신을 찾으려고 만주로 이곳 상하이로 지난 몇 년 동안 얼마나 찾아 다녔는 줄이나 아시오?

정심 지 같은 걸 찾아 뭐할라꼬예! (갑자기 고개를 떨구고 흐느껴 운다)

창수 이제 그만해요 그래 그동안 얼마나 고생이 많았소?

정심 (고개를 들고 눈물을 닦으며) 저… 도련님예, 아니 참! 지가 뭐라 부르면 됩니꺼? 이자 고모부라 불러야 합니꺼?

창수 고모부라니? 그게 무슨 말이요, 아 그거 말이요? 하하하! 잘 들어요 정심이가 만주로 떠나간 그 해 실인즉은 나는 우리의 약조를 지키기 위해 아버님께 간청을 드렸더니 아버님께서는 당신 집으로 매파를 보냈던 모양이요. 그랬더니 당신 아버님은 당신 막내고모를 놔두고 한 살이라도 어린 당신을 먼저 출가시킨다는 것이 집안에 흠이라고 생각하셨던지 당신 막내고모를 당신 대신 내세웠던 거요 그런 줄도 모르고 내가 방학을 기해 고향으로 내려갔더니 당신은 이미 만주로 떠났고 이 모든 사실을 알게 된 거지요.

정심 그래 혼인은 어찌…?

창수 어찌하다니요? 이미 우리가 결행했던 마음의 약조를 양가 어르신들께 모두 말씀드리고 당신을 찾아 나선 거지요! 다행히 나는 이후 고등법무관 시험에 합격을 해서 당신을 찾기 위해 군법무관으로 자원입대를 하게 되었고 이렇게 수년 만에 기적적으로 당신을 찾게된 겁니다!

정심 (감격해 하며) 도… 도련님!

창수 나는 지금 이곳에서는 창씨개명을 한 이름으로 모두가 하시모토라고 부르오 또 군법무관으로 중위계급을 달고 있소.

정심   그런데 이래 지체 높으신 분이 뭐할라꼬 이런 내를 찾아 그런 수고를 하신 겁니꺼!

창수   … (잠시 침묵하다가) 그건 당신과의 약속 때문이지요! 또 집안 간의 약속 무엇보다도 당신을 향한 사랑이라는 내 젊은 가슴에 새겨둔 약속! 그리고 내 신앙에 대한 약속 때문이요!

정심   약속이라꼬예? 말도 안 되예! 지하고는 벌써 10년 세월을 생면부지로 떨어져 살아왔는데 그기 다 무슨 소용입니꺼? 그카고 이제 지는 안 되예! 도련님은 이제 낼러 떠나셔야 합니더! 내는 이미 다 아시는 바처럼 그 옛날에 정심이가 아니라예. 이래 몸이 더럽혀진 천하디 천한 신분이 아잉교?

창수   (자신의 손가락으로 정심이 입을 가로막으며) 그런 말 두 번 다시 나한테 하지 말아요. 이 시대의 운명이 당신을 그렇게 만든 것이지 당신 스스로 선택한 운명이 아니잖소! 기억나오? 오래 전에 당신한테 얼핏 말한 것 같은데 우리 집안은 선친 때부터 예수교를 믿어온 집안이고 나 역시 예수교 신자요. 우리 예수교에서는 모든 사람이 죄인이고 그런 중에 누구라도 하나님께 죄사함을 받으면 하나님의 자녀로서 살 수 있는 권세를 얻는다고 믿고 있오! 그렇기 때문에 만약 당신이 신앙의 절차를 밟아 예수교신자가 되고 또한 죄사함을 받게 된다면 어느 누구도 당신을 정죄할 수가 없고 당신은 예전의 정심이로 회복될 수가 있는 것이요. 이런 것을 두고 우리는 하나님의 뜻과 섭리라고 하는데 곧 사랑이지요.

음악.

#16. 목척교 뚝방 (# 39와 같은)

길자와 미나리 할매가 마주하고 있다 짙은 노을 속에서 긴 그림자를 늘어 뜨리면서….

길자　오메! 하나님의 섭리라 카는기 그런 겁니꺼? 그건 사랑이 라켔지만 복 아잉교! 그거시 다 아지매 복이라카이!

미나리할매　그렇지 니 말마따나 복이제 그것도 작은 거시 아이고 어마 어마하게 큰 복잉기라. 적어도 내한테는 말이다!

길자　그런데 그래가꼬 또 우에 됐능교?

미나리할매　(긴 한숨) 그런데 말이다. 방금 니 말대로 그 복이라카는게 우리가 생각하는 그런 복이 아인기라. 그 복 속에는 우덜 이 알지 못하는 또 다른 하나님의 복이카는 커다란 섭리가 안 들어 있드노!

길자　오메야 사람 긴장되게시리 그건 또 무신 말씀이라예?

미나리할매　들어봐라! 내 오늘 저녁장사 치야뿔고 니하고 이래 이야 기하다 파할란다.

밝고 명쾌한 음악이 흐른다.

#17. 중국의 아름다운 명소

밝고 명랑한 중국 전통음악이 연이어 계속되면서 미나리할매의 독백 과 함께 아름다운 영상이 펼쳐진다. 푸른 잔디정원에서 정심이 머리 에 꽃을 꽂아주는 창수. 보트를 타고 호수를 가르는 풍경. 그리고 말을 타고 황산에 오르는 등등의 행복한 영상이 비친다. 그리고 그 아름다운 영상이 펼치는 가운데 미나리 할매의 독백이 O.L 된다.

미나리할매 (독백) 하나님은 말이다. 내게 주신 그 고난의 세월 맨치로 또 다른 날들을 내한테 주셨는데 내 그 사람과 함께한 시간들이 말이다. 시간 시간이 몽땅 다 복이였든기라. 기냥 뭐랄까? 그래 복 속에 파묻혀 살았든기지. 그때는 마 그 사람 군 계급이 있어노이 상해고 어디고 중국에 있는 최고로 경치 좋타카는 명소란 명소는 죄다 찾아댕기면서 맛있는 것만 골라 먹고 최고로 좋은 옷만 입고 살면서 그리 좋은 시간을 가져도 누구 하나 방해할 사람이 없었능기라.

#18. 목척교 뚝방

노을 속에서 미나리 할매의 얼굴과 길자 얼굴 클로즈업.

미나리할매 근데 말이다. 니나 내나 꼭 알아야 할 기 있는데 복이라 카는 것은 절대 과시해서도 안 되고 불평해서도 안 되고. 또 뭐라케야 되나. 그래 내 혼자서 움켜쥐어도 안 되는 기 복잉 기라.

길자 그건 또 무슨 말씀이라예?

미나리할매 참말로 그때 당시는 그리 난리통이였지만서도 내한테는 너무 복에 겨워가 남들이 죽거나 배곯아 쓰려져 길가에 나자빠져있는 것을 봐도 동정도 뭐도 없이 그저 덤덤한기 내 혼자만 행복하면 그기 최고였든기라. 실상 복이라카는 것은 내 받은 만큼 남들에게도 나누어줘야 그기 진짜 내 복이 되는긴데 내 그때는 철없어가 그걸 몰랐덩기지. 그카고 놀라지 말거레이. 하나님이 또 그 와중에도 내게 얼라를 주시지 않았드노. 그기 가능한기가? 몸이 만신창이가 되가 여자구실도 몬 할줄 알았는데 남도 아니고 내한테 그 사람 아를 주시다니 그거를 뭐라 말해야 카나? 축복 아이라 기적 그래 그거이 기적이 아이고 무어시겠드노! 아, 참말로 감사하데! 그 아가 지금 미국서 공부하고 있다카는 우리 아들놈이다. 최조선이라꼬… 하루는 내 혼자서 법무관 사택서 그 사람이 두고 간 성경책인둥 뭔 책인둥 읽고 있었는데 그때 누가 관사 현관문을 거칠게 두들기는기라!

제 12 부

사랑의 가치

#1. 일본 법무관사택 현관

멀리서 꽹과리 소리와 나팔소리가 간간이 들리는 가운데 법무부 사택 현관문을 두드리는 소리에 정심이 놀라 긴장을 한 채 현관문 앞으로 다가 간다.

정심　どちら様ですか? 도치라사마데스카
　　　누구십니까?

야마모토　私は山本副官です。　와타시와 야마모토 후쿠칸데스
　　　저 야마모토 부관입니다.

정심　あ! 山本副官さん、ところでどうされましたか。 아! 야마
　　　모토 후쿠칸산 토코로데 도오사레마시타카
　　　아! 야마모토 부관님, 그런데 무슨 일이시죠?

야마모토　はい、橋本法務官が急いで若奥様に渡すようにと手紙を
　　　持ってきました。そして…。 하이 하시모토 호오무칸가
　　　이소이데 와카 오쿠사마니 와타스요오니토 테가미오 못테

키마시타 소시테

네. 하시모토 법무관님께서 급히 아씨께 전달하라는 편지를 가지고 왔습니다. 그리고….

정심　(문을 열면서 일본말로) あ! お越しください。ただでさえ遠くで鍬の音が聞こえて四方が静かで怖かったけど、誰かがあまりにもドアを強く叩いたせいですごく驚きました! ところで、どういうことですか。 手紙って何? 아! 오코시 구다사이. 타다데사에 토오쿠데 쿠와노 오토가 키코에테 시호오가 시즈카데 코와캇타케도 다레카가 아마리니모 도아오 츠요쿠 타타이타 세에데 스고쿠 오도로키마시타! 토코로데 도오유우 코토데스카? 테가미테 나니?

　　　아! 들어오세요 그렇지 않아도 멀리서 꽹과리 소리가 들리고 사방이 조용해서 무서웠는데 갑자기 누가 너무나 문을 세게 두드리는 바람에 무척 놀랐어요! 그런데 무슨 일이시죠? 편지는 또 무슨?

야마모토　(편지를 건네며 일본말로) はい、橋本法務官は急遽合肥市に出張しておりました。 하이 하시모토 호오무칸와 큐우쿄 갓피시니 슈초오시테오리마시타

　　　네. 하시모토 법무관님께서는 급히 합비시로 출장을 가셨습니다.

정심　合肥市といえば僕…ニシチ司令官閣下の自宅があるところではないですか。 一旦中にお入りください 갓피시토 이에바 보쿠 니시치시레에칸 캇카노 지타쿠가 아루 토코로데와 나이데스카? 잇탄 나카니 오하이리쿠다사이

　　　합비시라면 저… 합비시 니시찌 사령관 각하 자택이 있는 곳 아닌가요? 일단 안으로 들어오세요.

#2. 사택 거실

정심이가 편지를 읽는다. 그 옆에 야마모토 부관이 서 있다.

창수   (목소리) 정심 씨! 이 편지를 받는 즉시 조선으로 갈 채비를 차리시오. 짐은 되도록이면 간단하게 꾸려야하오. 시간이 없소. 그리고 야마모토 부관이 당신을 안내할 테니 무조건 그를 따라 나서시오. 조선에 도착하면 당신 고향 친정집으로 가서 당분간 그곳에서 지내길 바라오. 나는 급한 용무가 있어 지금 니시찌 사령관이 있는 합비로 갔다가 바로 당신 뒤를 따라 조선으로 가겠소! 너무 염려하지 마시오. 내 기도할 테니까. 이 편지를 받는 즉시 빨리 서둘러야 하오. 비상사태요!

정심   山本さん、どうしましたか。 この手紙には今…. 야마모토산, 도오시마시타카, 코노 테가미니와 이마
야마모토! 무슨 일이예요? 이 편지에는 지금….

야마모토   今、蒋介石が率いている南京政府と日本が、塘沽で停戦協定を結び、共産党掃討作戦に乗り出したそうですが、その共産党のやつらが、ここ上海の方に反撃を加えてくるようです。 それで今上海全体が非常に危険な状況なので橋本様が急いで若奥様を朝鮮に避難させるよう命令を受けました。時間がありません。 どうぞご用意ください
이마, 쇼오카이세키가 히키이테이루 난킨세에후토 니혼가, 도모구치데 테에센쿄오테에오 무스비, 쿄오산토오 소오토오사쿠센니 노리다시타 소오데스가,소노 쿄오산토오노 야츠라가 고코 샨하이노 호오니 한게키오 쿠와에테쿠

루요오데스. 소레데 이마 샨하이 젠타이가 히조오니 키켄나 조오쿄오나노데 하시모토사마가 이소이데 와카 오쿠사마오 초오센니 히난사세루요오 메에레에오 우케마시타. 지칸가 아리마센. 도오조 고요오이쿠다사이

지금 장개석이가 이끌고 있는 난징정부와 우리 일본이 당고(塘沽)에서 정전 협정을 맺고 공산당 소탕 작전에 나섰다고 하는데 그 공산당 놈들이 이곳 상해쪽으로 반격을 해오는 것 같습니다. 그래서 지금 상해 전체가 매우 위험한 상황이므로 하시모토 님께서 급히 아씨를 조선으로 피신시키라는 명령을 받았습니다. 시간이 없습니다. 어서 준비하십시오.

정심 あ、わかりました。ちょっと外で待っていてください。すぐ荷物をまとめて出るので 아 와카리마시타. 초토 소토데 맛테이테쿠다사이. 스구 니모츠오 마토메테 데루노데

아 알겠어요. 저 잠깐만 밖에서 기다려주시겠어요 곧 짐을 싸서 나갈 테니까.

야마모토 (시계를 연신 쳐다보며) はい！ お嬢さん時間がないです！5時までに波止場に行かなければ船に乗れません。 하이 오조오산 지칸가 나이데스! 고지마데니 하토바니 이카나케레바 후네니 노레마센

네! 저 아씨 시간이 없습니다. 5시까지 부두로 가야만 배를 탈 수가 있습니다.

음악.

#3. 사택 현관 앞

정심이 가방을 들고 야마모토가 운전대에 앉아 시동을 걸어놓고 있는 지프차에 오른다. 이어 지프차는 급하게 관사문을 나선다.

#4. 지프차 안

어수선한 상해 구도심 골목을 달리는 지프차. 거리에는 중국 피난민들이 짐을 들고 또는 수레에 싣고 가족들과 급하게 피난 가는 광경이 보인다.

정심　山本さん! 本当に橋本法務官さんはお元気ですか? 야마모토산! 혼토오니 하시모토 호오무칸산와 오겐키데스카
야마모토! 정말로 우리 하시모토 법무관님은 안전하신 거죠?

야마모토　(운전을 하면서) お嬢さん、祈ってください。 오조오산, 이놋테쿠다사이
아씨, 기도하십시요!

정심　山本さん、どういう意味ですか。 祈れって? 야마모토산, 도오유우 이미데스카. 이노레테
야마모토! 그게 무슨 말이에요? 기도하라니요?

야마모토　(운전을 하면서) 実は昨日近い南京で大きな戦争が起きて我が日本軍が孤軍奮闘をしています。橋本様は法務官なので戦場には行きませんが、この地域自体があまりにも危険な場所なので神様の助けが必要です! 지츠와 키노오 치카이 난킨데 오오키나 센소오가 오키테 와가 니혼군가 코

군훈토오오 시테이마스. 하시모토사마와 호오무칸나노데 센조오니와 이키마세가 코노 치이키지타이가 아마리니모 키켄나 바쇼나노데 카미사마노 타스케가 히츠요우데스

사실 어제 가까운 난징에서 큰 전쟁이 나서 우리 일본군들이 고군분투(孤軍奮鬪) 하고 있습니다. 하시모토 님은 법무관이라 전쟁터로 나가시진 않지만 이 지역 자체가 워낙 위험한 곳이기 때문에 하나님의 도우심이 필요합니다!

정심　山本さん! あなたもイエス教信者ですか? 야마모토산, 아나타모 이에스쿄오오 신자데스카?

야마모토! 당신도 예수교 신자신가요?

야마모토　そうでございます。私も橋本法務官樣と同じくイエス教を信奉する信者でございます。私の家は早くから救世軍閥家です 소오데고자이마스. 와타시모 하시모토호오무칸사마토 오나지쿠 이에스쿄오오 신포오스루 신자데고자이마스. 와타시노 이에와 하야쿠카라 큐우세에군바츠카데스

그렇습니다. 저도 하시모토 법무관님처럼 예수교를 신봉하는 신자입니다. 저희 집은 일찍부터 구세군교 집안입니다.

정심　山本さん! 私はまだイエス教をよく知りません。だから祈りもどうするのか、よくわかりません。すみませんが、私の代わりに橋本法務官のために祈ってくれませんか。 야마모토산! 와타시와 마다 이에스쿄오오 요쿠 시리마센. 다카라 이노리모 도오스루노카 요쿠 와카리마센. 스미마센가 와타시노 카와리니 하시모토 호오무칸노 타메니 이놋테쿠레마센카?

야마모토! 저는 아직까지 예수교를 잘 몰라요. 그러니까 기도도 어떻게 하는 건지 잘 모르구요. 미안하지만 내 대신 우리 하

시모토 법무관님을 위해 기도해주시겠어요?

야마모토 はい、そうします。しかし、祈りは他人がするよりも自
分がしてこそ効果があると学びました。 ハイ, 소오시마
스. 시카시 이노리와 타닌가 스루요리모 지분가 시테코소
코오카가 아루토 마나비마시타
네. 그렇게 하겠습니다. 하지만 기도는 남이 하는 것보다는 자
신이 해야만 더 효과가 있다고 배웠습니다.

정심, 갑자기 욱하며 손을 입에 가리고 구토를 시작한다.

야마모토 (정심에게) 船酔いされているようですね。もうすぐ波止場
に着きます。 もう少しだけ我慢してください! 후나요이
사레테이루요오데스네. 모오스구 하토바니 츠키마스. 모
오 스코시다케 가만시테쿠다사이
멀미를 하시는 모양이군요. 이제 곧 부두가 나옵니다. 조금만
참으십시오!

정심 そうみたいですね。 소오미타이데스네
예. 그런가 봐요. (계속 헛구역질을 한다)

지프차 부두를 향해 달린다.

음악.

#5. 목척교 뚝방

어둠이 밀려오고 가로등이 하나둘씩 켜지는 뚝방에서 미나리할매의 이야기가 계속된다. 미나리할매의 대사 중에 당시 상해 부두에 정박한 증기선박으로 승선하는 수많은 승객들의 다큐 영상 또는 사진으로 O.L 된다.

미나리할매 내 지금도 기억이 생생한기 말도 말그라. 우리 조선사람, 중국사람, 일본사람들이 서로 배를 타려고 인산인해를 이루는데 참 대단했데이. 내는 그 야마모토라카는 맘 착한 일본 군인이 미리 준비해둔 선표로 객실꺼정 안내해줘가 그래 편안히 조선으로 안 왔드노! 근데 내를 태운 큰 배가 상해를 떠나 한 시간 반쯤 왔을까? 멀리서 보이는 상해에 뭔 천둥소리 같은 거이 계속 들리고 새까만 연기가 하늘로 막 치솟아 오르는데 사람들 말이 상해에 중국공산당들이 쳐들어와 싸우는 기라 카는기라. 그라면서 우덜이 조금만 더 지체했으면 출항을 몬 했을 끼라면서 소리들을 치는데 내는 마 그것보담 우리 그이가 걱정이 되가 내 그 배에서 생전 처음으로 기도라 카는 걸 안 했드노!

길자 아는 예? 좀 전에 얼라 얘길 안 했등교?

미나리할매 그래 내 그때 배 안에서 너무 속이 메스꺼버가 음식도 일절 몬 먹고 자꾸 토하기만 하니까 배 선장이 날러 아픈가 하고 의사를 데려 왔는데 그 의사라카는 사람이 이래 이래 널러 진찰을 해보드만 난중에 축하한다꼬 하면서 임신이라카는 기라. 그때 내 그 말을 듣고는 얼마나 놀래고 고맙든지 그냥 그 자리서 퍼질러 앉아가 막 울었다. 야 진짜로 세상이 달라보이데, 시상에 나 같은 것한테도 이런 복을 주시다니… 내 그제서야 하나님이 계시다는 걸 깨달았다 카이!

길자   그래 조선에 돌아오셔가 우에 됐능교?

미나리할매   우에 되긴. 그때는 마 조선이 최고로 비난하게 살던 때라서 돈을 내도 먹을 것이 없던 때 아이가! 그래 또다시 고생고생해가며 하동으로 내려갔지. 만 십년 만에 찾은 고향이라꼬 가보이 오메야 이건 또 뭔일이고! 그만 아에 동네가 통째로 없어져 뿌링기라.

길자   아니 우에 그럴 수가 있었능교? 친정집도 시댁도 몽땅요?

미나리할매   하모. 몽땅 다! 난중에 들어보이 어느 핸가 내 없는 동안에 동네 전체가 큰 물난리가 나갔고 다 떠내려갔다 카드라. 참 난감하데! 그래도 물어물어 어머이 아부지 안부를 찾았드만 이미 두 분 다 이승 사람이 아닌 기라. 내 참 그때 울기도 마이 울었다.

길자   시상에 시상에 그래 우에 그 시련을 혼자 다 참아낼 수 있었능교? 그카고 도련님은 예? 다시 만났어예?

미나리할매   어데! 그 사람도 그 중일전쟁인가 뭔가 카는 난리 때 죽었지. 그것도 몇 년 지나고서야 그 야마모토 일병한테서 기별이 와가 알게 된 긴데 그 일본청년이 용케도 도련님 주소를 알았던 기라! (긴 한숨) 참말로 우리 하나님은 내한테 인생 살아가는 동안에 있어서 더도 덜도 없이 딱 반을 가리는 것매냥 눈물도 반, 웃음도 반을 안 주셨드노. 나는 처음에 그거이 모다 내 팔자라고만 생각했는데 알고보이 모다 하나님의 섭리였든 기라!

잔잔한 음악이 흐르고 두 여인 눈물을 흘리며 계속 이야길 나눈다.

미나리할매 그래 니는 앞으로 우에 할 낀데? 이래 영신이 하나만 바라보면서 살끼가? 애 아범도 살았는지 죽었는지도 모른다면서?

길자 모르겠어예! 아즉 지한테는 아지매마냥 예수교를 믿는 것도 아이고 또 뭐 급할 때 빼고는 달리 하느님 부처님을 찾는 믿음이라카는 것도 없다보이 기냥 이래 살면서 하늘이 사람매냥 피눈물이 있어가 낼러 도와준다카믐 우리 영신이 애비가 살아 돌아올 끼고 아님 기냥 이래 살다가 지 명이 다하믐 그기 내 팔자라 생각할 끼라예.

미나리할매 야가 지금 무신 소릴 하고 있는기가? 그기 금수도 아닌 사람이 할 소리가? 안 된데이. 니 그리 아무 생각도 없이 팔자타령이나 하면서 살다간 인생 종 친다카이. 내도 첨엔 그리 안 살았드노! 근데 하루는 공준가 하는 충청도서 양코백이 선교사 몇이서 전도를 한다카면서 낼러 살고 있던 동리로 가마 타고 왔능기라! 아이지, 같이 온 남자들은 말을 타고 왔고 나이든 여자선교사만 가마를 타고 왔다. 그칸데 참말로 신기한 것은 그 여자선교사 모습이 어딘가 모르게 마이 봤던 얼굴인기라! 그래 내가 쬐매 그 여자한테 관심을 보인 걸 알았는둥 내한테 다가오더니 대뜸 집이 어디냐고 묻는 기야! 근데 참말로 이상하지 분명 그 웃는 모습, 말하는 입모양 등이 전혀 낯설지가 않아 내 요래하고 한참을 그 여자 선교사 얼굴을 안 쳐다봤드노! (손뼉을 치며) 근데 오메야 이기다 뭔일이꼬 헌뜩 스쳐 생각나는 거이 바로 그 여자선교사 얼굴이 우리 조선이 애비 그 사람 표정인 기라!

길자   어머나 세상에… 그래서예?

미나리할매   근데 그 순간에 나도 모르게 기냥 막 눈물이 쏟아지는기! 그라고는 내 우에된둥 아무 기억이 안 나는데 암튼 내가 그 선교사들을 우리 집으로 델고와가 내 먹을 양식도 없는 형편에 감자하고 옥시기 같은 것을 삶아가꼬 접대를 안 했드노. 그것이 인연이 되가꼬 내 우리 조선이캉 함께 그 선교사들을 따라 이곳 충청도 공주라는 델 따라왔다.

길자   어메나 참말로 별난 인연이라예!

미나리할매   그래가꼬 내 그 선교사들이 사는 양옥집에서 말하자면 종 살이맨치로 그들 밥도 지어주고 또 이불 빨래도 해주면서 우리 조선이캉 그리 안 살았드노. 근데 그 서양사람은 참 말로 다르다카이.

길자   뭐가 다른데예?

미나리할매   신분에 구분이 없능기라. 내한테 먹능 거하며 입는 거부터 몽땅 다 차별도 않고 남들한테는 낼러 자기 딸이라 카믐서 그리 잘해주능기라. 그래 내도 외로운 처지라서 비록 양코배기 미국 사람이지만서도 그분을 우리 어머이같이 생각하면서 그리 모시고 살았다. 이름도 서양이름으로는 엘리스 샤프인데 창씨개명을 해가 우리 조선사람매냥 사애리 시라고 안 불렀드노. 참, 니 유관순이라고 알제?

길자   유관순예?

미나리할매   왜 그 도금봉이가 유관순으로 나와가 삼일만세를 부르다 왜놈들한테 잡혀가 고생 고생을 했던 영화 니 생각 안 나나?

길자   아, 유관순 언니를 모르는 대한민국 사람도 있능교?

미나리할매 그래 바로 그 진짜 유관순을 양딸로 삼아가 공부시킨 분이 바로 그 사프 선교사님잉기라.

길자 그래예? 아주 훌륭하신 분이네예!

미나리할매 하모 훌륭하다 뿐이가. 그 선교사님을 모다 사부인이라캤는데 그 어르신이 즈기 그 공주에다 영명핵교를 세웠다 안 카드나. 그라고 내한테는 은인인기 우리 조선이를 그 영명핵교에서 공부를 시켜가 미국으로 유학꺼정 보내신 분인기라. 옛말에 말은 탐라섬으로 보내고 사람을 낳으면 한양으로 보내라카는 말 니도 들었제? 근데 요즘 신식말로 바꾸면 사람을 낳으면 한양이 아니라 미국으로 보내라카드라. 그기 일리있는 거시 미국은 부자나라라서 모다 양옥집을 짓고 살고 또 전쟁 같은 것도 없고 모다 지만 원하면 대학꺼정 공꼬로 실컷 공부할 수 있는 나라고 또 길거리에 먹을 거시 천지라서 전 세계에 그지가 없는 나라가 바로 미국뿐잉기라.

길자 지도 귀 동냥으로 들었어예! 우리나라도 있는 집 사람들은 모다 자식들을 미국으로 보낸다카데예!

미나리할매 그래 그 좋은 나라로 우리 조선이를 보내 박사꺼정 공부시키신 분이 바로 사부인이라카는 내한테는 어머이 같은 분잉기라.

길자 아지매는 참말로 좋겠니더. 우에 그런 좋은 분을 만나가 아들 미국유학꺼정 보냈능교? 우리 영신이도 그리되면 을마나 좋을끼라예….

미나리할매 그래 내 니한테 하는 말 아이가! 사람은 말이다. 진인사대천명이라꼬 노력없이 뭐든 공꼬로 되는 건 없다 안 카드나! 그카니까 두 번 다시 그리 팔자타령만 하지말고 또 목숨부지하며 사는 기 얼마나 복인데 인생 사는 거를 될대로 되라는 식으로 생각하믐 안 되능 기라 니 알았나?

길자 아지매요. 그카면 내 한 가지 부탁이 있는데예… 미국에 산다카는 아지매 아들한테 말씀 좀 해줘가 우리 영신이도 좀 미국으로 델가 가주면 안 되겠능교? 그카면 내 열심히 돈벌어가 힘닿는 데까지 다달이 아한테 돈을 보내줄 수가 있어예!

미나리할매 근디 그기 말이다. 모양은 좋게 보인다만서도 우덜 같은 팔자로 태어난 사람한테는 쉬운 기 아니라카이….

길자 그건 또 무슨 말씀이라예?

미나리할매 니 영신이 그놈아 멀리 떨구고서 혼자 살 수 있을 것 같드노? 애미 강아지도 지 새끼 남이 가져가믐 몇날며칠을 낑낑대며 운다는데 그기 말이다. 자슥한테는 좋은 일인지 모르겠다만서도 자식 멀리 보내고 홀로 남은 애미한테는 마 죽음잉기라 내도 말은 자랑스러버 했다만서도 우리 조선이 그놈 보내고서는 너무 보고잪고 걱정시러버가 한동안 사능기 마 아니었다 안 카드나.

길자 모르겠어예! 내는 우리 영신이만 잘 된다카믐 내 열두 번 죽어도 괘않을 거 같아예!

이때 고무줄과 장아찌아줌마가 다라이를 이고 다가온다.

고무댁 아니 모두 어데 갔능가 했더니만 여기 있었던 거래유? 영신이 너 괜찮은겨?

짱아댁 아 우덜이 공연히 니한테 심심풀이로 농한 걸 가지고 뭘 그래 화를 냉기여? 우덜 미안하게시리…

길자   성님들한테 화냉 기 아이라예!

고무댁   그려? 그러믐 됑기여! 아 너땜시 우덜도 공연히 맴이 불편혀서 장사고 뭐고 공쳤어야! 이놈오 여편네가 어델 가서 이렇게 장사도 내팽겼나 걱정 많이 했잖여!

길자   미안합니더 괜실히 저 때문에….

미나리할매   근데 느그들 시방 어델 가능기고? 집이 이쪽으로 가는기 맞나?

짱아댁   아참 내 정신머리하군… 성님 큰일났시유! 이이구 시상에….

미나리할매   (놀라며) 뭐라꼬? 그기 무신 소리고!

고무댁   글씨 맹씨가 말이지유… 며칠 전에 고 나쁜 건달놈들한테 끌려가서 직사게 매를 맞고 쓰러져서 지금 즈기 박외과로 실려 갔다지 뭐래유! 글씨.

미나리할매   (놀라며) 뭐라 카노? 맹씨 고놈아가 뭐가 우에 됐다꼬!

짱아댁   야! 고거시 그렇게….

미나리할매   아니 누가 그러드노? 느그들은 우에 알았는데?

짱아댁   왜 고 키가 작달막하고 곱상하면서도 성질드럽다는 꼬봉이? 그래 꼬봉이라는 놈이 좀 전에 와설랑 그래 맞다 (길자에게) 영신이 니를 찾능겨. 그러면서 그러데!

미나리할매   아이구마 이기 다 무신 소리고? 마이 다쳤다 카드노?

고무댁   글씨 그거는 잘 모르지유 고놈 말로는 즈그 똘만이들이 직사게 팼다나 어쨌다나 암튼 많이 다쳤응께 병원으로 실려 간 게 아니겠시유?

길자   박외과라 켔어예?

미나리할매   야야 일단 그리로 퍼뜩 가보자. 아이고 맹씨 그노마 그러면 안 되는데…!

짱아댁　　그찮아도 지금 우덜이 박외과로 가는 중이였구먼유!

미나리할매　아이고 주님! 맹씨 그놈 꼭 좀 살려주이소! 참말로 불쌍한 놈잉기라예!

음악.

#6. 병원 입원실

맹씨가 침상에 누워있고 면도칼이 옆에서 의자에 앉아있다. 그리고 박, 오건달 둘이 공손하게 서 있다. 이때 병실 밖에서 시장 여인들의 소리가 소란하게 들려온다.

고무댁　　(소리) 저 처녀아가씨 여기가 301호가 맞지?

간호원　　(소리) 저기 301호라고 써있잖아유.

고무댁　　(소리) 성님 여기가 맞능가봐유. 여기 301이라고 써있네유!

이때 면도칼이 오건달에게 문을 열어보라고 눈짓을 보내자 오건달 병실문을 연다. 우루루 병실 문으로 들어오는 시장 여인들.

짱아댁　　맞네. 저기 누워있는 사람이 맹씨 맞구먼이라!

고무댁　　아이고 맹씨야!

맹씨　　　(누운 채로) 누님들이 어떻게!

짱아댁　　(다가가 울면서) 아이고 우리 동상 왜 이리 된 기여!

미나리할매　(맹씨에게) 니 우에 이리된 기고, 응?

맹씨　　　(누운 채로) 오마니꺼정….

미나리할매 (면도칼에게 달려들며) 니놈이 주봉이라카는 놈이제? 니가 쟈를 이리 팬 기가? 앙?

면도칼 (뿌리치며) 이러지 마시라요! 이 할망구가 어딜 감히….

미나리할매 (면도칼에게) 뭐라, 할망구? 니 오늘 내한테 한번 죽어 볼끼가?

면도칼 (소릴지르며) 아 이 할망구가 증말 미쳤나!

미나리할매 (면도칼 뺨을 한 대 갈기며) 이 나쁜놈아, 그래 내 미쳤다 우얄 낀데 응?

면도칼 (의자를 들어올리며) 이런 시펄… 죽구 싶어 환장한기야 뭐이야!

맹씨 (큰소리로) 야! 주봉이 너 가만 있디 못하간! (갑자기 배를 만지며) 아… 아이구.

면도칼 (의자를 내리며 맹씨에게) 와 기래? 응 어드메 아픈 거이가?

맹씨 (거칠게 숨을 몰아내시다가 숨찬 목소리로) 야! 내레 소릴 지르다 실밥 뽑힌 거 같아야!

면도칼 돼야? 정말이네?

맹씨 (숨찬 목소리로) 야이 간나새끼야! 기게 아니구 너 우리 오마니한테 고거이 뭔 짓이가 아, 아아아!

미나리할매 (면도칼과 맹씨를 번갈아 쳐다보며) 응? 뭐꼬?

맹씨 (면도칼에게) 날레 잘못했다고 빌디 못하갔어?

면도칼 (미나리할매에게) 뉘기요? 할마시가 뉘긴데….

맹씨 내레 우리 오마니처럼 모시는 시장 어르신이니끼니 날레 빌라우야!

면도칼 기래? (더듬거리며 미나리할매에게) 하… 할마니 용서 하시라요! 내레 몰라 뵙시요!

길자 (맹씨에게) 우에 된 김니꺼? 저 치들한테 맞았능교?

맹씨	아닙네다. 맞은 거이 아니고….
길자	아니긴 뭐가 아닝교! 이래 얼굴에 상처가 났는데!
맹씨	그거이 아니고 말입네다….
박 건달	복막염이 터진 거랑께요!
짱아댁	복막염, 복막염이 뭐시여?
고무댁	맹장이 터져 뼈린 거시 복막염 아닌게벼? 맹씨야 맞제?
맹씨	예! 그렇티요! 맞습네다.
미나리할매	그카면 그 뭐꼬? 수술을 한 기가?
면도칼	(공손하게) 그저께 아침에 수술을 했습네다. 안 기면 큰일 날 뻔했시오.
짱아댁	아이고 오메요… 수술이 뭐래여! 그라믐 배를 째내고 창시기 잘못된 거 막 짤라내고 꿰매고 하는 그런 수술을 한 긴가? 오메 윽수로 아팠을 꺼인디!
고무댁	아 말하믐 뭐혀! 그치만 다행이네유. 여기 박외과 원장님이 조선 최고로 명의라든디 여기서 수술을 했기 망정이지 안 그럼 장이 터져 어떻게 됐을 꺼 아녀유!
미나리할매	암튼 이만하기 다행이라카이. 수술은 잘됐다 카드노? 또 재발된다거나 아까 전처럼 자꾸 아프면 큰일 아이가?
면도칼	(공손하게) 저 아주마이 말대로 여기 병원 원장의사 선생님이 수술은 아주 마이 해봐서 이런 복막염 수술 정도는 거뜬하다니끼니 염려노시라요.
미나리할매	아이고 주님! 감사합니데이!….
짱아댁	나무아미타불….

음악.

#7. 병원 입원실

맹씨가 침상에 일어나 앉아있다. 이때 영신이가 문을 열고 뛰어 들어온다.

어린 영신 (맹씨한테 달려들며) 아저씨!

맹씨 (영신이를 껴안으며) 아이쿠 우리 대통령 각하 행차하셨구나 야! 어케 알고 왔네?

어린 영신 (문 뒤를 돌아보며) 우리 엄마가 가르쳐주셨어요. 엄마 빨리 들어와!

길자 사과봉지를 들고 들어온다.

맹씨 영신이 오마이 오셨습네까?

길자 야, 그래 몸은 괜않응교?

맹씨 네 영신이 오마니 염려덕분으로 마이 좋아졌습네다.

어린 영신 (맹씨에게) 아저씨 방구 꼈어요?

맹씨 뭐… 뭐라구?

길자 여… 영신아!

어린 영신 우리 교회선생님이 그랬는데 복막염 수술을 하고 방구 뀌면 실밥을 뽑고 나을 수 있다고 했어! 그치 아저씨?

맹씨 그… 그래 우리 영신이 정말 똑똑하네. (이때 방귀소리가 난다)

어린 영신 와! 아저씨 방구 꼈다! 어서 의사선생님한테 가서 아저씨 실밥 뽑아달라고 해야지. (병실문을 다시 뛰어 나간다)

길자 영신아! 얘 영신아! (맹씨를 보며 민망해 한다)

맹씨 (역시 민망해 하다가 웃음을 터뜨린다) 하하하! (다시 방귀소리) 아,

아이고 하하! 미 미안합네다!

길자   어, 어데예 호호호.

맹씨   (웃음을 멈추고 정중히) 저… 영신이 오마니!

길자   야?

맹씨   저… 드릴 말씀이 있었습네다!

길자   (얼굴을 붉히며) 뭐, 뭔데예?

맹씨   저…. (머뭇거린다)

이때 영신이가 병실문을 열고 뛰어들어온다.

어린 영신   엄마 엄마! 어떤 아줌마들이 엄마 찾아!

길자   누군데?

이때 영신이가 열어놓은 병실문 안으로 딸금이와 선녀가 들어선다.

딸금,선녀   언니, 언니야!

길자   (놀라며) 이… 이게 누꼬? 아니… 딸금이하고 선녀 아이가? 응!

선녀   (사과선물 꾸러미를 내려놓고 길자 손을 잡으며) 그동안 우에 지냈능교! 낼러 보고잖지도 않았등교? 우짜 그리 편지 답장 한 번 없습니꺼?

딸금   (길자를 끌어안고 울먹이며) 언니 이거이 월마만이당가요? 지척이 천리라고 광주서 새벽차를 탕께 하루도 안 걸리더만 우짜 여태 못 왔을까잉! 참말로 보고잖았으라.

길자   내도 아 텔고 먹고사느라 정신이 없었지만서도 느그들 생각은 마이 했다. 그래 모다 우에 지냈드노?

서로 끌어안고 운다. 잠시 후.

선녀 (맹씨를 한번 쳐다보고는) 아니 언니요! 언니가 그토록 오매불
망 그리던 형부 아잉교?

길자 (와락 놀라며) 어데! 아이다. 우덜한테 잘해주시는 시장 아저
씬게라! 아이코마 우덜이 남의 병실에서 이라면 안 되제!
(맹씨에게) 미안합니더. 전에 인천서 같이 형제처럼 지내던
동생들인기라예!

선녀 (맹씨에게) 안녕하세요? 언니야 말처럼 전에 함께 지냈던 선
녀라 캅니더!

맹씨 (약간 당황스럽게) 아 예! 맹갑네다!

딸금 (맹씨에게) 나도 인사 쫌 올리지라. 야보다는 한 살 더 많고
언니보다는 한참 어린 전라도 광주서 올라온 딸금이구먼
이라.

맹씨 (일어나 앉으며) 아 예!

길자 (선녀, 딸금에게) 자! 어서 모다 나가자! 여긴 남의 병실인기
라. 자 어서.

맹씨 아니 괜찮습네다. 밖에 나가시믐 앉을 데도 없을 꺼인데
기냥 예서 말씀들 나누시라요! 내레 영신이하고 걸음 연
습 쫌 하고 오갔습네다.

길자 아이라예! 자 모다 나가자카이!

모두 병실 밖으로 나가려고 할 때 맹씨 다시 방귀를 뀐다.

선녀 어머! 이게 뭔 소린교?

딸금 어? (코를 막으며) 아! 뭔 소리긴 뭔 소리당가! 저 아자씨 방

귀 꿨구만이라!

맹씨 아. 저… 실례… 내레… 수 수술을 해서라므니.

길자 (얼른) 아 모다 나가자!

모두 병실 밖으로 나간다. 맹씨 안절부절, 아쉬운 표정이다.

음악.

#8. 영신네 계단

길자 안내로 선녀, 딸금이, 계단을 올라 영신네 다락방으로 들어간다.

#9. 영신네 다락방

선녀, 딸금이, 허리를 꼬부리고 서 있다가 앉는다.

길자 내 이래 산다!

딸금 아이구 우리 큰언니 참말로 고생이 많은갑네! 아 누워 잠 이나 잘 수 있당가요?

길자 와? 느그들 잠 몬 재울까봐 미리 걱정들 하는기가? 동양방 적 기숙사에 비하면 운동장이라카이. 느그들 생각 안 나나?

선녀 (아까부터 비실거리더니 크게 웃는다) 호호호!

딸금 야가 와 그런당가? 아까부텀 실성한 거매냥 실실… 너 허 파에 바람 구멍났어야?

선녀   (다시 웃으며) 호호호 그게 아이고 그 아저씨 슬그머니 방구 끼놓고 놀라는 표정이 너무 웃겨가… 호호.

길자   문디이가시나. 그 아저씨 복막염 수술하고 지금 며칠 되가 수술한 데 실밥 뽑을라꼬 안 카나!

선녀   호호호! (웃음을 멈추고) 그칸데 언니하고 우에 되는 사인교? 언니가 와 그 아저씨 병간호를 해주는데?

길자   (약간 당황하며) 아이다 병간호는 무신! 오늘 시장에 콜레란 둥 뭔둥 그거 방역한다꼬 일체 장살 못하게 해가 아침나 절엔 저어기 유성장 쪽으로 안갔드나. 그카고 오후에 시간이 나가 집에 들갈라고 하는 참에 우리 영신이 갸가 그 병실에서 놀고 있다케서 잠깐 들린 건데 하필 그때 느그들이 온 기야! 근데 내 거기 있는 둥 우에 알고 찾아들 왔드노?

딸금   전에 언니가 편지로 대전에 오믐 중앙시장으로 오라 안했소! 그 뭐라 혀요? 그려 중앙극장 골목길 끝으로 오면 된다고… 그려서 오늘 오후에 야를 역전서 만나 언니 알려준 대로 찾아강께 마침 어떤 방역하는 아자씨가 시장 아줌씨들 박외과로 갔을 거잉께 그리로 가보라함시 그래 물어물어 찾아가덜 안 했당가요!

길자   암튼 내보다 젊어 그런지 길은 잘 찾는다카이! 우째거나 이래들 만나니 억수로 반갑데이. 내 느그들 얼마나 보고 싶었는지 아나!

선녀   (길자를 껴안으며) 내도 그래예! 그칸데 아까 전에 병실서 방귀 낀 그 아자씨 한쪽 눈은 이상트만 인물은 최무룡마냥 억수로 잘 생기지 않았등교! 수염은 좀 덥수룩 했지만….

딸금   야가 요즘 시집갈라꼬 남자 걸신들렸다 안 혀요! 내한테 편지 써 보낼 때마다 사내 얘기뿐이지라!

선녀	아 내도 나이가 있는데 그람 남자 생각 안 허믐 그기 이상한 기지?
길자	(딸금에게) 니도 돈 쫌 모아가꼬 좋은 남잘 만나 시집간다꼬 안 했드나? 그래 눈여겨 본 남정네가 있드노?
딸금	나가 지금 열심히 눈여겨보고 있지라! 전에 언니 말대로 아무 남자나 말고 평생 해로할 남잘 찾아본다고 노력은 하고 있는데 말여라. 그게 워디 쉽당가요! 인물이 좋은 넘헌테는 돈이 없고 돈이 쬐가 있다혀면 인물반뎅이가 딸려 정이 안 가고 그라고 뭔놈의 총각들이 씨가 말라 죄다 홀애비다요, 정내미 떨어져 요샌 시들하당께라!
선녀	(깜짝 놀라며) 아 맞다. 사과! 내 영신이 줄라꼬 사가온 대구 능금을 그만 그 병원에다 내뻘고 왔네 우야꼬?
딸금	지랄! 선녀 너는 전부터 오도방정떠는 그 버릇 여전허야!
선녀	내 잠깐 그 병원에 다녀와야겠네예! 그 대구 능금 윽수로 맛있는 사관데….
길자	괘않다. 그 사람도 혼자 몸으로 이북서 내려와가 저래 가족도 없이 혼자 사는데 누구 하나 챙겨줄 사람도 없능기라. 우린 먹었다 셈칠 테니까는 기냥 그 아저씨 먹게 내뿌려두능기 안 낫겠나.
딸금	근디말여라 언니한텔랑 미국으로 입양 간 순이한테서 뭔 편질 못 받았당가요?
길자	뭐라꼬 순이한테서? 아이고마 내 사능기 바빠가 한동안 가 생각을 몬했다. 죽은 숙자한테 미안해 내 우야면 존노! 내 철석같이 순이를 위해 틈틈이 기도도 해주고 무신일 있으면 돌봐준다캤는데… 그래 니한테는 무신 연락이 왔드노? 잘있다 카드나?

딸금	말도 마시랑께라!
길자	(걱정스런 표정으로) 아니 와?
딸금	사람팔자 시간문제라 안 허요! 가가 나한테 지 사는 집이 랑 양부모 사진하고 또 지 다니는 핵교꺼정 죄다 사진 찍 어가꼬 편지랑 보내왔는디 말여라. 와따메 내 말로만 미국 미국 들어봤지 그렇게 잘사는 세상은 처음 봤당께라! 갸 인물도 전에 그 말라깽이 순이가 아니고 말여라 거 뭐시 여? 알렌인가 뭔가 하는 미국식 이름으로 창씨개명을 해 가꼬 통통하니 살이 오른기 참말로 신수가 훤하드랑께요!
길자	아이고머니나… 참말로 하늘님 부처님 감사합니더! 아이 고 참 잘됐네…!
선녀	(딸금에게) 딸금언니! 언니한테 순이 갸 사는 미국집 주소 있지? 내한테 좀 갈켜다고.
딸금	뭐땀시 그러는디?
선녀	언니야가 순이 갸 야길 했을 때부텀 내한테 뭔가 느껴지는 게 있어 안 그렇나!
딸금	(말을 가로채며) 뭔 사설이 그리 낑겨, 순이 통해서 미국 홀애 비라도 중신해달라꼬 그러는 거 아니당가!
선녀	언니야 언니한테 신 내렸드노?
딸금	얼라 야가 시방 뭔소리당가? 무신 자다가 봉창 터지는 소 릴 허는 거여! 웬 신은…?
선녀	그게 아이믐 어찌 그리 남의 속맴을 한 방에 콕 끄집어 내 는긴데?
딸금	옴메야! 이 가시나님 대갈통 속엔 그저 사내놈뿐이지라? 그라고 넌 주소를 줘도 꼬부랑글씨도 읽을 줄 모르잖여!
길자	말장난들 그만하고! 그래 순이 갸 우에 산다꼬 하드노?

딸금 나가 어찌 갸 생활을 속속들이 안다요! 기냥 잘 산다는 내용하고 사진이 전부지라! 허지만이라 그 어린 맴 속엔 숨겨논 눈물이 와 없겠스라?

길자 그래 하기사… 마 우에 됐든간에 순이 갸가 잘 산다카이 내 이제사 속이 꽉 뚫리능기 숨을 쉴 수 있다카이 참말로 다행이구마!

딸금 긍께, 근디말여라, 가마이 보믐 시상천지에 언니만한 사람이 없당께요!

길자 그기 무슨 말이고?

딸금 언니는 팔자가 사나버가 요로콤 돈 없능기 흠일지는 몰라도 말이시 남한테 베풀고 남의 아픔을 내거 매냥 요래 맴 쓰는 거 하나하나가 다 우덜이랑은 다르다 안 허요!. 참말로 복 마이 받을 긴데 그 복이 언제나 올랑가 싶어 하는 말이지라.

길자 복 받을 사람이 이래 팔자 사나버가 궁색맞게 사는 거 봤드노? 내는 이제 마 우리 영신이 저놈아 하나만 잘 커가지 앞가름만 잘 한다카믐 내 죽어 여한이 없다!

선녀 어데예? 언니야가 오매불망 생사도 모르는 형부를 기다린다꼬 이래 사는 기지 형부만 아이면 언니 얼굴에 또 그 맘씨에 팔자를 펴도 버얼써 안 피었겠능교? 아 안 그냐, 딸끔 언니야?

딸금 아 말이라?

길자 느그들은 안즉 내를 모른다. 사람이 사람을 사랑한다 카는 기 그기 얼마나 소중하고 행복한데… 보이는 꼬라지하고 숨겨둔 맴 속에 담긴 사랑의 가치는 다른 기라!

선녀 어메! 고 꼬라지라는 말만 빼면 무신 영화대사 같네! (딸금

흉내내며) 안 그요 성님아?

딸금   아 말이라?

이때 어린 영신이가 엄마를 부르며 사과바구니를 들고 들어온다.

어린 영신   엄마!

길자   니 어디 갔드노? 맹씨 아저씨캉 여태 같이 있었든기가?

어린 영신   응! (사과바구니를 내밀며) 이거 아저씨가 아줌마들 꺼라고 갖
다주라고 했어!

선녀   어머나! 그 사람 참말로 경우 바른 사내 아닝교?

길자   니 이모들한테 인사 했드노?

어린 영신   아니! 아줌마들이 내 이모들이야?

딸금   아따메 뭔 사내아가 요로콤 인물이 좋당가? 이민이 김진
규는 얼굴도 내밀지 못 하겄어!

선녀   그러게 말입니더… 아까는 여벌로 봐가 생각 몬 했는데 이
래 가까이서 보니께 참말로 잘 생겼네에! 니 몇 살이드노?

어린 영신   여섯 살이요! 인제 몇 달만 자면 저도 학교 가요! 삼성국
민학교 1학년 될 거예요!

선녀   어메 여섯 살배기가 이래 총명한기 벌써부터 사내 냄새가
물씬 난다카이!

딸금   아 얼라 앞에 뭔 소리당가? 야가 참말로 뭐에 씌여도 단단
히 씌었구먼이라. 굿이라도 한번 혀야 할랑가?

선녀   히히 미안 쏘리…!

어린 영신   엄마! 맹씨 아저씨가 아줌마들하고… 아니 이모들하고 모
두 한밭식당으로 나오래!

길자   나오래가 아이고 나오시래! 곧 학생 될 놈이 어른들한테

	그기 무신 말버리장머리고?
어린 영신	히히 나도 미안 쏘리! 나오시래요!
선녀	하이고 저 쎈스쟁이… 언니 쟈가 형부 닮았능교? 그카믄 형부도 억수로 미남이었겠네예. 그러니까 언니 맴 속에 그 뭐라? 그래! 사랑의 가친가 뭔가가 남아 있능게 아잉교.
길자	와 나오라 카는데? 몸도 성찮은 양반이… 아즉 퇴원도 안 했구만….
어린 영신	이제 아저씨 방구도 다 꿨고 실밥도 다 풀어서 괜찮다고 했어!
선녀	하하하! 방구! 호호호
길자	됐다마! 니 가가 우리는 됐으니까는 혼자 맛난 거 드시라 케라! 이 사과도 쬐매 갖다 드리고….
어린 영신	아이 나오시라고 했는데…!
선녀	영신아 그 아저씨가 말한 식당이 뭐라컸제?
어린 영신	한밭식당! 저어기 기신양복점 옆에 있는데 설렁탕이 정말 끝내준대요!
선녀	엄마야 맛있겠다! 하기사 대전 하믄 한밭식당 깍두기하고 설렁탕 아잉교. 맞제? 그 유명한 대전의 한밭식당 설렁탕! 깍두기!
길자	니들 배고프겠다. 내 퍼뜩 상 차려 올 테이까는 쬐매 기달리거라! 내 내일 한밭식당에 가가 설렁탕 사줄 테이까는.
어린 영신	맹씨 아저씨가 지금 우리 집 앞에서 기다리고 있는데!
길자	뭐라꼬 맹씨가 우리 집 앞에서 기다리고 있다꼬?
어린 영신	응! 안 나오면 아니 안 나오시면 나오실 때까지 기다리시 겠대!
선녀	언니야! 그 최무룡이 닮은 멋진 털보아저씨가 기다린다잖

아! 나가보자 웅? 언니야!

딸금　그러잖게요! 뭐하면 나가 돈 내면 될 거 아니것으랴!

선녀　(사투리 흉내내며) 그러지라 이 언니 부자랑께요!

음악.

#10. 면도칼 이층 허름한 사무실

창밖으로 비가 내린다. 면도칼, 우두커니 창밖을 내다보고 서 있다.
이때 빗속에서 아버지의 울음소리가 들려온다.

#11. 맹씨네 대청마루 앞

세찬 소낙비가 쏟아붓는 대청 앞마당에 무릎을 꿇고 울부짖는 천마
름, 그리고 대청 옆 내실 안방 안에서 호령하는 맹 참판의 모습이 그
림자 되어 방문에 비췬다.

천마름　참판나리 증말로 억울합네다. 내레 참말로 어씨네 농막서
단 한 됫박도 곡식을 반출한 적이 없시요. 모다 강서 김가
네 패거리 놈들의 농간인 거 아시잖습네까? 참판나리! 내
레 소싯적부터 나리댁에서리 종살이해오던 천갑네다! 길
구 이자는 남도 아니잖습네까! 기리니 믿어주시라요!

맹참판　기릿타면 어케 고놈들이 농막지기 주제에 감히 참판집 사
돈될 마름의 흉을 잡고시리 기따위 막말을 동네방네 떨치

고 다닌단 말이네? 이보라우! 옛말에 욕영정자 단기표(欲影正者 端其表)라 했어야! '그림자를 반듯하게 고치려면 말이디 본체를 바르게 하라'는… 뭔가 자네 그림자레 삐뚤어졌으니끼니 고놈들이 앞잡아보고설랑 기딴 소문을 낸 거 아니네? 그러니끼니 잘못한 거이 없어도 잘못한기야. 기냥 날레 돌아가라우!

천마름   기래두 내레 참판나리께옵서 기릿티 안타는 한 말씀만 해주시라요. 기리디 않구설랑은 내레 물러갈 수가 없습네다.

맹참판   어허! 최씨 고집이 말뚝이오 안씨 고집은 막무가내라더니 거기래 천가도 고집이 또 있능기야! 기리디말구 가라니까 그러네. 내 날 새면 고놈의 김가네 농막지기 놈을 불러들여 쌍피레 대면시킬 테니깐… (잠시 침묵) 내레 자네 심성을 몰라 그러능 게 아이야! 한쪽 편만 들었단, 말만 더 커져 복잡하게 될 것 같으니끼 그런다는 걸 와 모르네! 이 참에 로스께놈들 끼고서리 겁대가리없이 나불대는 강서 패거리 놈들 본때를 보여줘야 안칸. 기러니 기렇게 알고 가라우야. 기렇게 장시간 빗속에 앉았다가 어케 될라고 그러네? 고뿔도 기렇고…! 날레 들어 가라우!

천마름   알갔습네다. 하지만 참판나리 증말로 믿어주시라요.

세찬 빗소리와 천둥벼락이 내리치는 가운데 앉아있는 천마름.

음악.

#12. 마름집 건넛방

상복을 입고 있는 주봉이와 마주한 병천이가 앉아있다.

병찬   왜 여지껏 상복 이래 벗지 않고 있는 거네! 삼년상이라도 치룰 생각이네? 기리디 말구 편하게 의복을 갈아 입으라우야!

주봉   야 병찬이 내레 증말로 원통해서 기레야. 생각해보라우. 우리가 너네랑 어케 지낸 사이가? 이제 조선의 국호도 바뀌고 왜놈들도 망해 떠나간 마당에 더구나 사돈지간이 될 사이 아니네? 나를 너처럼 똑같이 중핵교까정 공부시켜주고 또 예전 같으면 있을 수도 없는 마름집 딸을 며느리로 삼겠다 하셨으니 울 아바이는 말이디 평생 너네 집 그 은혜를 저버리지 않는다고 했어야! 기런데 나리께서는 기런 아바이보다는 그 로스께 놈들 앞잡이 김가네 편을 들어주시니 얼마나 억울했간!

병찬   (맹씨) 기렇디 않아야, 기건 니놈 오해야! 생각해보라우. 강서지방 사람들이래 모다 알고 있는 고 김가네놈들 말을 들어주신데는 다른 어떤 이유가 있을 꺼라는 거 생각 못해봤네?

이때 문 밖에서 정림이 소리가 들린다.

정림   (소리) 오라바이! 들어가도 됩네까? 단술 좀 가져왔시요!
주봉   들어오라.

정림, 문을 열고 식혜를 담은 주병을 들고 들어온다.

정림　(병찬에게) 아즉 안 가셨습네까? 그믐날이라서리 밤길이 어두울 텐데….

병찬　정림이도 많이 놀랐을긴데 지금은 그래 괜찮아진 거네?

정림　내래 괜찮습네다. 허지만 저 오라바이래 무슨 청승입네까? 병찬 오라바이가 오늘 밤에 저 상복 좀 벗겨주시라요! 세상이 어케 바뀐 지 우리 오라바이는 안즉 모르는 것 같습네다.

주봉　너네는 사주단지 건네 받고시리 날 받아 논 사인데 아즉도 호칭이 정림이고 오라바이네?

정림　기럼 어케 부릅네까? 안즉 혼례 전인데 내외하며 서방님이라 합네까? 기냥 깨둥이 때부터 한 뜨락에서 살아온 사이니끼니 이거이 편합네다.

주봉　기리다 시집 가설라무니 기케 부르단 마름자식 배운데 없다고 욕먹어야!

정림　오라바이는 누굴 깨둥이로 봅네까? (병찬에게) 차라리 제가 이 방에다 요를 펴드릴 테니깐 오라바이도 오늘밤 예서 주무시고 가시라요. 그거이 더 지 맘이 편할끼야요.

주봉　기래 그거이 좋겠다. 내 하구 싶은 말도 있으니끼니!

이때 밖에서 꽹과리와 장구를 치며 고함지르는 소리.

주봉　아니 이거이 뭔 소리네? 아까부터시리…?

무리들　(소리) 악덕 지주놈들 거세하라. 부르조아 반동노메 새끼들 쳐 없애라! 와! 와!

이어 "불이야!" 하는 소리와 함께 무리들 소리.

무리들　(소리) 맹참판 반동놈에 새끼랑 그 가족놈들 날레 남김없이
　　　　처단하라우야! 악덕 지주 부르조아 반동노메 새끼들 쳐 없애
　　　　기요! 와! 와!

문창호지에 붉은 조명이 펄럭인다.

주봉　이게 뭐이가 응? 무슨 일이라도 난 기야?
병찬　저거이 우리집 삽짝에서 들리는 소리 같은데? (급하게 일어
　　　　선다)
주봉　(병찬이를 잡으며) 아이 된다. 지금 여기서 나가믐 너레 위험
　　　　해진다는거 모르네 그냥 여기 있기요! 저 소리가 아이 들
　　　　리네?
병찬　이거 노라우야! 안 놓칸! 내레 나가야 해
정림　(병찬이 팔을 잡고) 나가믐 아이 되기요! 오라바이 아니 된다
　　　　하잖소.
병찬　니덜 와 이라는기야 앙! (주저 앉으며) 아바이! 아바이!

음악.

#13. 면도칼 이층 허름한 사무실

여전히 세차게 쏟아지는 비를 창 너머로 바라보고 서 있는 면도칼.

꼬봉이 (살며시 눈치를 보며) 하, 날도 참 성가시럽구만이라 뭔 놈의 비가 요로콤 주야장창 퍼붓는다요?

면도칼 (여전히 창밖을 향한 채로) 모다 보냈네?

꼬봉이 (다가와서는) 그런디 뭔일이다요? 쟈들 길들이느라고 심쓴 세월이 월만디… 성님… 저 성님 뭔일 있지라? 요 며칠째 암것도 안 드시고라… 고로콤 창밖만 내다보시니… 뭔 딴 사업을 구상하고 계시당가요?

면도칼 (눈을 지그시 감고) 꼬봉아! 니 본래 이름이 뭐이가? 니 어릴 적에 니 집안어른들이 지어주신 이름 말이야?

꼬봉이 저… 지 본명이라요? 그런께 노복수지라 노는 집안 성씨 고라 이름은 복복자에 지킬 수잔께 복을 지키라는 뜻이 랑께요. 이름 자 뜻은 허벌라게 좋은디 부르기가 쪼메 안 그요!

면도칼 복수…? 좋네… 노복수! 내레 이 면도칼이래 너처럼 본 이름이 있디! 주봉이라고 천주봉! 천은 집안 성씨고 두루 주자에 받들 봉 모든 사람을 두루두루 받들어 섬기라는 이름이디. 근데 이름 같잖게 두루두루 사람들 등이나 처먹는 놈이 됐으니끼니 하늘서 우리 부모님이래 어케 생각할 거이가? 지금 저 밖에 쏟아지는 빗물이 우리 아바이 오마니 나 때문에 우시는 눈물 같아야! (잠시 후) 너는 내레 인민군 포로였다가 전향한 거 알디?

꼬봉이 아… 알지라! 쩌번에 그 생선장수 맹씨랑 같은 고향사람 이고 같이 인민군으로 이북서 내려왔다 들었당께라!

면도칼 아 새끼레 머리 좋구나야! 그 친구가 내 깨쟁이 친구고 말이디 실은 내가 그 새끼레 처남인 것도 아네? 내 누이 남편인거!

꼬봉이 참말이어라? 고… 고거는 몰랐으라 처남매제? 와따메 그 렁게 허벌나게 가까운 사이고만이라!

면도칼 본래 그놈 집안은 뼈대있는 가문집이었고 우리는 그 집 마름집이었다. 하지만 반동지주라는 이름으로 죽게 된 그놈 살리려고 내레 같이 인민군에 자원입대를 했던 기야!

꼬봉이 오메 그렇게 겁나게 질긴 인연 아니당가요? 근데 워째 요 로콤 사는 방식이 다르다요?

면도칼 피가 다르디… 근본도 다르고! 내 맴 속에는 어릴 때부터 자격지심 같은 열등감이 있었디 안칸! 기래서 양반상놈이 있는 거이야! 지금도… 야! 꼬봉이!

꼬봉이 야 성님!

면도칼 아니디 노복수라켔디. 그래 복수야! 복복자에 지킬 수 노 복수!

꼬봉이 네 성님! 말씀 하시랑께라!

면도칼 너 나랑 같이 새로운 인생사업 시작해 볼 생각 없네?

꼬봉이 새로운 인생사업이고라? 아 고거시 뭔진 몰라도 그러믄이 지라. 지는 평생 성님 꼬봉 아니당가요!

면도칼 기런 꼬봉이말구 말이디. 니 이름처럼 복을 지키는 이름으로 나랑 같이 한번 새로운 인생 새롭게 살아보자우야. 기케면 니 아바이 오마이께서도 얼마나 좋아하시갔네!

꼬봉이 그… 그러지라.

면도칼 내레 그동안 꿍쳐둔 돈이 얼마간 있으끼니 그 돈으로 우리 새롭게 착한 인생 한번 살아보자우야! 알간? 기리구 니 밑에 아 새끼들한테두 얼마간 나눠주구 말이디.

꼬봉이 그… 그러지라. (창밖을 바라보며) 얼레? 근디 성님이 착한 사업 하자고 함시 금시 비가 그쳐부렀다요!

음악.

#14. 한밭식당 안

길자와 어린 영신, 선녀, 딸금이와 함께 설렁탕을 먹는 맹씨. 식당 안에 식객들이 가득하다.

딸금   참말로 허벌라게 맛있구만요! 본시 우리 전라도 음식이 맛깔스럽다 안허요, 근데 이집 깍두기랑 설렁탕은 궁합이 맞는지 전라도 음식 저리 가라구만이라!

이때 어린 영신이가 설렁탕에 소금을 자꾸 집어넣는다.

선녀   아이구 영신아 그리 소금을 많이 넣으면 짜다카이! 물 캐면 우얄라꼬?

어린 영신   이모, 물 캐는게 뭐야?

선녀   밥 묵고 나서 자꾸 목 매른 거이 물 캔다 카는 기지! 이젠 소금 그만 넣어라!

길자   (맹씨에게) 암것두 안자시다가 아래 기름진 거 묵어도 괘않아예?

맹씨   없어 못 먹디요. 기간 얼마나 먹을 께 땡겼는지 내레 혼났시요!

길자   아무리 그케도 병원 환자복을 입은 사람이 이래 식당서 식사하능기 쫌 안 그런교?

맹씨   (주변을 살피면서) 내레 발가벗고 밥 묵는 것도 아이니깐 상관 없시요! 어제 오늘은 병원 밖에서 이 차림으로 운동도 했습네다!

선녀 어머! 그러고보이 아저씨 팔뚝이 굵고 단단한 기 꼭 쇠팔뚝 같아예!

딸금 (선녀 옆구리를 치며) 니 그 주둥아리 닥치지 못하것냐. 처녀아가 남사시럽게 고거이 뭔소리당가!

선녀 와? 그리 보이니까 그카는데⋯ 언니는 뭐 처녀 아잉교? (맹씨를 보고는 겸연쩍은 듯)

이때 식당 안에 있는 라디오에서 뉴스가 들려온다. 식당 손님들이 모두 라디오를 향해 시선을 돌린다.

라디오 (소리)

뉴우스를 알립니다. 오늘 오전 11시 30분에 부산에서 출발하여 서울로 향하던 대한국민항공사 소속 창랑호 여객기가 북한으로 강제 납북되었습니다. 창랑호는 기장 윌리스 홉스와 부기장 멕클레렌 미 공군 중령이 조종하고 있었으며, 독일인 요한 리트히스 부부와 미군 군사고문단원 중령 1명 등 외국인 5명을 포함한 승객 29명과 승무원 3명 등 모두 37명이 탑승하고 있었는데 이륙 후 30여 분 만에 경기도 평택군 상공에서 납치되어 현재 북한 평양 순안국제공항에 강제 착륙 당했다고 합니다.

길자 이기 다 무신 소린교? 우리 비행기가 이북으로 납치 당했다고예?

맹씨 (라디오에 귀를 기울이며) 가⋯ 가만요! 좀 더 들어 보기요!

라디오 (소리)

다시 한 번 긴급 뉴우스를 알립니다. 오늘 오전 11시 30분에 부산에서 출발하여 서울로 향하던 대한국민항공사 소속 창랑호 여객기가 북한으로 강제 납북되었습니다. 창랑호에는 기장을 포함 총 37명이 타고 있었는데 이륙 후 30여 분 만에 경기도 평택군 상공에서 납치되어 북한 평양 순안국제공항에 강제 착륙 당했다고 합니다. 계속해서 상황속보가 들어오는 대로 다시 알려드리겠습니다.

맹씨   이런 간나새끼들이레 또다시 전쟁을 일으키려는 수작 아니네?

길자   (펄쩍 놀라며) 뭐… 뭐라켔십니꺼? 전쟁이라꼬예? 참말잉교?

맹씨   고거이 아니믐 뭐갔습네까? 정전협정을 맺은 지 불과 5년밖에 되지 않았는데 이 간나새끼들이레…!

선녀   (와락) 어… 언니야! 방금 저 라디오 소리는 뭐고 또 이 아자씨 하는 소리는 다 뭐꼬? 저… 전쟁이라 켔어예? 오마 그러믐 안되는데….

맹씨   이거이 다 리승만대통령의 잘못이디요. 이북놈들이레 시퍼렇게 눈깔을 뒤지버 까면서 우릴 향해 아직도 침을 질질 흘리고 있는데 리박사레 그런데는 안중에도 없고 그저 정권 틀어쥘 생각만으로 자유당 살린다고 야당인 진보당을 박살내들 않나, 신익회, 조봉암 같은 애국자들을 토사구팽(兔死狗烹) 시키들 않나. 모다 이러니끼니 지금 이북의 김일성이레 요때다 하고 시비를 거는 거 아니갔습네까?

길자   (펄쩍 놀라며) 그기 다 뭔소리라예? 참말로 지금 비행기 납치 사건이 전쟁하는 시초라꼬예?

맹씨　꼭이 그렇다는 거는 아닙네다만 그럴 꺼 같아 걱정하는 거
　　　아입네까!

딸금　아자씨! 첨부터 고거이 아자씨만의 걱정이라 하시지 우째
　　　그라요! 내 놀랐당께라 내 안즉 시집도 못가고 처녀구신
　　　되는 기 아인가 싶어가….

다시 라디오소리.

라디오 (소리)
다시 뉴스 속봅니다. 창랑호 기장인 홉스와 미군 군사고문
단원 중령 1명 등 미국인 3명과 앞서 말씀드린 독일인 2
명이 탑승한 관계로 현재 주한 미국대사관과 독일대사관
이 승객송환을 위해 적극적인 활동을 벌이고 있는바 방금
평양방송에서는 이번 비행기 납치사건을 두고 "대한국민
항공사가 <u>스스로 '의거월북'</u> 하여 군사분계선을 넘었다"
고 거짓 발표를 하고 있습니다. 뉴스 속봅니다

실제 1958년도 창랑호 비행기 납치사건과 국회의당 앞에서 북괴 만
행을 규탄하는 다큐 영상이 비추다가 음악과 함께 서서히 사라진다.

#15. 만추

낙엽 지는 대학 캠퍼스 그라운드 스탠드 위 벤치에 앉아있는 유리와
우영신 교수.

영신   그래 부모님께서는 뭐라 하셔? 우리 진석이 좋다구 하셔?

유리   물론이죠! 근데 아버님이 더 멋지다고 하셨어요. 특히 우리 엄마가요. 하마터면 우리 아빠가 삐질 뻔하셨다니까요. 질투하셔서!

영신   … 후후 하긴 내가 어릴 적부터 한 인물 했지! 지나가는 사람들이 모두 나를 보고는 한마디씩 했으니까. 햐 고놈 참 예쁘게 생겼네 라고 말이야. 더 웃기는 게 뭔 줄 아니? 날 모르는 다른 동네사람들은 모두 날보고 부잣집 앤 줄 알았다는 거야! 한번은 넙죽이 엄마라고 하는 동네아줌마가 이웃동네에 살다가 우리 동네로 이사를 왔는데 얼마 지나서 사람들 앞에서 나를 가리키면서 하는 말이 나는 쟈 영신이가 누구 동네에 사는 참 부잣집 안가 하며 궁금했었는데 이 동네 와서 보니 이 동네서 제일 없이 사는 집 애였다고 하는 거야! 사람은 말이지 다 지 복을 가지고 태어나는 거 같아! 난 재물복은 없었지만 인복은 가지고 태어났나 봐. 지금까지 살아오면서 남들이 먼저 날 돕겠다면서 챙겨주는 일이 다반사였으니까 하하하! 나도 이젠 늙긴 늙었나보다 내 입에서 술술 이런 인물자랑을 서슴없이 하다니 말야! 옛날에 그랬다는 얘기야!

유리   아니에요, 아버님! 아버님은 지금도 동안이세요. 어리실 적 예뻤다는 얼굴 표정이 지금도 살아있는 걸요. 우리 아빠보다 훨씬 젊어보이세요. 글쎄 우리 아빠가 아버님보다 더 윈 줄 아셨다는 거예요. 실은 일곱 살 더 아래신데!

영신   됐다 인석아! 아부 그만 떨어도 돼!

유리   웬 아부는요! 이제는 부모님 상견례도 끝났고 날 잡아놓는 일만 남았으니까 옛날로 치면 사주단지 오간 거나 마찬

가진데… 저 이제 아버님 집 귀신 될 사람이에요. 그러니까 가정에 평화를 위해서는 있는 그대로, 보는 그대로, 또 느끼는 것 그대로 며느리가 아닌 딸처럼 아버님, 어머님께 다 표현할 거예요. 그래두 되지요!

영신 그건 니 맘이지 늙은 우리 맘이겠니? 이젠 시어미 시집살이가 아니라 며느님 시집살이라던데… 암튼 너 지금 이 맘 초지일관 않음 나 일찍 치매 걸려서 며느리 속 바악빡 쎄길 테니까 그리 알아!

유리 아이 아버님!

영신 (물끄러미 운동장을 바라보며) 참 좋다! 계절이라는 게 변화가 없다면 무슨 낙이겠니? 난 말이지. 사모아 섬 같은 남태평양의 푸른 바다 푸른 야자수가 사시사철 존재하는 곳보다는 이처럼 봄, 여름, 가을, 겨울 인생의 사계절을 일깨워주는 우리나라가 더 천국 같다고 생각한다. 유리 넌 어떠니?

유리 글쎄요? 아직은 뭐 인생이 뭘까 생각하는 나이보다는 인생을 즐길 나이다 보니까 잘 모르겠어요. 근데 아버님!

영신 아직은 교수님!

유리 에이 또 그러신다!

영신 말해봐!

유리 아버님은 이런 계절에 생각나시는 추억? 뭐 그런 거 많으실 거 아니에요! 이 가을에 생각나시는 기억, 뭐가 있으세요?

영신 인터뷰냐, 아님 그냥 심심풀이 땅콩이냐?

유리 둘 다?

영신 내 실은 아까부터 내 어릴 적 꼭 이 같은 계절에 있었던 슬픈 추억이 생각났었어.

유리　　그게 뭔데요?

영신　　그러니까 내가 국민학교 들어가기 전에 있었던 일인데. 너, 내면아이라는 심리학에서 자주 인용되는 용어 아니? 사람은 나이가 들어도 아주 어렸을 때 느꼈던 감정이 사라지지 않고 맘 속 깊이 어딘가에 숨겨져 있어서 까닭 모를 슬픔을 느낀다던지 어떤 우울함을 나타낸다는 거 그것이 내면아이라는 건데 아마도 내 가슴 속 깊이 어느 무의식의 공간에 그 모습이 살아 있었나봐. 오늘 같이 이렇게 짙은 가을 풍경 속에서는 꼭 그때 그 일이 생각난다니까!

제13부

기적소리

#1. 낙엽이 휘날리는 교회 지붕

가을 낙엽이 쌓여 휘날리는 교회 지붕 아래로 아이들의 공부하는 소리가 들린다.

민 선생 (소리) 가갸거겨 고교 구규그기!
아이들 (소리) 가갸거겨 고교 구규그기!

#2. 교회 배움학당

20여 명 가량의 가난한 남녀 아이들. 나이어린 아이들은 바닥에 엎드린 채 공부를 하고 있고 몇몇 나이든 아이들은 걸상에 앉아 공부를 하고 있다.

민 선생 '가'자에 'ㄱ'받침을 갖다 붙이면 '각'자가 되고 '나'자에

'ㄱ'을 받침으로 갖다 붙이면 '낙'자가 되지요! 그럼 '다'자에 'ㄱ'받침을 갖다 붙이면 무슨 글자가 될까? 복식이가 나이 제일 많은 형이니까 한번 답해보세요. 무슨 글자가 되지?

복식 (머리를 긁적이며) … 내레 시력이 안 좋아서리 글자가 흐릿한 기 잘 안 보여 모르갔시오….

민 선생 그럼 그 다음 형아인 열일곱 살 우리 정현 군이 한번 맞춰 볼래요?

정현 네? 뭐… 라 말씀하셨는지 지 잘 몬 들었는데예!

아이들 웃음.

민 선생 '다'자에 'ㄱ'받침을 갖다 붙이면 무슨 글자가 되느냐고 물었어요!

정현 그리 어려운 질문을 지한테 물으심 지가 우에 압니꺼? 그거는 선상님이 더 잘 아실 낀데예! 지는 마 셈본은 쪼까 알지만서도 언문 받침법은 도통 어려버가 잘 모른다 안 합니꺼.

아이들 웃음.

정현 아 그래, 다… 그? 맞지예?

민 선생 웬 '다그?'

아이들 다시 깔깔대며 웃는다. 이때 어린 영신이가 손을 번쩍 든다.

어린 영신   저요! 저요!

민 선생   오, 영신이? 그럼 우리 반에서 제일 나이 어린 영신이가 한 번 맞춰 보세요!

어린 영신   '닥'이요!

민 선생   (미소 지으며) 영신이 지금 몇 살이지?

어린 영신   여섯 살이요!

민 선생   열아홉 살 복식이 형하고 열일곱 살 정현이 형이 맞추지 못한 것을 우리 여섯 살 영신이가 맞췄네요. 자 모두 박수!

아이들 크게 박수를 친다.

민 선생   네 그래요. '가'자에 'ㄱ'받침을 붙이면 '각'이 되고 '나'자에 'ㄱ'을 붙이면 '낙'자가 되는 것처럼 '다'자에 'ㄱ'받침을 갖다 붙이면 '닥'자가 되는 거예요?

이때 단발머리 순희가 손을 번쩍 든다.

순희   선상님 그라믐 꼬끼요 하고 우는 닥을 쓸 때 그리 쓰남유?

어린 영신   아니야. 누나! 그 닭자는 ㄱ자 앞에 또 ㄹ자를 갖다 붙여야 돼! 지금 선생님이 우리한테 갈쳐준 글씨는 '입 닥쳐'라고 할 때 쓰는 닥자야!

민 선생   와, 박수! 우리 영신이 정말 똑똑하구나. 그런데 어디서 그렇게 한글받침까지 배웠어요?

어린 영신   예배당에서 찬송 부를 때 (두 팔을 벌리며) 이따마한 큰 종이에다 쓴 찬송가사를 보면서 그냥 안 거예요.

민 선생   여러분! 영신이가 정확하게 정답을 말해주었어요! 다시 한 번 박수를 쳐줍시다. 그런데 '입 닥쳐!' 같은 말은 좋은 말이 아니니까 가능한 사용해서는 안 돼요. 그렇지요? (아이들, 네!) 자 다시 한 번 박수! (다 같이 또 박수)

이때 소년 덕수가 창문 밖에서 기웃거리며 영신이를 향해 손짓을 보낸다. 민 선생 그런 소년 덕수를 발견한다.

민 선생 (창문 쪽으로 다가가 창문을 열고 덕수를 향해) 우리 지금 수업 중인데 누굴 찾는 거니?

소년 덕수 영신이요! 영신네 집에 어떤 사람들이 찾아 왔는데요, 영신이 엄마가 영신이를 데리구 지금 빨리 오랬어요.

민 선생 그래? 무슨 일일까? 영신아. 책 정리해서 어서 저 형 따라 집에 가봐! 그리구 내일도 늦지 말고 공부하러 일찍 와야 한다! 알았지?

어린 영신 네!

옆에서 공부하던 순희가 대신 영신이 책보자기에다 책과 공책을 싸준다.

민 선생 무슨 일인지는 모르지만 집에 갈 때 뛰지 말고 천천히 걸어가야 해. 차 조심 하고, 알았지?

어린 영신 네 안녕히 계세요! 형아들 안녕! 누나들 안녕!

#3. 가난한 동네 풍경

교회 문을 나서는 어린 영신, 그리고 집으로 달려갈 때 스치는 가난한 동네 옛 풍경들. 이때 영신이의 목소리가 들린다.

영신　(소리) 그때가 내가 국민학교 입학 전이니까 여섯 살이었을 거야. 지금도 대전역 부근에 대전제일교회라는 곳이 있는데 그 교회에서는 예배당학교라고 불리던 실향민 학생들에게 한글을 가르쳐주던 배움터를 운영하고 있었지. 그곳에서 나보다 나이가 대여섯 살 정도 더 많은 형들하고 누나들이 나를 어찌나 귀여워 해주었던지 항상 미제껌이나 초코렛 같은 것을 주어서 얻어먹었던 기억들이 나. 지금쯤 그 형들과 누나들이 살아 계신다면 모두 백발이 성성한 노인들이 되셨을 텐데… 육이오 때 가족들 잃고 나를 자신의 아들같이 끔찍이도 사랑해주셨던 민 선생님도 기억이 나고… 그분은 아마 돌아가셨을 거야! 어머니보다 연세가 더 많으셨던 분이니까… 사람은 누구나 자기를 사랑해준 사람들은 아무리 어렸어도 다 기억 속에 담아두는 가봐!….

#4. 다락방 계단 밑

길자가 낯선 남자들과 이야기를 나누고 있다.

어린 영신　엄마!

길자	오! 영신아! 우리 아들! 선상님한테 인사 잘하고 왔나?
어린 영신	응! 그런데 이 아저씨들은 누구야?
길자	(머뭇거리며) 응? 우리 집에 뭐 볼 일이 있어가 오신 선상님들이다. 어서 퍼득 인사 드리거라!
어린 영신	안녕하세요. 저는 우영신입니다.
남자1	오! 그래 니가 영신이구나. 참 예쁘게 잘 생겼네!
어린 영신	근데 엄마! 이 아저씨들은 좋은 사람들이야? 나쁜 사람들이야?
남자2	(당황하며) 왜? 아저씨들이 나쁜 사람들처럼 보이니?
길자	(얼른) 영신아! 어른들 앞에 그기 무슨 말이고!
어린 영신	엄마 울었잖아?
남자1	아하! 그래서 그랬구나. 녀석, 영신아! 우린 나쁜 아저씨들이 아니야. 너를 도와주려고 온 아저씨들이야!
어린 영신	그런데 왜 우리 엄마가 울었어요?
남자2	우리가 안 울렸어! 너희 엄마가 그냥 우신 거지! (손목시계를 보고는) 아무튼 애는 보았으니까 다시 한 번 생각해보시고 내일 오전까지 결정해 주십시오. 우린 다른 곳에 약속이 있어서 그만 가봐야 될 것 같습니다.
길자	네, 알겠십니더. 그리 할께예. 그럼 살펴들 가입시다. (그들이 떠나는 것을 보고는 영신에게) 니 어른들한테 그게 뭐꼬! 니 그리 버르장머리 없는 아가?
어린 영신	난 저 아저씨들이 엄마를 울린 줄 알았단 말이야! 난 세상에서 제일 나쁜 사람은 울 엄마를 울리는 사람이야!
길자	아이다. 저 사람들은 우릴 도와주려고 오신 분들이다. 홀트아동… 뭐라 카드라? 암튼 좋은 일 하는 분들이니까는 담에 만나뵈면 미안합니다 하고 인사 드리거라 알았나?

어린 영신	예! 그런데 엄마 왜 불렀어? 엄마 오늘 시장에 안 갔어?
길자	(물끄러미 영신이를 쳐다보다가) 영신아! 엄마한테 이리와 봐라!
어린 영신	왜?
길자	니 엄마 한번 꼭 안아 보거레이!
어린 영신	(엄마에게 다가가 안기며) 엄마! 왜 그러는데?
길자	(눈물을 글썽이며) 왜 그러기는! 엄마가 그냥 우리 아들 예뻐가 한번 안아보고잖아 안 그나!
어린 영신	엄마 또 울어?
길자	울긴, 아이다. 내가 와 우노!
어린 영신	(고개를 돌려 엄마 얼굴을 쳐다보며) 그봐! 엄마 지금 울고 있잖아!
길자	아이라 카이! 기냥 이래 우리 아들 안아보이까 저절로 눈물이 난 기지!… 영신아!
어린 영신	(엄마 품에 안긴 채) 예?
길자	니 미국이라카는 나라 아나? 니 좋아하는 미제 껌이랑 초코렛또 만든 나라 말이다!
어린 영신	응, 비행기 타고 가는 먼 나라?
길자	그래! 맞다. 니는 어린 기 모르는 기 없다카이!
어린 영신	우리 예배당 선생님이 동화를 들려주면서 그랬는데 그 나라는 딥다 부자나라래!
길자	얼만큼 부잔데?
어린 영신	응. 미국은 거지들도 자동차를 타고 다니고 가난한 여자들도 빼쪽구두를 신고 다닌대!
길자	에이 거짓말 하지 마라! 그라믄 그게 그지가! 부자지! 말도 안 된다카이!
어린 영신	정말이라니까! 우리 선생님이 그랬단 말야!

길자 그 말이 사실이라카믐 우덜도 그 나라로 가가 살까?

어린 영신 왜? 엄마도 삐쭉구두 신고 싶어서?

길자 그래! 엄마도 삐쭉구두 신으면 안 되나?

어린 영신 와! 신난다 나도 미국 가고 싶었는데!

길자 우리 아들도 미국에 가고잖았네! 그럼 가자!… 근데 영 신아?

어린 영신 응? 왜…?

길자 미국에 갈라카믐 노잣돈이 윽수로 많이 든다카데! 안 그 렇캤나? 걸어서 가는 것도 아이고 비행기를 타고 가야되 는 곳인데 그 삯이 얼마나 비싸겠노?

어린 영신 에이! 그럼 우린 못 가겠네? 우린 가난하잖아….

길자 아이다 그건 아이고… 근데 아까 전에 우리 집에 왔던 그 아저씨들 말인데….

어린 영신 아까 그 아저씨들?

길자 그래 그 아저씨들이 그카는데 미국나라에서는 우덜같이 어려분 사람들한테는 자기네들이 돈을 내주어 비행기를 공짜로 타게 해준다 카드라!

어린 영신 에이 공갈!

길자 공갈 아이다. 참말로 그칸다 카데! 그런데… 한 가지 조건 이 있다 카드라! 참 니 조건이란 말이 무신 말인지 아나?

어린 영신, 엄마 얼굴을 쳐다보며 조심스럽게 고개를 좌우로 흔든다.

길자 그렇제 니는 안즉 어린애라 잘 모를 끼다. 무슨 말인고 하 니 엄마같은 어른들은 미국에 몬 델고 가고 니같이 착하고 예쁘고 똑똑한 아들만 공짜로 갈 수 있다카는 말인기라!

어린 영신 정말? 에이 그러믄 싫어! 난 아무리 미국이 좋아도 엄마가 더 좋아! 엄마가 안 가면 나도 안 갈 거야!

길자 니 방금 전까지도 미국이 좋다 안 켓나?

어린 영신 아니야! 엄마가 없으면 미국도 안 좋아!

길자 그럼 알았다. 니 두 번 다시 그런 말 안 하는 기다. 니는 엄마가 좋다 켓으니까 평생 이 모양 이 꼴로 엄마캉 이래 사는 기다 알았제?

어린 영신 내가 이담에 커서 엄마 호강시켜주면 되잖아. 난 꼭 부자 될 건데!

길자 그기 니 맘대로 된다 카드나? 참말로 아깝데이… 아까버! 미국이랑 나라는 옥수로 살기 좋다카든데… 할 수 없지 뭐….

감성적인 음악.

#5. 다락방의 밤

창 너머로 희미한 달빛이 비치는 어둠 깊은 밤. 어린 영신이가 잠들어 누워있는 곁에서 길자 그림자 되어 쪼그리고 앉아있다.

미나리할매 (소리) 영신아 내 니 딱한 사정이 맘에 걸려가 내 다니는 예배당 목사님한테 니 얘기를 안 했드노. 그카니까 지금도 없는 애들 미국으로 보내주는 데가 있다 카드라. 그래가 내 니 전에 내한테 영신이 미국으로 보낼 방법이 없냐카는 소리가 생각나가 부탁을 안 했드노. 그켔드만 아레께 우리 목사님이 내한테 그 어드맨동 아들 미국으로 입양 보낸다 카는 데다 연락했다 카드라. 그곳에 잘 아는 친구가 있다 카면서… 그래도 괜않겠나? 니 확실하게 말해야된데이.

맹씨 (소리) 영신이 오마니! 사람이 산다는 거이 힘들고 복잡한 것 같아도 맘 먹기 따라 생각을 달리 하믐 힘들 것도 복잡할 것도 없시오. 내레 진즉부터 영신이 오마니한테 고백하려다가 멈춘 거이 영신오마니 맴 속에는 아즉 영신이 아바이하고 영신이가 있기 때문이라는 걸 알기에 그런 기야요. 내 생사를 모른다는 영신이 아바이는 뭐라 말할 수 없지만 서두 영신이 만큼은 내 죽은 자식 생각해설라므니 친자식 이상으로 잘 키울 자신이 있습네다. 영신오마니!

길자 (소리) 꿈속에서 서방님이 지한테 세상의 남자들은 훗날 사람이 변할 수 있다카면서 지를 홀로 두고 떠나는 기라예…!

학준 (소리) 에이 설마! 아무리 꿈속이지만 내가 그랬을라고? 이렇게 어여쁜 내 각시 놔두고 내가 어딜 떠나가겠어! 천벌을 받지….

길자 (소리) 참말이지예? 서방님은 절대로 낼러 혼자 두고 멀리 안 떠날 끼지예? 만일 그카면 내는 죽을 끼라예! (에코로 소리 반복되며 F.O) 죽어버릴끼라예! 죽어버릴 끼라예….

길자 (독백) 하늘님 부처님요! 내 우에 하면 좋겠능교? 우리 영신이 애비가 살아만 있다케도 내 이래 속 시끄럽지는 않을 끼라예. 영신아비요. 우리 영신이 미국으로 보내능기 참말로 아를 위해 나은 일잉교? 아님 아를 죽이는 일잉교? 제발 좀 누군동 내한테 갈켜주이소! 아이고 어메요. 내 어메맨키로 자식 내버리는 에미가 되믐 안되는 거 아입니꺼?

#6. 영신네 다락방

어린 영신, 잠에서 깨어나 눈을 비비며 일어나 앉는다. 그리고 엄마를 찾으며 훌쩍거린다. 이때 어렴풋이 밖에서 들려오는 엄마의 목소리. 어린 영신, 엄마를 외치며 후다닥 일어나 방문을 젖히고 나간다.

#7. 다락방 계단 아래

두 눈이 퉁퉁 부은 채 울고 있는 길자와 남자1,2가 계단 아래 놓여있는 평상마루에 걸터앉아있다. 이때 어린 영신이가 다락방 계단을 내려온다.

어린 영신   엄마!
길자   (흐르는 눈물을 손으로 닦으면서) 인자 일난나. 퍼뜩 부엌 가가 얼굴 씻고 나온나. 얼릉 밥 묵게!
어린 영신   엄마 또 울은 거야?
길자   울긴! 아이다 퍼뜩 씻고 오라카이!
어린 영신   엄마 울지 마! (자꾸 뒤를 돌아보며 부엌으로 들어간다)
길자   (남자들에게) 만약에 우리 아를 미국으로 델구 간다카믐 언제쯤이나 가게될 것 같웅교?

#8. 부엌 안쪽

세수를 하다말고 어린 영신 문득 판자 구멍으로 밖을 내다보며 엿듣는다.

#9. 다락방 계단 아래

남자1   글쎄요… 아무래도 출국 수속을 밟자면 한 한두 달 정도는
       걸리지 싶습니다. 영신이만 가는 것도 아니고 다른 여러
       명의 아이들이 같이 가는 거라서!

길자   그카면 그동안 우리 아를 어디서 델구 있을 낀데예?

남자2   네, 의정부에 있는 우리 홀트아동복지원이라는 곳에 있을
       겁니다. 고아원은 아니지만 고아원처럼 아이들이 먹고 자
       는 시설이 아주 잘 되어있는 곳이지요.

길자   그카면 안 되는데예. 우리 아가 그동안이라도 낼러 찾는다
       꼬 울고 떼쓰면 우에 합니꺼?

남자1   달래야지요. 누구나 다 처음엔 그런 어려움이 있습니다.
       하지만 이 댁 아이 같은 경우 아니 영신이는 비록 어린애
       지만 속이 깊고 착해서 그러지는 않을 겁니다.

이때 영신이가 부엌에서 울며 뛰쳐나온다.

어린 영신   (크게 소리치며) 앙! 엄마! 나 미국 안 간다고 했잖아. 나 엄마
       랑 같이 산다고 했잖아!

길자   (북받쳐오르는 울음을 억누르며) 영신아! 영신아! 니 그만 울음
       그치지 몬 하나?

어린 영신   (울면서) 싫어 싫단 말이야! 엄마는 거짓말쟁이야! 공갈쟁이
       야! 어제 나 혼자 미국에 안 보낸다고 손가락 걸고 맹세했

잖아. 엄마 미워! 앙 아-앙!

길자 영신이 니 내한테 온나! (영신이를 와락 끌어안고 울다가 다시 단호하게) 니 단디 들어라. 응! 엄마가 니캉 떨어져 사는 거이 좋아 이러는 줄 아나? 엄마도 니 없으면 몬 산다카이. 하지만서도 우덜이 이래 살다가는 니는 국민핵교도 옳게 몬 다니고 평생 비럭질이나 하며 살 끼다. 니 그리 살아도 좋나? 니캉 내캉 지경을 떠나올 때 우리 수중에 단 돈 한 푼도 없었다. 그래가 지금 엄마가 이래 뼈 빠지게 장사를 해도 요모양 요꼴로 사는데 이게 사람 사는 꼴이가? 응? 인자 엄마도 배고픈 게 싫다. 하루 이틀도 아이고 아침 먹으면 점심 걱정, 또 점심 넘기면 저녁 걱정. 니 아무리 안즉 얼라라 카지만 생각 좀 해봐라! (다시 영신이를 끌어안고 서럽게 운다) 그카니까 니 먼저 미국에 갈 수 있을 때 가믐 을마나 좋겠노. 그럼 엄마도 형편봐가 니 따라 미국으로 간다 안 카드나! 엄마 말이 틀렸드노?

어린 영신 (여전히 울면서) 싫어! 엄마가 날 미국으로 보낼려구 꼬시는 거잖아. 엄마! 나 이제부터 밥도 쪼끔만 먹고 아무 반찬이나 다 잘 먹을게. 그리고 엄마 장사하는데 쫓아다니며 맛있는 거 사달라고 안 조를게! 응? 그러니까 엄마 나 혼자 가라고 하지 마 엄마! 앙 앙!

길자 (소리)누가 널 버린다 켔드노? 니가 먼저 미국에 가있으면 이 엄마도 뒤따라간다 안 켔나! 벌써부터 이래 엄마 말도 안 듣고 고집피우는 놈이 우에 착한 사람되가 난중에 엄마 호강시켜 줄 끼가 앙? 니 지금 이게 착한 짓이라고 생각하나? 말해보라카이!

어린 영신 (한참을 울먹이다가) 그럼 엄마 몇 밤 자고 나 찾으러 미국에 올 건데…?

길자   그걸 내 우에 알겠노! 미국 갈라카면 비행기 타고 가야 하는데 그 노잣돈이 한두 푼이가? 그치만 그건 내 알아서 할 테니까는 닐랑은 먼저 미국에 가가 그 순이라카는 누나맹키로 미국 양아부지 엄마 말 잘 듣고 공부 열심히 하고 있으믄 내 니 찾아간다!

남자2   영신아 그래 니네 엄마 말씀이 맞아! 니가 지금 엄마 말씀을 잘 듣고 미국에 먼저 가서 공부 잘하고 착한 사람이 되어서 성공하게 되면 이 아저씨가 책임지고 니네 엄마 모시고 널 찾으러 갈게. 아저씨가 약속하마. 사내녀석이 울지 말고!

어린 영신   (여전히 울먹거리며) 엄마! 진짜로 나 미워서 보내는 거 아니지? 내가 미국 가서 착한 아이 되어서 공부 열심히 하면 꼭 날 찾으러 올 거지! 응? 엄마?

길자   내 꼭 그리할 끼다. (와락 영신이를 부여안고 울면서) 이놈아야! 니는 우에 내 같은 부모 만나가 이처럼 얼라 때부터 울며 사는 팔자가 됐드노? 응? 이 불쌍한 놈아! 아이고 오메요. 오메요!

어린 영신   (따라 크게 울면서) 엄마 울지 마! 울지 마! 내가 저 아저씨들 따라 미국에 가면 되잖아! 그러니까 울지 마! 응? 엄마아!

길자   (계속 통곡하며) 아이고 하늘님 부처님이요! 내 좀 살려주이소! 내 좀요!

남자1   (영신이를 떼어놓으며) 영신아! 아저씨가 꼭 약속 지킨다고 했잖아. 너도 예배당에 다닌다고 했지? 아저씨들도 교회에서 장로, 집사님이야. 하나님 믿는 사람들은 절대 거짓말 안 해. 그리고 엄마가 너 미워서 보내는 거 아니야! 그건 너도 잘 알잖아. 그렇지? 와! 우리 영신이 정말 착하네!

어린 영신 (울먹이며) 엄마! 그럼 내 배에다 엄마가 내 이름을 써줘! 이 담에 내가 커서 엄마가 나를 못 알아보면 안 되잖아!

길자 (다시 영신이를 끌어안으며 통곡한다) 아이구 내 새끼야 내 새끼야! 엄마가 전생에 무슨 죄를 져가… 어린 니한테 이런 소리를 다 듣노 웅?… 아이고!

어린 영신 (손등으로 얼굴을 닦으며) 엄마! 나 엄마 말대로 한다니까 그러니까 울지 마. 울지 말란 말이야 엄마!

남자2 (남자1에게) 장로님 시간 없습니다. 기차를 타려면 좀 서둘러야겠는데요!

길자 (울면서 영신이의 얼굴을 쓰다듬으며) 아이고 안 됩니더. 우리 아 안즉 밥도 몬 먹었어예! 가더라도 우리 아 밥이라도 한 술 멕여가 보내야 안 켔능교? 그카고 선상님들도 찬은 없지만서도 같이 들가 한 술 뜨고 가이소.

남자2 아닙니다. 영신이 밥은 우리가 기찻간에서 김밥이라도 사서 멕이겠습니다. 안 그러면 오늘 중으로 의정부에 갈 수가 없어요.

길자 (울부짖으며) 영신아 우리 영신이 니 괜않겠나? 웅! 영신아?

길자와 어린 영신이 서로 껴안고 운다.

#10. 대전 기차역

하얀 수증기를 품어대며 기적소리를 내는 증기기관차(미카H29)가 대기하고 있는 플랫폼에서 길자가 어린 영신을 끌어안고 서 있다. 그

옆에 남자1,2가 채근하고 있다

길자　(눈물지으며) 영신아 니 엄마 보고잖다고 울거나 떼쓰면 절대 안 된다카이 알겠제?

어린 영신　(두 팔로 엄마를 꼭 껴안은 채) 엄마 나 엄마 보고 싶어도 울지 않을 테니까 엄마도 나 보고 싶다고 울면 안 돼, 알았지?

길자　알았다. 그카면 우리 이래 하자. 서로 울지 않겠다고 새끼손가락 걸고 지금 약속하면 어떻겠노? (새끼손가락을 내민다)

어린 영신　(역시 새끼손가락을 내밀며) 그 대신 엄마 돈 벌어서 꼭 비행기 표 사서 미국에 와야 돼 알았지?

길자　하모. 내 꼭 그랄끼다. 그카니까는 니 엄마캉 이래 약속한 대로 절대 울면 안 된다. 알았나? 니 꼭 그래 할 수 있제?

어린 영신　응!

기적소리가 울리고 역무원의 호각소리가 들린다.

남자1　저, 영신이 어머니 기차 떠날 시간이 다됐는데 그만….

길자　알았니더. (다시 영신이한테) 영신아 다시 한 번 엄마 얼굴 좀 봐라! 니 절대로 엄마 얼굴 이자쁘리지 말고 맴 속에 간직하고 있다가 꼭 낼러 찾아와야한다. 알았나?

어린 영신　(다시 울먹거리며) 엄마! 미국에 안 올라구?

길자　아, 아이다 내 그런 말이 아이고 혹시라도 엄마가 니 찾으러 몬 가면 니가 커가 꼭 엄마 찾아 오라카는 말인데… 아, 아이다. 엄마가 돈 마이 벌어가 니한테 꼭 찾아 갈기니까는 어여 저 선상님들 따라 기차에 타거라! 울지 말고 알았제?

남자1　(어린 영신에게) 영신아 그럼 엄마 손 놓고 빨리 기차 타자.

아이고, 우리 영신이 정말 착하네. 엄마한테 안녕히 계시
라고 인살해야지!

어린 영신 (눈물 가득한 채) 엄마! 안녕! 엄마!

길자 그래 우리 영신이 니도 잘 가거레이. 선상님요 우리 얼라
잘 부탁합니더. (고개를 숙인 채 하염없이 운다)

남자2의 손을 잡고는 자꾸 엄마를 뒤돌아보며 기차에 오르는 어린
영신. 손수건으로 입을 가린 채 오열하며 손을 흔드는 길자.

길자 (독백/오열하며) 영신아 잘 가그레이. 내는 널 버리는 게 아이
다. 니를 위해 이카는 거니까 절대 어른이 되가 엄말 원망
하면 안 된다! 아이고 하느님요 부처님요 우리 불쌍한 저
얼라를 꼭 좀 챙겨주이소! 영신아! 부디 건강하고 아프면
안 된다. 공부 열심히 해가 성공해서 꼭 낼러 찾아와야 한
데이. 불쌍한 내 새끼야!

기차가 수증기를 품으며 천천히 움직이며 출발한다.

#11. 기차 안 창가

기차가 플랫폼을 빠져 나갈 때 차창 밖으로 멀리 서서 우는 길자의
모습이 보인다. 영신 갑자기 차창 문을 두드리며 소리쳐 운다.

어린 영신 (엄마를 소리쳐 부르며 운다) 엄마! 엄마! (남자1에게) 아저씨 나
다시 엄마한테 가면 안 돼요? 네 아저씨 나 엄마한테 데려

다 줘요! 엄마! 엄-마아!

남자1   (어린 영신이를 붙잡고 안으면서) 영신아! 너 방금 엄마하고 새 끼손가락 걸고 약속했잖아. 남자는 약속을 꼭 지켜야 하는 거야! 울음 그치고 어서… 영신아!

#12. 멀리 사라져가는 기차

기적소리 울리며 멀리 사라져가는 기차를 바라보며 서서 오열하는 길자. 빈 철로 위에 낙엽이 나부낀다.

음악.

#13. 대학 캠퍼스 벤치

낙엽이 휘날리고 어디선가 스피커를 통해 낯익은 팝송이 은은하게 들려온다. (Andrea Bocelli 음악 같은…) 스탠드 위 벤치에 앉아있는 유리와 영신.

영신   그렇게 그날 나는 어머니와 헤어졌지. 그리고 나는 울면서 그 아저씨들을 따라 의정부라는 델 가게 되었어. 어머니는 혼자 힘으로는 도저히 나를 공부시킬 여력이 없어 내 장래를 위해 미국으로 어린 나를 입양보내려고 하셨던 거야. 그것이 어머니에게 얼마나 큰 슬픔이고 아픔이었겠니? 그 날도 지금처럼 이렇게 바람이 불고 낙엽이 휘날리는 가을

이었던 것이 어슴푸레 기억이 나…!

유리　아버님! (영신의 손을 잡고 위로한다) … 그런데 그 후 어떻게
　　　　되셨어요? 할머님하고는 그런 일 후에 얼마 만에 다시 만
　　　　나신 거예요?

영신　얼마 만에! 아니 그렇게 길게 헤어지진 않았어! 기적이 일
　　　　어났던 거야!

유리　기적이요?

영신　그래 기적이었지. 아무리 생각해봐도 그것은 분명 하나님
　　　　의 은혜가 아닐 수 없었어!

유리　아니 어떻게 된 건데요?

#14. 중앙시장 좌판

북적되는 시장터. 길자, 빈 함지박을 머리에 이고 힘없이 걸어온다.
그리고 미나리할매 곁으로 다가와 앉는다.

미나리할매　그래 우에 됐노? 영신이는 잘 보냈드나?

길자　(눈물이 가득 고인 채 고개를 끄덕인다)

고무댁　오메 고것이 뭔 말이여? 영신이를 어데로 보냈는감?

미나리할매　마 그리됐다. 우리 영신일 미국서 공부시킬라꼬 쟈가 큰
　　　　맴 먹고 그래 결정한 거니까는 느그들 암말 말거라. 모두
　　　　알았나?

고무댁　미국이유? 오메야! 이거이 무신 말이래유? 영신이 니 고거
　　　　이 참말인겨?

짱아댁　(길자를 향해) 야가 진짜 미쳤능감네? 아 거기가 어드멘디

그리 쉽게 아를 수만리 밖으로 내보낸겨! 너 영신이 없이 혼자 살 수 있었어? 응? 참말로 제 정신나갔구먼 정신 나갔어!

미나리할매 아, 느그들 모두 주둥이 닥치라 않카드나! 그챦아도 폭폭한 아한테 그리들 눈치들이 없나!

짱아댁 아, 큰성님 왜 그래유! 이게 말이나 될썽싶은 거유? 영신이 가가 쟈한테 어떤 아인데… (길자에게) 영신이 니 말해봐야 어여!

길자 (참았던 눈물을 쏟아내며 앞치마로 얼굴을 감싸며 펑펑 운다) 어무이… 어무이요!

고무댁 일나 부렀네 일나 부렀어! 참말로 이 여편네가 지 자식을 미국으로 팔아버린겨?

미나리할매 니 그기 무신 말이고? 아를 팔다니! 이 여편네가 그냥!

고무댁 아 내가 틀린 말 했능감유? 입양이 됐던 팔아버렸든 아를 보낸 건 보낸 거쟎유!

미나리할매 아 달르고 어 달릉겨! 워디 속터져 우는 사람 옆에 두고 고거이 할 소리여! 위로는 몬해줄망정… 느그들이 모다 미쳤능갑다.

길자 (고개를 들고 눈물을 닦아내며) 아이라예. 저 성님 말이 맞아예! 내 우리 영신이를 판 기라예! 지 심으로는 도저히 갸를 공부시킬 자신이 없어가 돈은 안 받았지만서도 판기나 매 한 가지라예! 근데 우야면 좋은교! 내 지금 죽을 것 같아예. 내 낼러 좀 살려주이소! 난 우리 영신이 없음 몬 살기라예 그 불쌍한 놈을 와 보냈는지 내가 미쳤는갑네요. 아이고 성님들요… 영신아! 영신아! 아-앙! 아이고-

이때 맹씨가 다가와서 길자의 팔을 나꿔챈다.

맹씨   가기요. 어드매로 갔는디 모르지만 날레 일나기요. 영신일 찾아와야 합네다. (미나리할매에게) 오마니 오마니는 알지 않 습네까? 영신이 미국으로 입양보내는 델 말씀해주시라요. 이 아지매 영신이 없슴 아이 됩네다. 날레 일나시라요!

길자   (맹씨 손을 뿌리치며) 와 이카는데예! 맹씨가 뭔데 이카능교? (다시 울며) 우리 영신이 이미 기차 타고 그 사람들이 델고 갔어예! 멀리 간 기라예! 이제 날 두고 멀리 갔어예! 아이 고 영신아! 불쌍한 내 새끼!

미나리할매   이래 울 끼면 뭐할라꼬 아를 보냈드노! 내 뭐라캤드나, 잘 생각해가 결정하라꼬 안 했나! 아이고 밉쌀맞은 게 사 람 민망하게시리 와 이라카는지 모르겠다 고마!

길자   (더욱 소리지르며 운다) 영신아 우리 불쌍한 영신아!

사람들이 우는 길자를 보며 몰려와 구경한다.

짱아댁   (구경꾼들한테) 아, 모다 비키질 못해유! 시장바닥서 우는 사 람 첨 보는겨? 저리들 비키라니께 그러네… (버럭) 아 물건 들 안 살 꺼면 저리들 비키시라고!

비통한 음악이 흐른다.

#15. 시장 안 순댓국집

옛날 50년대 후반 시장통 순댓국집 풍경. 왁자지껄한 가난한 술꾼들 사이로 맹씨와 고무줄아줌마, 장아찌아줌마, 길자가 막걸리 잔을 나누며 앉아있다.

맹씨   미나리 오마니랑 젓갈 아주마이는 안 왔습네까?

짱아댁   큰 성님은 오늘 저녁 예배당 가는 날이라 몬 왔고 또 이런 델 잘 안와! 또 젓갈댁은 아가 아프다나 워쩔다나 일찍이 들어갔고만. 그런디 말여 영신이 너 아까 전에 해쌌던 말이 모다 사실잉 기여?

길자   맹씨예 내 술 한잔 더 따라주이소!

맹씨가 주전자 막걸리를 길자에게 따르자 길자, 벌컥대며 단숨에 들이 마신다.

짱아댁   야 좀 봐! 생전 술이라고는 입도 얼씬 않던 여편네가 이게 다 뭐신겨? 영신아 너 괜찮겠냐?

길자   괘안타마다요. 맹씨 한 잔 더 주이소!

맹씨, 주위를 살피다가 다시 막걸리를 길자에게 따라준다.

고무댁   그렇께 왜 앞뒤 생각 없이 덜컥 애를 내준겨! 너 미국이란 나라가 워떤 나란 줄이나 알고 보냉겨? 물론 거기도 사람 사는 곳잉께 좋은 부모 만나 잘 살믐 다행이지만서도 만약에 말여라 나쁜 놈들 만나 아가 잘못되기라도 하믐 워쩔

건데! 참말로 속도 넓제! 너 평생 후회 안 헐 자신이 있능
겨? 그 벌을 워찌 받을라고 그런다냐?

짱아댁   (고무줄아줌마한테) 이 여편네가 지금 뭔 악담인겨? 참말로 눈
치없다 없다혀도 그렇제 너 술 한잔 들이키고설랑 벌써부
터 취했냐? 아니 지금 자슥 잃고 정신 나가 술 퍼마시는
아한테 그게 뭔 불쏘시개매냥 속불 댕기는 소리여?

고무댁   (약간 취기가 오른 채) 넌 좀 가만있어 봐라! 그렇게 너 얼라
없이 혼자 살 자신 있을 거 같어? 그 금지옥엽 같은 지 새
끼 그리 먼 곳으로 입양 보내고서는 웃고 살 자신 있느냐
말여? 에라 이 망할놈오 여편네야! 넌 아즉꺼정 외로움이
뭔지 고독하다능게 뭔지 모르능겨! 그렇께 고 눈에 넣어
도 아프지 않을 지 새끼를 턱허니 미국으로 보낼 생각을
한 거지! 독한년! 내가 말여 니 위로해줄려고 예 있지만서
도 헐 말은 혀야 쓰것다. 하늘이 내려주신 자슥은 말여 그
렇게 함부로 정 떼는 게 아닝겨. 죽으나 사나 있건 없건 간
에 품안에 자식일 때 정성을 다혀 보살펴놔야 난중에 지들
이 커갔고 사람 구실도 하고 부모은덕이 뭔지도 아능게 세
상 이친겨! 인자 넌 큰일났다. 영신아! 그 긴긴날 울고불고
진짜로 외롭고 쓸쓸한 고독이 뭔지 알게될 테니깐 말여!
이것아!

짱아댁   (고무줄아줌마한테) 얼라? 인자 본께 쟈가 더 취했네 그려, 오
메 얄미운 거 못된 거, 구구절절 옳은 말만 하네 그려. 하
지만서도 너 지금 영신이한테 주절대는 것이 바로 니한테
하는 소리잖여! 원젠가 니가 나한테 느그 쌍둥이 위로 또
하나가 더 있다혔제? 그 자슥 느그 올케한테 양자로 얹혀
서 내뿔고 온 거시 양심에 걸려 하는 말 아니냐? 지금.

고무댁	이것이 지금 뭔 말을 하능겨? 고놈오 주둥아리를 바늘로 꼬메야 할랑가부네. 야 이것아 내랑 쟈랑 형편이 같으냐?
맹씨	와들 이러십네까? 술 한잔 나누면서리 서로 아픈 맘 달래 가며 풀어내자고 모인 자린데 어케 이러는 겁네까? 그만 들 하시라요! 암튼 내레 지금이라도 영신이 오마니가 아 있는 곳을 찾아가서리 아를 델구오는 거이 옳다고 생각합 네다. 기케 한다면 내레.
고무댁	그렇게 한다면 뭘? 맹씨가 뭘 워쨀긴데?

맹씨, 길자를 뚫어지게 쳐다본다.

맹씨	에잇 (술잔을 들이키고는) 내레….
짱아댁	아, 어서 뭔 말인지 어여 말해봐!
맹씨	(술 한 잔 따라 마시며) 관두시라요! 난중에… 난중에 말할끼 니까. 어케 내 힘들다고 자기 자식을 쉽게 미국에다 내버 릴 수가 있단 말입네까! 고건 영신이 오마니가 참말로 잘 못한기란 말입네다
고무댁	어서 애 찾아와! 죽여도 내 새끼 내 손으로 죽이는 거하고 남 손에 죽게하는 거랑은 달른겨! 안즉 여섯 살 밖에 안 된 얼라를 남 손에 맫긴다는 건 더구나 어딘지도 모르는 먼 미국 땅에 맫긴다는 건 막말로 천벌받을 짓인 거여!
짱아댁	느그들 지금 와 이러능겨! 아 야가 고거이 몰라 지 새끼 남 한테 맫긴 거 같혀? 다 지 새끼 장래를 생각해서 한 짓인 데 도와주질 못할망정 아 뭔 말을 고로콤 섭섭하게들 하 능겨. 아예 쟈 가슴을 송곳으로 찔러라! 찔러! 참말로 못된 것들 같으니라구….

길자   (엎드려 흐느끼다가 버럭) 모두 그만들 하이소! 낼러 위로해준
다꼬 이래 술집으로 델고 왔으면 기분좋게 술이나 드실네
기지 와 지 갖고 이래라 저래라 싸우능교! 이봐 맹씨요!
똑바로 이 자리서 이 성님들 앞에 말해보이소. 내가 우리
영신이를 찾아 델고오면 맹씨가 우리 영신이 아부지가 되
가 잘 키워줄 자신 있능교? 갸를 이담에 미국꺼정 유학시
켜 보내줄 자신이 있능가 말입니다. 말해보이소!

짱아댁   옴메야 이게 다 무신 소리여?

고무댁   그러게 말여?

길자   (더 크게) 말해보라카이!

맹씨, 말없이 혼자서 술잔만 기울인다.

음악.

#16. 홀트 아동복지시설

홀트아동복지 시설 간판이 보이는 건물에 이어 또래 아이들로 시끄
러운 방 안. 어린 영신이가 시무룩하니 방구석에 쪼그리고 앉아있다.
이때 열서너 살쯤 되어 보이는 제임스라는 한국아이가 어린 영신에
게로 다가간다.

제임스   야 찌질이 니 이름이 뭐냐?

어린 영신, 약간 겁에 질려 제임스 얼굴을 쳐다본다.

제임스	니 이름 말야 이 싼 오브 비치 새끼야!
어린 영신	여… 영신이.
제임스	한국 이름말구 미국 이름.
짱구	쟤 아직 미국 이름 없어!
어린 영신	아냐 아까 선생님이 이제부터 내 이름이 폴이라고 했어.
제임스	폴? 풀? 이름이 뭐 이리 재수가 없어! 밥풀? 소풀?
어린 영신	아니야 풀이 아니고 폴!
제임스	오라잇! 오케이 밥풀떼기! 근데 넌 어디서 살다 온 거야?
어린 영신	….
제임스	(주먹을 들어 올리며) 말 안 해?
어린 영신	대전…!
제임스	대전? 거기가 어딘데… 여기서 멀어?

어린 영신, 여전히 겁먹은 채 고개를 끄덕거린다.

제임스	넌 여기 오기 전에 누구랑 살았는데… 니네 아버지 엄마는 있어?
어린 영신	아버진 없구 어… 엄마만!
제임스	엄마만? 그런데 넌 엄마랑 같이 살지 왜 여기에 온 거야?
어린 영신	(눈물이 글썽하고 약간 울먹이며) 미국 갈려고….
짱구	아. 그러니까 니네 엄마가 딴 데 시집 갈려구 널 버린 거구나!
어린 영신	(발끈) 아니야! 울 얼마가 날 버린 게 아니야!
제임스	(낄낄 웃으며) 버린 게 아니라구? 우리두 처음엔 그런 줄 알았어. 그런데 알고 보니까 그 씹세들이 우릴 속인 거였다구. 우릴 이 고아원에다 팔아넘긴 거라구. 이 새끼야!

어린 영신 아냐 우리 엄마는 그런 나쁜 사람이 아니야! 우리 엄마는 나 먼저 미국에 가고 돈 벌어서 비행기표 사가지고 날 찾으러 온다고 했단 말이야!

제임스 어휴 이 꼬마새끼 순진하긴… 잘 들어. 이 밥풀떼기야! 니네 엄마는 (손구멍을 만들어 손가락을 쑤셔대며) 남자랑 이런 거 하고 싶어서 너를 이곳에 팔아넘긴 거야 히히. 넌 미국이 될지 영국이 될지 어떤 나란지도 모르는 델 팔려갈 거구!

어린 영신 (울면서) 아니야! 형 나빠! 아니란 말야. (울면서 방을 뛰쳐나간다. 아이들의 웃음소리)

슬픈 음악이 흐른다.

#17. 홀트 아동복지시설 중정 뜰 벤치

낙엽이 수북이 쌓인 시설 뒷마당 벤치에서 울고 있는 어린 영신.

어린 영신 (독백) 엄마 아니지 엄마가 시집 갈려구 날 버린 게 아니지? 엄마 엄마아! (한참을 울다가 갑자기 두 손을 모으고) 하나님 우리 엄마 정말 나쁜 엄마 아니지요? 우리 엄마가 시집 가려고 날 미국 가라고 거짓말로 꼬셔서 이곳에다 팔아먹은 거 아니지요? 난 미국 가는 거 싫어요. 그러니까 빨리 울 엄마가 날 찾으러 오게 해주세요. 나 삼성국민학교에 다니면서 공부 잘하는 착한 아이 되고 엄마랑 같이 살고 싶어요. 네 하나님! 그리고 울 엄마가 나 미워하지 않게 해주세요! 아앙!

슬픈 음악 up-down 되면서 사라지고 대신 신비로운 음악과 함께…
낙엽 떨어지는 나무 사이로 하늘의 햇살이 비춘다… 그리고 누군가
영신이를 부르는 소리가 들린다.

남자2   영신아! 영신아!

어린 영신, 슬그머니 눈을 뜬다.

남자2   (영신이에게 다가오며) 영신아! 추운데 이런 데서 잠들면 어
        떡해?
어린 영신 (눈을 비비고 고개를 가로 저으며) 나 잠 안 잤어요!
남자2   그럼 여기서 뭘 했는데 그렇게 불러도 꼼짝을 안 해!
어린 영신 (울먹거리며) 엄마 보고 싶어서 하나님께 기도했어요.
남자2   뭐라구? 엄마 보고 싶어서? (울컥하며) 영신아! 니가 어떻게
        기도를 했는지 모르지만 아마도 하나님께서 니 기도를 들
        어주신 것 같애. 어서 추운데 안으로 들어가보자! 어서! (영
        신이를 번쩍 들어 안는다)
어린 영신 (여전히 울먹이며) 선생님 우리 엄마가 날 여기에다 판 거
        예요?
남자2   아니 그게 무슨 소리야? 엄마가 널 이곳에 팔다니?
어린 영신 형아들이 그랬어요!
남자2   이런 나쁜 놈들 같으니라구… 아니야! 그런 거 아니야! 절
        대로 아니야! 그래서 우리 영신이가 혼자 그 추운 데서 기
        도했구나. 자 어떤 기돈 줄은 잘 모르겠지만 하나님께서
        니 기도를 들어 주신 모양이다. 어서 안으로 들어가자! (영
        신이를 안고 건물 쪽으로 향한다)

음악 up-down.

#18. 홀트 아동복지 소장실 문 밖

영신이를 안고 현관문을 열고 들어서는 남자2.

남자2 (영신이를 내려 놓으며) 영신아 어서 저기 소장님실 문을 열고
들어가봐 그리고 그곳에 누가 계시는지 어서 가봐!

어린 영신 (독백/천천히 걸으며) 하나님? 저 안에 하나님이 계시는 거야?
(남자2를 향해 다시 뒤돌아보고는 소장실 문 앞에 선다)

#19. 홀트 아동복지 소장실

영신이 문을 열고 들어온다. 이때 책상에 앉아있는 소장(남자1) 앞에
길자와 맹씨가 의자에 앉아있다.

길자 (벌떡 일어서며) 영신아!

어린 영신 (깜짝 놀라며) 엄마!

길자 (달려와 영신이를 끌어안고 울며) 영신아 영신아!

어린 영신 엄마아! 엄마! (두 모자 서로 끌어안고 운다)

소장 (남자1) 아니 방에 없다더니 영신이를 어디서 찾았어?

남자2 (눈물을 닦으며) 글쎄 중정 뜰 벤치에서 저 어린 것이 혼자 기
도하고 있더라구요. 엄마 보고 싶다고… 영신이가 꼼짝도
않고 있길래 벤치에서 잠든 줄 알았는데….

소장   (남재) 뭐라구? 기도를…?

길자   (더욱 큰소리로 울면서) 아이고 내 새끼야 아이고 영신아! 영
         신아!

어린 영신   엄마! 엄마 미워! 엄마아! 아앙….

강한 음악.

#20. 기차 안에서

길자 옆에 꼭 붙어앉아 꽈배기 과자를 먹는 영신. 한 팔로 영신이를
껴안고 차창 밖을 내다보며 조용히 흐느끼며 우는 길자. 그 맞은편에
맹씨가 우두커니 앉아있다.

맹씨   영신오마니 그만 하시라요. 이렇게 영신일 찾았으니끼니
        된 거 아닙네까! 그만 우시라요!

길자   (어린 영신이 머리를 쓰다듬으며) 이 어린 것을 이것을 만약에
        일가뿌렸으면 우에 할 뻔했능교? 내 미치지않구설랑 우에
        그런 생각을 했는지 참!

어린 영신   엄마! 진짜로 엄마 시집갈려고 날 미국 보낼려고 한 거 아
        니지?

길자   (와락 놀라며) 아니 니 그기 무슨 말이고? 엄마가 니 두고 시
        집갈라꼬 니를 미국 보낼라켔다고? 아이다 그라믄 내 천
        벌 받을끼다. 엄마가 그런 사람 아인 거 니도 잘 알잖아.
        엄만 그런 나쁜 사람아이다 영신아!…근데 어느 놈이 니
        한테 그런 나쁜 말을 하드노?

어린 영신 거기 형들이….

길자 그 문디자슥들! 참말로 나쁜 놈들이구마. 어찌 그런 생각을 다 했드노….

맹씨 미국으로 입양 가는 아들 가운데는 더러 그런 경우가 있으니끼니 어린 것들이 그렇게 생각을 했을끼야요. 참말로 이거이 비극 아니고 뭡네까?

길자 영신아 니 단디 들어야한데이. 엄마는 이 세상에서 니가 최곤기라 엄마는 니 없으면 몬 산다. 본심으로 하는 말인데 엄마는 엄마 힘으로 니를 공부시킬 재간이 없어가 니가 미국으로 입양을 가가 거기서 공부 실컨해갔고 훌륭한 사람이 되서 돌아오믐 좋겠다 생각해가 그리 한 기지 절대로 딴 맘 가진 거 없다. 니 엄마가 하는 말이 무슨 말인지 아나?

어린 영신 응… 그럼 나 다시는 어델 안 보낼 꺼지? 대신 내가 공부 열심히 잘해서 부자가 되고 부자가 되면 엄마하고 그때 미국에 가면 되잖아 그치 엄마?

길자 하모 그러면 된다! 에이구 내 새끼.

맹씨 니 부자말고서리 나한텔랑은 대통령된다 아이 했나?

어린 영신 대통령도 부자잖아요! 이담에 커서 대통령도 되고 부자도 되면 되잖아요!

맹씨 기래 기건 기렇지! 대통령이 되믐 부자도 되는 거이니까! 기럼 니네 엄마만 미국에 델구가구 내는 미국에 델고 아이 갈 꺼니? 내도 니 따라 미국가고 싶은데….

어린 영신 아저씬 아저씨 아들한테 미국에 델고 가라고 하면 되잖아요. 나는 우리 엄마 아들이니까 우리 엄마를 내가 델고 갈 건데요!

맹씨 기런 기야? 하지만 내래 우리 영신이 같은 아들이 없으니끼니 어카믐 좋겠네? 아, 이러믐 되겠다야! 우리 영신이를 내래 기럼 영신이가 대통령이 될 때까지 공부 실컷 시켜줄 테니끼니?

어린 영신 우리 아부진 아직 살아있을지도 모르는데요? 그치 엄마! 그럼 아버지가 둘이면 안 되잖아요… 엄마 나 졸려…!

길자 (영신이를 품에 안으면서) 그래 엄마한테 바싹 붙어 자그라… 이리 온나!

잠시 침묵.

맹씨 저 영신 오마니…!

길자 (손을 입에 대며) 쉬이! 아 안즉 잠이 안 들었어예! 좀 있다 무 슨 말인둥 하면 안 됩니꺼!

다시 잠시 침묵.

길자 (영신이를 살피고는 약간 더듬으며) 인자 지가 먼저 말하믐 안 되 니꺼!

맹씨 … (담배를 꺼내 물면서) 내래 담배 한 대 피갔시오. 말씀하시 라요!

길자 (차창 밖을 물끄러미 바라보면서) 지가 알게 모르게 이래 맹씨 아저씨 신셀 많이 지네요. 참말로 고마버예!

맹씨 아니야요. 그거이 무슨 말씀입네까!

길자 더 들어 보이소! 지도 사람인데 지한테 이래 잘해주는 분 한테 솔직히 마음이 기울어지는 거 아이라믐 거짓뿌렁이 라예. 그래가 지도 생각 마이 안 했등교! 더구나 이놈아 생

각하믐 생각하고 자시고 할 것 뭐 있겠노 하면서 마음다짐
을 수도 없이 했지만서도 문득 애 아범을 생각하믐 또 내
이러면 안 되지 싶어가 다시 마음을 고쳐먹고… 또 아이다
싶다가도 다시…! 지 그래 지내 왔던 기라예.

맹씨 영신오마니 아니 길자 씨!

길자 아이라예, 아직 지 이름을 그래 부르지 마이소! 내 말 안
즉 안 끝났어예! 야, 압니더 맹씨 아저씨가 지한테 어떤 마
음을 가지고 있고 또 우리 아를 어떻게 생각하고 있는지
를 말입니더. 그카고 뭣보다도 맹씨 아저씨는 우리캉 달라
가 배움도 있고 인물도 있고 또 양반집 자손이라 뭐 하나
나무랄 데 없는 좋은 분이니더. 하지만서도 지가 이래 굳
게 마음을 먹은 것은 참말로 미안합니더만 지는 우리 영신
이캉 죽은둥 산둥 안즉은 모르는 야 애비를 찾는 데까정은
찾을라 캅니더. 그라고 도저히 그 사람을 지 맴 속에서 지
울 수가 없능기라예! 그래 전에 답을 달라카던 그것을 지
금 맹씨 아저씨한테 말할라꼬예!

맹씨 알갔시요! 그만 하시라요! (담배 연기 내품으며 차창 밖 먼 산을
바라본다)

길자 (왈칵 눈물을 쏟으며) 미안합니더 참말로 미안해예!

#21. 기차 밖 풍경

가을 코스모스가 소복히 피어 흔들리는 철길 옆을 기적을 울리며 달
리는 기차. 그리고 잔잔한 음악이 흐른다.

#22. 다시 기차 안

맹씨 (새로운 기분으로) 영신 오마니 고맙습네다. 이렇게까지 내한 테시리 생각을 해주셨다는 것만으로도 내레 마음이 상쾌합네다. 기리니끼니 그만 하시라요! 그렇지만 내레 안즉은 젊은데 평생 혼자서 홀애비로 살 수는 없잖습네까? 어디 참한 색씨감 중신해줄 생각 없습네까? 아, 참! 전에 한번 영신이 오마니 찾아와 같이 한밭식당서 설렁탕 먹었던 그 경상도 아가씨말입네다. 용모도 곱상하고 말씨래 사근사근한 거이 참 보기 좋던데 그런 아가씨 소개해줄 수는 없습네까?

길자 (눈물을 닦으며) 뭐라꼬예? 우리 선녀 말인교?

맹씨 (멋적은 듯) 그 아가씨래 이름이 선녀입네까?

길자 야. 가 이름이 선녀라예! 아니 갸한테 맴이 있었등교?

맹씨 그럴 리 있습네까? 그때는 영신이 오마니 외에 딴 처자들은 아예 생각도 없었시오. 그치만 이제 영신이 오마니 답변을 명쾌하게 들었으니끼니 딴 생각해도 되는 거 아닙네까?

길자 하모예! 그케야지! (잠시 머뭇거리며 생각하다가) 그란데 갸가 지 이름처럼 맴도 선녀 같고 야물딱진 게 뭐 하난 숭잡힐 게 없는 안데… 맹씨캉 나이가 좀…?

맹씨 일없습네다. 꼭 그 아가씨가 아니더라도 내 분수에 맞는 참한 사람이라면 상관없시오.

길자 아, 그런게 아이고예! 지가 한번 갸를 일간 올라오라케서 먼저 물어보고 난 후에… 중매라 카는 게 그런 게 아닝교? 당사자 간에 맴이 중요한기지 나이가 뭔 상관입니꺼!

맹씨 하하하! 이제 내레 마음이 상쾌합네다 하하. 하.

이때 잠들어 있는 줄 알았던 어린 영신이 두 눈을 슬그머니 떴다가 다시 감는다. 빙그레 미소지으며….

#23. 다시 달리는 기차 풍경

기차가 기적을 울리며 멀리 사라져간다. 약간 경쾌한 음악과 함께.

#24. 대전 YMCA 건물

푸른 봄싹이 피어난 둥구나무 아래 자그마한 YMCA건물이 보이고 그 건물 안쪽에서 풍금소리와 함께 시장 사람들 소리가 왁자지껄 새어 나온다.

#25. 대전 YMCA 건물 안 결혼식 풍경

신랑 맹씨와 신부 선녀가 팔짱을 끼고 주례자 앞에 서 있고 어린 영신이와 시장 사람들 그리고 주봉이, 꼬붕이 모습이 보인다.

미나리할매 아이고야! 맹씨가 옥수로 복이 많은갑다 어쩜 샥씨가 저리도 이쁘고 참한 기가! 아 어데서 저런 아를 만나 델고 온 긴데? 참말로 볼수록 야물딱지고 이쁜 기 복뎅이라 카이!

고무댁 큰 성님 보시기도 그렇지라? (작은 소리로) 영신이 인자 오장육부에 불나 부렸네. 불나 부렸어! 나가 알기로는 맹씨랑 영신네가 그렇고 그런 사인줄 알았는데 말여라!

젓갈댁   그런 말 당체 허들 마시랑께요. 저 신부 되는 샥씨는 영신 어메가 맹씨헌테 소개혀줬고 만이라.

짱아댁   뭐시여? 고런 거였어? 아 뭐땀시 영신이는 저런 남잘 마다 하고 남한테 중신을 한 기여! 참말로 땡감인지 홍신지 안 즉 세상물정을 모르는구먼!

고무댁   내 말이! 가만이 봉께 영신이 쟈도 지 사주팔자 지 스스로 맹기는 여편네 같여! 저리 허우대 멀쩡허겄다 배움도 웬 만허겄다. 가만히 본께 꿍쳐둔 돈도 솔찬히 있는 거 같든 디 서방 있는 여편네들도 맴 설레게 하는 저런 남정넬 마 다하다니 뭔 꿍꿍이 속잉겨 글씨…?

젓갈댁   쟈 안즉은 과부가 아니랑께유! 쟈 지 잃쟈뿐 서방한테 향 한 일편단심일랑은 누구도 못 따라가유! 열녀랑께유, 열 녀!

짱아댁   열녀 같은 소리하구 자빠졌네. 아 거 뭐시냐 요즘 떠들어 대는 자유부인인가 뭣잉가 하는 있는 것들은 지 서방 버젓 이 놔두고도 색정 못 참고 서방 몰래 낮걸이하고 다닌다던 데 삼일 살아보고 칠 년 넘게 나타나지 않는 서방이 뭔 서 방이라고 열녀여, 열녀가! 나 같으면 그냥.

고무댁   고게 너여 너라고! 이 여편네야! 여자 팔자는 말여라 지 머리얹혀준 남정네 말고는 지 몸과 맴을 함부로 굴리능게 지악이라는거 몰라? 아무리 열 살 더 처먹은 거 내세우덜 말구 영신이 쟈가 하는 거 배워라 배워!

짱아댁   아니 이 여편네가 뭔 말잉겨? 나가 워쪘다고 막말잉겨 막 말이….

젓갈댁   어이구 이 성님들은 그저 오나가나 쌈박질은… 아 그것도 말쌈뿐이면서 뭔 가오다시래유!

이때 길자 앞에서 소리치며 손짓한다.

길자 아! 뭣들 하능교. 퍼뜩 나와가 사진 찍지않고예!
고무댁 오메야 우덜도 사진 찍능겨?
젓갈댁 아 식구들도 없응께 우덜이라도 식구나 친척매냥 나가 자
리 채워줘야잖유!
미나리할매 그래 맞다! 그 말이 옳다. 식구가 뭐드노? 한솥밥 먹는 게
식구 아이가! 맨날 해 뜨고 해 지는 거 챙기며 시장바닥서
같이 밥 챙겨 나눠먹는데 그기 식구 아니고 뭐드노. 퍼뜩
나가자!
고무댁 맞아유! 어여 나가유. (길자에게) 그려 나갈 텡게 쪼매만 기
다려라잉!
어린 영신 (손짓하며) 빨랑요 빨랑요!
짱아댁 오 그려 지금 나가능겨! (고무줄에게) 니 이따 좀 보자고!

#26. 결혼 가족사진 장면

신랑, 신부를 중심으로 시장사람들과 신 주임, 주봉이 꼬붕이 모두
사진사 앞에 엉거주춤 사진을 찍으려고 서 있다.

사진사 (장아찌에게) 저 아줌니 신부도 아니면서 새신랑 옆댕이서
그렇게 팔장 끼고 딱 붙어있음 안 되잖유 쬐금만 떨어져
유! 신부 신방 채리기 전에 삐지것슈!

고무댁	뭐여 저거시 또 새신랑 옆장등이서 여시 짓거리 한겨?
짱아댁	동상같아 누나맹키로 팔 좀 잡았어야! 그럼 안 되능겨?
사진사	(장아찌에게) 아 안 되구말구유! 면사포만 없어그렇지 아줌니 얼굴이 고와갖고 사진 나오믐 다들 오해한다니께유!
짱아댁	(생글거리며) 그렁겨?

일동 모두 깔깔대며 웃는다.

사진사	자 움직이덜 말구유. 눈 깜짝 거리지두 말구유. 자 찍어유! 하나 둘 셋!

펑 소리와 함께 마그네슘 화약이 번쩍이고 사람들 놀라는 표정.

#27. 결혼 가족사진 insert

#28. 대전 YMCA 건물 입구

주봉이와 꼬붕이, 예식 끝내고 나오는 하객들에게 식권을 나누어준다.

꼬붕이	저 식당은 조기 저 앞 사거리에 있는 신미식당잉께 맛나게들 드시시요잉. 자 여기 식권! 한 사람이 한 장씩이어라.

이때 한복차림의 길자 힘없이 어린 영신이하고 문을 나서 나온다.

주봉이　(식권을 건네며) 저 형수님! 아니 저 영신이 오마님 식권 받으시라요! 이 얼라까지 두 장입네다. 맛있게 드시라요.

길자　(식권을 받아들며) 야 고맙십니더! (어린 영신에게) 참! 딸금이 이모는 어데 갔노? 방금 전 사진 찍을 때 옆에 있었는데… 니 퍼뜩 안에 들가 이모 찾아 델고 나온나 대전 사람이 아니라서 길 몬 찾는데이….

어린 영신　응, 알았어! (다시 건물 안으로 달려들어간다)

　　길자, 계단을 내려와 벚꽃나무 서 있는 그늘진 곳으로 간다. 그리고는 우울한 표정으로 혼자 중얼거린다.

길자　(독백) … 선녀야 니 잘 살아야한데이… 그라고 맹씨 아저씨요 우리 선녀 마이 사랑하면서 부디 잘 사이소. 정말 미안하니더….

　　어린 영신, 딸금이하고 새신부 된 선녀와 함께 문 앞으로 나와 두리번거리며 길자를 찾는다.

어린 영신　(길자를 발견한다) 엄마! 엄마! 이모 엄마 저깄어요, 엄마아!

길자　(손을 들며) 그래 내 예 있다!

　　어린 영신, 딸금이, 선녀, 벚꽃나무 쪽으로 다가온다.

선녀　(길자 손을 잡고 눈물지으며) 언니예!

길자　와! 와 불르는데? 그라고 안즉 하객들이 이래 많은데 새 각시가 신랑 옆에 안 있고 면사포 차림으로 이래 나와도 되나?

선녀 (흐느끼며) 언니!

길자 니 와 그라는데 화장 지워진다 울음 그쳐라! 참 느그 고향선 아무도 안 왔드노?

선녀 올 사람이 아무도 없어예! 아부지 죽고 새엄마라 카는 여잔 버얼써 자기 친정집으로 가가 소식 두절된 기 몇 년째라예. 언니요 참말로 미안합니더!

길자 야 봐라 니 그기 무신 소리고 미안타이 와 미안한데….

선녀 글씨 미안해예, 내 엊저녁에 맹씨 아저씨한테 다 안들었능교.

길자 오메야! 이 문디가시나줌 보거래이. 이자 식까정 올린 지 서방된 신랑한테 맹씨 아저씨가 뭐꼬? 그라고 애 앞에서 암말 말그래이! 암일 없다카이 니 퍼뜩 안 들어가나!

선녀 알았어예! 내 신혼여행 갔다가 퍼뜩 와가 돌아오는 대로 언니한테 찾아갈 테니까는 딸금언니도 광주에 내려가지말고 큰 언니랑 모두 같이 있어라. (딸금에게) 알았나 언니야!

딸금 뭐시여… 신혼여행을 워디로 가간디 그래 퍼뜩 온다는 거당가?

선녀 쪼기 유성온천이라예! 조선 팔도 사람들 죄다 신혼여행을 오는 곳인데 우린 가까봐서 참말로 다행 아잉교!

딸금 알았응께. 대신 너 내일 올 적에 말여라 기냥 오덜 말고 말이시 아 하나 품고오너라잉.

선녀 (버럭 눈을 흘기며) 언니야! 아 앞에서 그기 무신 말잉교!

딸금 (깜짝 놀라며) 옴메! 놀라라 아 떨어지겠네잉.

길자 씰데없는 소린 치아뿔고 선녀 니 퍼뜩 느그 신랑한테 안 들어갈끼가!

선녀	아참! 암튼 큰언니예 내 미안하니더. 내 퍼뜩 다녀올끼라예! (건물 안으로 들어간다)
길자	저 문디 가시나 뭐라카는기가 지금….
어린 영신	엄마! 나 배고파 빨랑 식당 안 갈 거야?
딸금	그랑께! 언니 나도 배고파야 빨랑 가더라고….
길자	(힘없이) 그래 가자! 내도 오늘은 한 잔 할란다.

길자, 쓸쓸한 표정으로 어린 영신이와 딸금이 뒤를 따라 걷는다. 벚꽃잎이 휘날린다.

#29. 영신의 자택서재

은은한 서정적인 음악이 흐르며 책상 앞에서 원고지를 펼치고 물끄러미 어두운 창밖을 내다보고는 시를 써내려가는 영신… 시가 낭송된다. 벚꽃잎 휘날리는 거리를 어린 영신이 손을 잡고 걷는 외로운 길자 모습과 O.L 된 영상과 함께.

영신(시)

가끔은
그대 있음을
느낄 수 있도록
고운 향기 놓고 가세요

비록

만날 수 없는
그리움이라도
언제나
내 곁에 머문다는
약속일랑
남기고 가세요

흔적 없는
바람처럼
가슴 스치고 가는
빈 자리에
언제나 아쉬운
그 흔들림
살며시
보이지 않는
그림자로
드리워집니다

가끔은
그대 향기
잠깐이라도
내 짧은 인연 속에
두고 가세요

음악 *up-down* 되고.

영신　(독백) 그렇게 맹씨 아저씨는 엄마와의 인연이 아닌 선녀이모와의 인연으로 나는 이모부라 부르게 되었고 광주에서 온 딸금이 이모도 선녀이모의 주선으로 주봉이 이모부와 결혼을 하였다. 그리고 우리는 모두 친가족 이상으로 가깝게 왕래하며 지내게 되었는데 어느 날 그 두 가정은 봉제 사업을 시작한다고 산내면이라는 곳으로 이사를 떠났다. 지금은 그곳이 대전광역시 안에 위치한 가까운 거리가 되었지만 그때만 하더라도 대전의 외곽지로서 어린 나에게는 먼 곳이라 생각되어 몹시도 슬픈 이별이었던 것 같다.

음악 조용히 사라진다.

제4부

삼성국민학교 추억

#1. 입학식

밝은 음악소리와 함께 삼성국민학교 운동장. 가슴에 흰 수건을 달고 검정 교복을 입고 줄지어 서 있는 1학년 남자 어린이들과 색동저고리에 검정치마 또는 양장 옷을 빼어입은 머리에 꽃을 단 1학년 여자 아이들 재잘대며 줄지어 서 있다. 운동장 주변에는 한복차림으로 양산을 쓴 엄마들과 중절모를 쓴 아버지들 또 두루마기 한복을 입은 할아버지의 모습들로 북적인다. 종이나팔 마이크로 입학식을 거행하는 1950년대 말 국민학교 입학식 전경. 만국기가 펄럭인다. 넥타이 없는 흰 와이셔츠 위에 큼직하고 헐렁한 양복을 입은 콧수염의 교장 선생님의 훈화. 자기네 반 어린학생들 앞에 서 있는 흰 저고리에 짧은 검정치마를 입고 가슴에 조화를 단 여자 담임선생님, 식 중인데도 산소통 종소리가 울리고 동시에 1학년 어린 동생들을 구경하기 위해 운동장으로 뛰어 나오는 상급생 아이들. 그 풍경 속에 어린 영신의 의젓한 모습이 클로즈업된다. 그리고 일본 군가풍의 학교 교가가 우렁차게 울려 퍼진다.

교가

오 삼남의 웅도 한밭동북에 높이솟은 전당은 우리의 모교
빛나는 오랜 역사 찬란한 전통 빛나도다 그 이름 우리의
삼성

음악 서서히 사라진다.

#2. 학교 앞 거리

흰 저고리에 치렁이는 긴 검정치마를 입은 길자, 1학년 학생이 된 영
신의 손을 잡고 행복한 표정으로 길을 걷는다.

어린 영신 엄마 아까부터 왜 자꾸 웃어? 엄마 무슨 좋은 일 있어?

길자 하모 좋은 일 있지롱.

어린 영신 그게 뭔데?

길자 우리 영신이가 이제 핵교 학생이 된 거지롱.

어린 영신 에이 난 또 뭐라구

길자 그카믐 우리 아들은 이래 학생이 된게 안 좋드나?

어린 영신 아니 너무 신나!

길자 하모 너무 신나제? 엄마도 우리 영신이가 벌써 이래 커갔
고 핵교에 댕기는 학생이 되었다는 것이 믿어지지 않을 정
도로 너무 기뻐가 이 자리서 덩실덩실 춤이라도 추고 싶다
안 하나, 영신아!

어린 영신 응?

길자 니는 너무 어려가 기억이 잘 안 나겠지만서도 니 다섯 살

도 안 되가 쬐매할 때 엄마캉 저 지경이라 카는 느그 시골 고향에서 산길로 산길로 삼십리 길을 안 너머 왔드노. 그 때 그 쬐매했던 꼬맹이가 이래 커가 벌써 핵교를 댕기게 되다니 엄만 자꾸 웃음이 난다. 느그 아부지가 빨랑 살아 돌아와서 이런 널 보믐 옥수로 좋아할긴데….

어린 영신 엄마!

길자 와?

어린 영신 나도 엄마 손잡고 산길 넘어오던 거 생각난다

길자 정말?

어린 영신 응 엄마가 내가 잘 걷는다고 칭찬했잖아. 그리고 산에서 떡두 먹고….

길자 어메야! 니는 참말로 하늘에서 떨가준 신동인갑다. 니 엄마가 니 태어날 때 꾼 태몽이라 카는 거 니한테 얘기해준 적 있드노?

어린 영신 아니?

길자 엄마가 니를 첨에 가졌을 때 꿈을 꿨는데… 엄마가 우물가에서 물을 뜨고 있는데 갑자기 하늘에 시꺼먼 먹구름이 끼더니 천둥 번개가 치고 뇌성벽락이 일나는기라. 그란데 엄마는 놀라지도 않고 이래 고개를 쳐들고 하늘만 쳐다봤다 아이가.

어린 영신 무서워서 도망도 안 가고?

길자 그래! 참말로 신기하제? 그라더니만 하늘의 시꺼먼 구름이 구멍 뚫어진 것매냥 조금씩 열리데! 그카드만 그 벌어진 구름 사이로 아주 눈부신 햇살이 비추는기라. 그칸데 더 신기한기 그 빛살이 엄마가 있는 우물을 비추는기라. 그카더만 그 빛 속으로 하늘의 어떤 선녀등 하여간 어떤

천사가 너울너울 춤을 추며 내려오는데 그땐 엄마도 놀라가 바짝 긴장을 안 했드노!

어린 영신 엄마 치마를 꼭 잡는다.

길자　와 무섭노?

어린 영신　아니… 그래서?

길자　그런데 그 선년가 천산가 암튼 하늘에서 내려온 사람이 내한테 빙그레 웃으면서 예쁜 금빗하고 연필하고 마팬둥 노리개 같은 것을 보여주는기라. 그래가 엄마가 치마를 이래 받쳐들고 섰드만 그것들을 다 던져주더라카이!

어린 영신　진짜?

길자　하모! 그래가 눈을 떠보이 꿈잉기라. 엄마도 그런 꿈은 생전 첨인지라 이상하게 생각되가 다음날 날 새자마자 지경에 있는 느그 큰엄마한테 그 꿈 야기를 안 했드노. 그카니까는 느그 큰엄마가 웃으면서 그기 태몽 꿈이라카면서 하는 말이 딸인 것 같다하데… 내는 그 말을 들으면서 이왕이면 아들이면 더 좋을 텐데 생각했지 근데 니를 낳고보니 딸이 아니라 아들잉기라!

어린 영신　그래서 엄마 기분이 째졌어?

길자　어데, 그때는 피란 중이라 눈이 이만큼 쌓였고 또 너무 추버가 모다 정신이 없어서 좋고 나쁘고 할 여가가 없었다 아이가. 그저 니가 혹시 어찌될까봐 그기 걱정이었는데 얼마 지나가 배냇짓하며 오물거리는 니를 본께 그만 얼마나 좋든지 내 그냥 막 울었다!

어린 영신　좋은데 왜 울었어?

길자　니는 아직 얼라라 잘 이해 몬 할낀데 사람은 좋다고 웃고 슬프다고 우는 것만 아니라 너무 좋아도 울 때가 있고 너무 슬퍼도 웃을 때가 있능기라 그기 인생이라카는긴데 이 담에 니도 크면 알게 될 끼다.

어린 영신　엄마 그런데 우리 지금 어딜 가? 우리 집은 저쪽이잖아!

길자　니 안즉 배는 안 고프제? 우리말이다 오늘 니가 학생이 됐으니까 우리 기념으로 사진 찍을라꼬 그래가 지경 느그 큰 집에 보내가 자랑할라칸다.

어린 영신　와! 엄마 최고!

경쾌한 음악소리.

#3. 사거리 백화사진관

사진관이 있는 옛날 삼성동 사거리 풍경이 비치고 길자, 어린 영신의 손을 붙잡고 사진관 앞을 기웃거리다 안으로 들어간다.

#4. 백화사진관 안

사진관 안쪽 벽면에 오작교 긴 난간과 버들가지 그림이 그려있는 커다란 배경그림 앞에 2인용 작은 소파가 놓여있다. 사진사의 안내로 길자와 어린 영신이 그 소파에 가서 앉는다. 그리고 잠시 안으로 들어갔다가 나오는 사진사 아저씨, 마그네슘 가스판을 들고 나온다.

사진사 오늘 아드님이 학교 입학했나 봅니다. 어느 학굡니까?

어린 영신 삼성국민학교요! 저 1학년 1반이에요

사진사 오, 삼성국민학교! 아저씨도 옛날에 삼성국민학교를 다녔는데… 그럼 우리 동창이네.

어린 영신 동창이 뭔데요?

사진사 동창? 그건 같은 학교를 다닌 사람들이라는 말이다! 축하한데이 꼬마야!

어린 영신 저 꼬마 아니고 이제 학생이에요. 삼성국민학교 1학년 1반 우영신!

사진사 아 그래! 아저씨가 미안타 삼성국민학교 1학년 1반 우영신!

어린 영신 우리 담임선생님 이름도 알아요 함성준 선생님이에요! 아저씨 우리 선생님 알아요?

사진사 아니 잘 모르지. 아저씨는 오래 전에 느그 학교를 다녔으니까.

길자 (어린 영신에게) 이자 그만하고 어서 퍼뜩 사진 찍고 가자! 엄마 니 밥챙겨주고 바로 장사가야 안 하나!

사진사 아주머니도 경상도 분이시네예? 경상도 어뎁니꺼?

길자 지예? 지는 울진이라예 하지만 본래 태어난 고향은 안동이니더.

사진사 안동요?

길자 와예? 안동을 아능교?

사진사 (놀라운 표정) 지도 고향이 경북 안동입니더!

길자 그래예 억수로 반갑네예 이 충청도 땅에서 고향사람을 다 만나네예!

사진사 아주머이는 그라면 안동 어딘교?

길자	글쎄 지는 아주 얼라 때 나와가 기억이 없다 안 합니꺼. 하지만 동네 이름은 알아예. 안동 임하라예.
사진사	(다시 놀라며) 임하예? 임하면 임하 어느 동넨교?
길자	와예? 임하를 잘 아능교?
사진사	하모요 지도 안동 임하서 살다가 해방 전에 아부지를 따라 이곳 대전으로 안 왔습니꺼!
길자	아마… 임하 내뜰이라 카는 델 낍니더 맞아예 내뜰요…!
사진사	내뜰요… 거기도 내 잘 압니더. 지는 내뜰 건너 추목리라 꼬 원추목 사람 아입니꺼?
길자	글쎄요 지는 아주 얼라 때 고향을 떠나가 다른 동넨 잘 모릅니더!
사진사	와 어쨌든 억수로 반갑네예. 그럼 혹시 내뜰사람이라 카믐 남 검사라고 들어 봤능교?
길자	남 검사요? 모릅니더. 아주 얼라 때 떠났다 안 합니꺼! (사이) 아니? 남 검사라꼬예? 맞아예. 남 검사는 누궁둥 잘 모르겠지만서도 지 당숙 아지매 조카가 남 진사댁으로 시집을 갔다 자랑하던 기억이 있니더. 그것도 제가 다 커갔고 딱 한번 고향에 가 본 적이 있어가 그때 들은 것 같아예. 우덜이 살던 내뜰에 옛날부터 자손대대 억수로 부자인 진사댁이 있었는데 그 집이 바로 남 부자댁이라 켔어예. (문득) 그래 맞아예! 지 당숙 아지매가 하도 자랑을 해쌌던 것이 기억이 납니더! 그 댁 자제분 한 분이 동경인둥 경성인둥 암튼 법대 다니는 유학생이 있다 켔어예. 지 쬐마할 때 그 도련님이 지를 윽수로 예뻐했다고 들었는데 그 당숙아지매 말이 그분이 증말 잘생겼다 켔어예. 인자 희미하게 기억이 나지만서도 확실치는 않아예!

사진사 그럼 맞을 낍니더. 그 어른도 지금 대전서 산다 안 합니꺼? 지보다는 스무댓 살 위지만 촌수로는 지 형님뻘이라예. 가끔씩 우리집에 놀러도 옵니다! 지 선친과는 자별한 사이라서….

길자 그래예? 좋겠네예 그런 훌륭하신 분하고 자별한 사이라카이….

사진사 그 어른은 지금 저어기 원동서 사시는데 대전서 잘 나가는 변호삽니더! 아주머니 당숙아지매 조카딸이 그 집안사람이라 켔지예? 그카믄 그리 먼 사돈 집안은 아니니까는 한 번 만나 보실랍니꺼? 그분은 고향 사람이라카믄 참 좋아 안 합니까!

길자 어디예? 지 같은기 감히… 암튼 반가버예! 자 그만 사진이나 찍어주이소!

사진사 (카메라 천 안으로 머리를 드밀) 와! 이런 데서 고향 임하 분을 만나다니… 그런데 바깥분은 어데 가시고 이래 두 사람만 사진을 찍능교? 핵교 입학기념 사진 같은데….

길자 지난 난리통에 헤어졌어예.

사진사 (카메라 천에서 다시 머리를 빼며) 아니 어쩌다가… 그럼 전사하신 겁니꺼?

길자 아입니더 죽었등 살았등 소식이 끊친 게 벌써 7년째라예!

사진사 그래예…! 자! 니 영신이라켔제?

어린 영신 예! 그런데 아저씨 그냥 충청도 말로 하면 안돼요?

사진사 와? 아니 왜? 듣기 이상트나?

어린 영신 아니요. 울엄마는요 맨날맨날 경상도 사투리를 쓰니까 사람들이 맨날 물어봐요.

길자 니 그기 무신 말이고?

어린 영신	진짜잖아. 경상도 사람이 왜 대전까지 와 사느냐구… 그럼 엄마가 울잖아.
사진사	아 알았다 내 사투리 안 쓸게… 자 그럼 찍을까요?
길자	우리 아가 가끔씩 이래 사람을 무안하게 합니더. (긴 한숨을 쉬며) 잘 좀 찍어주이소. 그래야 언제라도 이놈 보고 잡을 때 두고두고 볼 수 있지 않겠능교!
사진사	아니? 그게 무슨 말입니꺼?
길자	(당황해 하며) 아, 아니 뭐… 그냥 좋다는 말 아잉교!
어린 영신	(엄마를 쳐다보며) 엄마?

강한 음악과 함께 그때 찍은 두 모자 사진이 비쳐진다.

#5. 밤하늘 평상마루에서

초여름 밤하늘에 별들이 반짝인다. 그 별밤 아래 길자와 어린 영신은 평상마루에 나란히 기대어 앉아서 노래를 부른다. '별 삼형제' 동요가 아주 작게 멀리서 들려온다.

길자·어린 영신	날 저무는 하늘에 별이 삼형제, 반짝반짝 정답게 비추이더니 웬일인지 별 하나 보이지 않고 남은 별만 둘이서 눈물 흘린다.
길자	오늘 핵교서 이 노랠 배웠드나?
어린 영신	응, 근데 엄마!
길자	와?
어린 영신	진짜로 사람들이 죽으면 저렇게 하늘에서 반짝거리는 별

이 되는거야?

길자　하모! 두고온 사람들 보고잖아 저리 먼 데서 맨날 쳐다보느라고 반짝거린다 안하나!

어린 영신　그럼 저 반짝이는 별 속에는 엄마 아버지, 엄마 아참 우리 할아버지, 할머니 별도 있고 또… 우리 아버지 별도 있겠네?

길자　아니지, 저 하늘에 반짝이는 별들은 모다 돌아가신 분들 별만 있지 산 사람의 별은 없능기라!

어린 영신　우리 아버지도 육이오 때 죽었다고 했잖아 그러니까 별이 됐을 거잖아!

길자　모르제. 느그 아부지캉 죽어 별이 됐는지 안 그럼 어데 살아 숨 쉬며 살고 있는지….

어린 영신　엄마. 왜 모르는데? 저번에 내가 예배당 학교 가기 전에는 울 아버지가 육이오 전쟁 때 죽었다고 했잖아!

길자　(쓸쓸한 표정으로) ….

어린 영신　아이 엄마아… 빨랑 말해줘.

길자　느그 아버지캉 내캉은 니가 엄마 뱃속에 있을 때 헤어졌는데 죽었는지 살았는지 내 우에 알겠노?

어린 영신　그럼 만약에 울 아버지가 살아있으면 우릴 찾아 올 수도 있겠네? 그런데… 돌아가셨으면 별이 됐을 텐데… 어떤 별일까? (하늘을 쳐다보며) 저어기 저 반짝반짝 빛나는 저 별 아닐까?

길자　(천천히) 영신아!

어린 영신　왜?

길자　니는 예배당에 있는 하나님이 느그 아버지라 안 캤나?

어린 영신　응! 예배당이 아니고 하늘에 계신 아버지야!

길자　그라믄 니는 하늘에 계신 그분이 느그 아버지라고 믿고 딴 아버질랑은 생각하지 마라!

어린 영신 왜?

길자 그 하나님 아버지는 착하고 좋고 또 우덜같이 불쌍한 사람들을 지켜준다꼬 니가 내한테 말 안 했드나! 하지만서도 느그 진짜 애비라 카는 사람은 참말로 나쁜 인간이데이! 아버지라 생각도 말고 죽었등 살았는등 관심도 갖지 말 거래이! 이제 우리하고는 아무런 상관도 없는 남남인기라! 알았제?

어린 영신 왜 우리 진짜 아버지가 나쁜 사람이야?

길자 (아이의 얼굴을 쓰다듬으며) 이래 잘 생기고 똑똑한 우리 아들을 내뿌리삘고 찾아도 안 오는 그런 인간이 우에 좋은 인간이겠노?

어린 영신 죽어서 별이 돼서 못 올 수도 있잖아

길자 차라리 그리 됐음 내 속이 이래 시커멓게 타지는 않았을 끼다. 영신아 이제 앞으로 느그 아부지 이야길랑 그만하자 그카고 니가 크면 엄마가 죄다 말해줄게! 알았나?

어린 영신 내가 얼마나 크면 말해줄 건데?

길자 니가 엄마 키보다 한 뼘이나 더 크믄 말해줄끼고마 니는 지금 말해줘도 이해 몬 한다! (쓸쓸하게 다시 노랠 시작한다) 날 저무는 하늘에 별이 삼형제 반짝반짝 정답게 비추이더니 웬일인지 별 하나 보이지 않고 남은 별만 둘이서 눈물 흘린다. (목소리가 떨린다)

어린 영신 엄마 울어?

길자 아… 니! (눈물을 손으로 훔친다)

어린 영신 (두손으로 엄마 눈물을 닦아주며) 엄마 울지 마! 내가 다신 아버지 얘기 안 물을께. 웅! 엄마아–

길자 알았다. 이자 엄마 안 울께! (치마로 아이를 감싸며) 춥다 그만 이래 엄마한테 안겨 자자! 내 니 잠들면 방으로 델고 갈끼 고마!

어린 영신 응 엄마! 졸려. (엄마를 꼬옥 껴안고 눈을 감는다)

다시 가늘고 은은하게 음악 들려오고 길자 밤 하늘을 쳐다본다.

길자 (독백) 이보시요. 영신 아비요! 당신 우애 그리 못 났능교? 참으로 야속하다 야속스럽다 해싸도 당신 맨키로 야속한 사람은 세상 천지에 없을 끼라예! 내 당신 편지를 받고는 깐난쟁인 이놈 아를 델고 안동으로 내려가 죽을라캤어 예! 그래도 내도 인겁을 쓴 인간인지라 마지막으로 죽기 전에 내 얼라 때 헤어진 우리 엄마 얼굴이라도 한 번 보고 죽는기 도리라 생각해가 우리 엄마 찾을라꼬 근동을 헤매 다 몬 찾고 또 난리 끝이라 사는 인심들이 메말라가 아무 도 낼러 도와주는 이 하나 없고 일가친척이 있나 돈이 있 나 배는 고프고 아는 울어쌌고 그냥 죽는 기 내 팔자인가 싶어가 주왕산 용추배기로 안 올라 갔등교. 그카고 내 진 짜로 그때 이놈아 안고 그 폭포물 아래로 콱 뛰내려 죽을 라 캤어예. 그란데 글씨 이놈아가 지 죽을등도 모르고 낼 보고 벙글벙글 웃는기라예. 그칸데 우에 죽을 수가 있겠능 교. 그래가 다시 당신 고향집으로 도로 안 갔등교. 어휴 그 때 고생 고생 말도 마소. 차라리 죽는 게 낫지 오죽 살기 힘들면 당신네 마을이름을 지경리라 캤을까! 산비탈 화전 농가에 이밥 한번 구경하기 힘들고 꼭뚜새벽부텀 일나가 쇠여물로 시작해 왠종일 자갈밭 일구고 허기져 집에 돌아오면 자기네들끼리 숨어서 미리 밥 묵고 갓난아들 밥도 그리 주진 않을긴데 쬐매한 종지에 밥 몇 숟가락 퍼놓으면 그거 먹고 다시 밤새 길쌈매다가 애 젖도 몬 물리고 자믐 이놈아는 밤새 칭얼대고… 살기 죽을 지경이라꼬 그 이름이 맞시더. 그래 당신이 돌아온다카는 희망도 없고해가 차라리 도회지로 가서 빌어먹능기 낫다 싶어가 내 아 델고 이래 이곳 대전까지 나와 살고있지 않능교. 그란데 당신이란 사람 우덜 소식을 한번쯤은 들어봤을긴데도 우짜면 그리도 이날 이때꺼정 이래 소식 한번 없능교! 보소 이놈아가 컸다고 벌써부터 지 아부질 찾는 거 좀 보란 말이시더! 정말로 당신이란 인간 너무 야박하고 몬났고 피도 눈물도 없는 사람인기라예! 당신이 낼러 했던 그 첫날 밤의 그 약속은 다 어디다 잃자 뿌렸능교… 영신아부지예. (아이를 꼭 끌어 안고 소리죽여가며 흐느낀다)

음악 *up-down*.

#6. 시장터

사방천지가 어두워지고 바람이 불어오면서 간혹 빗방울이 떨어진다. 멀리서 들려오는 천둥소리, 시장터가 한산하다.

미나리할매 명절 앞두고 날씨가 와 이러노… (젓갈댁에게) 야야! 느그 둘째 좀 괜안나?

젓갈댁 모르것네유. 아침 절에는 좀 난 것도 같아 큰 애한테 잘 보라고 당부하고 나왔는디 간밤에는 애 이자뿌리는 줄 알았구면유!

미나리할매 와? 우쨌는데… 또 눈 뒤지비 까고 토하드나?

젓갈댁 그 정도면 다행이게유! 아 어제는 사지를 비틀며 아프다고 고함을 쳐대는데 지 동생들꺼정 모두 지 누야 팔다리 붙들고 난리두 아니였구면유. 아휴 무신놈에 팔자가 이런지 원….

짱아댁 갸 혹시 간질하는 거 아녀? 왜 입에 거품 물고 눈 뒤지비 까고 사지 뒤트는 지랄병말여.

미나리할매 너는 고 못된 말버릇 좀 고치라고 내 몇 번이나 말하드노! 같은 말 두고 지랄병이 뭐꼬! 지랄병이.

고무댁 긍께유. 야가 그렇다니께유.

젓갈댁 지두 첨에 그런 건가 했구면유? 근데 쩌번에 도립병원에 강께 의사선생님이 그라는데 간질이 아니구 뭐라드라? 팔다리 근육이 꼬여 굳어지는 무슨 병명이 있든데…? 암튼 지가 무식혀서 듣기는 들어도 이름을 금세 까먹어유 암튼 간질은 아니래유.

고무댁 거 다리에 쥐 자주 나는 뭐 그런 거 아닝겨? 아 아들 커 가다보면 유독 그런 아가 있어… 걱정할 것두 없구면그려.

길자 그래 의사 선상님은 뭐라 카등교? 약 잘 묵고 좋은 주사 맞으면 낫는다 캐예?

젓갈댁 그럼 뭔 걱정이것어? 자기도 잘 모르것다능겨? 희귀병이라나 뭐라나! 그래 맞다 맞어유 '세가와병'이라 했시유. 그런 거 혹시 들어들 보셨남유?

미나리할매 뭐라! 세가와병이라꼬?

짱아댁 무슨 병 이름이 그렁겨? 고뿔이면 고뿔, 설사면 설사지 그런 희한한 병은 내 첨 들어보는구먼.

고무댁 야 젓갈아! 걱정말어. 내 생각은 말이지 병원 의사들이 지들도 다 궁한께 돈 벌어쳐먹을라꼬 듣도보도 못한 병 이름들을 지어갖고 짜고 고스톱 치는.거여! 차라리 말여라. 기냥 우리 식으로 굿 한번 혀봐 그럼 직빵일 텐께!

미나리할매 으그 느그들은 우에 그리 둘 다 똑같노. 말하는 거나 생각하는 것이 모다 똑같어 늙어 외롭지는 않켔구만 그려. 아지 동기간 같은 옆둥 사람이 저래 걱정이 되가 밤에 잠도 제대로 몬 자고 얼굴이 횅한 거 보믐 불쌍해서라도 그런 말 몬 하겠구먼서도 우에들 그러노.

짱아댁 쟈도 내도 못 배워 안 그런다요. 하지만이라 그게 다 무식해 그렇제 실은 우리 모다 젓갈 쟈를 동정해서 하는 말이랑께요.

젓갈댁 성님 말이 옳아유! 지는 마 하나도 나쁘게 듣능 거 없시유 진인사대천명이라잖유. 지 명줄이 길면 나을 거시구 짧으면 가는 것이구. 애미 잘못 만나 그런 것도 지 팔자 소관 아니것시유!

미나리할매 에이구 저 모질게도 착한 거⋯ 그나저나 날씨가 왜 요모양인겨? 비 올라면 카믐 쏴 내리고 안 올라면 말거시제 와 내릴 듯 말듯 올 듯 안 올 듯⋯ 장보러 오는 손님만 끊기게끔.

고무댁 지들 소갈머리 땜에 그런 가봐유⋯ 에고 이번 추석명절은 다 망쳤구만이라. 이래 손님이 없어가지구 시상에 날마저 꾸물거리는 게 영 아니라구 봐유!

미나리할매 그러게 말이다. 지난간 여름 땡볕에 일사병이다 콜레란둥 카면서 장살 쉰 게 몇 날인데 이제사 명절 앞두고 대목장사 좀 해볼까 싶드만 이래 날씨가 요상시런 게 아무래도 며칠 두고 비가 퍼불 징존기라. 아이고 주님요! 이 불쌍한 시장 노점 장사치들 좀 도와주심 안 되겠능교….

짱아댁 참 저그 큰성님! 조짝 역전 대로 앞에다 무신 백화점인가 뭔가 만든다고 난리당께요. 그게 뭐시데유?

미나리할매 아니, 그게 뭔말이드노?

고무댁 아 고거! 긍께 대전에다가도 거 뭐시냐 서울 맨치로 화신 백화점 같은 걸 진다는 거잖여! 이름이 왕생이라나 뭐라나 그려 왕생백화점이라 한다데!

짱아댁 그거 짓는 사람이 엄청난 불잔가 보네! 왕생극락하라는 뜻 아니당가?

고무댁 그런겨? 암튼 쟈는 내맨치로 무식하다가도 어느 때 보믐 내보다 유식할 때가 많아 질투가 난단께.

젓갈댁 그런 뜻도 있는진 몰라도 삶을 크게 일으킨다는 뜻으로도 왕생이라는 이름을 썼지 싶구먼유.

고무댁 얼라? 쟈는 쟤보다 더 유식한가 보네그려. 아까 전에도 뭔가 유식한 문자 쓰드만….

짱아댁 히히. 진인사대천명이라 했잖여. 나가 배움이 없어 그렇제고 정도는 알겠드만.

미나리할매 그나저나 큰일이고마! 아, 피난들 와갖꼬 산비탈에다 하꼬방 짓고 사는 동네가 대전인데 뭔 부자들이 많다꼬 저래 백화점을 짓는기가! 이제 저거 짓고나면 우리같이 장바닥에 앉아 하루 벌어 하루 먹고 사는 노점사람들도 문제지만서도 저 앞에 작은 구멍가게 상점들은 다 죽을끼라.

고무댁 죽는다고라? 왜 죽는디유? 쟈들 가게엔 단골들이 얼매나 쩽쩽한디….

짱아지아줌마 아, 이왕이면 다홍치마라고 사람들이 같은 돈 내고 좋은

데서 좋은 귀경하며 물건을 사고 싶지 아무리 단골이라도 이런 시궁창 냄새나는 곳꺼정 와서 물건을 사가겠어? 니 같아도 안 그러겠다!

이때 번쩍 하고는 커다란 천둥소리가 크게 울림과 동시에 갑자기 소낙비가 퍼붓는다.

짱아댁 오메 오메 이게 뭔 난리당가!

젓갈댁 (급히 장사하는 함지를 천으로 덮으며) 암만해도 오늘 장사는 꽝인 듯 싶어유. 성님들 낼랑은 아도 그렇고 그만 들어가야 쓰것구먼유!

미나리할매 그래 얼릉마 그카거라! 내도 그라지 싶다. 하늘을 보이 그냥 지나는 비는 아닌동 싶은데 어여 모다 일나그라! 몇 푼 더 벌라다 몇 배 잃는 게 안 많겠나!

다시 천둥번개, 비가 더욱 세차게 쏟아진다. 모두 서두르는데 길자만 치마 같은 걸로 손 벌려 뒤집어쓰며 움직이질 않는다.

고무댁 아 뭐 하능겨! 얼릉 일나잖구! 오늘 장보러 올 사람 하나 두 없을 거구만!

길자 아이라예. 두부는 그냥 두면 물러터져가 금세 상해 안 되예. 내 한 모라도 더 팔다 갈랍니다.

미나리할매 말 들으라카이! 두부 한 모 더 팔려다가 몸 상하면 약값이 더든다 안 카드나! 그기 장사가?

길자 (마지못해 장사를 거두며) 인자 우리 아 핵교 당기는데 작기장 값이라도 더 벌어야 하는데….

더욱 쏟아지는 비에 모두 물건 담은 함지박과 종이박스를 들고 도망치듯 뛰쳐나간다. 길자도 일어나다가 갑자기 소리를 지르며 다시 주저앉는다.

미나리할매 (뒤돌아보며) 아니 니 와그라노? 응?
길자 (발을 주무르며) 발목이 접친 것 같아예! 아이고….
미나리할매 아이고 조심 좀 하지! (비 피하는 모두에게) 야야! 도루 일루들 온나! 야가 발목을 접쳤는 갑다. 짐들 그 처마 밑에 두고 얄 좀 도와라!

빗속에 고무줄아줌마와 장아찌아줌마, 다시 뛰어와서 길자를 부축하며 물건을 챙기고 돕는다. 더욱 세차게 쏟아지는 빗줄기.

#7. 빗속의 거리

비를 맞으며 함지박을 이고 절룩거리며 걷는 길자. 빗속에 전파사 스피커에서 방송 뉴스가 울려 퍼진다.

스피커 소리
뉴스 속보입니다. 태풍 사라호가 일본 오키나와 서쪽 해상을 거쳐 동중국해로 다가오고 있다고 합니다. 큰 강풍과 폭우를 동반한 이 A급 태풍 사라호의 영향으로 이 시각 현재 제주도와 영남지방에 큰 폭우가 시작되었고 충청중부권까지 비가 쏟아지고 있는 바 관측소에 따르면 이제 곧 전국이 태풍영향권에 들 전망이라고 합니다. 중심 최저기

압이 905미리바이트, 중심 최대풍속이 85m/s로 역대 기
상관측상 최고의 태풍으로 각 가정에서는 피해가 없도록
각별한 주의를 당부하는 바입니다.

#8. 다락방

어두컴컴한 다락방에서 천둥번개 소리에 놀라 훌쩍거리며 귀를 막
고 농짝 옆으로 바싹 다가가 몸을 움츠리고 있는 영신. 천장으로부터
뚝뚝 떨어지는 빗물을 받아내려고 빈 사발 그릇이 두어 개 방바닥에
놓여있다. 이때 또다시 번쩍하는 천둥소리.

어린 영신 엄―마아… 엄마 언제 올 거야? 하나님! 우리 엄마 빨리
오게 해주세요….

이때 문 밖에서 길자가 문을 두드린다.

길자 영신아! 문 열어라! 엄마다! 영신아!
어린 영신 엄마? 엄마아…. (울면서 방문 고리를 풀면서 방문을 연다)
길자 (힘든 표정으로 방을 기어 들어오며) 영신아… 이래 혼자 있었드
노? 안 무섭드나? 봉수네 집에라도 놀러가 있지….
어린 영신 엄마, 왜 이제 오는 거야? 엄마 어디 아파?
길자 괜않다. 발목을 접질러가 쪼매 삐었다. 너 저 사발들 좀 치
우고 엄마 누울 테니까는 담요를 꺼내 갖고온나!
어린 영신 응, 알았어! (빗물 담긴 사발을 들어다 창밖으로 내다 버리고 농짝 위
담요를 꺼내 누워있는 길자에게 덮어준다) 엄마, 많이 아파?

길자   아이다… 니 핵교 숙제는 다 했드나?

어린 영신 응, 아까 전에 다 했어. 근데 엄마 많이 아픈 거지?

길자   괜않다 안하나. 이래 쪼매만 누워 있으믄 괜않아질기다. 밥은? 밥은 묵었나?

어린 영신 아까 학교 끝나고 봉수네 집에 가서 놀다가 거기서 밥 먹었어!

길자   (신음소리를 내며 힘들어하며) 봉수네 엄마한테 내 미안해가 우에 하면 좋노… 하루이틀도 아이고… 으… 으음….

어린 영신 봉수네 엄마가 맨날 맨날 봉수하고 봉수네 집에서 같이 숙제하고 놀으라고 했어! 맛있는 거 해주신다고….

길자   (신음소리와 함께 졸음이 오는듯) 아무리 그케도 그런 게 아이다. 남의 밥 묵능기 쉬운 게 아니라카이 아으흐흐….

어린 영신 엄마 엄마! 잘라고?

길자   (신음소리와 함께 졸음이 오는 듯) 내 이래 쪼매만 눈 좀 부치고 일날끼다….

어린 영신 (다시 빈 사발그릇을 빗물 떨어지는 곳에 갖다 놓으며) 엄마 엄마 아프지 마! (두 손을 모으고 눈을 감으며) 하나님! 우리 엄마 발 안 아프게 해주세요!

또다시 천둥번개에 눈을 감은 채로 움찔 한다.

#9. 내레이션

다큐멘터리 실제 영상이 비추어지면서 태풍 사라호에 대한 내레이션이 들려온다.

내레이션　1959년 9월 11일 발생했던 제14호 태풍 사라호는 2003년 태풍 매미 이전까지는 우리나라 역사상 최악의 태풍으로 기록되고 있다. 9월 17일 새벽 3시 한반도에 직접적인 영향권이 들게 되면서부터 부산 및 동해 남부선의 축대 유실 등으로 철도 운행 중단과 함께 육상 및 해상 교통이 모두 마비되었고, 또한 모든 전신 전화의 두절로 말미암아 외부와의 연락이 불가능한 고립 상태에 빠지게 했다. 특히 영남지역에서는 낙동강의 범람으로 농경지는 모두 유실 매몰되었고 대규모 정전 사태를 일으켰다. 또한 해상 방파제가 무너지면서 당시 부산의 중구 남포동과 영도구 대평동 일대가 물바다로 변하여 시민들이 피난을 하는 등 아수라장이 되기도 했다. 특히나 태풍의 발생 시기가 추석 전후인 탓에 대규모 인명 피해로 약 800여 명의 사망자와 수십만 명의 이재민을 발생시켰고 선박 9,329척, 주택 1만 2,366동의 파손, 그리고 도로·교량·전산마비 등 당시 금액으로 662억 원이라는 큰 재산 피해를 일으켰으니 당시 우리나라 경제사정을 감안해 볼 때 엄청난 재앙이라 아니할 수 없는 사건이었던 것이다.

#10. 다시 다락방

선녀와 딸금이가 누워있는 길자 곁에 염려스럽게 앉아있다.

길자　아니 명절날 식구들끼리 재미나게 놀며 쉬지 뭐 할라꼬 이래 먼 길을 찾아 온기가! 더구나 대목 전에 공장 일로 많이

들 피곤했을 텐데….

선녀 (울음 섞인 목소리로) 언니야 말로 명절날 이게 뭐꼬? 발목을 다쳤으면 진즉 한의원에 가가 침이라도 맞을 내기지 이기 무신 청승잉교. (이불을 열어제키며 발을 보고는) 어메야 시상에 발목이 통통 버가 절구통 같데이… 이게 여자 발목이가? 속상해서 참 내….

딸금 참말로 너무하요잉! 언니는 우짜 그라요? 아프면 아프다고 기별이라도 할네기지. 이래 혼자서 저래 되도록 그냥 있었단 말이당가요! 아 우덜을 남이라고 생각하는 모양인디 참말로 섭섭하당께라. 영신인? 영신이는 어딨으라, 아 밥은 챙겨 먹었으라?

길자 아까까정은 내 옆에서 낼러 시중 든다꼬 예 있었는데 저 동네 끝집에 사는 지 친구엄마가 점심밥 멕인다고 델고 갔다! 봉수라꼬 갸 엄마가 영신이한테 참말로 잘해준다 카이….

선녀 (울음 섞인 목소리로) 언니는? 그럼 언니는 안즉까지 암것도 못 자셨겠네예! 미쳤어! 참말로 미쳤다카이! 퍼뜩 일나소. 아 어서 일나가 이거라도 자시란 말입니더!

길자 괘않다. 내 지금 암것도 먹고짢은 생각이 없고 또 입안이 소태 같은기 입맛도 음따. 아야야. (발목에 통증을 느낀 듯하다) 와 이러노? 발목이 삔 기 아인가? 윽수로 아픈 기 이래 가만히 누워있는데도 막 꽉꽉 대바늘로 쑤셔대는 것 같다 안 하나….

딸금 아이고 우덜 언니는 와 요로콤 산다요? 인물이 없을까이, 인덕이 없을까이 모다 언니 나쁘다는 사람은 시상천지에 한 맹도 없는디 무슨 팔자가 요모양이다요! 나이도 얼마 안 자셔가 벌써 화무십일홍이당가?

선녀 언니야, 그기 무슨 악담이가! 언니가 이래 안 꾸미고 사니까 그렇지 안즉은 괜않다!

길자 그래 말이다. 저놈오 가시나 닐러 병문안 왔으면 덕담이나 놓고 갈래기지 무신 저래 악담이고….

딸금 긍게 빨랑 일나시랑께라. 밥맛이 없고 입안이 소태라도 입에 곡기가 들어가믐 기운은 살아난다 안 허요?

선녀 딸금 언니가 큰언니 준다꼬 밤새도록 비가 퍼붓는데도 잠 안자고 만든 송편이라예. 한 개라도 제발 맛 좀 보이소 그마!

길자 (힘겹게 자리에서 일어나며) 참말로 느그들 사람 귀찮게하는 버릇 여전하다. 거기 물이나 한 잔 다고! (물을 한 잔 받아 마신다) 아이고 많이도 싸왔다. 이걸 다 우에 먹겠노!

선녀 딸금 언니 손이 장난이 아이라예! 뚝딱뚝딱 무신 도깨비 방망이 매냥 칼만 들었다카믐 금세 보도 듣도 못한 음식들이 막 맹기러지는기 참말로 모다 안 놀라능교!

길자 그기 다 어렸을 때부텀 부엌살림을 배워가 그렁 거지 기냥 재주가 하늘서 뚝 떨가져 그렁기 아이다. 그래 니는 어떤노? 느그 신랑한테 음식 몬 한다고 구박은 안 받았나?

선녀 안즉은요! 실상은 말입니더 두 집 살림을 하나로 해가 딸금 언니캉 음식을 담당하고요 내캉 설거지하고 집안 청소를 담당하는 바람에 우리 신랑한테 안즉은 안 들켰어예 히히!

딸금 (송편 한 개를 길자 입에다 집어 넣는다) 말만 하들 말고 이래 한 개라도 드셔보더라고….

길자 아… 알았다 내 먹을께… (천천히 입을 우물거리면서) 참말로 맛있다. 전라도 음식이라 카드만 맞다. 딸금이 니 광주서 왔다 켓제. 그칸데 와 서울 사람들은 이래 솜씨 좋고 맘씨 착한 사람들 갖고 전라도 사람이 워뗳둥 저뗳둥 말들을 지어내는지 내 알다가도 모르겠다카이….

딸금 서울 깍쟁이라 안 혀요. 지들 전라도선 눈 감고 있어도 사람 코 베가는 사람은 없응께라… 언니 이것도 한 개 드셔보시시요잉! 요거이 홍어 삭혀 맨든 것인데 말여라 첨 먹는 사람들은 코 막고 켁켁대지만 한 첩 두 첩 목구멍으로 넘기면 말이시 난중엔 기둥뿌리 뽑혀가도 모를 정도로 사죽을 못 쓴다는 그 홍어무침이랑께요!

길자 아이구 켁켁… 니 말이 맞다! 이기 다 무신 냄새고? 아니고 무시라 무시라 웩! (홍어무침을 토해내려 한다)

딸금 아이고 언니 요거이 을메나 비싼 거인데 그러시요잉? 그냥 쬐깨만 참고 후딱 목구멍으로 넘겨보시랑께라.

길자 아이구 선녀야 내 물 한잔 더 다고… (여전히 켁켁 대며) 아이고마 내 죽다 살아낫고마. 발목 아픈기 싹 달아난 거 같응기라…!

선녀 (낄낄대며) 지도 첨에는 이거 한 점 먹고는 죽는 줄 알았어예 언니처럼… 그칸데 지금은 없어 못 먹어예!

딸금 없어 못 먹지라! 하도 비싼께 아마도 천석꾼은 되야 허리띠 풀러놓고 먹을 수 있는기 이 홍어회라 안 혀요. 그래 지들 고향서는 부잣집 잔칫날이나 상 위에 오르면 모를까 평시에는 구경도 못하는 음식이랑께요.

길자 아이고 내사마 잔치가 아니라 굶어죽어도 몬 먹겠다. 암튼 그건 그렇고 그래 모다 어떠노? 느그 남편캉 하는 봉제사업들은 잘 되가나?

선녀 요즘 잘 되는 사업이 있능교? 너나 내나 죽을 맛이지예! 그케도 그냥 저냥 지들은 입에 풀칠하곤 살고 있어예! 신

명이 고되가 그렇제….

딸금　오줌 누러갈 시간도 없이 공장 직원들하고 하루 꼬빡 12시간을 넘게 미싱질을 해싸도 300장을 만들기가 어렵당께라!

길자　그래도 느그들은 그걸 복으로 알고 암말 말고 신랑한테들 그저 죽으라면 죽는 시늉을 하면서 살아야 한데이. 니들은 우에 됐든지 간에 하늘이 맺어준 인연들 아니겠드노!

선녀　실은 오늘 날만 이래 안 됐어도 그이랑 서방님이랑 모다 같이 올라켔어예! 근데 아침절에 공장 지붕이 새가 미싱들 비 맞으면 안 된다고 그것들 치우느라고 모다 같이 못 왔다 안합니까!

길자　그럼 느그들도 느그 신랑들을 도울네기지 뭐 한다꼬 이래 예까지 온기가! 지금이라도 이래 얼굴을 봤으니까는 퍼뜩들 돌아가라!

선녀　아이라예! 오늘은 우덜한테는 특별휴가 아닝교, 얼마나 벼르고 벼른 휴간데… 오늘은 딸금 언니캉 큰언니랑 오랜 만에 실컷 놀다 갈랍니더. 그카고 지들은 미싱이 육수로 무거워가 들지도 몬 해요.

딸금　그라고 말여라! 우덜한테 좋은 일 있다 안 허요!

길자　좋은 일? 그기 무신 말이고 그럼 혹시 느그들…?

딸금　야 맞지라! 야하고 나하고 모두 홀몸이 아니랑께요.

길자　그게 참말이가? 아이고 하느님 부처님요! 고맙심니데이… 참말로 잘됐구만이라… 이래 좋을 수가…! 그래 모두 얼마나 됐드노?

딸금　야는 지보다 한 달 먼저고라, 날랑은 이제 두 달쩸게… 모다 내년 삼사 월이믐 포대기 장만해야 한단께라!

길자	참말로 대견테이, 참말로 대견혀. 포대기는 내가 장만해줄끼다!
선녀	정말? 그래 말인데예, 실은 언니한테 부탁이 하나 있어예!
길자	부탁, 내한테? 그기 뭔데…?
선녀	그기… 지한테는 친정이 있어도 없능기나 매 한가지고예 또 딸금이 성한테는 친정이 있다해도 너무 멀어가 우리가 누한테 기델 데도 의지할 데도 없다 안 합니꺼! 그래가 하는 말인데예… 언니! 우리랑 같이 한 집에 살면 안 되니꺼? 그카면 우리가 영신이를 공부도 시키고 언니 시장서 고생 않도록 할 끼라예!
딸금	그라지라! 언니 요로콤 혼자 지내는 것보다는 덜 외로울 꺼고 심이 안 되겠냐!
길자	….
선녀	언니요! 와 그라예? 와 암말도 대답이 없능교?
길자	그기… 느그들 맴은 참 고맙다만서도… 그기 안 되지 싶다카이…!
딸금	와 그런다요? 와 안 된당가요?
길자	암튼 느그들 참말로 고맙데이. 피를 나눈 형제간이라도 이래 몬 할텐데 우에 느그들은… (눈물지으며) 내 와 몬 하는지 말해줄까? 우선은 내 암것도 할 줄 모른다카이. 아를 놔봤지만서도 피란 때 내 직접 내 손으로 받은 기 아이라서 자신이 없꼬, 또 아를 키우는 것도 더 자신이 없능기라. 하기사 그런 걸랑은 누구나 닥치면 우에 됐든 할 수는 있겠지! 근데 그보다 진짜 내 몬 하는 이유는 우리 영신이 아부지 때문인기라. 내는 예배당에도 안 당기고 절에 가본 지가 언젠둥 기억이 없지만서도 내 혼자서 맴으로 매일 같이

기도하는 게 안 있드노. 그기 뭔지 아나? 바로 우리 불쌍한 영신이한테 지 애비 찾게 해달라꼬 하는 기돈기라. 내는 말이다. 가끔씩 이런 생각을 하는기라. 그 사람이 전쟁 때 부상을 당해 앞을 몬 보거나 어디 하반신이라도 쓰질 몬 하고 길거리서 비럭질을 하기 때문에 아니면 어디 몹쓸 병이라도 생겨가 우덜 앞에 나타나지 몬 하는기 아닌가 싶은 기라. 만약 그렇다면 가족인 내가 그를 찾아서 돌보고 거두어야지 우에 하겠노? 그래가 내는 길거리서 동냥하거나 쓰러져 누운 그지들을 보믐 기냥 지나치지 않았다… 그라고 느그들한테나 영신이한테는 한번도 내비친 적이 없는데… 실은 말이다. 내는 그동안 병원만 찾아 다닝게 아이고 나환자들 사는 문둥이촌도 수없이 찾아다녔다카이. 혹시라도 해서 말이지….

선녀,딸금 언니야! (모두 흐느낀다)

길자 (눈물을 닦으며) 내는 자다가도 말이다. 그런 생각이 들면 벌떡 일나가 잠을 몬 잔다. 그라고 또 있다. 남사스런 말인진 몰라도 내는 애 아부지캉 첫날밤에 나눈 그 사람의 그 약속을 잊지 몬 한다. 사랑이 뭔지 그건 그 사람이 내한테 먼저 꺼낸 말이지만서도 내한테도 그걸 지켜야할 책임이 있다 안하나! 내 그케가 느그들이 내한테 하는 말을 냉큼 받아들이지 몬 하능기라! 이해해 도오! 참말로 미안테이 그리고 고맙고… 느그들 맴이나 성의를 내 이자뿌리지 않을 끼다! 그기 내 본심인기라.

선녀,딸금 언니야! (모두 소리 내어 운다)

빗소리가 더욱 크게 들리며 여전한 천둥번개가 번쩍인다.

구슬픈 음악 up-down.

#11. 전파사 앞

비 개인 청명한 날, 아직은 길거리가 질퍽거리고 여기저기 쓰레기들
이 널려져있고 집집마다 흙 치우며 물청소하는 모습들이 간간히 보
인다. 그리고 동네 전파사 쇼윈도우 안쪽에 켜진 금성 텔레비전을 구
경하느라고 애들, 어른, 노인들이 둘러 서 있다.

#12. 텔레비전 영상

텔레비전에서는 수해 피해를 입은 영상과 함께 수해지구를 시찰중인
이승만 대통령의 모습이 영상으로 비친다. 이어 톱여배우 최은희가
등장, 태풍 사라호 피해로 인한 구호운동을 호소하고 있다.

최은희(영상)
여러분 안녕하세요? 제가 이 자리에 나온 것은 여러분에
게 한 가지 부탁이 있어서예요. 지금 여러분께서도 보신
바와 같이 지난번에 우리 남해안 일대를 휩쓴 태풍으로 말
할 수 없는 피해를 가져왔어요. 하루아침에 집을 잃고 가
족을 잃어 생활의 모든 기반을 잃은 이들은 참으로 말할
수 없는 지경에 이르렀습니다. 우리는 그들을 도와야 하겠
습니다. 우리는 그들을 도와서 새로운 희망을 주어야겠어
요. 여러분이 쓰고 계시는 일용품, 여러분이 쓰고 있는 의

류, 여러분이 가지고 있는 십환짜리 한 장이 이재민을 돕는 큰 힘이 될 것입니다. 정부의 활동이나 외부기관의 원조나 어느 독지가의 희사보다도 여러분 한 사람 한 사람의 동족애를 이재민이 손길을 기다리고 있는 것이에요. 그러면 여러분, 거리에 있는 구호함이나 방송국, 신문사 등 각 구호반을 통해서 동포에 대한 사랑을 표시하여 주시길 간절히 바라는 바입니다.

이어 화면에는 가수 최숙자가 나와 바닷가 풍경을 배경으로 삼고 '눈물의 연평도' 노래를 부르는 영상이 비춘다.

최숙자(노래영상)
조기를 담뿍 잡아 기폭을 올리고 온다던 그 배는 어이하여 아니오나
수평선 바라보며 그 이름 부르면 갈매기도 우는구나 눈물의 연평도

#13. 전파사 앞

텔레비전 앞에 구경하고 있는 노인들과 중년 남녀, 어린아이들.

노인1 참 고년 노래 한 번 구성지네! 도와야지 암만 서로 도와야 하구 말구….

노인2 하지만 뭘 가진 게 있어야 돕든지 말든지 하지! 제기랄 수해당한 사람들이나 당하지 않은 사람들이나 모두가 사는

게 죽느니만 못한 세상이 되어버렸으니 이대로 살다가는 전국민 거지 나라가 될 판국이 되버렸으니… 원.

중년1 긍께 애시당초 왜 조봉암 같은 애국자를 간첩으로 몰아 죽였냔 말이유! 그래놓고는 뭘 잘한 게 있다고 저렇게 나라 백성들 불쌍한 척 슬픈 얼굴을 하고 시찰을 다니는 거래유?

노인2 아 지금 뭔 말을 하는 게여? 누구말여?

중년1 누군 누구겠시유? 이승만 대통령인가 개통령인가 하는 늙은이지유!

노인1 거 말조심혀 이 사람아! 대통령한테 개통령이 뭐여! 개통령이, 얼라들도 예 있구먼.

중년1 지가 그런 게 아뉴! 어느 신문산가는 기억은 잘 안 나는데유 저번에 대통령이라는 한자에 말이지유 큰대자가 아닌 큰대자 위에 잉크가 잘못 튕겨서 그랬는지 점이 찍히는 바람에 큰대자가 개 견자로 나오는 바람에 개통령이 되갔꼬 신문에 안 나왔것시유! 그 바람에 그 신문사 졸딱했다잖유. 그거 인용한 거구먼유!

노인2 아무리 그렇다혀두 그렇지… 송영감 말대루 애들이 있잖여! 근데 방금 전에 자네 조봉암이가 뭐가 어떻다구?

중년1 아 다 아시는 야기잖유! 작년에 사형 당한 그 조봉암말여유. 그 자가 본시 빨갱이였던 건 사실이지만 해방되고 나서부텀 바로 사상전향을 해갖구설랑 공산당과 결별한 사람이잖유! 그리고 이승만이가 물론 지주정당인 한민당을 견제하기 위해서였건 어쨌건 간에 조봉암을 농림부 장관으로 임명했던 사람이잖유. 그런 사람을 실컷 이용해먹구설랑 난중에 쓸모없다고 간첩으로 몰아 죄 없는 사람을 죽인다는 게 그게 어디 말이나 되는 소린감유? 토사구팽(兎

死狗烹) 아니겠슈? 그래 하늘이 노혀 이런 사라혼가 사리마다혼가를 퍼분 거 아니겠느냐 이 말이지유 지 말은….

노인1 쓸데없는 소릴 말어! 보는 사람들 눈하구 귀가 있어!… 그리구 좀 조용히 혀! 내 최숙자 노랠 좀 들어야 쓰겄다.

최숙자 (노래영상)
태풍이 원수드냐 한많은 사라호 황천 간 그 얼굴 언제 다시 만나보리
해 저문 백사장에 그 모습 그리면 등대불만 깜박이네 눈물의 연평도

비참한 음악.

#14. 우영신 교수 자택 서재

자정을 훨씬 넘긴 늦은 방에 물끄러미 그 옛날 아버지 어머니 결혼사진을 꺼내 묵묵히 바라보고 앉아있는 영신. 그러다가 옆에 놓여있는 만년필 같은 자동 녹음기를 들고 스위치를 켠다.

영신 (독백) 그러니까 그때가 1959년 추석 전후였다. 비록 내가 초등학교 1학년 때였지만 생생하게 기억이 난다. 아마도 내 생각으로는 그때가 우리나라 헌정사상 가장 어려웠던 시기가 아닌가 싶다. 어머니는 그렇게 발목을 다치셔서 눕게 되셨다지만 실상은 발보다는 어린 내가 알지 못하는 또 다른 병을 앓고 계셨던 것 같다. 주변 어른들께서는 어머니

의 그 병을 횟병이라고도 했고 아님 아버지를 그리워하다 지친 상사병이라고도 했는데 어쨌든 그때부터 어머니께서는 그런 병들로 기운을 잃고 몸져 누워계셔야만 했다. 지금 생각해보면 면역력이 저하된 탓으로 병을 이겨내지 못하신 것이 아닌가 하는 생각이 된다. 그때 당시 나의 유일한 친구는 봉수였고 봉수 어머니께서는 우리집 형편을 아시고 늘 나를 친자식 이상으로 챙겨주신 기억이 난다. 그 봉수라는 친구는 우리가 1학년 때 곧바로 서울로 전학을 가는 바람에 나는 그 어린 나이에도 눈물을 흘렸던 기억이 있다. 바로 그 이별의 슬픔을 주고간 그 친구가 훗날 우리나라 바둑계의 전설이 된 서봉수 명인이다.

음악.

#15. 중도극장 앞 문방구

희뿌연 기억 속에 나타나는 옛날 학교 가는 길목에 있던 잡화점 같은 문방구.

영신 (독백) 그때 봉수하고 나는 무슨 일로 싸웠는지는 기억이 나질 않는다. 다만 우리는 등에 메고 다녔던 책가방과 등 사이에 검정색 종합장을 끼고 다녔는데 우린 서로 소리를 지르며 그 종합장으로 번갈아 가며 서로의 머리를 내려치며 싸운 기억이 난다. 그랬더니 그 문방구점 주인아저씨가 우리를 나무라시며 우리를 갈라놓으셨다.

문방구 주인   이놈들아 길 거리에서 그렇게 싸우면 어떻게 해! 어린놈
들이 어른 목소리보다도 크네. 너네 집이 어디야?

어린 영신   저쪽이요!

문방구 주인   (봉수에게) 너는?

어린 봉수   저두 저쪽이요!

문방구 주인   그럼 니네 집으로 가면서 또 쌈박질하면 안 돼! 알았냐?

영신, 봉수, 서로 씩씩거리며 눈을 흘기고 있다.

문방구 주인   이놈들 아직도 분이 안 풀린 모양이네… 안 되겠다. 너는
이쪽으로 돌아서 저 골목길로 해서 니네 집으로 가고 너는
또 저쪽 길로 해서 집으로 가! 알았냐? 아니 이놈들이 왜
어른 말에 대답을 않는 거여? 알았어?

어린 영신   (마지못해) 네!

문방구 주인   (봉수에게) 너는? 말 안해?

어린 봉수   (억지로) 네!

문방구 주인   그럼 빨리 아저씨가 갈켜준대로들 가! 어서! 또 싸웠단
봐라. 내 니네 학교 교장선생님한테 찾아가서 니들 벌 받
게 할 거야. 알았어? 아 빨리 가라니까!

#16. 우영신 교수 자택 서재

영신   (독백/슬그머니 미소 띄우며) 그래 그런 기억이 있었지… 근데
그 친구는 그런 기억조차 못하구 있더라구! 참 섭섭하더
구만… 작년 늦가을이었지 아마? 군대 알오티시 동기들과

오랜만에 청평에 사는 친구네 집에 모여 바깥마당에 모닥불을 피워놓고 이런 저런 옛날 군대 이야기를 하는데 회사를 정년퇴직한 한 친구가 갑자기 너스레를 떨었다. 요즘 바둑 삼매경에 빠져 백수가 이렇게 좋은 줄 몰랐다고 한다. 그 바람에 그것이 계기가 되어 서로 바둑이야기를 나누던 중에 나는 무심코 바둑명인 서봉수가 내 어릴 적 친구라고 했더니 모두다 깜짝 놀라며 내게 집중을 하더라구… 그 친구가 그렇게 유명한 친구였나?

#17. 청평 마당 넓은 집 뜨락

벌써 백발이 성성해진 친구들 대여섯 명이 모닥불 가에 둘러 앉아 고기를 굽고 소주를 기울이며 수다를 떨고 있다.

친구1 야 그럼 영신이 너, 서봉수 명인이 니 친구라면서 왜 우리한테는 소개를 안 해준 거야?

영신 나도 그 친구가 기억 속에 친구이지 실제로는 만나보지 못한 지가 벌써 50년은 더 넘었을 거다. 그렇게 초등학교 1학년 때 헤어진 후로는… 아 그래 맞다! 우리가 중학생 때도 한두 번은 더 만났던 기억이 난다. 그러고 보니까 그때도 봉수는 우리 대전에 있는 목척교 다리 옆에 있던 목척기원이라는 델 자주 갔었지! 방학이 되서 대전엘 내려오면 다른 친구가 없으니까 나하고만 만나서 둘이 같이 돌아 다녔는데 난 그때도 영화를 좋아해서 그 친구를 데리고 내가 신문을 배달해주던 동화극장에서 공짜 영화를 보여 주었지. 그리고 그렇게 영화를 같이 보고나면 그 친구는 나를 데리고 목척기원이라는 델 데리고 갔는데 이 친구 어르신들하고 한번 바둑판에 앉으면 일어날 줄을 모르는 거야! 그러면 나는 혼자 지쳐서 간다고 인사를 해도 이 친구 대꾸도 없이 바둑에만 몰두했던 기억이 나! 우린 그 뒤로 지금까지 한 번도 만나보질 못했어! 진태네 할머니라고 그 친구 큰이모가 같은 동네에 살고 계셨는데 가끔씩 내 얘기를 봉수어머니하고 봉수한테도 하셨다는가봐. 나 역시 그 친구가 바둑계의 명인이 된 거는 알고는 있었지만 워낙 그 쪽에는 관심을 둔 적이 없어서 그냥 그렇게 서로를 잊고 산 거지. 그 세월이 무려 60년 가까이 된다. 그러니 뭐 친구랄 수가 있겠어?

친구2   그래도 한번 전화해봐라! 니가 이렇게 기억을 하는데 그 분도 기억을 못하겠니? 너 서길원이라고 알지? 우리 학군 동기 말이야. 그 친구 아들이 프로기사로 데뷔해서 서봉수 명인을 잘 아는가본데 내가 그 아들놈을 통해서 전화번호를 알아 볼 테니까 전화번호 구해오면 직접 한번 전화를 해봐라 그분 친구라면 가문의 영광 아니겠어?

영신   그러지 뭐! 나도 늘 그 친구를 잊지 않고 살았으니까!

#18. 청평 마당 넓은 집

마당에 놓인 평상에 친구들과 함께 둘러앉아서 핸드폰을 누르는 영신. 모두 긴장을 한 채 영신의 핸드폰을 주시한다. 신호음이 울린다… 모두 침묵, 긴장.

영신	… (긴장) …!
서봉수	(전화 목소리/신호음이 멈추고) 아! 여보세요
영신	아 여보세요? 서봉수 명인이십니까?
서봉수	(전화 목소리) 네 그런데요 누구시죠?
영신	네 저 대전에 살고 있는 영신이라는 사람인데… 혹시 옛날 대전서 어릴 때 같이 놀던 깨쟁이 친구 우영신이라고 기억하십니까?
서봉수	(전화 목소리) 누구라구요? 우영신이요?
영신	그래요 우영신!
서봉수	(전화 목소리) 글쎄요…? 잘 모르겠는데요!
영신	아 왜 저… 우리가 중학교 때도 봉수 씨가 대전에 내려오면 같이 극장도 가고 목척기원도 가고 했었는데 그 영신이 기억 못해요?
서봉수	(전화 목소리) 저 죄송합니다만 제가 얼마 전까지 몸이 많이 아팠습니다. 그래서 제가 어릴 때 기억을 몽땅 잃어버렸어요. 그래서 그런 거니까 이해바랍니다… 그럼 전화 끊겠습니다.
영신	아! 여보세요. 여보세…? (주변을 둘러보면서) 끊겼어! 뭐야? 이 친구….
친구1	야 달리 서봉수겠냐? 하늘 같은 명인인데 하루에도 별 볼일 없는 전화가 수십 통이 올 텐데 아마 아주 옛날 친구라면서 전화가 오니까 모른다고 한 걸 거야! 또 진짜로 그 명인이 암인가…? 뭔가 암튼 많이 아팠었는데 그 말대로 치료하는 과정에서 기억이 지워졌을 수도 있었을 거야! 그러니까….
영신	야 그래도 섭섭하잖아! 나는 저를 기억하는데, 사람이 출

세를 하면 다 그런가?

친구2   자네도 크게 출세한 사람이잖아! 서봉수하고 다를 게 뭐가 있어!

잔잔한 음악.

#19. 우영신 교수 자택 서재

영신   (독백) 그래 처음에는 무척 서운했지만 차차 지나고 나니까 이해가 되더라고! 친구들 말마따나 달리 서봉수야! 암튼 그런 훌륭하고 유명한 사람이 내 어릴 적 기억 속에 남아 있는 친구였다는 것만으로도 족하게 생각하자! 자, 오늘은 여기까지 할까…? (녹음기 스위치를 끈다. 그러다가 문득 다시 스위치를 켜면서) 아! 또 있다. 그래 그 옛날에 있었던 일이 생각나는 게 있다. 바로 심광사라는 절 사건! 어머니께서는 당시 몸이 편찮으셨지만 병원에 다닐 형편이 안 되셔서 시장서 같이 장사하시던 어떤 아줌마의 권유로 절에 가서 불공을 드리면 몸이 좋아진다는 말을 듣고 그 아줌마와 함께 절에 다니셨던 일이 있었다. 그래 그거 이제 녹음하며 기억해보자. (녹음기를 매만지면서) 그때 그 어린 시절에도 나는 교회에 열심히 다니고 있었다. 학교가 끝나면 우리 동네에는 마땅히 다른 곳에 가서 놀 데가 없어서 그랬는지? 암튼 교회 앞마당이 동네 아이들의 놀이터였다. 대전 중앙침례교회라고 삼성동에 있는 중도극장 앞 골목 안쪽에 있었다. 기억이 생생하다. 하루는 교회에서 추수감사절 교회행사

준비를 마치고 집으로 돌아왔는데….

#20. 동네 공동 우물터

어린 영신이가 힘없이 우물터 곁에 앉아있다. 이때 셋집 주인아줌마가 머리에 함지박을 이고 지나가다 영신이에게 말을 건넨다.

아줌마   영신아. 너 왜 집에 안 가고 혼자서 거기 앉아 있는 거니?

어린 영신   아줌마, 우리 엄마 아직 시장서 안 왔어요?

아줌마   오늘 초하룻날이라서 니네 엄마 일찍 파장하고 절에 간다고 집에 갔는데? 이런 정신머리하구는… 너 방에다 밥 차려 놨다고 혼자 챙겨 먹으라 하드라. 배고플 텐데 어여 가 밥 먹어! 그리고 니 엄마 오늘 늦으면 절에서 자고 온다고 했으니까. 혼자 집에 있기 무서우면 우리 집에 와서 형들이랑 놀다가 자거라. 내일 아침 일찍 니네 엄마 올 꺼니까! (혼잣말로) 어이구 젊은 여편네가 뭐가 그리 한이 많다고… 허구헌날 지성이여? 자 어서 가자. 밖이 점점 추워지네 어서!

어린 영신   아줌마 우리 엄마 다니는 절이 어디에요? 저어기 버스타고 종점에서 내려서 가는 곳 거기에 있는 절 맞지요?

아줌마   왜? 너 혼자서 그 먼 델 찾아가려고?

어린 영신   ….

아줌마   빨리 집에나 가! 거기가 워디라고 그 먼 델 찾아가누? 어른들도 가기 힘든데. 빨랑 집에 가자! 에고 여름더위 언제 지났다구 벌써부터 이렇게 찬바람이 부는 거여… (가다가 뒤돌아보며) 영신아 어여 집에 가 밥 먹으라니까!

어린 영신   치, 엄마 나빠! 다른 엄마들은 교회에서 자기 아들을 위해 맨날 맨날 기도해주는데 엄만 절에만 다니고… 씨.

어린 영신, 물끄러미 하늘을 바라본다. 이때 엄마 목소리가 들려온다.

길자   (소리) 영신아, 이 엄마가 니한테 이래 부탁을 하는데 니 절대로 예배당에 가지 마라! 심심해서 친구들 따라 놀러가는 건 괜않다만 기도하거나 예배당 노래를 불러선 절대 안된다카이. 왠줄 아나? 엄마는 옛날부터 절엘 다녔고 또 할머니의 할머니 때부텀 오방신 모시고 굿을 안 했나? 우리가 이래 목숨을 부치고 사는 것도 다 부처님하고 오방신네 덕분잉기라! 아님 우린 버-얼써 죽었다. 내 이 시상에서 바랄 게 뭐 있드노? 니 하나 잘 되라고 엄마가 이래 지성드리며 고생하는데 니가 예배당에 가서 야수귀신 아니 예수라 캤제? 예수귀신을 불러온다 카믐 우리가 우에 되겠노? 오방신네하고 부처님이 같은 편이 되가 예수하고 우리 땜에 싸운다카믐 결국 다치는 건 우덜뿐이다. 안 그렇나? 엄마 말이 무슨 말인 줄 알제?

어린 영신   (독백) 아니야! 예수님은 귀신이 아니고 하나님이야! 그리고 엄마가 믿는 오방신하고 부처님이 모두 귀신이고 우상이라고 그랬어! (울먹이며) 엄마 그러니까 엄마가 그 귀신들하고 우상을 내버려! 그리고 창기형네 할머니처럼 엄마도 예배당에 가서 나를 위해 기도해주면 안 돼? 응? 엄마!

잔잔한 음악.

#21. 1960년 초 인동거리

흑백영상으로 시내버스가 다니고 비포장 도로 행인들 가운데 갓 쓴 노인, 또 대부분 무명 치마저고리를 입은 여인들이 지나다니고 도심인데도 지게 진 남자, 그리고 마부들이 모는 조랑말 짐수레가 버스 사이로 오가는 1950년대 말, 60년대 초 거리의 풍경. 어린 영신이가 그 속으로 숨차게 뛰어간다.

영신　(독백) 나는 엄마를 찾으러 어린 기억을 더듬어가며 심광사라는 절을 향해 달려갔다. 엄마가 우상 앞에서 절하는 모습이 떠올라서 엄마를 빨리 데리고 와야 한다고 생각했던 것이다. 처음에는 길을 잃으면 학교도 못가고 나쁜 사람들한테 끌려가지 않을까 싶어 겁도 났지만 큰 길만 따라서 버스 뒤를 쫓아가면 될 거라는 생각으로 무작정 뛰어갔다. "하나님 불쌍한 우리 엄마 데리고 올 수 있게 해주세요!" 라고 기도하면서… 그렇게 뛰어가다가 숨이 차면 잠깐 앉아서 쉬었다가 천천히 걸어갔고 그리고 다시 뛰었다. 아, 마침내 해가 어둑해질 무렵에 나는 전에 엄마와 함께 갔던 그 절을 찾아냈다. 그곳이 엄마가 다니던 심광사 절이라는 것을 알고는 절 안으로 뛰어 들어갔다. 그때가 아마도 내가 초등학교 1학년인가 2학년인가 암튼 그때쯤이었을 것이다.

#22. 심광사 절

목탁소리, 염불소리 그리고 풍경소리가 들린다. 그리고 절 안으로 뛰어 들어가 두리번거리는 어린 영신. 갑자기 울며 소리친다.

어린 영신 (울면서) 엄마! 엄마! 어딨어 엄마! 나야 나. 엄마 내가 왔단 말이야!

염불소리 잠시 멈추었다가 다시 계속된다.

어린 영신 엄마! 영신이가 왔다니까 엄마 엄마아!

이때 대웅전 안쪽에서 승복을 입은 할머니 한 분이 문을 열고 나온다. 문 틈새로 불상 앞에서 지성을 드리는 길자의 모습이 보인다.

어린 영신 엄마! (엄마를 향해) 엄마 내가 왔다니까… 왜 저 우상한테 절을 하는 거야?

길자는 대꾸도 않은 채 계속 절만 반복하고 있다. 이때 승복할머니가 영신이를 가로 막는다.

승복할머니 얘야, 안에 계신 분이 니네 어머니시니?
어린 영신 네! 저어기 저 사람이 우리 엄마예요. 엄마아, 엄마!
승복할머니 안 된다. 지금 들어가면 안 돼. 니네 어머니는 지금 작정 예불 중이라서 기도를 방해해서는 안 돼요.
어린 영신 안 돼요! 우리 엄마는 지금 나랑 같이 집에 가야한단 말이에요. 엄마! 엄마!

승복할머니 아이고 안 돼! 여기서는 그렇게 큰소리를 내면 안 되는 곳
　　　　　　이야! 그러지 말고 이 할미랑 같이 저어기 저쪽으로 가자.
　　　　　　할미가 아주 맛난 과자랑 떡 줄 테니까. 그럼 니가 맛난 거
　　　　　　먹고 있는 동안 니네 어머니는 기도를 마치고 이곳으로 오
　　　　　　실거야! 어때 그럴까?

어린 영신 싫어요. 나 우리 엄마한테 들어갈 거예요! (승복 할머니 손을
　　　　　　뿌리치고 대웅전 안으로 뛰어 들어간다)

#23. 대웅전 안

스님 한 분이 좌장하여 목탁을 치며 염불을 하고 있다. 길자, 정성스
럽게 두 손을 펴고 일어났다 앉았다 하며 예불을 드린다.

어린 영신 (길자의 팔을 잡아채며) 엄마 절하지 마! 저건 우상이고 귀신
　　　　　　이야. 저 우상한테 절하면 우리가 멸망 받는댔어. 엄마 절
　　　　　　하지 마 응! 엄만 내가 저 귀신 땜에 멸망 받아도 좋아? 아
　　　　　　앙! 엄마. (덜썩 주저앉으며 운다)

이때 스님은 목탁과 염불을 멈추고 영신을 쳐다본다.

길자 (어린 영신이에게 작은 소리로 나무라며) 니 퍼떡 일나 바깥으로
　　　　　안 나가나! 안 그면 니 내한테 혼난다. 얼릉 울음 뚝 그치
　　　　　고… 어서! 엄마 열 번만 더 절하고 일날게!

어린 영신 (울부짖으며) 안 돼! 절하지 마! 우리 교회선생님이 그랬는데

저건 우상이랬어! 우상한테 절하면 우리가 멸망받고 절하지 않으면 우리가 구원받는댔어! 그러니 엄마아! 우상한테 절하지 말란 말이야 응 엄마-!

길자 니 진짜 챙피스럽게 왜 이라노! 정말 밖에 안 나갈끼까?

이때 염불을 멈춘 50대 스님이 일어나 영신이에게로 다가온다.

스님 네 이놈! 여기가 어딘데 그렇게 엄마한테 떼를 쓰며 나쁜 말을 하는 거냐 응?

길자 아이고 스님요 죄송합니더!

어린 영신 (겁을 먹은 채 울음을 멈춘다) ….

스님 아무리 어린 녀석이라고 해도 그렇지 감히 부처님 앞에 기도드리는 엄마에게 이 무슨 짓이야! 어서 썩 나가 있지 못해!

어린 영신 싫어요! 왜 할아버지는 우리 엄마 꼬셔서 저 무섭게 생긴 부처님한테 절하게 하는 거예요? 저건 우상이랬어요!

스님 아니 뭐라구? 이놈이! 너 학교 다니지? 어느 학교에 다니는 놈이냐? 너 이 할애비한테 작대기로 맴매 맞어볼래? 응!

길자 어서 스님한테 잘못했다고 빌어라. 어서!

어린 영신 싫어요. 그냥 우리 엄마하고 집에 갈래요! 아-앙! 엄마 빨랑 집에 가자 응?

길자 스님요! 죄송합니더. 제가 아 델고 집에 가가 잘 타이르겠심더!

길자, 비틀거리며 일어난다. 그리고 아이를 안고 스님한테 용서를 빈다.

스님 아니! 불자님 괜찮으십니까?

길자 야… 괘않심더!

스님 공양절 백배를 여섯 번이나 쉬지 않고 계속 하셨던 거 같은데 나가셔서 보살님 방에서 잠시 쉬는 것이 좋을 듯합니다. (밖을 향해 소리친다) 보살님! 보살님! 이리로 좀 들어와 보세요, 보살님!

밖에 서 있던 승복을 입은 할머니와 아주머니가 들어온다.

승복할머니 큰스님 부르셨나요? (길자를 보며) 아이구 불자님!

스님 이 불자님 오늘 오후 내내 공양절을 올렸는데 몸 상태가 좋지 않은 것 같습니다. 어서 부축해서 아이와 함께 보살님 방에서 좀 쉬게 해주시는 것이 좋을 것 같습니다.

길자 지… 지는 괘… 괘않은데예!

어린 영신 엄마! 엄마!

길자 엄마 괘않다! 니 어서 큰스님한테 잘못했다고 빌어라카이! 어서!

어린 영신 싫어! 나 저 중 할아버지가 싫어! 난 잘못 안했는데 날 때린다고 했단 말이야!

스님 허허, 이놈 보게나! (승복할머니에게) 보살님! 그럼 이들을 좀 부탁합니다 나무관세음보살. (다시 앉았던 곳으로 다시 가서 예불을 올린다) 마하 반야….

승복할머니 (아주머니에게) 어서 애 엄마를 부축혀서 방으로 데리고 가자!

길자 괘않아예! 지 혼자서도 갈 수 있습니다.

어린 영신 (훌쩍거리며) 엄마! 엄마아!

승복할머니 아가야 괜찮다. 니네 어머니는 오늘 내내 공양절을 드리느라고 다리가 아파서 저러는 거니까! 잠시 따뜻한 방에서 한숨 푹 자고나면 다 나을 꺼다. 그러니 널랑은 날 따라가서 저녁 먹자. 배고프지? 그리고 여기는 부처님이 계시는 신성한 사찰이니까 그렇게 함부로 욕을 하믄 안 되는 거야! 알았지?

어린 영신 싫어요. 나 밥 안 먹을 거예요!

길자 어허! 영신아 니 또….

승복할머니 그럼 니네 어머니가 속상해 할 텐데… 나도 그렇고! 자 어서 가자! 내 맛있는 반찬 만들어 줄 테니까! 응? 아가! 우선 이거 먹고. (큼직한 누룽지 한 덩이를 건네준다)

#24. 대웅전 바깥 뜨락

조용한 음악이 흐르고 승복 아주머니를 의지한 채 저만치 걸어가는 길자. 어린 영신이 누룽지 한 덩이를 들고 그대로 서 있다. 아이의 머리 위로 낙엽이 떨어진다.

어린 영신 (누룽지를 뜯어 입에 넣으며) 엄마! 그래도 빨리 집에 가자! 우상한테 절하는 거 싫어! 그리고 여긴 무섭단 말이야!

서정적인 음악을 배경삼아 영신의 목소리가 O.L된다. 그리고 영신의 대사 내용들이 애니메이션 영상으로 겹친다.

영신 (소리) 그날 밤 나는 엄마와 함께 그 절에서 잠을 잤다. 꿈

속에서 무서운 오방신을 만나 도망을 치며 소리를 질렀다 "하나님! 저 귀신들을 잡아주세요. 무서워요!" 그러면서 울었다. 그러다가 잠에서 깨어나니 아침이었다. 엄마는 벌써부터 세수를 하고 머리를 곱게 빗고 있었다. 나는 다행이다 싶은 마음으로 엄마에게 말했다. "엄마… 엄마 이젠 안 아파?" 그랬더니 엄마는 대답 대신 내게 낮은 소리로 윽박했다. "니 이따가 집에 가서 보제이… 내 가만 안 둘끼다! 여기가 워디라고…." 그때 어린 나도 엄마에게 지지 않고 작은 소리로 대답했다 "엄마가 또 이런 우상한테 오면 나도 더 많이 교회에 가서 하나님께 기도할 거야!" 엄마는 더 이상 대꾸를 않은 채 긴 한숨을 내 쉬며 "얼릉 가 씻자!" 하며 나를 우물가로 데리고 갔다. 다시 염불소리가 들려왔다. 여전히 내게는 그 염불소리가 귀신들을 불러내는 주문을 외우는 것 같아 무서웠다. 지금 생각해보아도 그때 어린 나는 참 신앙이 두터웠었던 것 같다. 뭘 알고 그랬었나. 암튼 귀엽고 기특한 똘똘이였다고 한다.

음악.

#25. 대전 역 전경

열차 승객들이 몰려나오는 틈새로 중절모를 쓴 학준의 모습이 보인다. 지팡이를 의지하고 느린 걸음으로 대합실을 나오는 학준. 1960년대 대전역과 대전역 앞 건물 풍경이 보인다. 빗방울이 내리는 듯 아닌 듯 떨어지는 대전역 광장을 천천히 가로질러 역전 식당 앞 나

무벤치에 가서 앉는다. 어디선가 1959년에 유행하던 팝송 '워싱턴 광장' 노래가 한국말로 개사되어 흘러 나온다.

'저 넓은 광장 한구석에 쓸쓸히 서 있는 그 사람은 누구일까 만나보고싶네'
학준 벤치에 앉아 담배 한 대를 꺼내 문다. 그리고 담배 연기를 내뿜고 오가는 사람들의 거리를 물끄러미 바라보며 앉아있다.

1959년 9월 15일

이때 순철, 큰형님, 큰형수의 목소리가 들려온다.

순철   (소리) 이봐! 시게오, 아니 학준아 너란 놈은 참 세월이 가면 갈수록 정말 알 수 없는 놈이다! 이렇게 지척에 살고 있으면서도 소식 한 번 주질 않다니! 내가 니 친구인 게 맞긴 맞는 거니? 나쁜 자식! 독한 놈! 야 이 자식아 전에도 니가 해방되고나서 소식도 없이 사라지더니… 이번에는 또 뭐야 니가 이렇게 숨어 사는 이유가 뭐냐구?

학준   (소리) 미안하다 내 이번에도 할 말이 없어! 그나저나 너 눈은 어떻게 된 거야?

순철   (소리) 군인으로서 전쟁 중에 목숨 잃지 않고 이만한 것도 하나님이 주신 훈장이지! 그나저나 너 니 마누라 길자 씨 소식은 알고나 있는 거야?

학준   (소리) …?

순철   (소리) 너 알고 있었구나!

학준   (소리) 아니, 그 사람에 대해 아무 것도 아는 바가 없어….

순철	(소리) 아는 바가 없다니? 그럼 넌 니 가족을 여지껏 한번도 찾은 적이 없다는 거야?
학준	(소리) 가네야마!
순철	(소리) 그냥 순철이라고 불러! 뭐 좋은 이름이라고… 그래 말해봐!
학준	(소리) 잠깐만… 잠깐만! 나 지금 토할 것 같애! 잠깐… 만.
순철	(소리) 뭐야? 무슨 일인데?
학준	(소리) 그… 그게 아니고. 자… 잠깐만….
순철	(소리) 너 왜 그러는데?
학준	(소리) 아… 아니야 이제 괜찮아졌어… 가네야마! 아니 순철아! 난 말이다 그 사람을 찾아 나설 상황은 못됐지만 단 하루 한시도 그 사람을 잊어본 적이 없어!
순철	(소리) 그게 무슨 말이야? 찾아나설 상황이 못되다니?
학준	(소리) 아직은 아무리 니가 내 친구라 해도 더는 말해줄 수 없으니까 차차 상황 봐가면서 내 설명해 줄게! 지금은 내가 이렇게 살아 있다는 거 자네 말고는 아무도 모르고 있으니까 당분간은 누구한테도 비밀로 해주게나! 그런데 너 진짜로 우리 길자 씨를 만나 본 거야?
순철	(소리) 그래! 널 찾아다닌다고 조선팔도를 다 헤매고 다니더라! 지금까지도!
학준	(소리) 뭐… 뭐라구?
순철	(소리) 니놈 잘 생긴 아들까지 낳아 혼자 기르며 살고 있어. 너 그것도 몰랐어?
학준	(소리) 그게 사실이야? 오! 하느님

강한 음악.

격해진 감정에 벤치에 앉아 울고 있는 학준. 빗방울이 떨어진다. 그
래도 비를 의식 못하고 앉아 있다가 세찬 비가 쏟아지자 그제서야
일어나 지팡이를 의지한 채 절룩거리며 다시 역 대합실 안쪽으로 천
천히 걸음을 옮기는 학준. 여전히 흐느끼듯 들려오는 워싱톤광장 음
악, 세찬 빗소리와 함께….

제15부

혁명 기억

#1. 동네 사거리

동네 길거리 전봇대 앞에서 시끌벅적 아이들이 떠들며 노는 모습.
"여우야 여우야 뭐하니?" 동요 소리가 들린다. 그리고 노래가 끝날
무렵부터 아이들 역시 같은 노래를 부르며 전봇대를 두고 술래잡기
를 하고 있다.

영신, 전봇대에 머리를 대고 두 눈을 가린 채 노래한다.

아이들   여우야 여우야 뭐하니?
영신   잠잔다!
아이들   잠꾸러기!
영신   세수한다!
아이들   멋쟁이!
영신   밥 먹는다!
아이들   무슨 반찬?

영신	개구리 반찬!
아이들	죽었니? 살았니?
영신	사… 죽었다! (두 눈을 번쩍 뜨며) 박용식!
용식	나 안 움직였어!
영신	에이! 움직이는 거 봤는데?
용식	정말 안 움직였다니까!
영신	에이 참! 알았어! 너 다음부턴 공갈치면 주-욱어! 그러기 없기다! (다시 술래가 되어 눈을 감는다)
아이들	여우야! 여우야 뭐하니?
영신	잠잔다!
아이들	잠꾸러기!

이때 멀리 골목길 앞에서 두익이 엄마가 소리를 치며 두익이를 부른다.

두익엄마	두익아! 야, 두익아!
두익	왜-에?
두익엄마	왜는 왜야 이 썩을 놈아! 숙제 안 할 거여!
두익	아까 쪼금 했단 말이야! 쫌만 더 놀다가 가서 다시 할게.
두익엄마	지랄 염병할 노메 자식! 아까 하기는 언제 했어! 빨랑 집에 안 들어와!
두익	(투덜대며) 에이 아까 쪼금 했는데! 우영신! 금방 다녀올 테니까 잠깐 아웃이야.
영신	알았어! 빨리 와야 해!
용식	우리 딱지 따먹기 할까?

아이들이 모여든다. 그리고 모두 호주머니에서 딱지를 꺼내든다.

두화   이찌 니 쌈 할 거야? 홀짝 할 거야?

용식   이찌 니 쌈! 다 덤벼! (딱지를 두 손 모아 감추고 나눈다) 자! 어
       서 걸어!

두화   쌈!

용식   쌈? 석찬이 너는?

석찬   난 이찌!

용식   영신이 너는? 너는 안 할 거야?

영신   나는 구경만 할 거야!

용식   쌈 하구 이찌라고 했다! 자, 센다. 이찌, 니, 쌈! 이찌, 니,
       쌈! 이찌 니!

아이들   아!

용식   내 놔! 그럼 다시 한다.

석찬   난 안 할래!

용식   왜? 두화 너는?

두화   나두 안 할래 첨부터 니가 다 따잖아, 재수 옴 붙어서 하기
       싫어!

용식   개새끼들… 저번에는 두화 니가 다 땄잖아 새끼야!

두화   오늘은 우리 삼촌이 내 선물 사가지고 일찍 집에 온댔어!

용식   왜?

석찬   오늘이 두화 생일이래!

두화   석찬이 너는 생일이 언제야?

용식   나는 생일이 5월 18일인데!

두화   누가 너보고 말했어! 석찬이한테 물었지? 너는 생일이 언
       제야?

석찬	몰라 몇 밤만 자면 생일이랬어!
두화	(영신에게) 너는?
영신	내 생일은 지나갔어!
석찬	니 생일날 니네 아버지 온댔잖아! 왔어?
영신	(시무룩하며 천천히 고개를 흔든다) 아… 니!
용식	니네 아버지는 없잖아 그러니까 안 오는 거지 뻥쟁이!
영신	뻥 아냐!
두화	그럼 왜 온다고 했어?
영신	몰라 우리 엄마가 그랬어!
석찬	그럼 니네 엄마도 뻥깐 거네.
영신	(버럭) 아니야 우리 엄마 뻥깐 거 아니야! 우리 아버지 진짜로 있어!
용식	아냐! 우리 엄마가 그라는데 니네 아버지는 죽었대. 그래서 니네 엄마는 과부래. 그러니까 니네 아버지가 안 오는 거지!
어린 영신	아냐! 우리 아버지 안 죽었어. 우리 진짜 아버지는 하나님이야!
두화	에이 뻥까구 있네! 하나님이 왜 니네 아버지야?
영신	뻥 아냐! 우리 교회 목사님이 그랬어!
두화	진짜?
영신	응! 뻥 아니라니까! 우리 목사님한테 물어 볼래?
석찬	(주먹을 내밀며) 너 하나님이 니네 아버지 아니면 죽… 어!
영신	(자신만만) 뻥 아니라니까. 진짜면 너 죽… 어!
용식	그래 그럼 가봐! 근데 니네 목사님 네 집에 개 있어?
영신	몰라! 너 개 무서워해?
두화	나도 개 무서운데…! 넌 안 무서워?

영신	난 하나도 안 무서운데…!
석찬	하나님 아들이래서?
영신	(자신만만) 응! 진짜로 하나님이 우리 아버지라니까?
용식	그럼 개 나오면 니가 하나님 아들이니까 개가 안 물게 해야해, 알았지?
영신	알았어!
두화	나는 그래도 무서운데….

경쾌한 음악.

#2. 목사님네 집 대문 앞

아이들이 목사님네 집 앞에 모여서 개가 있는지 조심하며 두리번거린다.

영신	(아이들에게) 나, 목사님 부른다.
석찬	그래 불러봐!
영신	(대문을 향해) 목사님! 목사님!

이때 안에서 개가 으르릉거리는 소리가 난다.

아이들	개다! (소리치며 도망간다)
영신	(아이들을 향해) 아냐 괜찮다니까! 목사님네 집 개는 안 물어. 진짜야! 진짜라니까! 에잇 겁쟁이 새끼들!
용식	그럼 니가 똥개 안 나오게 목사님한테 먼저 말해! 그럼

	갈게!
영신	알았어!
두화	(용식에게) 너 갈 거야? 그럼 너부터 가!
영신	목사님! 목사… 님.

이때 대문이 열리고 작은 강아지를 안고 나오시는 목사님. 작은 강아지 계속 짖어댄다.

영신	(아이들에게) 봐! 쪼그만한 개잖아. 목사님이 안고 계시고!
목사님	오! 영신이 왔구나. 어떻게 왔네? 같이 온 쟤네들 니네 학교 동무들이가?
영신	네! 1학년 1반 우리 동무들이에요!
목사님	그래! 아이구야 녀석들 모다 귀엽게 생겼구나야!
용식	저… 할아버지 목사님 그 개 안 물어요? 안 무서워요?
목사님	하하하, 인석들아 이 쪼그마한 강아지가 무서워 그러네?
두화	(다가오며) 아니 하나도 안 무서워요. 너무 귀여워요!
영신	목사님! (석찬, 용식이를 가리키며) 얘랑, 얘는 우리 동네에 살구요. 두화는 딴 동네 살아요!
목사님	그럼 너네는 모다 우리 교회에 다니는 애들이니? 난 처음 보는 거 같은데…!
영신	석찬네 엄마는 절에 다녀서 석찬이를 교회에 못 다니게 한대요. 그리구 용식이는 늦잠꾸러기래요!
용식	(영신을 바라보며) 너 죽었어!
목사님	하하하 앞으로 늦잠 안 자고 나오면 되지! 그래 무슨 일들이네? 왜 날 찾아 온기야?
용식	목사님! 영신이가 진짜로 하나님 아들이에요?

목사님	뭐라구?
영신	목사님! 우리 아버지가 진짜로 하나님 맞지요?

아이들 목사님을 뚫어지게 쳐다본다. 목사님, 한참을 침묵하다가 용식에게.

목사님	너 용식이라구 했디? 너네 아버지래 함자가 어떻게 되니?
용식	함자가 뭐예요?
목사님	이름말이다. 너네 아버지 이름말이야!
용식	박대구요!
목사님	이놈아, 어른들 이름을 말할 때는 꼭 한 글자 한 글자 뒤에 자자를 붙여야 되는 기야! 박자 대자 구자입니다라고 말이다. 다시 해보라!
용식	박자 대자 구자요!
목사님	그렇디 그케야 되는 기야. 모두들 알간? (두화에게) 그럼 니네 아버지는?
두화	응… 구… 뭐드라 구… 아! 구순이요!
영신	아냐! 구자 순자라고 하시랬잖아!
목사님	성씨는?
두화	(머리를 극적이며) 모… 몰라요!
영신	연두화! 그럼 니네 아빠 이름은 연자 구자 순이잖아!
두화	맞다. 근데 니가 우리 아빠 이름을 어떻게 알아?
영신	니가 연두화니까 니네 아빠 이름이 연자 구자 순자지 바보야!
두화	아 맞다. (머리를 극적인다) 연자 구자 순자입니다!
목사님	자 자! 기럼 모두들 내 말 잘 들으라우야!

석찬 우리 아버지 이름은 양자 석자 찬자예요

영신 그건 니 이름이잖아 임마!

석찬 아 참! (머리를 긁적이며) 양자 순자 직자예요!

목사님 기래 모두 똑똑하구나야. 긴디 말이야 보라우, 너네 아버
지들한테도 모두 이름들이 있디?

아이들 예!

목사님 그런 것처럼 우리 우영신 아버지한테도 이름이 있어야!
뭔지 아네? 바로 하나님이야!

아이들 에?

영신 그런데 내 이름은 우영신인데 왜 우리 하나님 아버지 성은
없어요?

목사님 (당황하며) 아! 기, 기건 말이디 하나님 성씨도 너처럼 우 씨
니까는 사람들이 모다 우리 하나님… 이라 그케 부르는 기
야! 기렇티? 우리 하나님! 기래서 너는 그분의 아들이니까
우영신이디! 알아 듣간?

영신 아! 맞다 우는 성이고 영신은 이름이니까 우리 아버지라
고 부르는구나! 너희들 모두 들었지? 우리 하나님이 우리
아버지야!

아이들 아! 그렇네. 이 새끼 진짜 하나님 아들이구나!

밝은 음악 속에 영신이가 앞서고 아이들이 뒤따라간다. 목사님, 아이
들을 바라보시며 흐뭇하게 미소를 짓는다.

#3. 교회 앞에서

새로 잘 지은 현대식 중앙침례교회 앞에서 우영신 교수가 서 있다. 쓸쓸한 미소를 띄우고… 그리고 어릴 때 동무들과 대흥동 성당을 구경하는 장면이 O.L 된다.

영신   (독백) 목사님… 지금은 그 모습이 잘 기억이 나질 않지만 연세 많으셨던 그 목사님은 어린 나를 아버지 없는 아이라고 동네아이들한테 놀림을 받을까 염려하셔서 그렇게 나를 하나님의 아들이라고 말씀해주셨다. 어린 아이들은 그때부터 나를 하나님의 아들이라고 믿었다. 그때 그 동무들은 모두 어디서 무얼 하며 살고 있을까? 그들은 지금쯤 나뿐 아니라 하나님이 우리 모두의 아버지이심을 알고 있을까? 얼마 전에 나는 그 목사님 존함을 알게 되었다. 어느 침례교회 원로목사님께서 대전중앙침례교회를 개척하신 초대목사님 존함이 이재희 목사님이라고 기억하고 계셨던 것이다. 그 목사님께서는 오래 전에 하늘나라로 가셨다고 한다. 그 목사님이 너무나 보고 싶다. (조용한 음악이 흐른다) 오 참! 그날은 대전에서 제일 높은 건물이 세워졌다. 우리들은 모두 그 높은 건물을 구경하기 위해서 시내로 놀러 갔던 기억이 난다. 그 건물이 바로 대흥동에 있는 대전 대흥동성당이다. 아이들은 모두 그 밑에서 고개를 젖히고 성당 꼭대기에 달린 십자가를 쳐다보다가 고개를 삐끗하기도 했다. 나는 지금도 가끔씩 그 성당을 지날 때마다 그 십자가를 바라보면서 습관적으로 우리 아버지 진짜 이름은 하나님이라고 중얼거리곤 한다.

아이들의 모습이 서서히 사라질 때 말로테 작곡의 '주기도문' 음악소리가 F.I 천천히 들려온다.

#4. 마당 평상

영신, 엄마 곁에 엎드려서 책을 읽고 있다. 길자, 바느질을 하면서 지직거리는 트랜지스터 라디오에서 흘러나오는 '유정천리'라는 가요를 듣는다.

라디오 (유정천리 노래)
가련다 떠나련다 어린아들 손을 잡고
감자심고 수수심는 두메산골 내 고향을
못살아도 나는 좋다 외로워도 나는 좋아
눈물어린 보따리에 황혼빛이 젖어드네

이때 집주인 아줌마가 수건으로 몸을 털며 주전자를 들고 다가온다.

길자　(주인집 아줌마에게) 일 다녀 왔능교?

아줌마　아휴! 썩을 년, 꼭두새벽부텀 일 부려먹고설랑 일당을 외상으로 하자는겨! 지년은 왠종일 누가 물어를 봤나… 지 혼자 신나서 지 서방 자랑에 자식 자랑꺼정 하면서 온갖 유세를 다 떨더니만… 뼈 빠지게 일하고 나니께 글쎄 생글거리면서 오늘 일당은 오는 주말께쯤이나 준다는 거여 글쎄, 아 그게 말이나 되는 소린겨? 하루 벌어 하루 먹고 사는 우덜한테… 있는 것들이 더한다니께… (길자 눈치를 보면서) 창기 월사금도 내야하는디….

길자 진짜 너무했네예. 사람 모집할 때는 그리 일 쉽다고 꼬셔 대드만… 그래 일은 괜않았어예?

아줌마 괜않키는… 허리 뿌러지는 줄 알았구면. 쌀 한 말이나 술 한 말이나 한 말 무게는 똑같은 거인데 글쎄 남정네들도 무겁다고 투덜대는 걸 여자들인 우덜 보고 져날르라는 거여! 참말로… 왠종일 그렇게 일 부려먹더니만… 에라 이 썩어 문드러질 년아. 잘 먹고 잘 살아라 이년아… 아 그나 저나 애 월사금은 어쩌면 좋냐 글씨….

길자 잠깐 예 좀 앉으시소. (이층 다락방으로 올라간다)

아줌마 영신이 공부하는 겨?

영신 아니요 학교서 빌려온 동화책 읽는 거예요!

아줌마 그게 공부지. 우리집 자식놈들은 숫체 책하고는 남이니… 원! 우리 영신이는 참 대견타 대견혀! 그지?

이때 라디오에서 음악이 끊기고 뉴스속보가 흘러나온다.

라디오 (소리)

긴급뉴우스를 알려드립니다. 정부는 오늘밤을 기해 긴급 조치를 발령하고 내일 오후 1시부터 오전 6시까지 일제히 민간인들의 도로통행을 금지시키기로 했습니다. 이는 지난 6일부터 시작된 대구에서 일어난 데모 사태가 북한에서 밀파된 빨갱이들에 의해 조종되었다는 첩보를 입수함에 따라 내려진 조치로 국민여러분들은 동요치 마시고 정부의 시행 조치에 적극 협조해 달라는 이승만 대통령 각하로부터 대국민 담화가 발표되었습니다. 다시 한 번 알려드

리겠습니다…. (라디오 소리 F.O)

아줌마 아니 이게 뭔 소리래? (이층 다락방을 향해) 야! 영신아 얼릉
일루 좀 내려와 봐! 이게 다 무슨 소린겨?

길자 (다락방 문을 열고 나오며) 와예? 와 그라는데예?

아줌마 저, 저 빨리 내려와서 이 라디오 소리 좀 들어봐라 저게 다
무신 소리다냐?

영신 긴급조치가 발령됐대.

길자 (계단을 내려오며) 그게 뭔 말이고! 긴급조치가 뭔데?

아줌마 가… 가만… 더 들어보자!

라디오 (이승만의 목소리)
친애하는 국민여러분! 나라가 건국되고 저 김일성이의 남
침을 막아내어 이제 자랑스런 자유민주주의 국가로서 우
리 대한민국이 번영과 희망 속에 제2대 총선을 무사히 마
치고 새로운 도약의 길을 전진하고자 하는 마당에 참으로
불미스러운 사건이 발생되고 있습니다. 우리 정보국에 의
하여 밝혀진 바로는 이는 우리 순수한 학생들에 의해 발생
된 사건이 아니고 저 북한 괴뢰정부로부터 지령을 받고 남
파된 간첩들과 아직도 남한 정부에서 국민신분을 가지고
좌익활동을 수행하고 있는 빨갱이 지하조직원들이 합세하
여 우리 선량한 학생들을 선동하고 조직적으로 조종하고
있다는 겁니다. 이에 나 이승만은 이 나라 안보를 책임지
는 대통령으로서 보다 안정적인 국가대계를 위해 계엄령
을 선포하고 긴급조치를 발령하는 바입니다.

길자   이게 다 뭔 소린교? 지는 무식해가 뭐가 뭔 소린둥 하나도 모르겠는데예!

아줌마   나도 몰라 묻는 거잖여! 긴급조치는 뭐고 계엄령은 다 뭐래?

영신   엄마 이제 우린 어떡해?

길자   와? 니는 알아들었나? 뭐라 캤는데?

영신   낮에 1시부터 아침 6시까지 아무도 다닐 수 없는 통행금지래. 그럼 엄마! 장사는 어떻게 해? 새벽시장도 못나가고 밤에도 장사할 수가 없잖아!

길자   뭐라꼬 그게 그런 말이었드노? 그럼 이제 울더러 다 죽으란 말 아이가? 가딴에 밤늦게 쪼그려 앉아 장살해도 입에 풀칠하기 힘든 판인데 그리되면 장살 하지 말라는 얘기나 매 한가진데 아이고 이걸 우에 하면 좋노! 응?

아줌마   와! 그래도 우리 영신이 참 신통방통하다. 어른들도 못 알아 듣는 말을 어떻게 어린애가 그리 척척 알아 들은 거여! 역시 사람은 배워야 산다는 거이 맞는 말이구면! 참말로 신통혀!

길자   (주인집 아줌마에게 돈을 건네며) 성님요 이거 이달 방셉니더. 다른 집처럼 세를 조금 더 올려드려야 할긴데 지가 그럴 형편이 못 되가… 미안해예.

아줌마   (반가와 하며) 아 뭔 소리 하는겨? 니 형편에 이것도 과한 거 내 다 아는디 그런 말 말어. 암튼 내 잘 쓸게. 고맙다… 그나저나 이제 장살 못하게 됐으니 이걸 워떡하냐 글쎄 참말로 큰일났구면…. (자기 집으로 들어간다)

영신   엄마 이제 우리 어떡해?

길자   글씨 말이다! 우리같이 없는 사람들 우에 살라꼬 세상이 왜 이카는지 모르겠다. (문득) 니 한번 느그 아부지라카는 하나님께 기도 한번 해 봐라!

영신 엄마 정말 그래도 돼?

길자 마 모르겠다. 예수님이건 부처님이건 그저 우리만 살려주면 안 좋겠나? 내 어린 니 고집 이길 수도 없고 그냥 니 알아서 해라!

영신 알았어 엄마! 어떤 것부터 기도해?

길자 모른다! 그건 니 알아서 하라카이!

이때 고등학교 학생 한 명이 뛰어온다. 멀리서 호루라기 소리.

영신 어! 우리 교회 선생님이다!

학생 (다급하게 달려와) 저 영신아! 아니 영신이 어머니시죠? 저, 저 좀 숨겨주세요 어서요! (급하게 부엌문을 열고 안으로 뛰어 들어간다)

영신 (길자 얼굴을 쳐다본다) 엄마?

이때 곤봉을 든 순경 한 명이 호각을 불며 뛰어오다가 문득 길자에게로 다가온다.

순경 (길자에게) 아주머니 여기 방금 어떤 고등학생 놈 하나 뛰어오는 거 못 봤어요?

길자 야? 모… 모, 못 봤는데예!

순경 아니 이 새끼가 분명히 이 골목으로 들어가는 걸 본 것 같았는데! 정말 못 봤어요?

영신 순경아저씨! 저는 봤어요!

길자	(기겁하며) 영신아!
순경	봤어? 어디로 가든?
어린 영신	(손가락으로 골목을 가리키며) 저쪽 시궁창 있는 골목으로요!
순경	(다시 호각을 불며 뛰어간다)
길자	영신아! 니 우에 할라꼬, 아이구 놀래레이…!
영신	엄마, 우리 교회 선생님이잖아!

멀리서 다시 호각소리가 난다. 잠시 후 아이가 부엌으로 들어간다.

길자	(가슴을 쓸어내리며) 아무리 내 뱃속에서 난 자식이라카지만 저게 아가, 어른이가? (고개를 흔든다)

#5. 4.19 학생의거에 따른 방송 좌담프로그램

T.V 방송 프로그램으로 연세가 지극한 원로 두 분과 방송 아나운서가 4.19 학생의거에 따른 특집 방송으로 방송국 스튜디오 안에서 좌담을 한다. 대화 중에 다큐 영상이 비춘다.

아나운서	오늘은 4.19 특집으로 당시 대전중학교 학생으로서 4.19 학생 의거에 직접 참여하셨던 전 연세대학교 명예교수이신 김진명 교수님과 또 한 분 역시 대전 대성고등학교 학생 신분으로 이 운동에 직접 참여하셨던 전 방송기자 출신이신 유용배 원로 방송인 두 분을 모시고 4.19학생의거에 따른 좌담의 시간을 갖도록 하겠습니다. 두 분 선생님 어서 오십시오!

두 원로 네. 안녕하세요!

아나운서 그러니까 지금으로부터 약 62여 년 전 일입니다. 오랜 세월이 지난 일이겠습니다만 그날을 기억하시는지요?

유용배 원로 어찌 기억에 없을 수 있겠습니까? 지금도 그때 그 함성소리와 우리가 불렀던 그 노랫소리가 생생하지요.

아나운서 4.19학생의거 사건은 방금 전에도 말씀을 드렸듯이 이미 62여 년이 지난 역사적인 사건으로서 이 사건이 일어나게 된 배경과 과정은 어떠했는지 김진명 교수님께서 간략하게 말씀해 주시겠습니까?

김진명 원로 저희는 이 사건을 4.19학생혁명이라고 불러왔습니다. 그러니까 이 4.19학생혁명은 그 악명 높은 3.15부정선거에 대한 항거에서 비롯되었지요. 본래는 제4대 국회의원선거를 준비하기 위해 제출된 국회의원선거법 개정안은 여야가 80여 차례의 협상을 걸쳐 민의원과 참의원 선거를 분리한 여야 협상선거법으로 공포되었었는데… 그 사이 이승만 정부는 진보당의 조봉암이 주장한 평화통일이 국가보안법에 위반된다는 죄목으로 구속했고 진보당까지 등록을 취소시키고 해산시켰어요. 이때부터 국민들은 이승만 정권, 특히 이기붕 당시 부통령에 대한 강한 반발의식과 함께 정권교체를 열망하게 되었던 거지요.

유용배 원로 그러니까 한마디로 말해 이승만, 이기붕은 그들의 정당인 자유당 정권연장을 위해 언론을 통제할 목적으로 당시 보안법을 강제로 통과시킨 '二四波動' 사건을 일으켰고 또 그해 10월 2일 대구시장 선거에서 민주당의 조준영 후보가 부정선거로 압도적인 지지를 얻어 당선하면서 국민들의 분노는 정점에 이르게 된 거지요. 그때 어땠는지 아십니까? 직선으로 선출하기로 된 시·읍·면장을 모두 임명제로 바꾸고 의원의 임기 3년을 4년으로 연장하여 대통령 선거 때까지 유지하도록 하는 지방자치법의 4차 개정안을 단독으로 통과시켰어요. 모두가 이승만과 이기붕을 정·부통령으로 만들기 위한 관권선거의 밑그림이었지요.

김진명 원로 참 그땐 말도 못할 정도로 관건선거에 부정선거에 나라꼴이 엉망이었어요. 거기다가 국민들이 바라던 민주당의 조병옥 박사와 신익희 선생이 유세 중 선거 직전 사망하게 되고 국정농단의 원조격인 이기붕의 아내인 박마리아에 의해 저질러진 3.15부정선거로 또 다시 자유당이 정권을 장악하게 되자 그래도 당시 순진하고 양심적이었던 학생들이 정의로써 울분을 참지 못하고 일어서게 된 것이지요.

유용배 원로 제가 젊어서 처음 방송국에 입사를 했을 때 그때도 특집으로 4.19학생혁명을 주제로 한 방송을 위해 르포식으로 당시 생존해 계셨던 분들의 증언을 수집하게 되었어요. 그런데 와! 정말 말도 안 되는 증언들이 너무 많았던 것이 기억납니다.

음악과 함께 TV영상이 사라진다.

#6. 다락방 계단

1층 부엌문이 열리고 길자, 주변을 살피고는 삶은 고구마를 밥상에 담아 들고 이층 계단을 오른다.

#7. 이층 다락방

학생　영신아 고맙다. 니가 나를 살려줬구나!

영신　(히죽대며 웃는다)

길자　영신아 문 열어라!

영신　응, 알았어. (방문을 연다)

길자　(밥상을 들어 밀며 들어온다)

학생　(일어나며) 아, 영신이 어머니 저… 정말 감사합니다.

길자　아이라예! 그나저나 먹을 게 이거뿐이라서… 어쩝니꺼!

학생　아닙니다… 저… 정말 고맙습니다 영신이 어머니.

길자　밥도 몬 먹었을텐데 기냥 요기나 하이소! 근데 뭔 일이라예? 와 이리 세상이 시끄럽고 저 난립니꺼?

학생　지금 이승만 대통령의 자유당 정권이 자기네 독재체제를 연장하기 위해서 온갖 부정을 저지르고 있어요. 지난 3월에 치룬 총선거도 최인규 내무부 장관을 앞세워 "법은 나중이니 우선 이승만과 이기붕을 각각 대통령과 부통령으로 당선을 시켜야 한다"면서 전국의 도지사, 시장, 군수, 면장은 물론 각 마을의 통반장까지 몽땅 동원하고 압력을 행사해서 부정선거를 치르게 했습니다. 4할 사전투표, 3인조투표, 유권자 명부조작, 완장부대를 동원한 위협 그뿐만 아니라 야당 참관인 축출, 투표함 바꿔치기, 개표수 조작 등 온갖 부정행위를 저질러 총선을 승리로 이끌고는 이에 항거하는 학생들에게 총을 쏘아대면서 탄압을 자행하고 있어요. 마산에서는 김주철 학우가 눈에 직격탄을 맞은 채 마산 앞 바다에 그 시체가 내버려졌지요. 이에 우리 전국의 중고학생들과 대학생 형님들이 들고 일어난 겁니다. 우

리 대전에서도 저희 대전고등학교가 선두가 되어서 대전
상고, 대전사범, 대성고 그리고 대전여중고 학생들까지 총
궐기를 해서 지금 목척교에서부터 도청 앞까지 매일 시위
를 하고 있어요 "이승만과 이기붕은 물러가라" 구호를 외
치면서요….

길자 그리된 일인지도 모르고 즈그들은 그냥 먹고 살기 바빠가
소리만 들었제 아무것도 모르며 안 살았습니꺼? 증말 장
하네예! 어른들도 하지 못하는 일을 이렇게 학생들이 하
다니… 어여 조금이라도 드시소!

학생 네, 고맙습니다. (고구마 한 개를 들고는) 그런데 실은 달포 전
부터 우리 학교 학생들이 일어나 의거를 시작했었습니다.
그러니까 2월 28일 대구에서 최초로 일어난 학생의거에
자극 받아 우리 대전고 학생들이 3월 8일에 대대적으로
현정부의 부정부패에 항거하는 학생운동을 일으켰죠. 그
것이 도화선이 되어서 오늘 이렇게 전국적으로 학생의거
가 들끓게 된 것입니다. 자 영신아 너도 같이 먹자!

영신 예! (연신 학생을 바라보고 히죽대며 고구마를 집어든다)

강한 음악 소리와 함께.

#8. 다시 4.19 다큐 영상

4.19 다큐 영상과 함께 우영신 교수의 목소리가 들린다.

영신 (소리) 그날 그 일이 지금도 내 기억 속에 생생해! 어린 마

음에도 고등학생이었던 교회 선생님이 그렇게 자랑스러울 수가 없었어. 나는 선생님과 고구마를 먹으면서 기도를 했지. "아버지 우리 선생님이 하는 일 꼭 도와주셔서 우리나라가 잘 살게 해주세요!"라고 말이다. 그 다음날 난 시내로 나가서 형들과 누나들이 데모하는 광경을 직접 목격했는데 지금도 그날 모두가 불렀던 노래가 어렴풋이 기억이 나곤 해. 엄마가 가끔씩 불렀던 '유정천리'라는 노래였는데 가사를 바꾸어 '배고파도 나는 좋다. 쓰러져도 나는 좋다. 장면박사 홀로 두고 조 박사는 떠나갔네'라고… 그러니까 그 해가 1960년이니까 내가 국민학교 2학년 때 일이었을 거야.

학생들이 거리에서 부르는 대규모 합창 '유정천리' 노래가 점점 up 되었다가 다시 점점 F.O 된다.

노래(유정천리 곡)
가거라 떠나가라 자유당은 사라져라 이승만은 물러가라 이기붕도 썩 꺼져라
배고파도 나는 좋다 쓰러져도 나는 좋다 장면박사 홀로 두고 조박사는 떠나갔네

구호소리 독재정치 부정부패 물러가라. 이승만과 이기붕은 물러가라!

#9. 삼성국민학교

영신   (소리) 그리고 또 며칠이 지나지 않아서 또 똑같은 상황이 나타나게 되었지!

붉은 벽돌로 지어진 삼성국민학교 본관건물 중앙에 삼각형 모양의 학교 마크가 큼직하게 보인다. 그 앞으로 커다란 강당이 보이고 좌우로 새로 지은 듯한 시멘트 건물 교실이 보인다. 울타리 담장 아래에는 맨드라미 빨강꽃이 만발한 화단이 줄지어 놓여있고 그 오른쪽에는 미끄럼틀과 철봉대가 키 높이 크기로 놓여있다. 이때 어느 교실에선가 본관 건물쪽 교실 창밖으로 아이들이 풍금소리에 맞추어 부르는 노랫소리가 우렁차게 새어 나온다.

아이들   (노랫소리) 나란히 나란히 나란히 밥상 위에 젓가락이 나란히 나란히 나란히
댓돌위에 신발들이 나란히 나란히 나란히 짐수레에 바퀴들이
나란히 나란히 나란히 학교길에 동무들이 나란히 나란히 나란히

이때 땡땡땡 종소리가 울려퍼진다. 잠시 후에 아이들이 우루루 운동장으로 몰려 나오는데 그 무리들 중에 유독 용식이네 애들이 눈에 띄는 것은 용식이가 앞장서고 다른 아이들이 뒤따라 달려가기 때문이다.

두익   용식아 나도 좀 줘 응? 딱지 다섯 장 줄께!

아이들	나도 나도 좀 줘 응? 용식아 나도 딱지 줄께!
용식	(미끄럼틀에 앉으며) 알았어! 대신 너희들 약속대로 꼭 딱지 줘야 돼! 근데 딱 한 입씩만 빨어! 안 그러면 내가 다신 안 줄 거야!
두익	알았어! 자, 나 한 입!
용식	딱 한번이다. 자! (초콜릿을 내민다)
두익	(한입을 빨아먹고는 눈이 휘둥그레지며) 이야! 딥다 맛있어!
용식	자 딱지 내놔! 다섯 장!

두익, 딱지 다섯 장을 용식에게 건넨다.

석찬	(딱지를 세어 용식에게 주며) 자! 다섯 장.
용식	너도 한 번만 빨아 꼭 한 번만!

초콜릿을 한 입 빠는 석찬, 용식이 눈치를 보며 한 번 더 빤다.

용식	(석찬이 한테) 너 죽을래? 반칙했어! 딱지 다섯 장 더 내놔! 얼릉.
석찬	(딱지를 뒤로 감추며) 한 번뿐이 안 빨았어 새끼야!
용식	뻥까지 마. 이 새끼야! 영신아 이 새끼 분명히 또 빨아 먹는 거 너도 봤지?
영신	(머뭇거리다가) 응!
용식	(석찬이한테) 거봐 새끼야!
석찬	(도망을 가며) 영신이 너 죽었어!

아이들이 딱지를 용식에게 내밀며 초콜릿을 한 입씩 빤다.

용식	(영신이에게) 영신이 넌 안 빨을 거야?
영신	(머뭇거리며) 난 딱지 없는데…!
용식	(영신이에게) 괜찮아 넌 그냥 빨아!
영신	정말?
용식	(고개를 끄떡이며 초콜릿을 내민다)

영신이 얼른 초콜릿을 한 번 빨아 먹는다.

영신	(두 눈이 동그래지며) 우와 되게 맛있다!
용식	(딱지를 호주머니에 넣고는 작아진 초콜릿을 아까운 듯 연신 쳐다보며 빨아 먹는다)
영신	근데 너 이거 어디서 난 거야?
용식	몰라, 비밀!
두익	체! 같은 반 동무끼리 비밀이 어딨어! 어디서 산 거야?
용식	아니! 산 거 아니야! 그냥 줏었어!
석찬	뻥! 이렇게 맛있는 걸 어디서 주워? 빨리 말해봐!
용식	그럼 너, 니네 형이랑 철길로 못칼 만들러 갈 때 나도 데리구 가! 그럼 나도 가르쳐 줄게!
석찬	정말? 알았어. 그러니까 어서 빨리 말해봐 어서!
용식	오케이! 니네 이리 바짝 와 봐!

아이들 모두 용식이 곁으로 머리를 들이밀고 옹기종기 둘러싼다. 용식이 뭐라구 중얼중얼.

용식	해봐!
아이들	할.하.로 기.미 쪼꼬렛또?

용식	할.하.로가 아니구 활.로 그리고 기.미가 아니고 기.브.미!
아이들	할.로.우 기.브.미 쪼꼬렛또?
영신	근데 그게 무슨 말이야?
용식	나도 몰라? 그런데 그렇게 쌀라쌀라하면 미군아저씨들이 쪼꼬렛또랑 껌 같은 걸 막 던져줘! 역전 앞에 가면 미군 도라꾸들이 있는데 거기에서 미군 놈들한테 그렇게 하면 돼!
아이들	정말? 와! 신난다.
용식	그리구 형들이 또 갈켜췄는데 유.아.라 몽.키! 라고 하래!
석찬	그, 그건 또 뭐야? 그럼 다른 거 또 막 던져주는 거야?
용식	아녔마! 그건 쪼꼬렛또나 껌을 안 주면 토끼면서 하는 말이야!
석찬	안녕히 가세요라는 말인가? 다음에 또 달라고? 그런데 왜 토껴?
용식	아니라니까! 그건 욕이었마! 형들이 그랬어!
두익	욕? 뭐라구 다시 해봐!
용식	유.아.라.몽.키!
아이들	(따라하며) 유.아.라.몽.키?
두익	아까는 뭐라고 하랬지?
아이들	바보! 할.로.우.기.브.미. 쪼꼬렛또!
용식	유.아.라.몽.키!
아이들	유.아.라.몽.키!
용식	할.로.기.브.미.쪼꼬렛또!
아이들	(따라한다) 할.로.기.브.미.쪼꼬렛또!
용식	그럼 가자! 그런데 다른 애들한테는 절대로 갈켜주면 안 돼! 알았지?

아이들   알았어! 할.로.기.브.미.쪼꼬렛또! 유.아.라.몽.키!

#10. 대전역 앞

아이들, 영어를 마치 동요 부르듯이 소리 높여 부르며 용식이를 따라간다. 1960년대 초 대전 역전. 그곳에 완장을 찬 군인들이 여러 대의 탱크와 트럭에 올라타고 긴장한 모습으로 무장하고 있다. 아이들 그 광경을 구경하려고 다가갔다가 상기된 어떤 병사의 무서운 고함소리에 도망을 친다. 그리고 실망한 듯 용식이를 바라보며 동네로 걸어간다. 이때 "반짝 반짝 작은별 아름답게 비추네" 동요가 들려오면서⋯ 다시 영신이의 목소리.

영신   (소리) 할로우 기브미 쪼꼬렛또. 유아라 몽키! 이것이 내 인생에서 처음으로 배운 영어이다. 참 신기한 것은 60년이 지난 지금 우리에게 그 영어를 가르쳐 주었던 용식이가 영어학원 원장이 되었다. 아마 그 친구도 그가 가르치는 학생들에게 이런 우리의 처음 배운 영어이야기를 해주었을 것이다. 그 옛날 우리들의 어린 추억을 생각하면서 말이다.

다시 동요가 더욱 크게 들려온다.

동요
반짝 반짝 작은별 아름답게 비치네
서쪽하늘에서도 동쪽하늘에서도
반짝 반짝 작은별 아름답게 비치네

Twinkle, twinkle, little star.
How I wonder what you are!
Up above the world so high
Like a diamond in the sky!

#11. 주인집 안채

영신이 운기와 함께 이른 새벽부터 책상에 앉아 숙제를 하고 있다. 이때 집이 흔들리며 밖이 소란하다. 멀리서 탱크가 지나가는 소리이다. 신문지로 봉투를 만들고 있던 운기네 아버지는 두리번거리다가 다시 봉투를 만들며 투덜댄다.

운기父 젠장 아직도 내 귓전에는 여전히 땡크 소리라니!
운기 아부지, 진짜로 탱크가 지나가는 거 같은데!
운기父 니가 땡크가 뭔지나 아나 이놈아! 전쟁 때 땡크를 보기나 했어?

이때 운기 외삼촌이 조간신문을 펴들고 방안으로 뛰어 들어오며 소리친다.

외삼촌 매형! 매형! 큰일났어라!.
운기父 뭔 큰일? (고개를 외면하며 혼잣말로) 느그들이 뭐 큰일이 어떤 건지나 알어!
외삼촌 아, 참말이랑께요! 내 트랜지스터 어디다 뒀당가? 아 여기 있고만! (급하게 작은 라디오를 켠다)

운기父 뭔 일인데 그려? 아니 또 진짜로 뭔 난리라도 난 거여?

외삼촌 아 그렇다니께라! 쉿! 가만히 계시고 들어 보시시요잉!

라디오 (소리)

친애하는 애국 동포 여러분! 은인자중하던 군부는 드디어 오늘 아침 미명을 기해 일제히 행동을 개시하여 국가의 행정, 입법, 사법의 3권을 완전히 장악하고 이어 군사혁명위원회를 조직하였습니다. 군부가 궐기한 것은 부패하고 무능한 현 정권과 기성 정치인들에게 이 이상 더 국가와 민족의 운명을 맡겨둘 수 없다고 단정하고 백척간두에서 방황하는 조국의 위기를 극복하기 위한 것이었습니다.

운기父 처남 시방 이거이 뭐라는 거여?

외삼촌 가… 가만요, 더 들어 보시랑께라!

라디오 (소리)

혁명공약, 우리 군사혁명위원회는
첫째, 반공을 제1의 국시로 삼고 지금까지 형식적이고 구호에만 그친 반공태세를 재정비 강화할 것입니다.
둘째, 유엔헌장을 준수하고 국제협약을 충실히 이행할 것이며 미국을 위시한 자유 우방과의 유대를 더욱 공고히 할 것입니다.
셋째, 이 나라 사회의 모든 부패와 구악을 일소하고 퇴폐한 국민도의와 민족정기를 다시 바로잡기 위하여 청신한 기풍을 진작할 것입니다. (라디오 소리 점점 작아진다)

운기父　이거이 다 뭔 소린 게여? 그럼 군인들이 쿠데타를 일으켰다는 거여?

외삼촌　내 이럴 줄 알았지라! 이기붕만 없어진다고 나라가 잘 되는 게 아니었당께요? 모두다 장면, 장면 해쌌지만 장면 정권도 모다 썩은 정치놈들뿐이랑께… 에이 참말로 나라 꼴이 어찌 될라고 이런다요?

운기父　처남! 그럼 장면내각이 뒤바뀌고 군이 국가 통수권을 모두 장악했다는 거여? 윤보선 대통령은? 그 양반은 워찌 됐는데? 아, 그 양반은 뭘 하고 계신 거여? 시방?

외삼촌　매형도 시방 안 들었으라? 이제 세상이 뒤바뀌진 거랑께요! 아 윤보선 대통령이야 허수아비지라. 말이 대통령이지 장면 총리가 집권을 다 해버렸웅께. 암튼 하루아침에 이 무슨 날벼락이란다요?

운기父　(고개를 갸우뚱하며) 그래 그랬나? 내 새벽통금 지나 장에다 짐 풀고 오다보니께 웬 군인차들이 바삐 지나가던데. 그것도 한두 대가 아니고 여러 대가!

외삼촌　빌어먹을… 아 자유당 타도한다고 어린 학생들 피 흘린 게 원젠디…! 이자 또 이게 뭐당가! 민주당 개헌으로 세상 개벽하는 줄 알았는디… 개뿔! 당내 구파 신파 싸우다 결국 군에게 쪽박 찬 거랑께! 내각책임제니 양원제니 듣도 보도 못한 거 떠들 때부텀 내 알아봤당께요. (벌렁 누우며 다리를 꼬아 떨며) 에이고 모르겠다 나랏일은 너거들이 다 알아 잡숫든지 국 말아 먹든지 내 알바 아니니께! (노랠 부른다) 가련다 떠나련다 어린아들 손을 잡고,… 이눔오 노래 또 유행하게 생겨부렀네! 감자 심고 수수 심는 두메산골 내고향을….

운기父 꼭두새벽부터 웬 노래여! 장모님 새벽기도 다녀오셔서 조용히 성경 읽고 계실 텐디 어쩌려구!

외삼촌 상관없당게요! 엄니 잔소리가 뭐 하루 이틀이간디요? 못 살아도 나는 좋다 외로워도 나는 좋아 눈물어린 보따리에 황혼빛이 젖어드네….

운기父 참 더러운 팔자로구먼! 일정 초기 때 태어나갖고 어릴 때부터 우리말 공부는 물론이고 울 할아버지 왜놈 말이나 왜놈 글이라면 질색을 하면서 그건 매국노가 하는 짓거리라고 학교도 못 다니게 하는 바람에 내 핵교 문전에도 못 가봤지. 또 한참 좋을 때는 대동아전쟁인가 뭔가가 터져 보국대로 끌려가서 죽을 고생을 하다가 가까스로 살아났지. 그러다 해방 되면 살만할까 싶었는데 또 6.25가 터지는 바람에 난리통에 빌어먹고 그 자유당 독재정권 십년세월에 보릿고개 웬말인가 싶었는데 학생혁명에 이어 이제는 군사혁명이라니? 임진왜란, 병자호란도 이보단 나았을 꺼다! 처남 생각은 어떠냐?

외삼촌 지들 또래는 매형이나 누나 같지는 않았지라. 그랑께 이만치 핵교는 다녔응게요. 그라고 엄마나 누나는 울 아버지가 일찍 가시는 바람에 옥수로 고생 고생 말도 못했당게요

영신 삼촌! 그럼 저번처럼 또 통행금지가 대낮부터 시작돼서 시장 문 닫고 우리 엄마는 장사를 못하는 거예요?

운기父 봐라! 영신이 저놈은 척 알아듣고 어린 게 지 엄마 장사부터 걱정하는데 우리집 놈들은 뭐가 뭔지도 모르고 천하태평이니… 원.

운기 아냐 아부지! 나도 다 알아!

운기父 알긴 뭘 알아! 인석아! 어서 숙제 빨랑 끝내고 세수하고

학교 갈 준비나 혀! 또 지각하지 말고…!

운기 알았어! 영신아 가자 세수하러….

어린 영신과 운기, 방을 나가고 운기父와 외삼촌은 트랜지스터 라디오 앞으로 다가가 귀를 기울인다.

#12. 다큐멘터리 영상

5.16군사혁명의 실제 다큐멘터리 영상과 함께 영신이의 목소리가 O.L 된다.

영신 (소리) 그러니까 그날이 1961년 5월 16일. 박정희 소장을 중심으로 한 혁명군들이 장면내각에 맞서서 쿠데타를 일으킨 날이었다. 하지만 어린 나는 우리나라에 또 큰일이 났구나 하는 정도만 알았지 자세한 내용은 알지 못했다. 그냥 엄마가 장사를 할 수 없을 테니 우리집은 또 다시 힘들어질 거라는 걱정만 하는 정도였다. 또 군인들이 총을 들고 거리를 지키고 있어서 동네 친구들과 늦게까지 놀 수가 없을 거라고 생각하면서 몹시 속이 상했다. 그런데 꼭 그런 것만은 아니었다. 아니야! 글이 너무 딱딱해, 너무 직설적이다보니 감성이 없는 것 같애….

군인들이 지프차에 대형 스피커를 싣고 시내를 돌아다니며 혁명공약을 들려주고 다닌다.

지프차　(소리) 넷째, 절망과 기아선상에서 허덕이는 민생고를 시급히 해결하고 국가 자주경제재건에 총력을 경주할 것이며 다섯째, 민족적 숙원인 국토통일을 위하여 공산주의와 대결할 수 있는 실력 배양에 전력을 집중하고 여섯째, 이와 같은 우리의 과업이 성취되면 참신하고도 양심적인 정치인들에게 언제든지 정권을 이양하고 우리들 본연의 임무에 복귀 할 준비를 갖추겠습니다.

행군가가 울려퍼진다.

행군가
오일육의 행군나팔 새벽을 깨우며
우리들은 걸어간다 발을 맞추어…
용공중립 간접침략 짓밟고 간다
충무공의 민족정신 이어 받들어…

#13. 어두운 저녁

전봇대 가로등이 깜빡거리며 어둠 속에서 적막감이 감도는 동네풍경. 이때 어두운 골목길에서 동네 꼬마들이 주변을 살피며 조용한 발걸음으로 영신네 집 앞으로 모여든다. 그리고 나지막한 목소리로 용식이가 영신이를 부른다.

용식　영신아! 우영신!
석찬·두익　소리가 너무 커!

이때 영신네 다락방 방문이 열리고 영신이가 고개를 내민다.

영신	누구야?
용식	(놀란 듯 고개를 움츠리며) 쉿 조용히 해! 우리야. 어서 빨리 나와!
영신	(작은 목소리로) 알았어! 금방 내려갈게!

잠시 후 방문을 열고 운기와 함께 내려온다.

영신	왜? 왜 불렀어?
석찬	(관용에게) 아까 그 군인아저씨가 너한테 한 말 영신이랑 운기한테도 빨랑 해봐! 얼릉!
관용	아까 어떤 군인아저씨가 그랬는데 우리 어린이들은 아저씨들이 있는 데로 와서 놀아도 된댔어! 그 아저씨들도 밤에 심심하다고….
영신	정말?
관용	응!
영신	(운기를 가리키며) 얘네 삼촌은 지금 군인들이 쿠데타를 일으켜서 나라 전체가 무섭다고 했는데? 그래서 지금 군인아저씨들이 총을 들고 서 있는 거래!
두익	그럼 놀러오라고 해놓고 놀러가면 심심하다고 우릴 총으로 쏴 죽일려고 그러나?
석찬	야! 이 멀대야 군인아저씨들이 빨갱이 공산당이냐?
영신	나라가 시끄러워서 그렇다는 얘기지 대한민국 국군 아저씨들은 모두 착한 사람들이야! 이 멀대야.
두익	알았어, 새끼야! 자꾸 멀대라고 하지 마 임마! 우리 엄마도

나보고 자꾸 그래서 기분 나뻐 죽겠는데.

운기 그렇잖아도 심심했는데 우리 같이 가보자!

석찬 아까 딱지 딴 거 주머니에다 싸서 거기 바닥 밑에다 숨겨 놨는데… 군인 아저씨들이 안 가져 갔을라나?

두익 야! 이 멀대 새끼야! 군인아저씨들이 딱지를 가져가서 뭘 하게!

용식 앗싸! 그럼 먼저 가서 찜하면 그거 다 내 꺼다!

석찬 안 돼 새끼야. 너 그거 가지고 가면 죽-어! 큰 형한테 혼날 까봐 거기 숨겨논 거란 말이야….

영신 빨랑 가보자. 그런데 모두 머리를 숙이고 아주 납작 엎드려서 가야 돼!

두익 왜?

석찬 모르면 그냥 따라해 이 멀대야!

아이들 희미한 어둠 속에서 납작 엎드려 자기들 노는 아지트를 향해 조심스럽게 기어 간다.

#14. 길거리 초소

어둠 속에서 군인들이 총을 들고 서 있다. 아이들 엎드려 기듯이 그 곳을 지나간다. 이때 담벼락에서 오줌을 누던 경계 군인 한 명이 아이들의 움직임을 보고 소스라치게 놀란다.

군인1 누구냐? 거기 모두 서지 못해!

아이들 모두 겁에 질려 그대로 엎드린 채 동작을 멈춘다.

군인1   모두 머리 위로 손들어! 어서!

아이들 모두 떨며 손을 머리 위로 올린다.

군인1   (바지를 올리며) 뭐야! 아니 니놈들은? 이놈들아, 통행금지 시
간이 지났는데 니들 지금 어디 가는 거야?

영신   우리들 지금 놀이터에 가는데요!

군인1   뭐라구 놀이터? 야 이놈들아 너희들 지금이 어떤 상황인
지도 몰라? 지금은 비상시국이고 통행금지 시간이잖아!
학교나 집에서 어른들이 안 가르쳐 주시던?

용식   아는데요… 그래도 심심해서 우리가 노는 놀이터로 가고
싶어요.

석찬   아저씨 가게 해주세요!

이때 군인2가 다가온다.

군인2   이봐 최 일병 무슨 일이야? 아니 저 꼬마 놈들은 다 뭐고?

군인1   네 이 동네 꼬마 녀석들인데요. 지네들이 노는 놀이터로
가게 해달라고 합니다.

군인2   임마 지금 시국이 어느 땐데 아이들이 놀이터에 가서 놀
아! 그냥 집으로 돌려보내!

영신   아저씨! 우린 애들이니깐 조용히 떠들지 않고 놀면 안
돼요?

군인2   임마 떠들지 않고 조용히 놀 거면 니들 집에들 가서 놀

지, 왜 이 위험한 밤에 몰려다니면서 놀려고 해? 니들 공부들 안 해? 숙제들도 없어? 꼬맹이들이 겁대가리도 없이… 빨랑들 집으로 안 가?

관용 아까 어떤 아저씨가요, 우리들은 애들이니까 조용히 이곳에서 놀아도 된다고 했단 말이에요.

군인2 어떤 새끼가 그래? 위에서 알면 큰일 나니까 어서들 돌아가!

군인1 분대장님! 이왕 애들이 왔으니까 애들한테 집에서 마실 물이라도 좀 가져오라고 시키면 안 될까요?

군인2 마실 물? 왜, 물이 벌써 떨어졌어? 그러던지, 그럼…! 근데 수통은 주지 말고 애들이 직접 자기네 집에 가서 주전자나 바께스에다 먹을 물 좀 담아오라고 해봐!

군인1 넷, 알겠습니다.

군인2 야, 최 일병! 애들이 물 떠오면 내 수통에도 물 좀 담아 보내라. (수통을 건네주고는 사라진다)

군인1 너희들 다 들었지? 우리 분대장님이야! 누가 아저씨들 마실 물 좀 길어올래?

석찬 우리가 물 떠오면 진짜 우리가 놀이터로 가서 놀아도 돼요?

군인1 일단 빨리 가서 물 먼저 떠와. 니네 집에 주전자나 물바께쓰들 있지?

영신 네! 그럴게요. (아이들에게) 니네들 모두 집에 가서 주전자에다 먹는 물을 빨랑 떠와! 나는 여기 남아 있을게.

두익 왜?

영신 우리 집은 운기네랑 수도를 같이 쓰잖아! 그러니까 운기 혼자만 가도 되지 이 멀대야!

두익 너 이따 죽었어! 자꾸 멀대라고 하지 말랬지!

음악과 함께 아이들 사라진다.

#15. 혁명군들 초소

어둠 속에서 아이들 혁명군인들과 함께 노는 영상 영신이의 목소리
와 O.L 된다.

영신   (소리) 그날 밤 우리는 모두 주전자에다 수돗물을 떠가지고
와서 군인아저씨들에게 건네주었다. 그랬더니 아저씨들은
우리들한테 고맙다고 하면서 군대 건빵을 나누어 주었다.
우리는 군인아저씨들이 준 건빵을 먹으면서 매일 밤마다
혁명군 아저씨들이랑 함께 놀았다. 그때 먹은 건빵 맛은
정말 잊을 수가 없다. 역전에 있던 성심당 찐빵보다 더 맛
있었던 것 같다. 우리는 혁명군 아저씨들이 준 건빵을 군
빵이라고 불렀다.

영신   아저씨! 왜 아저씨들은 모두 팔에다 이 하얀 완장을 차고
있는 거예요?

군인1   멋있잖아!

석찬   하나도 안 멋있는데요.

군인1   안 멋있다고? 그럼 넌 빨갱이야 임마!

석찬   아녜요 멋있어요.

군인1   하하 그게 아니고 이 완장은 우리 혁명군 표시야!

관용   왜 군인 아저씨들을 혁명군이라고 부르는데요?

군인2   아저씨들이 이 나라를 위해 혁명군으로 참가했으니까 혁

영신	명군이라 하는 거지!

영신 명군이라 하는 거지!

영신 혁명군이 뭐하는 건데요?

군인2 혁명군이 뭐하는 거냐구? 에 그러니까 뭐라구 설명해야 니들이 알아듣겠니? 에 그러니까 말야 혁명… 군이라는 것은 말야… 야! 최 일병 니가 설명해줘 봐!

군인1 잘 들어! 니들도 이담에 크게 되면 모두다 대한민국 국민 으로서 알아야 할 역사적인 일이니깐 모두 잘 새겨들어! 먼저 알아둘 것은 우리 혁명군들은 말야 절대 나쁜 군인들 이 아니고 착한 군인들이라는 점이야! 왜 착한 군인들이 냐면 말이다. 우리는 이 나라를 위해 궐기를 한 것이니깐!

석찬 궐기가 뭔데요?

군인1 궐기란 말이야 일어서는 거야!

두익 에잇 일어서는 것이 착한 거예요?

석찬 야 이 멀대야 지금 아저씨가 하는 말은 앉았다 일어섰다 하는 그런 말이 아니잖아! (군인1에게) 맞지요?

군인1 그래 너 참 똑똑하구나! 일어난다는 궐기라는 말은 말야 나라를 위해 옳은 일을 해보자고 뜻을 모으고 힘을 모았다 는 뜻이지.

영신 그럼 혁명군 아저씨들은 나라를 위해 무슨 옳은 일을 하는 건데요?

군인2 야야! 그만해라 이놈들한테 말한들 얘들이 뭔 말인지 알 아나 듣겠냐? (영신에게) 너 이름이 뭐라고 했지?

영신 영신이요 우 영신!

두익 얘네 아버지가 하나님이에요!

군인2 뭐라구 하나님? 암튼 너 하나님의 아들 영신아! 아저씨가 한 가지 물어보겠는데 니네 부모님께서는 이 나라가 잘 돌아가고 있다고 하디? 아니면 썩었다고 하디?

영신   우리 엄마는 장사하기 때문에 맨날 바빠서… 그런 말 잘 안 해요!

운기   우리 아버지랑 삼촌이 그라는데요 이 나라가 생선 비린내보다 더 썩었댔어요!

군인2   그래 바로 그거야! 지금 이 나라는 생선 비린내보다 더 썩어가고 있어! 니들 부정부패가 뭔지 아니?

영신   알아요. 이기붕 같은 나쁜 사람들이 나라 돈으로 지들 맘대로 펑펑 쓰면서 백성들은 굶어죽게 한다고 했어요. 그게 부정부패잖아요.

아이들   (영신이를 보며) 와!

군인2   와 너… 그리고 보니까 아주 똑똑한 게 진짜 하나님 아들 같구나! 맞았어. 나라 정치 한다는 놈들이 백성들은 안 돌보고 지들 배때지만 챙기는 것이 부정부패라는 말이지! 그러니까 나라가 썩어가는 거야!

군인1   왜 우리 혁명군이 모두 착한 군인들이냐 하면 그런 썩은 냄새나는 부정부패하는 놈들을 모두 감옥소에 가두고 나라 백성들을 위해서 당분간 착한 나라 만들자고 궐기를 했기 때문이지!

두익   궐기가 뭔데요?

아이들   야 이 멀대야!

석찬   일어서는 거라고 했잖아!

두익   아 참! 그렇지!….

군인2   그래서 우리 혁명군들은 이렇게 하얀 완장 띠를 두르고 더 이상 썩은 정치인들에게 우리의 이 국가 운명을 맡길 수 없다. 그러니까 모두 물러가라! 외치면서 궐기를 하게 된 거지.

두익 일어났단 말이잖아요!

군인2 그래 일어난 거지! (두익에게) 너 일어났다는 말이 뭐라고 했지?

두익 뭐지? 앉았다 일어났다 하는 것 말고….

아이들 야! 이 멀대야 궐기라고 했잖아!

두익 알아. 나도 궐기라고 말하려 했단 말야 새끼들아!

군인1 분대장님! 아 정말 세상이 왜 이러는지 모르겠어요. 자유당 놈들의 하는 짓거리들 못 보겠다고 어린 학생들이 일어나 의거한 4.19가 며칠이나 됐다고 이번엔 민주당 장면 내각정부가 저렇게 무능정치에 부정부패라니… 박정희 장군께서 혁명을 잘 하신 것 같아요!

군인2 그럼 그 양반들 모두 정말 목숨 내걸고 한 거니까.

강한 음악.

제16부

첫 눈 내리던 날

#1. 주영신 교수네 거실

잘 꾸며진 영신네 거실에서 영신이 유리와 함께 차를 마시며 이야기를 나누고 있다.

영신　박정희라는 이름을 내가 처음 들은 거는 그때 그 5.16혁명 때 그러니까 내가 국민학교 3학년 때였지!

유리　그때는 아버님께서도 아주 어린 나이셨으니까 그 5.16의 진의를 잘 모르셨을 거잖아요. 쿠데타인지 혁명인지…!

영신　당연하지. 국민학교 3학년짜리가 뭘 알았겠어!

유리　지금은요? 지금 아버님 생각에는 박정희 장군이 주도했던 그 5.16을 어떻게 생각하세요. 정변인가요? 혁명인가요? 아니면 쿠데타?

영신　그 질문은 역사성 있는 매우 중요한 거야! 정권이 바뀔 때마다 사변을 달리하는 소재니까… 모두가 언뜻 듣기에는 정변, 혁명, 쿠데타 다 같은 말로 들리겠지만 실상은 그분에 대한 평가를 아주 달리할 수 있는 중요한 단어들 이거든!

유리 어떤 점에서 다른데요?

영신 글쎄… 먼저 사전적 의미로 본다면 정변이라 하면 어떤 권력집단의 운집된 힘으로써 비합법적인 수단으로 발생시킨 정치상의 큰 변동을 말하는 일종의 모반을 말하는 것이고 혁명이라 함은 기존의 권력이나 조직 구조의 갑작스런 변화를 의미하는 것인데 쿠데타라는 말은 좀 더 다르지. 이 말은 프랑스어로 무력으로 정권을 빼앗거나 지배 계급 내부의 단순한 권력을 파멸시키는 것이니 체제 변혁을 목적으로 하는 혁명과는 상당히 구별을 해야 할 거야.

유리 그럼 아버님 생각에는 5.16에 적합한 단어는 무엇이라고 생각하세요?

영신 나야 당연히 혁명이지! 기존 체제를 무력으로 살상하며 무너뜨린 것도 아니고 또 기존 세력의 안정된 권력에 대한 모반이 아닌 구태한 실정에 따른 변화를 목적하여 시도된 일이었으니까 물론 그러한 과정에서 약조한 내용을 지키지 못한 부분도 있었지만 그것만으로 역사를 평가해서는 안 되지. 왜냐하면 결과적으로 오늘날 우리가 이렇게나마 잘 살 수 있게 된 계기가 되었으니까! 흔히들 군사쿠데타니 뭐니 하는데 너도 한 번 생각해봐라. 물론 너는 그 시대에 태어나지도 않았고 그때 당시의 나라 상황을 알 수도 없는 연령대이지만 언어상으로 볼 때 군사쿠데타라는 말은 국민의 의사와는 관계없이 군대의 무력을 이용하여 정권(政權)을 빼앗으려고 일으키는 정변이라고 정의를 내렸다만서도 당시 대다수의 국민들은 장면 내각에 대한 불신이 팽배했었거든. 그러니 국민의 의사와는 관계없이 아니지 오죽했으면 학생들이 일어나서 혁명을 부르짖었는데도 결과는 전과 다를 바 없었으니까… 물론 역사란 어떤 사관으로 어떤 관점에서 바라보느냐에 따라 그 해석을 달리 할 수도 있는 것이겠지만서도 적어도 그 관점을 백성들에게 초점을 둔다면 군사쿠데타라는 말은 맞지 않는다는 거야 내 말은….

유리 네 여기까지의 아버님 말씀을 예비 며느리로서 버르장머리 없이 반박할 수도 없는 입장이니까 이쯤으로 끝을 내시고요 다시 아버님 어린 시절로 되돌아가서 5.16 다음 이야기를 해주시면 어떻겠습니까, 아버님?

영신 하하 녀석… 역사관의 정통성 시비 건은 어느 시대건 싸움거리라더니 너도 은근히 시비 거는 것 같다

유리 그럴 리가요!

영신 그렇게 역사는 또다시 바뀌었고… 에, 또 어디서부터 말을 해야 하나. 요즘 들어 늘상 생각했던 것까지도 가물가물할 때가 있다니까!

유리 그럼 안 되시죠! 그건 일종의 치매 전조 증세니까요!

영신 야 인석아 나이와 치매는 상관관계라더라…! 너도 이 담에 늙어봐라. 그래! 그 해에 화폐개혁이 있었다!

유리 화폐개혁이요? 아니 아버님께서 그 당시는 겨우 국민학교 3학년 때셨다면서 그런 것까지 다 기억하고 계셨던 거예요? 와 대박!

영신 그때 애들하고 지금 애들하고는 천양지차지. 그때는 그 나이 때면 집안일에 보탠다고 애들이 신문배달이니 아이스케키 장사니 뭐니 하며 돈 벌 궁리를 했지만서도 요즘 초

등학교 3학년 애들이 어디 그러니… 그러니 어렸을 때 나도 당연히 화폐개혁 때 어머니께서 눈물 흘리시면서 하시던 말씀을 생생하게 기억하고 있지! 또 그럴만한 사건이 있었고….

#2. 시장터

시장터에서 고무줄아줌마, 장아찌아줌마, 젓갈댁, 길자가 바닥에 앉아 변또(도시락) 점심을 먹고 있다. 이때 미나리할매가 헐레벌떡 달려온다.

미나리할매 야야 느그들 모다 소문 들었제?

고무댁 예? 뭔 소문말이래유?

미나리할매 돈이 바뀐다카드라. 돈이

짱아댁 뭐라구유. 그게 뭔 말이래유? 돈이 바뀌다니유?

젓갈댁 돈이 워떻게 바뀌는데유? 그찮아도 아까 워떤 아지매가 그 비슷한 말을 하던거 같던디….

미나리할매 왜 전에 느그들은 기억할랑가 모르겠다만서도 전쟁 터지고 피난갔다오니까는 왜 갑자기 나라서 원을 환으로 바꾸라 안 카드나! 그래가 우리 모다 어리둥절했던 거 기억들 나제? 이번에도 그때처럼 화폐계획을 한다꼬 해가 지금 은행 앞이 난린기라.

실제 다큐 영상과 함께 영신 목소리 O.L 되면서.

영신   (목소리) 화폐개혁이라 하면 구화폐의 유통을 정지시키고
단기간에 신화폐로 강제 교환하는 조치를 통해 인위적으
로 화폐의 가치를 조절하는 것을 말하는데 화폐개혁은 구
권을 신권으로 교환하거나, 고액권을 발행해서 통용가치
를 절하시켜서 유통화폐의 액면 가치를 법으로 정한 비율
에 따라 내리는 것을 말하지! 특히 통용가치 절하의 방식
을 디노미네이션(denomination)이라 하는데 처음 우리나라에
서 화폐개혁을 한 것은 1905년 일본이 조선에 대한 경제
침탈을 목적으로 행해진 개혁사업이었어. 이후 화폐개혁
은 1950년, 1953년, 1962년 모두 세 차례를 더 시행하였
는데 이때의 화폐개혁은 모두 다 경제적인 이유보다는 정
치적인 목적이었지만 개인의 치부가 아닌 나라 형편상 어
쩔 수 없는 조치였지! 군사정부 하에서 재정적자 확대로
누적된 과잉 유동성을 해소하고 부정축재가 은닉하고 있
을 것으로 예상되는 퇴장자금을 끌어내기 위한 조치였으
니까. 암튼 그 화폐개혁은 가진 것이 없는 서민들에게 있
어서는 큰 재난이 아닐 수 없었던 거야!

음악과 함께 다큐 영상이 사라지고 다시 시장터.

젓갈댁   그럼 이제 지들은 워떡해야 하남유?
미나리할매 아, 뭘 워떡카노! 지금이라도 집에다 꿍겨둔 돈 있으면 몽
땅 꺼내가 빨랑 은행에 가가 새 돈으로 바꿔야제. 그카고
낼부털랑은 될 수 있는 대로 손님들한테 물건을 팔 적엘랑
헌돈 주면 받지 말고 모조건 새돈만 달라캐라. 그카고 만
약에 헌돈을 준다카믐 그저 눈 딱 감고 곱절로 받아 챙겨

야 한데이. 모다 알아 들었드노!

짱아댁 그카면 그 돼지 아줌마 일수는 워쩐대? 매일 5백 환씩 거 둬갔는데 이자는 월마씩 내야 하는 거여?

고무댁 그래 나도 그것이 궁금했걸랑…! 나는 국민핵교 근처도 못 가봐서 셈본을 잘 못하는데 이렇게 급작스럽게 화폐개혁을 해노면 곗돈하구 일수돈은 워찌 내야하고 또 거 뭐시냐! 암튼 모든 게 다 헷갈릴 텐디 워쩌면 좋아 글씨….

젓갈댁 근데 말여유! 그 돼지 아줌니랑 하는 6일계는 요번 화폐개혁이랑은 상관없겠지유? 다다음달이면 지가 탈 차롄디… 아참 그러고보니께 이번 달에 니 영신이가 탈 차례지? 영신네는 좋겠다.

고무댁 그려? (길자에게) 야 영신아 그럼 너 말여 그 돈 급하지 않음 내 3부 이자 쳐줄랑께 그 돈 나가 반년만 빌려쓰면 안 되겠냐?

짱아댁 아 그런 소릴랑 하덜 말어! 쟈가 그 돈을 월매나 기다렸는데 그러능겨! 쟈가 노상 입버릇처럼 그 곗돈 타면 즈그 시골 시댁도 가고 즈그 신랑 찾으러 강원도 경기도까지 죄다 찾아다닌다꼬 벼르고 벼렸던 돈인 거 다들 몰라 그러능겨? 아나, 고런 돈을 니한테 빌려줄성 싶겄냐!

고무댁 그렁겨?

길자 아이라예! 지도 그칼라 했드만서도 한 사나흘 전에 선녀가 낼러 찾아와서는 요즘 공장 사정이 어렵다카면서 곗돈 타면 지한테 그 돈을 공장에 투자를 하든지 아님 한 달만 빌려 달라켔어예. 그래가 내 그러라 안 했능교!

짱아댁 선녀라 카믐 그 맹씨하고 결혼한 그 여자 말여?

미나리할매 아, 참 그러고본께 그 맹씨 마누라 갸도 몸 풀 때가 안 됐드노? 언제라 켓제?

길자 아지매요! 아직 몰랐능교? 버얼써 해산해가 아가 백일이 지났다 안 합니꺼?

미나리할매 니 시방 뭐라켔노? 벌써 나왔다켔나? 아이고 주여! 한치 건너 남이라꼬 내 여태 몰랐네! 내 맹씨 고놈한테는 그라 믄 안되는데… 맹씨네 공장이 산내 어디라켔제?

길자 지도 동네 이름은 잘 몰라예. 그 고산사라는 절이 있는 그 아래 동네 어드매라 카든데. 가오리서 한참을 더 들어가야 안 합니꺼. 아들 낳았다고 그래 좋아하더만서도… 실은 요 즘 맹씨네 공장이 윽수로 마이 어려분가 보데예!

미나리할매 아들을 낳았다꼬? 아이구 주여! 얼마나 좋겠노? 이북서 내 려와가 피붙이 하나 없는 타관서 지 아를 낳았으니… 그것 도 아들을… (사이. 한숨을 내쉬며) 마이 어렵겠제! 요즘 시상 이 시상가? 아 난리 난리 도대체가 벌써 몇 번째드노… 그카다보이 니도 내도 살기 어려버가 목구멍이 포도청이 라꼬 먹능 걸 더 챙기지 누가 입는 걸 더 챙기겠노! 맹씨 가가 암만해도 공장 사업을 시작부터 잘몬한 거 같다!

고무댁 그럼 맹씨는 아직도 그 본 처남이라 혔던 그 뭐시여 그려 면도칼이란 놈허고 모다 한 집서 같이 사능겨?

길자 야! 맹씨는 공장 사장이고 면도칼 아니 주봉 씨는 공장장 으로 같이 봉제공장을 하며 사는데 주봉 씨 색씨 되는 딸 금이도 선녀캉 한 달 사이로 얼라를 안 낳십니꺼! 맹씨는 아들을 낳고 주봉씨네는 딸을 낳았는데 얼라들이 보통 이 쁘기 아이라예!

짱아댁 그럼 그 면도칼 밑에서 앙칼지게 까불고 댕기던 꼬붕이란 양아치 놈도 여즉 그 공장서 같이 붙어 산당가?

길자 어데예! 첨엔 모두 그리 산다꼬 하드만서도 그 복수라카는 사람은 공장 아가씨랑 눈이 맞어가 서울로 도망가가 산다 카는데 우리 딸금이 말로는 서울 충무로 어드메 영화산가 카는데 가가 막일 비슷한 촬영현장서 일한다카데예. 그카고는 소식이 끊친 지 한참 됐다 합디더!

짱아댁 지 버릇 어딜 가었어? 그래도 고놈이 내한테는 실금실금 눈치봐가면서 지 부하 양아치 놈들한테 나한테는 해꼬지 말라카면서 잘해주었는디… 정이 아주 없던 놈은 아녔어!

미나리할매 아이고 그나저나 화폐개혁인가 뭔가 하는 거시 우리네 같이 없이 사는 사람들헌테는 손해가 돼서는 안 될 거인데 우짜면 좋노! 아이고 아버지여!

이때 고깃집 양씨가 눈에 불을 킨 듯 씩씩거리며 다가온다.

고무댁 아, 양씨는 왜 그리 씩씩대며 오능겨? 또 마누라랑 한바탕 한 거여?

양씨 아 쓰잘데없는 소릴 말고 아줌씨네들 거 돼지엄마 오늘 시장서 못 봤소?

고무댁 돼지엄마 말여?

짱아댁 아 못 봤는디…! 오메 그라고 본께 식전 일찍부터 일수돈 거두러 다니는 아줌니가 점심때가 지났는데도 여즉 안 왔네 그려! 뭔일 난 거여?

양씨 이런 이런… 아 뭔일이고 나발이고 큰일났소 시방!

일동 큰일이라고? (모두 놀랜다)

미나리할매 수복이 아배야! 니 그게 무슨 소리고. 큰일이라니?

양씨 제발 모다 앉아 수다만 떨지 말고 눈 뜨고 귓구멍 좀 열어

놓고들 사시요! 아 글쎄 그 여편네가 사람들 곗돈을 몽땅 쥐고설랑 튄 거 같다니께!

짱아댁 뭐… 뭐시여? 곗돈을 들고 튀었다고?

양씨 이 씨부럴 개 같은 년이 글씨 계모임을 자그만치 열 개도 넘게 해설랑은 지가 오야가 되가꼬 그 숱한 돈을 지 돈매냥 주물러 쌓더니만 아 그 돈들을 몽땅 싸들고 도망쳤단 말이여! 시방 저어기 저 양품점 앞에서 사람들이 웅성되는 것들을 보고도 몰라?

미나리할매 어메, 이거이 다 무신 소린겨? 니 그게 참말이가?

양씨 글씨, 고 양심도 없는 늙은 년이 어저께 한국은행에 가설랑 지가 갖고 있던 돈들을 몽땅 다 신화폐로 바꿔가지고설랑 어저께 밤에 야반도주를 한 모양이더랑께!

고무댁 양씨는 고 돼지엄마가 야반도주한 줄은 어찌 알았던겨?

양씨 아 저기 저 사람들이 말을 한께 알았지! 워찌 알았겄어! 하! 고 쌍년 나쁜 씨발년 내한테 5부 이자 쳐준다고 구라를 쳐갖고는 자그만치 이십만 환이나 빌려갔는데… 아이고 씨발… 고 돈이 워떤 돈인데! 이… 이년 어디 내 손에 잡히기만 해봐라 나쁜 씨발년… 아주 현장서 닭모가지매냥 확 비틀어 죽일 꺼여 내. (씩씩거리며 사라진다)

미나리할매 이거이 다 뭔 소린겨? 이게 다 뭔소리냐구?

짱아댁 워쩐지 그 아줌씨 시장골목 누비면서도 시장물건 단 한 개도 게려주지 않음시 왕생 백화점 옷만 사입고는 번드레 모양만 내고 다니더라니….

고무댁 아줌씨는 무신 아줌씨! 그 싸가지 없는 못된 장화홍련 계모보담 더 나쁜년이제….

미나리할매 내사마 그런 여편네하곤 애시당초 돈거래는 안해가 피해

본 건 없다만서도 느그들은 워떻노?

젓갈댁 (길자를 붙잡으며) 영신아 영신아 왜 이러는겨? 응?

미나리할매 야 야! 영신에미야 정신차려라. 니 와 이라카노? 영신아!

일동 야, 야, 영신아!

길자 정신을 잃고 그 자리에서 쓰러진다. 음악.

영신 (목소리) 그 돈이 어떤 돈인데 그 돈이… 이후 어머닌 늘상 한숨만 내쉴 때면 어김없이 그 말씀을 되뇌이곤 하셨지. 그 돈은 아버지를 만날 꿈이요 희망이었고 어쩌면 생존의 힘이었는데 그 의지했던 큰돈을 몽땅 잃어버리셨으니… 그 뒤로 어머님은 일종의 화병으로 몸져 누워계시는 날이 많아졌어. 그래서 나는 비록 어린 나이였지만 그때 그 화폐개혁을 똑똑하게 기억하고 있었던 거지!

다시 음악 up-down.

#3. 집 앞

어린 영신이가 우두커니 다락방에 오르는 계단 앞에 앉아있다. 부침개 사건이 있던 날이다. 은은한 음악소리와 함께 영신이의 목소리가 들려온다.

영신 (목소리) 그 해 추석날 아침 나는 보통 아이들처럼 추석 명절을 기대하며 일찍 잠에서 깨어났지만 어머니는 전날 밤

늦도록 인근 장터를 전전하시며 대목 장사를 하셨기 때문에 피곤에 지쳐 계속 잠만 주무셨어. 이웃집에서는 저마다 차례준비로 맛난 음식 냄새들을 풍기고 있었고 동네 아이들은 추석빔으로 산 옷들을 입고 서로 자랑하며 끼리끼리 몰려 다녔지만 그 화폐개혁 당시 몽땅 돈을 잃게 된 후로 더욱 살림이 어려워진 우리집은 그런 엄두조차 낼 수 없다는 것을 알고 있었기 때문에 어린 나는 한마디의 불평도 못하고 그냥 멍하니 아이들을 바라다 보고만 있었지. 얼마나 불쌍했겠니! 지금 이렇게 어른이 되서도 그때 일을 생각하면 눈물이 나고 그때 그 어릴 때 감정이 되살아나!

영신　(중얼거리며) 엄마는 추석인데 밥도 안주고 잠만 자고… 치!

이때 용식이가 빨강무늬의 스웨터 윗도리를 입고 자랑하듯 영신이 앞으로 다가온다.

용식　너 어제 어디 갔었어? 〈라이파이〉 빌려왔는데… 얼마나 재밌다구. 너 없어서 우리 3학년 1반 애들끼리만 봤다. 너희는 제사 안 드려?

영신　(고개를 설레설레)

용식　추석인데 세수도 안하고 새 옷도 안 입어?

영신　(고개를 설레설레)

용식　뭐어? 세수도 안 하고 새 옷도 안 입는다구?

영신　(버럭) 그게 아니구… 세수도 할 거고 울 엄마 일어나면 나두 새 옷 입을 거라구 임마!

용식　(발을 내밀며) 우리 삼촌이 이 운동화도 사줬다.

영신   너 백군이야? 청군이야?

용식   나? 청군!

영신   그런데 하얀 운동화 신으면 안 되잖어. 그건 백군 건데!

용식   (흰 운동화를 쳐다보다가) 엄마-! (엄마를 부르며 자기 집으로 뛰어간다)

이때 주인집 막내아들 성기가 등장, 큼지막한 부침개를 들고 영신이 앞에 다가선다.

성기   (부침개를 한입 베어물고 먹으며) 우리 제사 지냈다. 그리구 작은 아버지네 식구 오면 산에 갈 거다. 성묘하러.

영신   (부침개를 보고 침을 꿀꺽 삼키며) … 난 이담에 어른이 되도 제사 안 지낼 거야!

성기   (부침개를 또 한입 베어물며) 왜?

영신   (부침개를 보며 침을 꿀꺽) … 교회에 다니는 사람들은 제사지 내면 안 된다고 했어?

성기   (부침개를 야금야금 씹어먹으며) 왜?

영신   (침을 꿀꺽 삼키며) 제사상에다 절하면 그건 우상한테 절하는 거잖아!

성기   (부침개를 꿀꺽 삼키며) 우상이 뭔데?

영신   (부침개를 보며) 너 그거 혼자서 다 먹을 수 있어?

성기   (부침개를 다시 한입 베어 물고) 형넨 그래서 지금부터 제사 안 지내? 그래서 이런 거 안 만드는 거야? 굉장히 맛있는데!

영신   (침을 꿀꺽) 그거 돼지같이 혼자 다 먹을 거냐구?

성기   (약 올리듯 냠냠 씹어 먹으며) 응! 나 혼자 다 먹을 거야! 저번에 형도 나 만화책 안보여주고 형네끼리만 봤잖아!

영신   (다시 침을 꿀꺽) … 그건 내 거 아니구 용식이 꺼니까 그랬지!

성기   (마지막 남은 부침개를 입에 쏙 넣으며) 인제 곧 우리 할아버지 산소에 갈 껀데 거기서 또 이런 거 많이많이 먹을 꺼다!

영신   (성기 뺨을 철썩 때리며) 이 돼지야!

성기   (뺨을 만지며) 아얏! 왜 때려?

영신   (성기를 째려보며) 그 큰 부침개를 돼지같이 너 혼자서 다 먹으니까 그렇지!

성기   (갑자기 소리내며) 아앙! 엄마아! 엄마!

이때 집안에서 성기네 엄마인 집 주인 아줌마 목소리가 들린다.

아줌마   (소리/고함을 치며) 아니 왜 명절날 아침부터 울고 지랄이야?

성기   (억울한 듯 소리내며) 영신이가 갑자기 날 때리잖아!

영신   (같이 소리치며) 니가 돼지같이 혼자서 부침개를 다 먹으니까 그렇지!

이때 주인집 아줌마 집 밖으로 나오며 소리친다.

아줌마   (성기한테) 그만 울음 그치지 못해!

성기   (더 소리 내어 울며) 저 새끼가 그냥 날 막 때렸다구! 아아앙!

아줌마   (성기한테) 너두 맞았으면 같이 때리면 되지 울긴 왜 울어! 넌 손도 발도 없어! (영신에게) 그리구 너두 인석아! 명절날 아침부터 웬 손찌검이냐? 성기는 너보다도 두 살 더 어린 동생이잖아!

영신   (말 대꾸하며) 성기가 돼지같이 혼자서 다 먹었다니까요!

아줌마   이놈아! 지 꺼 지가 먹는데 왜? 니가 깡패냐?

| 영신 | (눈물을 뚝뚝 흘리며) 아니요! |
| 아줌마 | 그런데 부침개를 좀 안 줬다구 애를 때려! (성기에게) 그리구 너두 인석아! 형하구 좀 나눠먹지! 내가 널 굶겼냐? 아침 실컷 먹여놨더니 왜 명절 아침부터 질질 짜구 난리야 난리는! 빨리 들어가지 못해! |

주인집아줌마, 성기를 데리고 집으로 들어간다. (구슬픈 음악)
이때 엄마 소리가 들린다.

길자	영신아! 영신아!
영신	(눈물을 닦으며) 뭐!
길자	퍼득 방으로 올라와 어서!
영신	알았어! (계단을 올라간다)

#4. 우영신 교수의 자택 서재

영신 책상 앞 의자 등받이에 턱을 꿰고 묵묵히 앉아 회상을 한다. 어머니 길자의 화난 목소리와 어린 영신이 우는 소리가 O.L 된다.

길자	(소리) 니 말해봐라 니가 그지가? (버럭) 그지야?
영신	(소리/울면서) 아니! 나 거지 아니야!
길자	(소리) 그럼 니가 깡패가 응?
영신	(소리/울면서) 나 깡패도 아니야!
길자	(소리) 그칸데 와 아를 때렸는데? 니 것도 아닌데 와 그지처럼 남에 꺼 언어 먹을라꼬 했노? 걔가 안 준다카는데 와

니가 깡패처럼 갸를 때렸는데 말해봐라! 말해보라카이!

영신 (소리/울면서) 엄마 내가 잘못했어! 다신 안 그럴게. 그러니까 나 때리지 마 응 엄마!

길자 (소리) 무슨 말이고! 사람이 잘몬 했으면 맞아야지! 일나라! 어서 일나라카이 그카고 종아리 걷어! 니 엄마가 종아리 걷으라 카는 말 몬 들었나? 어서!

영신 (소리/울면서) 엄마 나 한 대뿐이 안 때렸단 말야! 그리고 살살 때렸는데 저 놈이 그냥 소리 내면서 막 운 거야! 엄마 잘못했어! 엄마 다신 안 그럴게 응? 엄마.

길자 (소리/버럭) 어서 종아리 걷으라! 니 내 죽는 꼴 볼라꼬 이카나 응? 니 호르자슥 소릴 들으라꼬 이카나 말이다! 응?

영신 (소리/울면서) 나 호르자식 아니야! 엄마! 나 종아리 걷을게! 엄마 살살 때려! 그리고 대신 엄마 울지 마. 내가 잘못했어! 응 엄마!

길자 (소리) 엄살 부리지 말고 꼭 그대로 맞거레이 알았나?

영신 (소리/울면서) 응!

길자 (소리) 응이 뭐꼬! 엄마가 니 동무가!

영신 (소리/울면서) 네!

길자 (소리) 그럼 세라, 하나! (회초리 소리)

영신 (소리/울면서) 아얏! 하나!

길자 (소리) 둘! (회초리 소리)

영신 (소리/울면서) 아얏! 두울!

길자 (소리) 셋! (회초리 소리)

영신 (소리/울면서) 어… 엄마! 잘못했어요! 다신 안 그럴게요 응 엄마아!

길자 (소리/울먹이면서) 니 진짜로 잘못한 거 아나?

영신   (소리/울면서) 응! 아니 예! 잘못했어요! 엄마아!

이때 주인집 아줌마가 손에 부침개를 큰 접시에 담아들고 방 앞으로 와 서서 소리친다.

아줌마   영신아! 영신아! 이제 그만해! 그만하라구! 그러다 애 잡겠다. 그게 뭐 큰 잘못이라구 추석날 아침부텀 그리 애를 잡누! 내가 미안해! 영신아!

길자   (소리/갑자기 설움이 북받쳐 올라) 아이고 어머이요! 어머이요!

영신   (소리/울면서) 엄마! 엄마! 울지 말랬잖아 응 엄마 내가 다신 안 그럴게! 엄마!

아줌마   (소리) 영신아! 그만하라니까 그러네! 내가 미안하다고 했잖아. 애들 싸움 가지구 왜 그래 응? 영신아!

슬픈 음악소리와 함께 주르르 눈물을 흘리는 우영신 교수.

영신   (소리) 그날 어머니는 소리 내어 우셨지. 그리고 나도 한쪽 구석에서 그런 엄마를 바라보며 울었어. 한참을 우시던 어머니가 나를 부르며 엄마한테로 오라고 하시데… 내가 머뭇거리니까 엄마는 나에게 다가와 나를 끌어안고는 또 막 소리 내며 우시는 거야. 그때 나는 엄마 품에 안겨 같이 소리 내어 울면서 나는 진짜로 거지처럼 남의 것을 빼앗지 않을 거고 또 깡패처럼 남에게 주먹질 하지 않겠다고 마음에 다짐했었어. 그런데도 어머니는 자꾸만 우시는 거야. 추석 명절날 하나밖에 없는 아들에게 맛있는 음식을 차려주지도 못하시고 새 옷 한 벌 사주시지도 못하는데 그런

자기 아들이 남한테 꾸지람을 듣는 것이 얼마나 어머니 가슴에 못이 박힌 아픔이었겠니? 그때는 또 그렇게 먹고 사는 게 참 귀한 때여서 더 그랬던 것 같아. 그날 점심에 뜻밖에도 어머니는 한상 가득 내게 맛있는 고기반찬과 계란 반찬을 만들어주셨지. 엄마…! 엄마! 아! 어머니께서 지금 살아 계시다면… 나는 지금도 어머니와 함께 살던 그 비새던 이층 다락방 셋집이 잊혀지지가 않는 거야. 그날 추석 날 아침과 함께….

음악 up-down.

#5. 첫 눈 내리던 날 (동네 병원)

병원 진료실 앞 쪽에 대기환자들과 그 가족들이 웅성거리며 의자에 앉아들 있다. 주인집 아줌마하고 영신이도 그들 틈에 앉아있다. 이때 간호사가 진료실 문을 열고 나오며 소리친다.

간호사 여기 최길자 씨 가족분 계십니까? 최길자 씨 가족이요!

아줌마 여기요. 최길자 여기요!

간호사 최길자 씨 가족이신가요, 가족관계가 어떻게 되시는데요?

아줌마 저 친가족은 아니구요 저 사람 우리 집에서 세 들어 사는 사람인데요. 저 사람 식구는 달랑 이 애하고 단둘뿐인데요. 혹시 무슨….

간호사 그럼 아주머니께서 이 애와 함께 진료실 안으로 들어가 보세요!

주인집 아줌마, 영신이 조심스럽게 진료실 안으로 들어간다.

#6. 진료실

영신이와 주인집 아줌마가 의사 테이블 앞에서 걱정스레 서 있다.

의사   아니, 저 정도면 이 애 엄마가 증상이 심했을 텐데… 여즉 모르셨습니까?

아줌마 글쎄요. 한 집에 산다고는 하지만 저 사람은 새벽부터 일 나가고 저녁 늦게나 되서 들어오곤 하니까 잘 알 수가 없지요. 어디가 어떻게 아픈데요? 아주 심각한가요?

의사   (무거운 얼굴로) 심각한 정도보다 그 이상입니다!

영신   (걱정스런 얼굴로 주인집 아줌마를 쳐다본다)

아줌마 (영신이에게) 넌 몰랐어? 니 엄마 저래 많이 아팠으면 넌 알았을 거 아니야?

영신   (울먹이며) 우리 엄마 많이 아파요?

의사   아니야! 울지 마라 애야. 평소 니네 엄마 어디 아프다고 하시진 않았니?

영신   아니요. 그냥 집에 오시면 속 쓰리시다고 요강에다 자꾸 토했어요…!

의사   음… 그랬구나!

아줌마 저… 의사 선생님. 이 애 엄마 어느 정돈데요?

의사   글쎄요. 애 앞이라서 뭐라고 말씀드리기는 좀 곤란합니다만… 암튼 오늘이라도 당장 큰 병원으로 옮겨야 할 것 같습니다. 아니면….

아줌마　(걱정스런 표정으로) 그렇게 큰 병인가요?

의사　네 아주 심각합니다. (영신에게) 너 잠깐 나가 있을래? 우리 어른들끼리 얘기 좀 하게

영신　예! (울상을 하며 문을 열고 나간다)

아줌마　선생님 엄마 어디가 얼마큼 아픈데요?

의사　혹시 어디 연락할 만한 다른 친척 분들은 없습니까?

아줌마　저기 충북 어딘가에 쟈들 사촌인가 누군가 살고 있다고 는 했는데 워낙 남같이 연락도 안 하고 지낸 지가 오래 되 놔서 뭐 별다른 도움이 될 것 같지 않네요. 저두 잘 모르겠 지만…

의사　간이 많이 상해 있습니다… 혹시 암이라고 들어보셨습니 까?

아줌마　아… 암이라구요? 글쎄 처음 들어보는 이름인데… 요.

의사　예, 요즘 들어 우리나라에서도 부쩍 많이 발생되어 환자들 이 늘어나는 추세인데… 아주 무서운 병입니다. 사망률이 거의 90%에 가까운 병입니다.

아줌마　어머나! 세상에… 아유 저런 어쩐데유?….

의사　저 정도면 아주 아파서 걷지도 잘 못하고 누워만 있어도 힘들었을 텐데 어떻게 주변 분들이 모르실 수가 있었지 요?… 참!

아줌마　좀 억척스러워야지요. 난리 때 남편 잃고 홀홀 단신 저 아 이 하나만 데리구 시골서 나와 참 어렵게 살아요. 정말 불 쌍한 사람이지요. 저 선생님 어떻게 좀 해주세요. 그나저 나 영신이 저놈 불쌍해서 워쩐대유? 시상에… 어휴 독한 거… 저 혹시 선생님 큰 병원으로 옮겨가서 수술하면 살 수 있는 병인가요?

의사   여기야 동네병원이니까 아무래도 낫겠지요! 하지만 저런 정도면 큰 병원으로 옮긴다 해도 생명만 조금 더 연장할 뿐이지 달리 다른 방법은 없을 겁니다. 혹시 하나님께서 살려 주신다면 몰라도…! 그리고 수술비하고 치료비도 만만찮구요!

아줌마   어이구 쟤네는 그럴 형편이 못 되는구먼유! 시상에 어떻게 이런 일이… 어이구 복이라곤 지지리 눈꼽맨치도 없는 여편네 같으니라구….

#7. 다시 진료실 앞

영신이 의자에 앉아 울고 있다. 이때 주인집 아줌마가 진료실 문을 열고 나온다. 영신이 일어나 다가서며.

영신   (울면서) 아줌마 우리엄마 많이 아픈 거래요?

아줌마   그래 좀 많이 아프대!

영신   그럼 우리 엄마 죽어요?

아줌마   떽! 죽긴 왜 죽어! 산사람 두고 죽는다는 말하믐 안 되는 거여! 그냥 좀 많이 아픈데 큰 병원 가서 치료 잘 받고 약 먹으면 낫는다니까 너무 걱정하지 마!

영신   정말이지요?

아줌마   그럼, 정말이구말구! 참 너 지금도 예배당에 다니지?

영신   예!

아줌마   그럼 말이다. 너 매일같이 니네 엄마를 위해서 기도할 수 있어?

영신	예!
아줌마	뭐라 기도할 건데?
영신	하나님 우리 엄마 낫게 해달라구요.
아줌마	그래. 그렇게 아침저녁으로 니 엄마를 위해 지성껏 기도하면 의사선생님이 그러시는데 그러면 훨씬 나을 거라 하시더라. 하나님이 고쳐주실 수도 있대!
영신	예! 우리 엄마를 위해 우리 하나님 아버지께 매일 같이 기도할 꺼예요!
아줌마	그래. 그렇게 해라 그런데? (두리번거리며) 아까 우리 창기한테 부탁했는데… 관용이네 리야까 안즉 안 왔니?

이때 창기와 두익이네 삼촌이 병원 문을 열고 들어온다.

창기	엄마 여기요! 우리 여기 왔어요!
아줌마	두익이 삼촌도 왔네! 리야까는? 관용이네 리야까는 빌려 온 기여?
창기	밖에 가지고 왔어요.
아줌마	그럼 창기 넌 얼릉 저쪽 병실로 가서 영신이 엄마를 업고 나와 이 리야까에다 옮겨 실어라. 쟈 엄마 지금 아무 기운도 없어서 서 있지도 못하니까 어서!
창기	알았어요! (병실로 들어간다)
아줌마	영신이 너도 형 따라가서 니 엄마가 덮고 있던 담요 가지고 나와! 밖이 저래 눈이 오고 추운데 니들 엄마한테 덮어줘라.
영신	예! (병실로 들어간다)
두익삼촌	창기네 어머니! 영신이 어머니 어떻다든가요?

아줌마 쉿! (주변을 살피며) 아주 안 좋아요. 큰 병원엘 가도 목숨만 연장할 뿐이지 별 차도가 없다는데 저거 불쌍해서 어쩌유 글쎄…!

두익삼촌 참 큰일이네요.

이때 창기가 길자를 등에 업고 나온다. 영신이 접은 담요를 메고 뒤따라 나온다.

아줌마 자, 조심 조심히 나가! 밖에 가이당에 눈이 많아 미끄러울 텡게 살살 조심히 내려가구.

모두 밖으로 나간다.

#8. 눈 내리는 병원 앞

창기가 길자를 리어카에다 옮겨 싣는다. 그리고 담요를 덮어준다. 이때 담요가 바람에 펄럭이며 틈새가 벌어진다.

아줌마 안 되겠다. 영신이 니가 리야까에 올라타서 니 엄마 담요 벌어지지 않게 꼭 붙들어라 찬바람이 아픈 사람들한텐 독인겨.

이때 미나리 할매, 젓갈댁, 고무줄아줌마가 달려온다.

고무댁 아니 이게 다 뭐시래. 어쩌다 이런 거래유?

미나리할매 (주인집 아줌마에게) 창기야! 야 워떻다드노? 괜않다드나?

아줌마 (길자를 흘깃 쳐다보며) 예 괜찮다네요. 큰 병원으로 가면 나을 수 있다 허네유!

미나리할매 그기 참말이가? 참말로 그렇다카름 괜않다. 한번쯤 이래 아프지 않은 사람이 어디 있겠드노!

고무댁 근데 왜 고칠 병이라름 동네병원서는 못 고친대유? 큰 병원은 억수로 돈이 비쌀 텐데….

미나리할매 그깟 돈이 문제가! 사람 살리고 보는 거제… 돈 걱정일랑 말고 퍼뜩 낫기만 해라!

젓갈댁 큰 병원이라름 도립병원을 말하는 건가유? 거기 지 오촌 당숙이 의사신데 지가 한번 만나볼까유!

미나리할매 그카면 좋제. 어디 그리 해봐라

길자 (힘없이 기운을 내며) 뭐할라꼬 이리들 오신 긴데예. 장사들은 안 합니꺼?

젓갈댁 동상! 정신이 드는 기여? 아 눈이 오잖여. 이래 눈이 오는 데 장살 할 수가 있간디. 그래 온 거니게 부담스러워할 꺼 없구먼.

미나리할매 그래 니 괜않나?

영신 엄마 괜찮아? 엄마 이제 안 아픈 거야?

길자 그래! 엄마 괜않다! 엊저녁보다 많이 나은 기라. 니 밥은 묵었드노?

아줌마 왜 니 아들 굶겼을까봐 그런 걱정일랑 말고. 그래 괜않은 거여?

길자 (사람들을 둘러보며) 뭐할라꼬 이래들 왔능교? 내 곧 일나가 평소대로 일하러 갈 낀데! 미안해가 참말로… 모두다 고마버예. 창기야 참말로 미안타. 두익이 아제도 미안코…

성님, 아줌니 모다…. (목이 메인다)

미나리할매 이래서 이웃사촌이라 안드나! 서로 돕고 사는 기지 니 암만 말고 영신이 야를 생각해서라도 퍼뜩 기운차려야 한대이! 아 뭣들 하노 이래 눈만 맞고 서 있을 기가. 퍼뜩 가자!

창기 엄마 어디로 가요? 도립병원으로 아님 집으로?

길자 병원은 무신… 기냥 집으로 가자. 내는 집이 더 편하다!

아줌마 그래 일단 집으로 가자! (혼잣말로) 아이고 하늘님 이 불쌍한 사람 좀 보살펴 주셔유!

눈 내리는 거리를 함께 리어카를 끌고 가는 영상과 함께 영신의 목소리가 들린다.

영신 (소리) 그날 어머니는 그렇게 동네병원에서 퇴원을 하셨지. 모두 다 가난한 달동네 사람들이라서 택시를 타고 갈 형편이 안 된다는 걸 당연하게 생각을 하고 동네 리어카를 빌려 어머니를 모시게 했던 거야. 그날 그 첫 눈 내리던 날 그분들 한 분 한 분의 모습들이 떠오른다. 정말로 고마우신 분들이지? 어르신들은 모두 이미 저 하늘나라로 가셨고 두익이 삼촌은 연락이 안 되드구나. 살아는 계실까? 이제 팔순에 가까운 나이로 어느 요양병원에서 사는 창기형님만 가끔씩 서로의 안부를 묻는 사이지. 항상 그분들에게 빚진 마음으로 이렇게 살아가고 있다.

눈이 내리는 비탈길을 리어카를 끌고 오르는 영상과 함께 조용하고 잔잔한 음악이 흐른다.

#9. 교회

가는 선율의 음악과 함께 교회 한 구석에서 홀로 기도하는 영신이의 모습이 흐릿하게 비추다 사라진다.

#10. 방안

길자, 방에 누워 신음하고 있다. 이때 영신 방문을 열고 들어온다.

영신　엄마! 엄마! 지금도 많이 아파?

길자　아니, 쪼금! 예배당 갔다 오는 기가?

영신　응!

길자　밖에 눈 많이 오제?

영신　응 딥다 많이 와!

길자　그란데 뭐할라꼬 눈 오고 추분날 예배당엘 갔드노? 기도 할라카믄 집에서 하지!

영신　하나도 안 추워! 오다가 애들하고 눈싸움하고 뛰어 오니 까 땀이 나던걸.

길자　그래도 그런기 아이다. 어여 이리루 와 이불 덮고 몸 좀 녹 여라! 감기 걸리면 우얄라꼬!

영신　아니 괜찮아. (다시 일어선다)

길자　아니 또 어데 갈라꼬?

영신　연탄 갈아야해! (방문을 열고 나간다)

길자　영신아!

영신　(소리) 응?

길자	연탄 몇 장이나 남았드노? 이제 거반 떨어질 때가 됐을 긴데….
영신	(소리) 아니야! 연탄가게 아저씨가 이 담에 갚으라고 하면서 연탄 30장을 놓고 가셨어! 그래서 지금은 많아!
길자	언제 또 그랬드노?… 이래 살아도 되는 긴지 모르겠다. 온 동네 사람들한테 죄-다 이래 신세만 짓고 사니… 이게 다 빚인데. (밖에다 대고) 야! 연탄가스 마시면 안 되니까는 불구멍 맞춘다고 콧구멍을 연탄 가까이로 대지 말거레이!
영신	(소리) 알았어! 내가 고것도 모를 줄 알고!
길자	연탄 다 갈았으면 퍼뜩 들어온나. 밖이 많이 춥제?
영신	(소리) 연탄재 문 앞에다 버리고 들어갈게! 이야! 눈이 아까 보다 더 많이 와!
길자	(탄식하듯) 아이고 하느님요. 저 어린 내 새끼 불쌍해가 우에 합니꺼? (긴 한숨)

가느다란 음악이 흐른다.

#11. 방안

길자 옆에 앉아서 이야기를 하는 영신.

| 영신 | 엄마 엄마! 그래서 그 다윗이라는 나같이 어린 꼬마가 골리앗이라는 큰 거인 앞에 쪼그만 돌 한 개를 들고 섰대. 그리고는 너는 큰 칼과 긴 창을 들고 있지만 나는 하나님 이름을 가지고 왔다 하면서 그 돌멩이를 그 거인한테 확 던 |

진 거야!

길자 (신음을 하며) 으음, 으음 그… 그래서.

영신 엄마! 많이 아파? 약 줄까?

길자 아이다… 괜… 안타 어서 하던 얘기 마저 해라!

영신 응! 그랬더니 다윗이 던진 그 돌멩이가 그 큰 거인 이마에 콱 맞은 거야. 히히 우리 선생님이 그러는데 하나님의 힘이 그 돌멩이랑 함께 하셔서 그 큰 거인이 깨갱하고 쓰러져서 죽은 거래… 재미있지 엄마!

길자 (고통에 힘들어 하며) 여… 영신아! 어… 서 어서 저 수건 좀 갖고 온나 어서!

영신 (두 눈을 휘둥그레 뜨며) 엄마! 엄마 왜 그래? 어제처럼 또 막 아픈 거야? 여기 수건!

길자 (수건에다 피를 쏟아낸다) 욱! 우… 욱.

영신 (고함을 치며) 엄마! 엄마! 피가 나왔어! 엄마 정신 차려 엄마!

길자 (아이의 팔을 잡고) 여… 영신아… 내 좀 살려… 도. 영신아! (쓰러진다)

영신 (울부짖으며) 엄마. 엄마아! 정신 차려 엄마! (방문을 열고 소리친다) 아줌마! 아줌마! 우리 엄마 살려주세요. 우리 엄마 피나요! 아앙 아줌마!

강한 음악소리와 함께 어둠 속에서 영신이의 울부짖는 소리가 에코로 들려온다.

#12. 다시 방안

누워있는 길자 곁에 의사선생님과 간호원이 앉아있고 그 뒤로 주인
집 아줌마, 젓갈댁, 미나리할매 그리고 영신이는 구석에서 훌쩍거리
며 울고 있다.

간호원   영신아 괜찮아 울지 마! 니네 엄마 괜찮으셔!

아줌마   선생님 정말 괜찮남유?

의사   네 진통제하고 수면제 주사를 놓았으니 오늘 밤은 그런대
로 잘 잘 겁니다. 그런데….

일동   ….

의사   날이 밝는 대로 빨리 충남도립병원으로 옮겨야 합니다. 안
그러면 지난번에 말씀드린 대로 정말 위험해요!

아줌마   그래야 하는데 쟤 엄마가 말을 들어 처먹어야죠. 우리들
형편도 모다 그렇고….

의사   약기운이 떨어지면 또 아프다고 난릴 텐데요. 지금 저 몸
상태로는 아주 고통이 심할 겁니다. 출혈도 그렇고….

미나리할매   그카면 우덜이 할 수 있는 민간요법 같은 것은 뭐 없겠습
니꺼?

의사   (옆에 있는 간호원에게) 간호원! 아까 남은 몰핀하고 또 수면제
남은 거 있지?

간호원   네!

의사   그래 우선 그거 모두 꺼내놓고 가자! 그 방법뿐이 없는 거
같아. 그리고 이 아주머니들한테 몰핀 주사 놓는 법 좀 가
르쳐드리고!

아줌마   그게 다 뭐래유? 지는 무서워서 주사 못 놓는데….

간호원	아니 어렵지 않아요. 그냥 팔목에다 찔러만 주시면 돼요!
미나리할매	염려마라. 내가 할 수 있다! 만주서 내 숱한 사람들한테 이 주사를 안 놨드노.
의사	이 주사는 치료제가 아니고 그냥 심하게 아플 때 놓는 통증 주사약이구요. 다른 알약들은 수면젠데 잠이라도 들게 해서 아픈 거 잊게 해줘야지요. 본래 이런 거 놓고 가는 거는 불법이지만 어떻게 합니까. 여기 사정이 이렇게 딱한 걸… 그리고 지금은 이 방법뿐이 없습니다.
아줌마	어이고 지지리 복도 없는 여편네 같으니라구! 저 어린 것 놔두고….
영신	아 앙 엄마…! (소리 내어 크게 운다)

음악이 고조 된다.

#13. 동네 아이들 놀이터

동네 놀이터 한가운데서 아이들이 왁자지껄 말타기놀이를 하고 있다.

용식	(술래가 되어) 캄온, 헬로우 기브미 쪼코렛또!
두익	아---얏차! (소리 지르며 달려가서 술래와 함께 엎드린 석균이 등으로 힘차게 올라간다)
석균	(엎드린 채) 아얏 어떤 새끼야 너 두익이지? 넌 죽었어.
두익	유아라 몽키다 새끼야!! 랄라라.
석균	(엎드린 채) 넌 바크샤 똥돼지다 새끼야!
용식	(술래) 다음에 누구 차례야! 빨랑 안 타?

영신, 우두커니 서서 움직이질 않는다.

용식   우영신, 너 안 탈 거야? 캄온, 헬로우 기브미 쪼코렛또!

영신   (뒤에 있는 관용이에게) 나 안 탈래. 니가 내 대신 타, 난 타기 싫어!

관용   알았어. 그럼 내가 탈게. 넌 저리 가 있어!

석균   (엎드린 채로 소리친다) 관용이 너두 두익이처럼 타면 니네들 다 죽을 줄 알어!

관용   (달려가며 소리친다) 이야얏 차!

석균   아얏 이 개새끼! (아프다고 크게 고함을 지른다)

이때 주인집 아줌마가 영신이를 부르며 소리친다.

아줌마   영신아! 영신아! 이눔아! 너 지금 뭐하고 있능거여? 어여 집으로 와! 어서! 지금 니네 엄마 큰일 났다. 아마 갈 모양 이여. 어서!

영신   (서서 하늘을 쳐다본다) 하나님 아버지! 우리 엄마 델구 가심 안 돼요! 알았지요?

강한 코러스가 울려 퍼질 때 다시 눈이 내린다.

#14. 내 기억 속의 눈물 (방안)

길자가 누워있는 방 안 주위로 미나리할매, 젓갈댁, 장아찌아줌마. 고무줄아줌마, 선녀, 딸금이까지 모두 눈물지으며 앉아있다.

길자   (숨을 몰아쉬면서) 선녀야… 우리 아는 안즉 안 왔드노… 영… 신아…!

선녀, 울기만 한다.

미나리할매 인자 곧 올끼다. 그러니 정신 차려라! (장아찌아줌마에게) 학술아, 니가 다시 나가 봐라!

이때 주인집 아줌마가 영신이와 함께 방문을 열고 급하게 들어온다.

미나리할매 (길자에게) 영신아! 니 아들 왔다. 퍼뜩 정신 차리고 눈 한번 크게 떠봐라! 어서? 내 말 들리나?

길자   (숨을 몰아쉬며) 야! 다… 들립니더. 여 영신아! 추분데 어딜 갔다… 온기… 가!(손을 내민다)

영신   (눈물을 쏟으며) 어… 어… 엄마아!

미나리할매 영신아 울지 마라! 그카고 니 지금부터 니 애미가 하는 말 명심하고 잘 들어야 칸데이! 그케야 이담에 니 커가 니 후회하지 않지!… 알았나?

영신   (울먹이며) 엄마 눈 떠봐! 왜 자꾸 눈을 감고 있는 거야? 응? 엄마!

선녀   (흐느끼며) 어… 언니야!

길자   (가까스로 실눈을 뜨며) 니… 저… 저, 저어기 이불… 올려놓는 궤짝 열고. (다시 눈을 감고 거칠게 숨을 몰아쉰다)

영신   엄마! 엄마! 눈감고 말하지 마! 응? 어서 눈 떠봐 엄마!

길자   (다시 힘들게 눈을 뜨고) 노… 노랑 편지 봉투 꺼내… 온나! (거친 숨소리)

젓갈댁 (길자에게) 영신아! 영신아 힘을 내봐! 자꾸 힘을 내서 야한테 하고 싶은 말 다 혀라! 어서! (흐느낀다)

딸금이 (영신에게) 빨랑 가설랑 노랑봉툰가 뭔가 꺼내 오랑께.

영신 (노랑봉투를 찾아 꺼내며) 엄마! 이거? 노랑 편지봉투 갖고왔어! 엄마! 빨랑 말해 어서 엄마!

딸금이 그려 언니 허던 말 빨랑 마저 말하랑께!

길자 그… 그럼 그 봉투 속에 있는 것들 꺼… 내봐! 으음…. (애써 신음소리)

영신 (봉투에서 사진하고 돈을 꺼내며) 이거 엄마하고 나랑 찍은 사진하고 하나는 돈이잖아! 엄마… 이게 뭐?

길자 모다 내 불쌍타꼬 울지들 마시고예 내 허는 말… 모다 같이 듣고 우리 영신이 좀 도와주이소… (영신에게) 니 단디 들어라… 어… 엄마는 이제 죽는갑다. 엄마가 죽으면… 여기 동네사람들이 니를 고아원에다 데려가 줄 끼다… 그카면 니 어… 엄마 보고싶… 다고 절대… 로 울면 안되는… 기라. (숨이 차며) 왠 줄 아나? 거기엔 모… 다 니같이 엄마, 아빠 없는 고아들이 사는 데라서 니가… 엄마 찾으면 니보다 큰… 아들이 너 땜에 지들 엄마 보고 싶어졌다고 니를… 때리면 우야노. (흑흑…) 그카니까 절대로 울면 안되는 기라! (흐윽) 니 내…캉 약속할 수 있나?

선녀 (와락 통곡하듯 울며) 우리가 있는데 와 야를 고아원에 가라 카능교? 정말 몬 됐다 몬 됐어!

영신 싫어 나 약속 안 할 거야 엄마가 왜 죽어? 엄마는 안 죽을 꺼야! (옆에 있는 미나리할매에게) 그치요 할머니?

길자 영… 신아 우리 부… 불쌍한 아가야!… 니 엄… 마 말 마저 안 들을 끼가?

영신	(두 팔로 눈물을 닦으며) 엄마! 엄마아!
길자	니… 이… 사진… 알제? 니 국민핵교 입학… 하… 던 날 엄마캉 찍은 이 사진… 엄마 보고잡을 때 저… 얼대 울지 말고 여기 엄마사진 보며 참아야 한데이. 그케야 니가 산다! 알았나?

모두 흐느껴 운다.

길자	그카고 엄마… 가 니한테 줄 돈은 이거뿐이 없… 다. 고아원에서 먹는 밥이 쬐맬낀데 (숨을 헉헉대며) 우리 아기 배고프면 우에 하노… 그카니까는 이 돈으로 딱지나 다마 같은 거 사지 말고… 배꼽 밑 사리마다 속에다 감추어가… 니 배고플 때마다 몰래 밖에 나가가 빵이나 떠… 떡을 사묵그레이… 알았나? (다시 신음하며 흐느낀다)
선녀	언니야 그런 말 말라 카는데 와 자꾸 그라노… 언… 니야!
영신	아냐! 나는 고아원에도 안 갈 꺼고 엄마는 죽지 않을 꺼야! 내가 하나님께 기도하면 우리 하나님 아버지가 엄마 살려줄 거야. (울면서 방문을 열고 뛰쳐나간다)
아줌마	여. 영신아! 어딜 가는 거야? 지금 나가면 안 돼!
딸금이	영신아!
아줌마	영신아 어델 가는 거야? 이리 오지 못해! 영신아! (뒤따라 나간다)
일동	영신아!

다시 긴장된 음악.

제 17 부

기적

#1. 뒷 뜨락 장독대

뒷 뜨락에 놓여있는 장독대. 영신이가 그 장독대 앞에서 무릎을 꿇고 두 손을 모은 채 울며 기도를 하고 있다. 눈이 내린다. 잔잔한 음악 속에 한 편의 시가 자막으로 떠오른다.

그 기도

비록 어리지만
그 눈물 속에 아픔 가지고
기도했던
나를 기억하자

나중에
그것이 눈물이었음을
슬픈 이야기임을

알았거들랑
그 철부지 기도를
기억하자

하나님
우리 엄마 살려주세요
아직도
내 가슴 속에
남아있는 그 절실한
어린 기도

오, 세월 지나보니
그 절절한 눈물
그 차가운 아픔이
기도의 능력이었나 보다

하나님
우리 엄마 불쌍해요
그 겨울
바람에 흐느끼며
날리던 잔설
고사리 두 손 모은
어린 내 기도를
기억하자

영신   (울면서) 하나님! 우리 엄마 델고 가면 안 돼요. 내가 착한 아이 되면 내 기도를 들어주신다고 했잖아요. 애들한테 물어보세요. 저 착한 아이예요. 애들과 싸우지도 않고 욕도 안했어요. 공부도 열심히 했어요. 예배당에도 잘 다니잖아요. 그러니까 우리 엄마 살려주세요. 나는 우리 엄마 없으면 안 돼요. 네 하나님… 하나님이 우리 아버지잖아요. (두 손 모아 울며 기도한다)

교회 종소리가 멀리서 은은하게 들려온다. 이때 주인집 아줌마가 영신을 부르며 장독대로 다가온다.

아줌마   영신아! 영신아! 아 이놈이 어데를 간 거야? 영신아! (기도하는 영신이를 발견하고는) 아니 이놈 영신아! 여기 있었구나! 시상에 시상에. 이것도 자식이라고 즈그 에미 살려달라고 기도를 하는 거 좀 봐! 아이구 하나님이요… 하나님이요. (아이의 손을 나꿔채며) 이놈아 니네 엄마 마지막 임종을 지켜야지 여기 이러구 있으면 어떡해! 어서 가자! 어이구 시상에 불쌍한 것 몸이 꽁꽁 얼었네 그려! (치마로 아이를 감싸며 집 안으로 데리고 들어간다)

#2. 교회 종탑 (종소리)

눈이 내리는 풍경 속에 교회 종탑에서 종소리가 울려 퍼지며 가느다랗게 웅장한 코러스가 들려온다.

#3. 기적이런가 (다시 방 안)

전과 같은 동네 아낙들에게 둘러싸여 죽어가는 길자. 숨이 고르지 않다. 이때 방문이 열리고 주인집 아줌마와 영신이가 들어온다.

선녀 영신아! 니 지금 어데 갔다 온기고 응?

아줌마 글씨 시상에 이놈아가 즈그 엄마 살려달라고 어린 것이 눈 맞아가며 장독대에 엎드려 기도를 하고 있더라구 글쎄! 아이구 이런 어린 착한 애를 두고 저 여편네 와 저라고 있는 거여 응? (타령조로 운다)

영신 (길자 곁으로 다가가 울면서) 엄마! 나 우리 하나님 아버지께 엄마 델구 가지 말라고 기도하고 왔어! 그러니까 엄마 어서 눈을 떠봐! 응 엄마! (길자 품에 엎드려 안긴다) 엄마아! 어서 눈뜨고 일어나라니까… 어서!

이때 다시 멀리서 교회 종소리와 함께 은은한 천상의 코러스가 들려온다.

미나리할매 (영신이를 떼어놓으며) 영신아! 그만하거레이. 느그 엄마 편히 가야 안하나 어서!

영신 (길자 얼굴에다 눈물을 떨구며 계속) 엄마! 엄마아! 어서 눈 떠봐 응? 어서! 어서 눈 뜨라니까! 엄마아!

이때 코러스가 은은하게 계속 들려온다. 그리고 클로즈업되는 길자의 얼굴에 가느다란 햇살이 비춘다. 길자가 멍하니 눈을 뜬다.

영신 (놀래며) 할머니! 엄마가 눈떴어요! 엄마 눈뜬 거지? 엄마 내 소리 들려?

고무댁 (통곡을 하며) 아이고 이 여편네가 진짜로 갔고만유. 영영 갔단 말이유! 엉엉.

영신 아냐! 울 엄마 살아서 이렇게 눈떴잖아요. 봐요? 엄마! 엄마. 엄마!

미나리할매 (눈뜬 길자의 두 눈을 쓸어 감기며) 영신아 이건 느그 엄마가 살아나서 눈뜬 게 아이다. 니 혼자 냉겨두고 한이 되가 저리 눈을 감지 못한 기다. 어이구 이 불쌍한 문두이 자슥….

영신 아니에요. 우리 엄마가 살아난 거예요! 봐요 다시 눈떴잖아요?

선녀 (놀라면서) 맞네! 할머니예! 진짜라예! 우리 언니야가 진짜로 도루 눈을 떴어예!

미나리할매 아이다. 니도 이자 좀 비켜 앉그라! 그기 아인기라! (길자를 향해) 자 떠나거레이! 어여 잘 가라카이. (다시 눈을 쓸어내려 감긴다)

영신 (앙앙 울면서) 안 돼요! 왜 자꾸 울 엄마 죽으라고 눈을 감기는 거예요? 엄마! 엄마 어서 다시 눈을 떠봐! 엄마!

교회종소리와 코러스. 이때 길자, 다시 눈을 뜨고는 두 눈에 눈물이 가득 고인다.

영신 봐요! 우리 엄마 다시 눈떴잖아요. 할머니 우리 엄마 눈떴단 말이에요! 엄마! 엄마! 하나님아버지 감사합니다. (두 손을 모으면서) 엄마! 엄마!

미나리할매 (길자의 눈을 쳐다보다가 깜짝 놀래며) 맞다 야 말이 맞는갑다. 오메야 하나님요! 참말로 야가 다시 눈뜨고 낼러 바라본다. 응? 느그들 모다 와 봐라! 그렇제?

아줌마 이 사람이 눈물까지 흘리네! (길자를 흔들며) 영신아! 영신아! 너 살아난 거야? 응? 살아난 거냐구?

짱아댁 오메, 오메! 이 이것 좀 봐유. 진짜 운다! 죽은 송장이 우는 거 봤어?

코러스가 조금씩 소리가 up 된다.

미나리할매 모다 조용히 해라… (길자에게 조용히) 영신 에미야! 니 살았으면 이래 눈 한번 깜빡거려 보거래이 어서!

길자 눈을 깜빡거린다. 그때 코러스와 교회 종소리.

미나리할매 아이구 하나님요! 감사합니데이 감사합니데이… (주변을 둘러보며) 참말이다 이 얼라 말이 맞은 기라. 영신이 에미 야가 죽은 게 아이라 카이.

교회 종소리와 코러스가 더 크게 울려 퍼진다.

영신 엄마! 엄마 내 말도 들리지? 응? 엄마! (엄마를 다시 끌어안으며 큰소리로 운다) 엄마 이제 다시는 눈 감으면 안 돼! 알았지 엄마! 엄마아!

선녀·딸금이 (큰소리로 따라 울면서) 언니야 우리 영신이 말대로 절대 눈 감지 마라! 언니야 언니. 참말이요잉. 눈을 감덜 마시오잉 언니.

모두 흐느껴 운다. 이때 길자, 콱하고 입에서 오물을 쏟아낸다. 그리고 꺼억꺼억 연거푸 숨을 몰아 내쉰다.

영신   엄마! 엄마!

쟁아댁 시상에 시상에 내 살아생전 이런 걸랑은 처음 보는구먼
유! 참말로 이 여편네가 살아났시유!

다시 교회 종소리와 코러스.

미나리할매 아이고 주여! 아이구 우리 주님 감사합니더 참말로 감사
하니더! 주님!

눈물이 흘러내리는 중년의 주영신 교수 얼굴과 방안의 풍경이 O.L
되며.

영신   (소리) 지금도 내 귀에는 그 미나리 할머니의 감사하다는
기도소리가 생생하게 들려온다. 소리는 결코 사라지는 것
이 아닌가 보다. 이것이 어찌 기적이 아니겠는가? 암세포
가 온 몸에 전이되어 죽음 직전에 이른 그 상황에서도 치
유의 역사가 일어나다니… 이것은 마치 죽어 나흘 동안 무
덤에 장사되었다가 살아난 나사로의 부활 기적과 같은 것
이다. 비록 아주 오래 전의 일이었고 또 내가 어릴 적에 겪
은 일이었지만 나는 분명하게 그 기적의 광경을 목격했다.
나뿐만이 아니고 함께 어머니의 임종을 지켜보고 계셨던
시장 아주머니들과 주인집 아주머니인 창기네 엄마 모두
이 기적을 같이 목격했던 것이다. 이후 내가 그 동네에서

사는 동안에 동네 어르신들은 나만 보시면 그 광경을 증언하시면서 나를 기특하게 아니 마치 무슨 신동인 것처럼 대해주셨던 기억이 난다. 그러나 동네 다른 한 쪽에서는 이런 소리도 들려왔다. 쟤네 엄마는 그날 죽지는 않았지만 이제 곧 진짜 죽음을 맞이할 테니 어린 쟤 대신에 동네에서는 마음 단단히 먹고 장례 치를 준비는 해야할 거라고! 하지만 오 그렇지 않았다! 정말이다 절대 그런 일은 나타나지 않았다. 어머니는 그들의 말과는 정 반대로 그날 이후로 더 기력을 회복하셨고 일주일 뒤에는 미음까지 드시는 정도가 되었기 때문이다. 놀란 동네사람들은 다시 엄마를 병원으로 데리고 갔다. 이번에는 진짜로 큰 병원인 대흥동에 있는 충남도립병원이었다. 그리고 또 다시 동네사람들 모두가 기절초풍할 사건이라고 떠드는 소리를 들으면서 어린 나는 이렇게 중얼거렸던 기억이 난다! "우리 하나님이 우리 아버지시니까요."

음악.

교회 새벽 종소리가 은은하게 멀리서 들려온다.

#4. 달리는 앰뷸런스

진눈개비가 내리는 1960년대 대전 도심과 외곽지 거리를 달리는 병원 앰뷸런스.

#5. 집 앞에서

동네사람들이 여럿이 서서 구경하는 가운데 병원 앰뷸런스가 집 앞으로 다가와 선다. 그리고 잠시 후 차 문이 열리고 영신이가 먼저 내리고 남자 보조간호사 둘이서 길자가 누워있는 간이용 침대를 들고 내린다. 동네 사람들이 모두 박수를 친다. 그때 동네사람들과 함께 서 있던 동네 병원 의사가 영신이를 바라보며 빙그레 웃는다. 길자를 든 남자 간호사들은 주인집 아줌마의 안내로 조심스럽게 이층 난간을 오른다. 선녀와 딸금이 뒤따라 계단을 올라 방으로 들어간다. 잠시 후 과자봉지를 손에 쥔 동네 병원 의사가 영신이 앞으로 다가간다.

의사   영신아! 엄마가 집에 돌아오시니 좋지? 그리고 너 내가 하는 말 잘 들어라! 사실 니네 엄마는 아마 지금쯤 저 차가운 땅 속에서 잠들고 계셨을 거다. 그런데 니가 하나님께 기도해서 하나님께서 너의 기도를 들으시고 너네 엄마를 살려 주신 거란다. 사람들은 지금 모두다 기적이라 하지만 이 기적은 하나님께서 영신이 너에게 베풀어주신 은혜인 거야. (과자봉지를 아이에게 전해주며) 이것은 니가 너무 대견하고 사랑스러워서 주는 내 선물이니까 아끼지 말고 맛있게 먹어. 그러면 다음에 또 사다줄 테니까… 알았지?

동네 사람들이 박수를 친다.

의사   (주변을 돌아보며) 여러분께 알려드릴 말씀이 있어서 이렇게 이 집에 왔습니다. 영신이 어머니 X-ray 검사 결과를 보니까 아직은 간 상태가 완전 회복된 것은 아니지만 절반 이상이 정상적으로 돌아왔고 주변의 악성 암세포들이 어쩌면 그렇게도 감쪽같이 사라졌는지 정말 신기하네요. 이건 진짜로 하나님의 은혜이고 기적입니다. 하나님께서 치료해주신 기적이란 말입니다.

동네사람들 다시 환호를 하며 박수를 친다. 어디선가 은은하게 들려오는 B.G 합창 (코러스).

영신   (소리) 언젠가 한번은 어머니께서 내게 이런 놀라운 이야기를 해주셨던 기억이 난다!

길자   (소리) 참 이상한기 그날 엄마는 억수로 졸리면서 정신이 가물가물해가 어딘둥 암튼 어두컴컴한 동굴 속으로 자꾸만 내 몸이 빨려 들어가는기라… 그칸데 멀리서 니가 엄마… 엄마… 하며 낼러 부르데… 그 소리에 그만 내가 아차 싶은기 나는 지금 죽어 저승길 가는갑다 하는 생각이 드는 기야! 그래가 그 순간도 내가 니를 혼자 두고 우에 가노 싶어가 막 소리를 안 질렀드노! 아이고 하나님예. 내 아들 불쌍하다카면 내 좀 살려주이소! 내 저노마 중핵교 들어가는 때까지 만이라도 살려주시면 내 그 땐 이런 부탁 안 할 끼라예. 그카니까는 낼러 데려가실라카믐 그때 데려가시면 안 되겠능교? 아이고 하나님요… 내 저노마 두고는 혼자 몬 갑니데이 하며 울며 소리를 친기라! 그캤더니만 글쎄 참 이상하제? 갑자기 그 동굴 안으로 뭔가 뜨신 바람 같은 거이 후끈후끈 거리며 불어오는 기라! 그카더니만 그것이 또 동글동글 말려가 내 목구멍으로 쑤욱 들어오는데 얼맨가 있으니까는 니가 핵교서 맨들었다 카면서 가지고 놀던 비누방울 매냥 뽀글뽀끌 트름하는 것처럼 내 목구멍을 타고 올라오더만 내 입 밖으로 콱하고 쏟아지는 기라. 그카고는 내 정신이 돌아왔다. 첨에는 이기 다 뭐꼬 싶은기 멍하니 있다 보이까는 니가 엄마 엄마하며 낼러 안고 울고 있었고 시장 아지매들도 낼러 보고 울고들 안 있었드노… 그래서 내 그때 아, 어린 네가 믿고 다니던 하나님이란 분이 진짜로 있긴 있는갑다 하고 생각하게 됐지!

코러스 up-down.

영신 (소리) 얼마나 놀라운 일인가! 그날 이후로부터 어머니는 몸이 점점 회복되셨고 삼개월쯤 후에는 거짓말처럼 일어나 다시 장사를 시작하시게 되셨던 거야! 그러니 사람들이 놀랄 수밖에… 그런데 더욱 놀라운 것은 그날 이후로 어머니께서는 교회를 다니시기 시작하셨는데 내가 중학교 때까지만 사신 것이 아니고 너네 엄마 만나 당신의 손자들이 초등학교 6학년, 4학년이 될 때까지 아이들을 키워주시면서 믿음생활을 열심히 하시다가 권사님 직분을 받으시고 돌아가셨던 거야.

다시 교회 종소리와 함께 코러스 울려퍼지면서 음악 서서히 F.O.

#6. 동네 거리

다시 우영신 교수의 목소리가 들려오며 1960년대 성남동 달동네 사진과 삼성동 대전 중앙침례교회 초창기 교회사진 중심으로 거리 풍경이 펼쳐진다.

영신 (소리) 한동안 동네 사람들 입소문으로 죽어가는 엄마를 어린 아들이 지극 정성 기도해서 살려냈다는 이야기가 인근 동네까지 널리 퍼져 나갔다. 이로 인해 동네 어른들은 나만 보면 우리 영신이, 우리 영신이 하시면서 머리를 쓰다듬어 주셨고 동네에서 군고구마를 파시던 할아버지는 공짜로 군고구마를 주시곤 했다. 그런가 하면 동네에서 제일 부잣집이었던 양조장집 사장인 홍철이 아버지는 인부를 시켜서 우리 집에다 쌀 한 가마니를 보내주신 기억이 난다. 그 당시 내가 다니던 교회는 삼성동 내 친구 김주배네 아버지가 사장인 중도극장 바로 앞 골목 끝에 있었는데 그때는 개척교회 시절이라서 교회가 조그만 했었다. 어느 주일날 아침이었다.

#7. 교회 앞마당

교회 앞마당에서 바둑치기를 하는 영신과 개구쟁이 또래 친구들, 그리고 교회로 들어가는 교인들의 풍경이 보인다. 이때 여자 집사님 한 분이 다가온다.

여집사 영신아! 여기 있었네?

영신 (놀다가 벌떡 일어서며) 예!

여집사 너 좀 이따가 어른 예배에 참석해야하니까 애들하고 어디 놀러가지 말고 그냥 교회 마당에서 놀고 있어! 알았지?

영신 네! (아이 다시 자리에 앉아서 땅따먹기 바둑치기를 하고 논다)

석찬 (손으로 바둑알을 튕기며) 앗싸! 다시 한 번. (몸을 돌려서 다시 바둑알을 튕긴다) 아아아 안 돼!

용식 아라라랏 아웃! 금 넘어갔어!

석찬 에잇 재수 없어. 조금만 안 갔으면 내 땅이 영신이 것보담 더 클 텐데.

영신 (엎드려 한쪽 눈을 감고 조심스럽게 바둑알을 튕긴다) 얏! 아! 너무 멀리 왔어! 가… 가만 (다시 정성을 다해 튕긴다) 아아아아. 야 들어갔어! 와! 하나님 아버지 땡큐!

석찬 아이구 영신이 저 새끼가 더 부자 됐네. 에이 재미없어!

용식 쟤네 아버지가 하나님이니까 그렇지! 그럼 너랑 같으냐 이 새끼야! 이번엔 내 차례지. (두 손 모아 기도한다) 오! 하나님 저한테도 잘하게 해주세요! 저도 우리 아버지 할래요!

이때 교회 종소리가 들린다. 그리고 여집사님이 다시 교회 문을 열고 나와 영신이를 부른다.

여집사 영신아! 빨리 들어가자!

영신 (땅바닥에서 일어선다) 예.

여집사 아이고 그런데 그 꼴이 뭐니? 왜 앉아서들 놀지 땅바닥을 기어다니며 노는 거야? 안 되겠다 어서 영신이 너 교회 뒤 곁 우물로 가서 씻고 오자! 어휴 예쁜 얼굴이 완전 그지 꼴

이다. 어서

영신 (옷을 털면서) 예! (아이들에게) 니네 내 땅 지우지 마! 어른 예
배 끝나고 와서 다시 할 거야!

석찬 그런 게 어딨어!

용식 그럼 이번에는 무효야! 야, 쌤통!

여집사 니네들도 모두 같이 가서 씻고 와! 그 꼴들이 뭐니? 그래
가지고 다녔다간 양아치 대장이 니들 잡아가겠다. 아니 뭐
해? 어서들 가서 씻고 오라니까! 빨리

아이들 예. (모두 일어나 아이를 따라 교회 뒤편 우물가로 나간다. 나가면서도
서로 장난을 친다)

#8. 예배 (교회 안)

"시온의 영광이 빛나는 아침" 교인들이 부르는 찬송 소리가 들리고
이어 안수집사님의 기도 소리가 우렁차다.

집사 (기도) 거룩하시고 자비로우신 하나님! 오늘 주님의 거룩한
백성들이 거룩한 주일을 맞이하여 주일성수하러 주의 거
룩한 제단 앞으로 나왔습니다. 이 시간에 먼저 우리들이
지난 한 주간 동안 세상에 살면서 알고 지은 죄 또 모르고
지은 죄 그 모든 죄를 사함받기 원하오니 우리들의 죄를
씻어주시옵소서. 또한 숱한 고난과 역경 속에서 건국된 우
리 대한민국을 긍휼히 여기사 속히 군부 정치 물러나고 민
간정부로 이양되도록 나라를 지켜주시옵고 하루 빨리 남
북통일이 될 수 있도록 은혜 허락하여 주시옵소서. (기도소

리가 점점 F.O 된다)

단상에 이 목사님이 서 있다. 강대상 앞 하단 교인석 맨 첫 줄에 영신이와 여 선생님이 함께 앉아있다. 그리고 서너 줄 뒤에 미나리할매와 또 그 뒤 구석진 곳에 주인집 아줌마가 앉아 예배를 드린다.

이 목사 교우 여러분 반갑습니다. 한주간도 모두 평안하셨지요? 자, 서로 옆 사람에게 인사 나눕시다. 주님의 평안이십니다.

교우들 (서로 인사를 나눈다) 주님의 평안이십니다!

이 목사 오늘은 하나님께서 우리 교회에 참 귀한 축복을 내려 주셨습니다. 그동안 우리 성도 여러분들께서 교회 개척을 위해 많은 노력을 해오셨고 노방전도다 축호전도다 많은 수고를 해주셨는데 우리 교회 주일학교 어린이 한 명이 믿음의 기도로써 아주 큰 전도의 길을 이 근동에 열어놓았습니다. 여러분들도 이미 아시는 분들도 계실 거고 또 장정심 권사님과 심옥희 집사님께서는 직접 그 기적의 현장에 함께 계셨기 때문에 누구보다도 잘 아실 겁니다. 바로 우리 교회 유년주일학교에 영신이라는 어린이가 다니는데 이 아이는 6.25때 아버지와 헤어지고 자기 어머니와 단둘이 살고 있는 착한 아입니다. 한번은 이 아이가 동네 자기 또래 아이들을 잔뜩 데리고 저의 집을 찾아 왔더군요. 그러더니 대뜸 "목사님 우리 아버지가 하나님이지요?" 하고 물어요. 그래서 저는 영문도 모르고 "그렇지 하나님이 너네 아버지 맞지" 하고 대답을 했지요. 그랬더니 함께 온 다른 아이들이 "얘가 진짜로 하나님 아들이에요?" 하고 또 묻더라구요, 그래서 제가 얼른 눈치를 채고 이렇게 대답해주었어요. 한 아이에게 너희 아버지 이름이 뭐니? 하니까 뭐라뭐라 해요! 그래서 그날 함께 왔던 모든 아이들 하나하나에게 똑같이 물었어요. 너네 아버지 이름이 뭐니? 그랬더니 아이들이 순진하게 "우리 아버지 이름은 누구누구에요" 하며 대답하더라구요.(교인들의 간헐적 웃음) 그래서 제가 얼른 이렇게 대답해줬어요. 아이들에게… 너희들 아버지 이름이 누구누구인 것처럼 영신이 아버지 이름이 하나님이야! 하고 말이죠 (교인들 웃음소리) 그랬더니 이 영특한 놈이 또 대뜸 뭐라고 했는지 아세요? "아! 우리 하나님 우자가 성이라서 내 이름이 우영신이구나!" 하더라구요. (교인들 박장대소한다) 성도여러분 아마도 저들이 이담에 자라게 되면 하나님은 우영신 아이 한 분만의 하나님이 아니고 우리 모두의 하나님이라는 사실을 알고 왜 이재회 목사가 그런 답변을 했는지 잘 이해하게 될 겁니다만 당시 제 입장에서는 뜨끔 하더라니까요. (교인들의 다시 웃음소리) 그런데 이번에는 그 영신이라는 아이가 아주 놀라운 하나님의 역사를 이루어 내었습니다. 영신이 너 이리로 올라 와라.

영신   (약간 수줍어하며 강대상 위로 올라간다)

이 목사   아이의 키가 작아 저 뒤엣 분들은 잘 안 보이시지요? (여집사님에게) 집사님 의자 하나만 가져다주시겠습니까?

여집사   네! (옆에 있던 의자를 한 개 가지고 올라온다)

이 목사   영신아! 너 여기 의자 위로 올라서 볼래!

영신   (의자 위로 올라선다)

이 목사   (갑자기 눈물을 글썽이며) 이 아입니다. 바로 이 아이가 얼마 전에 자기 엄마가 중한 병으로 죽어가는데 바로 임종 직전에 "엄마! 하나님 아버지한테 기도하면 엄마 살 수 있어!"

하고는 이 어린 것이 글쎄 눈이 펑펑 쏟아지는데 지네가 살고 있는 집 뒤 장독간으로 가서 엎드려 두 손을 모으고 "하나님 아버지 우리 엄마 델구 가지 마세요. 우리 엄마 죽으면 안 돼요!" 하면서 기도를 했다는 겁니다. (손수건을 꺼내 눈물을 닦는다)

교인석 여기저기서 "주여 주여" 하는 소리와 함께 흐느껴 우는 소리가 들려온다. 이때 영신이도 서서 눈물을 흘린다.

이 목사 (목소리를 가다듬으며) 성도 여러분 우리가 듣기만 해도 모두 이렇게 눈물이 나는데 우리 하나님께서 가만히 계셨겠습니까? 하나님께서도 우셨겠지요? 그리고 사람들이 기적이라고 하는 하나님의 치유의 역사를 아이의 엄마에게 베풀어 주셨던 것입니다. (아멘! 아멘! 하는 소리들) 아이가 자기 죽어가는 엄마를 끌어안으면서 "엄마! 내가 하나님께 엄마 살려달라고 기도했으니까 엄마 살아날 꺼야!"라고 했답니다. 저기 장정심 권사님께서도 그 자리에 계셨다고 했지요? 장 권사님, 맞나요?

미나리할매 (울면서) 네 맞심니더!

이 목사 그랬더니 어떤 역사가 일어났느냐? 바로 그때까지 눈이 감기고 숨이 넘어가던 찰나에 이 아이의 엄마가 웩하고 토하더니 긴 숨을 내쉬며 살아나더라는 겁니다.

여기저기서 아멘! 아멘! 하는 소리가 우렁차게 들려온다.

이 목사 그리고 또 어떠했는지 아십니까? 저기 제일의원이라고 저 아래 사거리에 있는 동네 병원 아시죠? 그 병원을 운영하시는 박 장로님이라는 유명한 의사선생님이 한 분 계시는데 우리교회 장로님은 아니지만 참 믿음이 좋으신 장로님이십니다. 그 장로님이 얼마 전에 아이의 엄마를 데리고 충남도립병원에 가서 X-ray 사진을 찍었는데 여러분 놀라지 마십시오. 이 아이 엄마의 간이 전에는 완전히 망가진 상태에서 숨도 제대로 못 쉴 정도였고 또 그 주변에 여러 개의 악성 암세포들이 분명히 새카맣게 전이되어 있었다고 했는데 그 전이된 모든 것들이 다 없어졌고 간이 다시 회복되었다는 겁니다. 할렐루야!

교우들이 크게 "아멘 할렐루야!"를 외치는 소리가 들려온다.

이 목사   이분이 바로 완전하신 우리의 하나님이십니다. 아무리 어린아이의 기도라 할지라도 믿음의 간구를 기쁘게 받으시고 응답하시며 기적을 베푸시는 그분이 바로 우리가 믿고 섬기는 살아계신 하나님 우리의 아버지십니다. 아멘! 할렐루야! 역대상 17장 26절과 27절에 이런 말씀이 있습니다. '여호와여 오직 주는 하나님이시라 주께서 이 좋은 것으로 주의 종에게 허락하시고 이제 주께서 종의 집에 복을 주사 주 앞에 영원히 두시기를 기뻐하시나이다. 여호와여 주께서 복을 주셨사오니 이 복을 영원히 누리리이다 하니라' 아멘 저는 오늘 여러 교우 여러분들에게 이 말씀으로 축복합니다. 특별히 우영신 어린이에게 축복합니다. 이 아이는 장차 이 주신 큰 복을 누리게 될 아이요 이 아이의 장차는 큰 복이, 이 좋은 복이 이 아이와 가정에 영원히 떠나지 않을 것을 주님께서 약속하셨습니다. 축복합니다. 아멘! 할 렐루야!

교우들 다시 우렁찬 찬송을 부르는 소리와 함께 코러스 음악이 잔잔하게 들려오면서 다시 우영신 교수 목소리가 들려온다.

영신   (소리) 그날 나는 비로소 이 모든 것이 하나님께서 베풀어 주신 기적이라는 사실을 깨닫게 되었지. 그리고 내가 성장하는 동안에 아니 지금 이 순간까지도 나는 그날 일을 결코 잊어 본 적이 없었어. 어떤 사람들은 교수나 선생님들 자녀로 태어나서 배움의 축복을 가지고 자란 사람이 있는가 하면 이병철이나 정주영 같은 재벌들의 자녀로 태어나 물질의 복을 태어날 때부터 가지고 자라는 사람이 있잖아? 그러나 나는 그런 복은 없지만 이 일을 경험한 후로 단 한번도 하나님이 어디 계신가? 죽었나? 살았나? 하는 회의적인 신앙을 가져본 적이 없었어. 그것이 내게는 얼마나 큰 믿음의 축복인가! 참 감사하고 고마우신 우리 하나님 아버지가 아니신가 말이다!

코러스음악이 up-down 된다.

#9. 양조장 앞

파란색으로 벽을 칠한 큼직한 양조장 앞, 가볍게 눈이 내린다. 40대 초반의 학준이 벽에 기대어 길게 담배 한 모금을 빨고는 다시 하얀 담배연기를 내뱉는다. 을씨년스런 잿빛 하늘을 쳐다보며 깊은 시름에 잠겨있다.

영준   (소리) 아빠! 아빠! 빨랑 들어와서 진지 잡수시래요!

학준이 옆에 여덟 살 남자아이 영준이가 서 있다.

영준   아빠 얼릉 진지 잡수시라니까요.

학준   (문득) 응? 뭐라구? 오 그래 알았다. 그런데 니네 엄마가 아직 학교에서 안 왔으니까 할머니한테 엄마가 오면 모두 같이 먹는다고 해! 어서!

이때 택시 한 대가 다가와 멈춘다. 그리고 택시 문이 열리며 배부른 가희가 손가방을 든 채 차에서 내린다.

영준   엄마! (가희에게 달려가 안긴다) 엄마! 다녀오셨어요? (꾸벅 배꼽인사를 한다)

가희   오 우리 아들 영준! 왜 학교서 엄마랑 같이 오자니까 말도 없이 먼저 집으로 온 거야?

영준   아빠 보고 싶어서!

가희   어! 너 영준이, 언제는 엄마가 최고라더니 이제는 엄마보다 아빠가 더 좋다 이거야? 요놈 봐라!

영준   히히 엄마는 최고지만 난 아빠가 더 최고지롱.

학준   지금 오는 거요? 오늘은 좀 늦었네….

가희   며칠 있으면 학교 졸업식이잖아. 중학교 진학하는 애들도 있고 공장으로 취직한다는 애들도 있고 해서 그냥 맘이 언짧아서 오늘 아이들한테 졸업식날 나누어 줄 편지 좀 쓰느라고 늦었어! 당신은 왜 이렇게 나와 있는 거야? 설마 날 기다린 거야? 완전 감동인데.

학준 그런 거 아냐!

가희 또 그런다. 그냥 그렇다고 해주지! 참 아버지 아직 안 오셨어? 아까 학교로 전화하셨길래 오늘 저녁 우리 집에서 모두 같이 저녁 먹자고 했는데!

학준 또? 뭐 하러 그렇게 자주….

영준 할아버지 아직 안 오셨어! 근데 여주댁 할머니가 맛있는 고깃국 끓이시던데.

가희 왜? 자긴 울 아버지 우리 집에 자주 오시는 게 싫어?

학준 싫어서가 아니라….

가희 우리 아버진 나보다 자길 더 좋아하셔서 그래! 승윤이는 둘째 아들, 자기는 첫째 아들이라시던데…!

학준 그만 들어가자. 야 영준아 엄마 가방 좀 들어줄래!

가희 왜 애한테! 자기가 들어줘! 이거 보기보다 무겁단 말이야

학준 (가방을 받아 든다) 조심해! 그렇게 배부른 사람이 맨날 학생들과 운동장서 뛰놀지 말구….

가희 (팔짱을 끼며) 알았어. 우리 신랑!

이때 중절모에 털목도리를 두른 오영감이 지팡이를 들고 걸어온다.

영준 할아버지! 엄마 저기 할아버지

가희 어머 아버지! 왜 혼자 오세요? 승윤이는 어떡하구요?

학준 아버님 오셨어요?

오영감 그래 그렇잖아도 내 입맛이 없어 여주댁이 만드는 만둣국이

먹고 싶었는데 니가 저녁 같이 들자고 해서 한걸음에 달려 왔다. 가희 너 지금 퇴근하는 길이냐?

가희   예!

오영감   어여 모다 들어가자! 야 손자 우리 영준이 도련님 할아버지 손잡고 가야지!

영준   아 참! (오영감 손을 잡는다)

학준   (가희에게 손을 내밀며) 당신은 내 손을 잡아! 눈길이야 조심 하구.

가희   오케이!

함께 양조장 옆에 붙어있는 열린 대문집 안으로 들어간다.

음악.

#10. 가희네 안방

제법 잘 사는 살림살이로 문갑, 화장대, 장롱이 모두 자개장으로 되어있고 전축에 진귀한 장식품까지 진열되어 있는 안방이다. 한 상 가득 푸짐한 큰 밥상 앞에 모두 둘러앉아 식사를 한다. 이때 밖에서 천둥소리가 들려오고 이어 빗소리가 들려온다.

오영감   (국술을 뜨며) 아니 좀 전까지만 혀두 눈이 올 것 같드만 웬 천둥소리에 빗소린 거여? 한 겨울에 용이라도 승천하시는 감? 별일일세 그려!

영준   (오영감에게) 할아버지! 승천이 뭐예요?

오영감 승천? 아, 용이 하늘로 올라간다는 말이지.

영준 용이 어떻게 하늘로 올라가요?

오영감 용은 말이다 몇 백 년 묵은 이무기가 좋은 산삼 같은 약초하고 물속에 잉어 같은 보약을 많이 잡아먹고 기운이 넘치면 등에 비늘이 생기고 옆구리에 날개가 돋아난 용이 되어 갖고 하늘로 올라가는 건데 그때 울음소리가 저렇게 천둥치는 소리 같고 또 세찬 비가 쏟아지는 날에 비를 타고 하늘로 올라가는 거야!

영준 왜 하늘로 올라가요?

오영감 그거사 우리는 모르지! 하지만 하늘을 날아다니다가 죄를 많이 짓고 나쁜 짓 많이 하는 빨갱이 같은 놈들을 잡아먹을 걸 아마!

가희 아이 아버지! 쟤 오늘 밤 무서워서 잠 못 자고 울면 어쩌려고 그래요! 그리고 쟤 또 자다가 오줌 싼단 말예요!

오영감 우리 영준이 아직도 오줌 못 가리냐?

영준 아냐! 나 저번에 한 번 오줌 싸고 다시는 안 쌌잖아… 엄마는 공갈쟁이야! (울먹인다)

가희 알았어 알았어, 엄마가 잘못했어. 우리 영준이는 요즘 오줌 잘 가려요. 이불에다 오줌도 안 싸구요! (사이) 그나저나 얘는 왜 여즉 안 오는 거야? 만두 다 식으면 맛이 없을 텐데….

오영감 글쎄 말이다. 아까 전에 지 친구들 잠깐 만나고 바로 이리로 온다고 했는데… 자슥 가라는 장가는 안 가고 허구헌날 뭔 짓인지 모르겠다. (학준에게) 그래 요즘 수금은 잘돼? 종축장에도 배달은 들어가지?

학준 예! 들어갑니다. 수금도 뭐 그럭저럭 지난 갈(가을)부터는

밀린 장부에 다 줄쳐진 게 몇 군데 빼고는 다들 외상값들을 치룬 것 같습니다

오영감 음성이라는 곳은 동네가 도시 같지 않아서 사람들한테 술 인심 한번 잃게 되면 양조사업은 끝장인 게야! 그러니까 누룩덩이 썩은 거 있나 없나 잘 봐가며 고르고 숙성발효시간 잘들 맞추라고 해! 그게 생명이니까. 작업장서 일꾼들 관리도 잘 하고 말야!

가희 아버지! 이이가 뭐 한 해 두 해 해온 일이라고 그런 걱정을 하시는 거예요? 요즘 음성 사람들이 우리 막걸리 맛이 아주 걸죽하고 맛이 있어서 진천양조장 거하고는 비교가 안 된다고들 하대요!

오영감 핵교 선생님들이 그러던? 그거야 나도 알지! 그러니까 더 잘하라는 소리다! 달리는 말에 채찍질 한다는 말도 못 들었냐?

이때 문 밖에서 여주댁이 소리를 지른다.

여주댁 (소리) 에그머니나 이게 뭐시여? 아니 이봐! 승윤아! 왜 그려? 어디 다친겨? 어여 모다 여기들 나와 봐유!

오영감 이게 뭔 소리여?

학준, 쏜살같이 방문을 열고 나간다. 그리고 소리를 친다.

학준 (소리) 이봐! 오 하사! 오 하사! 승윤이! 이보게 정신 차려, 왜 이러는 거야! 응? 왜 이러는 거냐구?

#11. 가희네 대청마루

널직한 대청마루에 승윤이가 쓰러져 있고 가족들 모두 달려 나온다.
학준, 승윤이를 부둥켜 안고 있다.

학준　야! 오 하사! 어디서 술을 마셨기에 이렇게 취한거야? 응?

승윤　(혀 꼬부라진 소리로) 수송관님! 홧김에 쪼금 마셨습니다! 아
주 쪼끔요… (다시 쓰러져 눕는다)

학준　뭐라구 홧김에? 이봐 오 하사 얼른 일어나! 여기서 누우면
안 돼. 어서!

가희　승윤아! 얘 승윤아 이게 뭐하는 짓이야 얼릉 방으로 들어
가지 못해! 아버지 와 계시단 말야!

승윤　아버지? 오 우리 아부지… 됐어 아부지가 왔음 온 거지…
어쩌라구… 수송관님… 나 여기 쪼금만 누웠다가 일어날
게요!

오영감　(방 안에서) 얼릉 안으로 기어 들어와 임마! 찬바람 쐬며 추
운데 누워 있으면 입 돌아가! 어서 안으로 델구 들어와!

학준　아니 이건 뭐야? 피잖아! 그러고 보니 자네 얼굴이 이게
다 뭐야? 응? 야, 오 하사 오 하사!

가희　뭐라구? 피요? 승윤아 너 왜 그래 어디가 다쳤는데 응? (울
먹이며 학준에게) 어디에 피가 나는 건데? 여보!

학준　머리서 피가 나는 거 같은데! 저 여주댁 아주머니 어서 뜨
신 물 좀 하고 수건 좀 가져다주실래요? 그리고 당신은 빨
리 안에 들어가서 벽장 안에 있는 약상자를 가지고 오고
어서! (가희 다시 안방으로 들어간다) 야, 오 하사!

영준　(울면서) 삼촌! 삼촌! 어서 빨랑 일어나 빨랑!

오영감 (방 안에서) 어이구! 내 오랜 만에 모두 같이 뜨신 밥 좀 먹을려구 했드만서도….

영준 (울면서) 삼촌! 빨랑 일어나!

학준 안 되겠다. 우선 신발부터 벗기고… 이봐! 영준이 엄마! 약상자 갖고 오라니까 뭐하는 거야!

가희 지금 찾고 있잖아요! 아니 약상자를 내 분명히 여기다 두었는데 어딜 갔지?

오영감 잘 살펴봐라! 그놈 머리에 피 난다니께 병원부텀 먼저 가야 하는 거 아니냐?

학준 아니 그럴 정도는 아닌 거 같아요! 이봐 정신 차려봐 이봐 오 하사! 오 하사!

오영감 군대 갔다 온 지가 언젠디 아직도 처남매부 사이에 호칭이지들 군대 계급으로 부르는 거여?

학준, 승윤이를 끌다시피 안방으로 데리고 들어간다. 가희, 약상자를 들고 승윤 옆으로 다가간다.

#12. 가희네 안방

가희 아휴 술 냄새! 오 하사 이놈 또 어디 가서 술 퍼마시고는 지난번처럼 홧김에 남의 담벼락에다 지 혼자서 머리 짓찧고 온 모양이에요 아버지!

오영감 너두 니 동생한테 오 하사냐? 망할 것들! 남들 들으면 이놈오 집구석은 족보도 없는 집안인 줄 알겠다. 거 머리 조금 깨진 거면 빨강약으로 대충 소독해주고 한쪽으로 밀쳐

놓고 잠자게 내버려둬라. 술 깨면 일어나겠지!

가희   왜유 벌써 가시게요?

오영감   아 밥 먹다 가긴 어딜가! 어여 모두 이리루 와 먹던 밥들 마자 먹자! 저놈 주사가 어디 오늘뿐이드냐? 지 땜에 지에미 병 나 죽었다고 허구헌날 술만 퍼마시면 저러는걸.

여주댁   (마루를 걸레질하며) 그래두 승윤이는 효자구먼유! 자기 부모한테 지 때문에 잘못됐다고 곡할 줄도 알고 또 양조장집 아들 아니랄께비 달리 돈 안 쓰고 지들 집 막걸리로 취하는 거 본께 신통하네 그려! 저 나이에 남들 같으면 색주집에 가 퍼질러 드러누불 건데 지 누나네 집으로 찾아오는 것도 신통하고 말여라!

오영감   (여주댁을 향해) 신통 같은 소릴 하고 자빠졌네! 거 쓰잘데 없는 소리 지껄이들 말구 뜨신 만둣국이나 새로 퍼와! 국물이 식어 니 맛도 내 맛도 없어!

여주댁   (일어나며) 알았어요! 저 영감님은 참 먹는 타령은 잘도 하셔….

음악.

#13. 가희네 안방(어둠 속)

어둠 속에서 승윤이 일어나 앉은 채 더듬거리며 물 한잔을 들이키고는 다시 담뱃불을 붙이고 이불 위에 앉아있다. 그 옆에 자고 있던 학준 깨어난다.

학준   (일어나 앉으며) 일어났어?

승윤   (담배불을 끄며) 예!

학준   그럼 좀 더 자지 왜 그러고 있는 거야? 시방이 몇 신데….

승윤   아닙니다! 잠 다 잤어요! 근데 어떻게 된 겁니까? 제가 왜 여기에?

학준   기억 안 나? 어디서 술을 그렇게 퍼 마신거야? 아주 떡이 되어서 왔더구만! (잠시 침묵)… 근데 요즘 자네 뭔 일 있어?

승윤   뭔 일은요. 그냥 친구 놈들이랑 술을 먹다가….

학준   말해봐! 내가 이제 자네랑은 한 식구가 되었잖아. 처남 매부 간에 말 못할 일이 뭐가 있겠어!

승윤   (긴 한숨을 내쉬며) … 다음에요. 다음에 조용히 말씀드릴게요!

학준   다음에 언제? 그러지 말고 그냥 지금 말해봐! 나도 잠 다 깼어!

승윤   (긴 한숨을 내쉬다가) … 그럼 조금만 말씀드릴게요! 말씀 듣다가 피곤하시면 그냥 주무셔도 되요!

학준   알았어! 그래 여자 문제야?

승윤   (잠시 침묵) … 그게 참 복잡하네유! 실은 말입니다. 다음 주쯤에 가족들에게 인사시켜드릴 여자가 있었는데 어제 다 파토 났어요!

학준   아니 그게 무슨 말이야? 파토라니, 그럼 쫑났다는 건가?

승윤   그렇지요! 좋지요. 그래서 속도 상하고 해서 엊저녁에 조금 과음을 했던 거 같습니다.

학준   아니 어쩌다 그런 건데 여지껏 나한테는 여자 이야기를 한 적이 없었잖아! 오 하사한테 여자가 있었던가?

승윤   여자라기보다는 그냥 친구가 있었지요! 그런데 그것이 좀….

학준	괜찮아 말해봐! 그래서?
승윤	정말 저는 그 아가씨가 누군 줄 몰랐어요 중학교 때 충주서 오가는 통근버스에서 서로 눈이 마주쳐 사춘기 어린동심에 가슴 설레이다가 만나게 된 아가씨였는데 제가 군에 있는 동안에도 내내 기회 닿는 대로 인편으로 서찰을 주고받으며 정을 쌓았었지요. 그리고 재작년에 수송관님과 제가 생환되어 집에 돌아와서 다시 만나게 되었는데 얼마 전에 어머니의 살아생전 유언도 있고 해서 서로 결혼까지 약조하게 된 사이가 되고 말았습니다. 그런데….
학준	그런데 뭐가 문제인데?
승윤	알고보니 이 아가씨가 예전에 수송관님 만나기 전 누님과 결혼했었던 그 자형의 여동생이었지 뭡니까!
학준	아니 뭐라구? 그럼….
승윤	네 그 아가씨가 영준이 친 고모였어요! (한참을 떨림 속에 침묵)
학준	세상에 이럴 수가…?
승윤	… 아휴…! (다시 긴 한숨)
학준	아니 그 사실을 어떻게 알게 된 거야?
승윤	… 지난 주 일요일 오후에 진천장이 서던 날 진천 정류소 위에 있는 다방에서 그 아가씨 오빠가 날 좀 보고 싶다고 해서 나갔다가 알게 되었어요.
학준	이거 참! 아, 세상이 왜 이리 좁은 건지 아님 팔자지 운명인지 사람 인생이 왜 이렇게 복잡한 거야? 그래서?
승윤	그날 그 자형이라는 사람이 말도 없이 일어나 나가버리고 영문 모르는 그 아가씨는 집에 가서 난리를 친 모양이에요. 그래 가까스로 어제 다시 만나게 되었는데 저는 차라리 우리 둘이서라도 멀리 도망을 치고 싶었는데 사람이 어

찌 그리 모멸차게 변해있든지 그 아가씨 아주 절언을 하더라구요! 그렇게 된 겁니다.

음악.

#14. 오영감댁 안채

잘 정돈된 한옥집. 세 개의 대문을 통과해야 안채에 다다를 수 있는 집. 안채에서 가희의 울음소리가 들린다.

오 영감 (서찰을 거머쥐고 부들부들 떨면서) 이런 이런! 아무리 난리 중이라지만 이런 일방적인 통보가 세상에 어딨는 거야? 우덜이 지들한테 해다 바친 게 얼만데… 이런 괘씸한!

가희 (갓난아이 젖을 물리며 앉은 채) 아부지 뭐라고 써왔는데요? 네? 그 서찰 좀 보여줘 봐요 아버지!

오 영감 (서찰을 두 손으로 구기면서) 이런 거 봐서 니가 어쩔 건데? 애시당초 니 년이 화를 불러 일으킨 거잖아! 왜 좀 잠자코 진드거니 시댁에 붙어있지 않고 친정으로 달려온 거야! 나라도 그런 며느리 꼴 안보겠다! 이년아! 아이구 원 속 터져서 그만…!

가희 그럼 어떡해요? 빨갱이 놈들이 경찰순사라면 그저 때려죽이고 그 가족들한테도 죽창으로 난도질을 한다는데….

오 영감 아무리 그렇더라도 느그 시댁 식구들이 모다 한 집에 있었을 거 아니냐! 그럼 같이 상의를 해서 무슨 대처를 강구했어야지. 그래 니 목숨만 중요하다고 시댁 식구들 내팽개치고 몰래 지 혼자서 친정으로 도망을 와! 에라 이…!

가희 (애를 가리키며) 모두 숨죽이고 있는데 야는 아프다고 울지, 이틀 동안 암 것두 먹지도 못하구 쫄쫄 굶어 배는 고프지! 빨갱이 놈들은 웃마을꺼정 쳐들어와서 공무원 가족들 색출한다는 소문은 들려오지… 아버지는 그때 지 심경을 몰라서 그래요!

오 영감 그 주둥이 닥치지 못혀? 뭐를 잘했다고 나불대는겨!

이때 양조장 직원 염씨가 문 밖에서 오 영감을 부른다.

염씨 저… 사장님! 염씹니다. 빨리 밖으로 나와보셔야 할 것 같구먼유!

오 영감 뭔데 그래?

염씨 가희아씨네 시댁에서 파출서 도라꾸로 한 짐 세간들을 보내 온 거 같아유!

오 영감 (방 문을 활짝 열어 재끼면서) 뭐… 뭐라구? 세… 세간들을!

염씨 예! 양조장 앞에다 내팽겨 쳐놓고는 일언반구 말도 없이 그냥 가버렸네유!

오 영감 이런 이런… (자리에 일어서면서 가희에게) 분명 니 시집갈 때 가지고 갔던 살림 가젤 거여! 이거 정말이지 큰일났구먼 큰일났어!

가희 아버지! 아버지! 어떡해요 네? 아버지!

오 영감 아 어떡하긴 뭘 어떡해 이제 쫑난 거지… 잘한다 이누무 기집애! (문 밖으로 나간다)

#15. 양조장 앞

양조장 앞마당에 자개농짝들과 고급진 세간살이들이 정리도 않은 채 내동댕이쳐 쌓여있다 양조장 사람들과 이웃 아낙들이 둘러서서 구경을 하고 있다.

염씨   아 속 시끄런께 모다들 좀 가시유! 뭔 구경이라구 이리들 몰려든 거유. 그라구 자네들은 일 않구 뭐땜시 요로콤 나와 섰능겨? 아 들어가 일들 안 혀! 카 그냥 오늘 일당 재낄랑게! 그래두 되면 느그들 맘대루들 혀라잉!

양조장 일꾼 등 궁시렁대며 양조장 안으로 들어간다.

염씨   어이 박씨 그리구 송씨는 들어가지말구 여기 이 세간살림들이랑 농짝들 바로 세우고 정리 좀 하구 들어가?

오 영감   (안채에서 나오면서) 아! 정리는 뭔 정리 그냥 싹 다 불 질러 태워버려!

염씨   아 그려두 그건 아니지유! 이 세간들이 을마나 비싼 물건들인디. 그보다도 어찌어찌 잘해갖고 아씨 구슬러서 저 물건들이랑 함께 자기 시댁으로 돌려보내야지 그러면 쓰남유!

오 영감   어이그 칠삭둥이 자네만치 속 깊으면 얼마나 좋아! 명색이 국민핵교 선생이라는 년이 저… 저렇게 생각이 모자라니 글쎄… 어휴 내 팔자야! 어휴….

염씨   사장님두 안 되겠네유. 사장님도 어여 안으로 들어가 속 시끄럴탱게 약주라도 한 잔 드시구 좀 쉬세유. 지가 쟈들 시켜서 우리 양조장 도라꾸로 다시 짐 실어다가 아씨네 시댁으로 돌려보낼 탱께!

오 영감 아이구 속 터져 아이구 속 터져.

이때 승윤이가 군복차림으로 다가온다.

염씨 아이구 저거 승윤이 아니 우리 도련님 아닝게벼? 야! 승윤 도련님아!

오 영감 뭐여 승윤이?

승윤 (다가와 주변을 살피면서) 아니 아버지 이게 다 뭡니까? 네 아버지!

오 영감 (반색을 하며) 아니 이눔아 그러는 넌 뭐여! 군대에 있어야 될 놈이 아니 어떻게 나온 거여 응?

승윤 대민지원 사업차 진천지구로 왔다가 잠깐 들린 거예요. 그런데 아버지 이게 다 뭐냐구요!

오 영감 아이구 이눔오 새끼! 자식 놈이라구 그래도 애비 속 시끄러울 때 때맞춰 나타나 주었구나! 이놈이. (승윤을 끌어안는다)

승윤 (오영감을 다독거리며) 아버지 괜찮아요? (염씨에게) 염씨 아저씨, 그런데 이게 다 뭐예요? 웬 장롱하고 가재도구들이 밖에 버려져 있는데요? 아직 새 거 같은데…?

염씨 (오영감 눈치를 보면서) 보… 보면 모르겠냐? 느그 누나 가희 아씨 짐들이잖여!

승윤 누나가 왜요? 출가한 누나 살림살이들이 왜 여기들 놓여 있는 건데요?

오 영감 일단 안으로 들어가자! 내 집에 들어가서 다 말해줄 테니까! 그럼 염씨 자네가 알아서 하게나… 혼자 하지말구 일꾼들 시켜! 어차피 일당들 주는 거니께… 들어가자.

오 영감과 승윤, 안채로 들어가며.

승윤 오는 길에 어머니 병원에 들렀다 오는 거예요! 왜 그 지경이 되도록 어머닐 저렇게 놓아두셨는데요?

오 영감 임마! 그걸 나한테 따지면 어떡해! 따질려면 김일성이한테나 가 따질 내기지! 난리 중에 제대루 된 약을 구할 수가 있었냐? 아님 서울이 저리 되서 큰 병원들이 죄다 부산으로 내려갔다는데 거길 따라 갈 수가 있었겠냐?… 하는 수 없이 침쟁이들한테나 의지할 수밖에 없었는데 그래도 다행인 거시 진천에 미군 의사가 임시로 양방의원을 차렸다고 해서 겨우 그것도 빽 써서 그리로 데려다 놓은 거야. 임마! 그래 니 애미 오늘은 좀 어떻디?

승윤 어떻긴 뭐 말도 못하고 눈만 껌벅껌벅하는데 간난이만 죽을 고생을 하던걸….

오 영감 어쩔 수 없는 거여! 사람 팔자란 누구도 알 수 없는 것인께! 니 애미가 저리될 줄 누가 알았겠냐? 다 자기 팔잔 기여! 배 많이 고프지? 여주댁! 여주댁! 너 먼저 들어가 있어라! 내 정지깐 좀 다녀오마! 여주댁! (집 바깥채로 향한다)

#16. 진천 파출소 앞

사람들이 오가는 약간 번잡스런 거리에 있는 파출소. 승윤이가 군복을 입은 채 파출소 앞 전봇대 옆에서 서성댄다. 젊은 학생 의용군들이 군가를 부르며 군용 트럭에 실려 지나간다. 잠시 후 경찰 복장을 한 인수가 파출소 문을 열고 나와 좌우를 살핀다.

승윤 (손을 들고) 매형! 여깁니다!

인수 (언짢은 표정으로 다가온다)

승윤 매형 그동안 잘 지내셨어요?

인수 부대서 언제 나온 거야?

승윤 부대서 나온 지는 며칠 됐지만 진천에는 오늘 점심 때 왔어요!

인수 그럼 다 알고 왔을 텐데 여긴 뭐 하러 온 거야?

승윤 매형!

인수 관 둬! 이제는 매형이라고 부르지도 마! 자네 누나하고는 이제 완전히 끝장을 낸 사이니까!

승윤 그래도 매형이 한 번만 용서해주시면 안 되겠어요?

인수 한 번? 말이 좋지…! 사람이 그러면 안 되는 거야! 그래도 학교 선생이라는 여자가 뭘 배워 선생이 된 건지는 모르겠지만 난 도무지 이해할 수가 없어! 그래 순경마누라가 돼서 아무리 빨갱이 놈들 보복이 무섭다고는 하지만 그래도 천륜을 져버려서는 안 되는 거잖나! 병 수발이 필요한 사지육신 못쓰는 시부모와 어린 시동생들 내팽개치고 자기 혼자만 살겠다고 친정으로 도망을 쳐! 우리 경찰이 동원 됐다가 다행히 일주일 만에 다시 복귀를 했으니 망정이지 그렇지 않았으면 우리 남은 식구들 몽땅 죽었을 꺼야! 나 두 번 다시 용서 할 마음도 없고 용서하지도 않을 거니까 자네도 그만 돌아가게! 그래놓구 뭘 잘 했다고 석 달 열흘이 넘도록 연락 한 번 없는 거야? 돈이면 최곤가? 자네 듣기 뭐하겠지만 내 자네 누나가 이 앞에 있으면 이 소총으로 쏴갈기고 싶은 심정일세!

승윤 매형! 정말로 저희 집에서 잘못했어요!

인수   그만 돌아가라니까? 그리고 두고봐! 내 자네집 양조장 잘 돌아가는지 볼 거니까! 아주 싹 갈아 엎어놓을 테다! (다시 파출소로 향한다)

음악.

#17. 다시 어둠 속 가희네 안방

전과는 다르게 약간 창문이 밝아진 새벽녘 학준과 승윤의 대화가 계속된다.

승윤   세상에 하느님도 무심하시지 어떻게 그 아가씨가 그 집 매형의 여동생일 수가 있습니까? 아마도 제가 지은 죄가 많아서 그랬을 꺼예요!

학준   그건 또 무슨 소리야?

승윤   수송관님과 제가 그렇게 살아 돌아온 후 그래도 피는 물보다 진하다고 저는 수송관님 상황을 다 알면서도 우리 누나가 불쌍해서 수송관님을 누나와 인연을 맺게 해주었잖습니까!

학준   … 그게 왜 오 하사 자네만의 책임이었겠나! 내가 정신만 잃지 않고 기억만 되찾았어도 그런 일은 없었을 텐데… 사람들에겐 누구나 되찾을 수 없는 운명이라는 것이 있긴 있는 것 같아!

승윤   그래 아직도 사모님 소식은 찾지 못한 겁니까? 어디에 사시는지도 모르구요?

학준 어디에 사는지가 아니라 생사여부조차 알지 못하니 더 죽
겠는 거야!

승윤 지난 번 서울에서 대대장님을 만나셨을 때 수송관님에게
아들이 있다는 소식을 들었다면서요?

학준 (잠시 침묵 후에) 그 얘긴 그만 하지! 가슴이 터질 것 같아.

승윤 미안합니다. 다 제 잘못입니다. 수송관님!

학준 (일어나 방문을 열고 밖을 내다본다. 조용히 눈이 내린다) …엊저녁
에 그렇게 때아닌 소낙비가 쏟아지더니 이제는 눈이 오는
구만… 녀석이 살아 있다면 영준이보다 두 살이 더 많을
테니 아마 아홉 살쯤 됐을 거야! 영신이라고 했는데….

음악.

#18. 지옥 전쟁 1

학준, 오 하사와 함께 악천후 빗속에서 수송차량을 몰고 1중대 전투
지대로 향한다.

승윤 지금 상황이 어찌되어 가고 있는 겁니까?

학준 자네가 CP서 보고 받은 그대로야! 놈들이 지금 서울탈환
을 목적으로 우리 소양강 북쪽의 감제고지인 우두산을 맹
공격해오고 있는 모양인데 우두산 서북쪽 164고지를 고
수하지 못하면 우린 끝장인 거야 그래서 지금 피아간 맹렬
한 전투가 벌어지고 있는 상황이지. 그런데 우리 아군 피
해가 속출하면서 불리한 모양이다 아무튼 너 오 하사는 꼭

목숨을 지켜내야 한다 알았지?

승윤　　그건 수송관님도 마찬가지 아닙니까? 꼭 목숨을 보존하십시오.

세찬 빗속에 수송차량이 뒤흔들리면서 달려 나간다. 이때 무전호출이 들린다.

무전기소리　(아주 작게 지직거리며) 매미5 매미5 응답하라!

학준　　매미5 매미5 응답하라!

무전기소리　매미 비상사태다 CP가 당했다 CP가 당…. (폭음소리와 함께 뚝 무전이 끊긴다)

학준　　매미 본부! 본부! 응답하라 매미 매미!

승윤　　아무래도 CP가 당했는가 봅니다. 이거 어쩌죠?

학준　　안 돼. 그럴 순 없어. 빨리 3.5인치 옮겨주고 다시 가보자! 그런데 아직도 멀었나 ?

승윤　　아닙니다. 다 왔습니다. 이제 저 비탈 모퉁이만 돌면 됩니다.

학준　　그럼 빨리 가자!

#19. 지옥 전쟁 2 (전투지역)

칠흑 같은 어둠 속에서 피아간 맹렬한 전투가 벌어지고 있다. 빗발치는 총알, 굉음을 내며 날아와 터지는 포탄 소리. 학준과 승윤, 아군 방어진지 통로로 3.5인치 포탄 여러 개를 가슴에 품고 달린다. 방어진지 통로에 널브러진 시신들과 부상을 당해 고함치는 병사들의 비

참한 풍경들이 보인다.

학준 (쓰러져 고통을 호소하는 병사를 흔들며) 이봐! 나 병참대 수송관이다. 3.5인치 담당하고 있는 위치가 어딘가? 응, 어디냐구?

병사 (왼편을 가르키고는 다시 쓰러지며) 나! 나⋯ 좀 살⋯ 살려 주셔유⋯.

학준 (승윤에게) 오 하사 빨리 가자! 저쪽인가 보다 어서!

승윤 의무병 이 새끼들 다 어디 간 거야? 이런 개 같은 놈들! 의무병! 의무병!

학준 그만 가. 다 소용없는 거 같다. (멈칫) 저긴가 보다! 저기야! 근데 뭐야? 사수가 없잖아? 사수 이놈오 새끼 어디로 가고 저렇게 포만 있는 거야? 응!

승윤 저기 쓰러져 있습니다. 이거 어떡하지요? 사수가 죽어 있으니?

학준 뭘 어떻게 해? 우리라도 대신 방얼 해야지 안 그러면 놈들에게 서울을 다시 빼앗기게 되는 거야! 야! 오 하사! 너 3.5인치 쏠 줄 알어? 이 포 작동할 줄 아냐구 임마?

승윤 네! 전에 수송부로 오기 전에 이거 조수였습니다!

학준 그래? 그럼 빨리 장전시켜! 여기 우리가 막자! 어서 달려들어 빨리!

승윤 네, 알았습니다.

학준과 승윤, 3.5인치 박격포를 바로 세우고 포를 집어넣고 적진을 향해 쏜다.
그런 전투 모습이 다양한 각도에서 여러 번 비추다가 큰 폭음과 함께 승윤의 몸이 하늘 공중으로 치솟는다.

학준　안 돼! 오 하사! 오 하사!

학준, 승윤이 떨어진 방호 터널 밖으로 뛰어 넘어간다. 이어 수십 발의 기관총 소리, 강한 음악과 함께 퍼붓는 폭우 속에서 여전히 폭음과 총소리가 들리고 북괴군이 붉은 깃발을 들고 산 위로 기어오르는 장면이 연출 된다. 음악 F.I.

#20. 지옥 전쟁3 (전투지역)

온 산등성이에 쓰러져 널려있는 수백 명의 피아군의 주검들. 곳곳에 검은 연기가 피어오르고 전투지역의 잔상이 마치 지옥과 같다. 서글픈 음악과 함께 이 주검의 장면들이 여러 군데 비추인다. 그러다가 잠시 후 쓰러진 한 국군병사의 시신이 꿈틀댄다. 이어 그 시신 아래 가려져 있던 한 병사가 시신을 비켜내고 가쁜 숨을 몰아쉬며 누워있다. 학준이다.

학준　(숨을 몰아쉬다가) 안 돼. 이렇게 죽을 수는 없어! 누 누구든 날 좀 살려줘요. 길… 길자… 길자 씨! 난 아 아직 죽으면 안 되잖아. 나… 이렇게 갈 수가 없어. 어, 어서 내게 힘을 줘요. 길… 길자 씨! (다시 눈을 감고 정신을 잃는다)

다시 하늘에서 굵은 빗방울이 쏟아진다. 지나가는 일시적인 소낙비 같다. 천둥소리와 함께. 이때 이 빗방울이 학준의 얼굴에 떨어지자 다시 눈을 뜨는 학준.

학준 (기침과 함께 심한 구토를 한 후 몸을 움직인다. 그리고 천천히 온갖 힘을 무릅쓰며 시신을 거둬내고 일어선다. 그러다 다시 주저앉는다. 하늘을 쳐다본다) 하늘이시여! 제… 제발 날 좀 살려주시오. 나는 우리 길자 씨하고 한 약속을 지켜야 합니다… 하늘이시여! (그렇게 기도를 하면서 다시 옆에 있는 빈 소총을 잡아 쥐고 일어선다. 하늘을 바라본다. 그리고 어지러운 듯 고개를 떨구다가 좌우를 살핀다)

잿빛 하늘에 여전히 시커먼 먹구름이 걸쳐있고 그 하늘 아래 전과 같이 수많은 시신들이 널려 있다. 순간 학준, 오 하사를 소리쳐 부른다.

학준 오 하사! 오 하사! 어딨냐? 오 하사! (빈 소총을 의지한 채 여기저기 옮겨 다니며 오 하사를 찾는다. 그리고 절망한 듯 털썩 주저앉고는 소리 내어 운다) 오 하사 이 새끼야 어딨는 거야… 이 나쁜 놈아, 오 하사… 아! (학준의 외침이 메아리친다)

바로 이때 아주 근거리에서 소리가 들려온다.

승윤 수… 수송관… 님… 저 여기 있어요. 수 수송관님!
학준 이게 뭐야? 오 하사, 그래 오 하사다 (흥분하듯 다시 일어나 소리를 친다) 오 하사! 너 어디 있는 거야, 오 하사! 너 살아있는 거냐? 응?
승윤 여기요. 저 여기 살아있습니다 수송관님! 저 좀 일으켜 주세요.

학준, 소리 나는 쪽을 돌아보다가 역시 다른 시신에 깔려 끙끙대는 승윤을 발견한다.

학준 (절룩거리며 승윤이 누워있는 쪽으로 다가가며) 오 하사! 야 이 새끼야! 살아있었구나. 살아 있었어! 이 새끼야!

승윤 네. 저 살아있습니다 수송관님!

학준 승윤에게로 다가가 북한군 시신을 옆으로 밀쳐내며 승윤을 일으켜 세운다. 그리고 승윤을 얼싸 안으며 소리쳐 운다.

학준 오 하사! 오승윤이!

승윤 수송관님! (서로 끌어안고 통곡을 한다. 잠시 후)

학준 너 머리에 피가… 가만히 있어! (자신의 피로 얼룩진 속 런닝을 찢어 당겨 승윤의 피나는 머리를 감싸맨다. 그리고 승윤을 다시 살피며) 어디 다른 곳은 다친 데가 없냐?

승윤 모… 모르겠습니다. 그냥 목숨이 붙어있다는 것만… 알 것 같네요.

학준 다행이다. 그럼 일어나 어서! 여길 빠져나가야 한다. 여긴 북괴군 놈들의 점령지야. 자 어서 내 손을 잡아봐!

승윤 (학준의 손을 잡으려다가) 아악!

학준 (놀라며) 왜 그래, 어디가 아픈 거야?

승윤 어깨… 어깨가! 아아!

학준 가만있어봐! 어디 좀 보자! (피로 흥건한 어깨 상의를 벗겨본다) 이런 이런! 어깨뼈에 파편을 맞은 모양이구나. 그대로 가만히 있어봐!

학준, 절룩거리며 주변에 쓰러진 나뭇가지를 꺾어온다. 그리고 승윤의 어깨와 팔목에 각대로 대고 다시 속옷을 찢어 삼각끈을 만들어 준다.

학준   자. 힘들겠지만 조금만 더 참고 어서 여길 빠져나가자 어서!

승윤, 힘겹게 일어선다. 그리고 두 사람 서로 의지한 채 한 걸음씩 발걸음을 옮긴다. 웅장한 서사적인 음악이 울려 퍼진다.

#21. 험준한 산골짜기 (여러 영상)

여전히 서사적인 음악이 흐르는 가운데 학준과 승윤, 깊은 산골짜기를 타고 내려온다. 미끄러지기도 하고 또 세찬 바람이 불고 허기진 몸으로 지쳐 서로 몸을 의지한 채 앉아 있다가 다시 걷고… 그러다가 흐르는 계곡을 발견, 정신없이 내려와 물을 퍼마신다. 그리고 서로 기진맥진한 채 바위에 드러눕는다.

#22. 물 흐르는 계곡

학준과 승윤, 드러누운 채로 있다.

학준   오 하사. 이제 좀 정신이 드냐? 어깨 통증은 좀 어때?
승윤   모르겠습니다. 그러나 어제보다는 좀 견딜 만한 것 같아요. 그보다도 수송관님 다리는 좀…?

학준	나도 뭐 그런대로 견딜 만하네… 그래도 우리가 이만한 게 얼마나 다행인가? 천행인 줄 알고 감사해야지! 아직 목숨이 붙어있잖아! 조금만 더 참으면 이제 곧 민가가 나타날 거야! 그러니 조금만 더 참아! (갑자기) 아니? 오 하사 가만있어! 움직이지 말구!
승윤	(놀라며) 왜… 왜 그러십니까?

오 하사 뒤로 기다란 뱀 한 마리가 누워있다. 학준, 들고 있던 나무 지팡이로 뱀의 목을 짓누르고 돌로 친다.

승윤	(왁! 소리치며) 배… 뱀이잖습니까!
학준	우와! 우리가 왜 진즉 이런 생각을 못했을까? 이 산중에 천지가 이런 양식거린데 말이야!
승윤	그 배… 뱀을 먹는다구요?
학준	왜? 이런 거 못 먹어 봤냐?
승윤	아… 직 징그러워서….
학준	오 하사. 너 아직 배가 덜 고픈 모양이구나! 가만 있어봐라, 천하의 일미 맛을 내 보여줄 테니까.

잠시 후 나뭇가지에 낀 뱀을 모닥불에 구워서 나누어 먹는 두 사람.

#23. 어두워지는 계곡

어둑해지는 저녁녘에 모닥불이 아름답다.

학준	아무래도 오늘은 여기서 머물러야할 것 같다. 자네나 나나 더 이상 걷는다는 것은 무리일 것 같아!
승윤	수송관님! 그렇잖아도 갑자기 어깨통증이 쑤시는데 아파 죽을 것 같아요! 뱀을 잡아 먹어서 그런 걸까요? 아, 아! 수송관님! (얼굴에 식은땀이 배어난다)
학준	안 돼! 조금만 더 참아봐! 여기서 쓰러지면 우린 말짱 도루묵이야! 오늘 밤만 좀 더 참아보자 알겠냐?
승윤	네… 그… 그렇지만 아닙니다… 네! 차… 참아 보겠습니다!
학준	이리루 가까이 와! 그리고 여기 내 등에다 머리를 대고 눈 감고 아무 생각이나 해봐! 아프다는 것에 신경쓰질 말고 말이야!
승윤	네… (학준에게 다가와서 등에 머리를 기댄다) 아… 아! 수송관님 무슨 생각을 해야 덜 아플까요?
학준	임마 그걸 내가 어떻게 알아? 그냥 아무 생각이나 하라니까? 고향 생각이든 친구 생각이든! 아님 니 첫 사랑이라두 말야!
승윤	수, 수송관님은 사모님 만나시기 전에 첫사랑이 있었습니까?
학준	그, 글쎄? 누구나 다들 기억에 잊혀져서 그렇지 첫 사랑은 있는 거 아닐까? 아니야! 잘은 모르겠지만 말이다. 나는 그 사람이 내 첫사랑이고 또 언제까지나 내 영원한 사랑이 될 것 같아! 자네는? 자네 이야기를 한 번 해봐!
승윤	(숨을 몰아 내쉬고 아픔을 애써 참으며) 단정한 하얀 세라복 교복이 참 예쁘다고 생각했어요. 그리고 처음엔 얼굴은 보질 못하고 버스 통로 옆 자리에 앉아 있었기 때문에 가지런하

게 가방 위에 얹힌 손만 슬쩍 보았는데 작고 하얀 손이 그렇게 예쁠 수가 없었어요. 그때부터 얼굴은 어떨까? 어떻게 생겼을까? 참 예쁠 거야! 한 번 용기내서 일어나 바라볼까 했는데 어린 나이에 차마 그럴 용기가 나질 않더군요. 그러다 내가 먼저 내리게 되면 어쩌지? 아냐 그럼 그때 슬쩍 쳐다보지 뭐! 하고 생각했는데 그렇게 생각만 해도 가슴이 벌렁벌렁 떨렸습니다. 또 친구녀석들한테 그런 내 마음이 들킬까 싶어 더 떨렸구요! 그러다가 그녀 얼굴을 보게 되었어요⋯ 아! (침묵)

학준 (승윤의 침묵에 덜컥 겁이 난 듯) 오 하사! 그래서 어찌 됐는데 왜 말을 하다 마는 거야? 오 하사! 정신 차려! 오 하사!

승윤 쿠루⋯ 욱 쿠룩. (코를 곤다)

학준 이 새끼 정말⋯ 그래도 다행이다. 쉽게 잠들 수가 있어서⋯! (문득 하늘을 쳐다본다. 벌써 산등성이 위 하늘에 별들이 반짝인다)⋯ (한참동안 침묵) 그래 나도 처음에 그 사람 손이 먼저 보였어. 찻잔을 들고 들어올 때⋯ 그때 나도 그녀의 손이 참 예쁘다고 생각했었지! (그때의 영상이 O.L 되어 나타난다) 그리고 비록 잠깐이지만 용기를 내어 그 얼굴을 보니 아! 기억도 나지 않는 우리 어머니를 닮은 것 같았어! 조용하게 다문 입술과 수줍은 듯한 커다란 눈동자 그리고 오뚝한 콧날 그 오목조목한 얼굴에 단정한 이목구비가 너무나 온화하게 보여 나 같은 사내가 그 사람을 쳐다본 다는 것 자체가 죄스러웠으니까! (영상 사라지고) 길자 씨! 당신 지금 무얼 하고 있소? 당신도 내 생각을 하고 있는 거요? 보고 싶소! 당신이 보고 싶어 미치겠소! 여보! 길자 씨! (스르르 눈을 감는다)

두 사람 서로 기대어 잠든 숲 속 풍경과 밤하늘에 수많은 별들 그리고 서정적인 아름다운 음악이 참 감미롭다.

#24. 꿈 (고향 지경리의 봄)

여전히 감미로운 음악. 봄 풍경 가득한 고향 지경리 마을이 보인다. 동네를 가로지르는 개울가에 만발한 개나리꽃, 하늘로부터 복사꽃잎이 휘날리고 뒷산에 진달래 꽃이 울긋불긋 활짝 핀 아름다운 봄. 개울가에서 노는 어린 아이들의 웃음소리, 물고기를 잡느라 분주하다. 이때 지팡이를 짚고 절룩거리며 징검다리를 건너는 학준. 물가에서 노는 아이들을 물끄러미 바라본다. 그때 아이들 가운데 한 아이가 뒤돌아서서 학준을 바라본다. 그리고 학준에게 "아버지!" 하고 부른다.

학준 아버지?

아이 (해맑은 웃음을 지으며) 아버지! 아버지! (학준에게 손을 흔든다)

아이의 소리가 메아리처럼 울려 퍼진다. 이때 다시 승윤의 소리가 들린다.

승윤 (소리) 수, 수송관님! 수송관님!

#25. 물 흐르는 개울

승윤이 학준을 깨우고 있고 학준은 잠에서 깨어난다. 그리고 그 앞에 심마니 노인이 등바구니를 둘러맨 채 서 있다.

학준　(소스라치게 놀라며) 누… 누구야? 저… 노인은?

노인　자네들이야 말로 누군가? 군 탈영병이야? 아님 피란민이야?

승윤　저… 저희들은.

노인　알겠다! 빨갱이는 아니구 남쪽 아군이더냐? 탈영병이구먼! 맞지?

학준　네…. (머뭇거린다)

노인　그런데 이놈들아 여기서 이러고 한가로이 잠을 자고 있으면 어쩔려고 그래! 이 골짝은 인민군들이 하루에도 수십 번씩 나댕기는 길목인데 죽을려구 환장들 했어?

학준　여 영감님, 여… 여긴 어디쯤인가요?

노인　여기? 소리뫼 단월 석산골이지, 근데 니놈들은 워디서 온 거여?

학준　글쎄올시다. 그러니깐….

노인　말 안 혀도 알겠다. 지난 번 저어기 우두산 감제고지서 아군과 인민군들이 몇날 며칠을 쌈박질 하드만 거기서 살아 목숨 부지하고 도망친 놈들이로구나! 그렇지?

학준　예 그렇습니다. 근데 어떻게 그리….

노인　우덜이 이 골째기서 화전하며 산 지가 벌써 반백년이 족히 넘었을 꺼인디 그걸 몰라! 암튼 여긴 위험한 곳이니 빨리들 도망가거라. 느그 아군들은 엊그저껜가 버, 얼써 도강

혀서 광주쪽으로 후퇴헌 것 같드라….

승윤 아… 아….

노인 뭐여! 저놈은 왜 저러는겨? 어디가 아프냐?

학준 저, 영감님 우릴 좀 살려주십시오. 영감님 말씀마따나 저휘 감제고지서 전투하다가 죽다 살아난 군인들입니다. 그런데 이 친구가 어깨에 포탄을 맞아 뼈가 골절이 되어 심하게 다쳤는데 이대로 두다간 죽을지도 모릅니다. 영감님 부탁드립니다. 제발….

노인 어디 좀 보자. (승윤의 어깨를 살펴본다 그리고 혀끝을 차더니만 학준에게) 그럼 이렇게 하자! 너희 놈들 목숨을 살려줄 텡께 은혜 배은망덕 하지 말고 우덜을 해꼬지 않겠다는 약속을 먼저 하거라. 사내 대장부 이름을 걸고서 말여!

학준 내 맹세코 그리 하겠습니다. 사내대장부하고 더 얹혀서 영감님과 같으신 우리 아버님 어머님 이름을 걸고서 말입니다.

노인 또 한 가지! 지금 우덜도 난리 중에 먹을 것이 심히 궁한지라 너희 놈들한테꺼정 줄 양식이 넉넉지 않어! 그러니까 말이다. 오래 우덜한테 빌어 붙어 지낼 생각 말고 저놈 어깨가 웬만할 때꺼정만 있다 가거라. 하루 세 끼는 안 되겠지만 내 두 끼는 멕여줄 테니까 말여! 그리 할 수 있겄냐?

학준 분명히 약속을 드립니다. 글구 이 전쟁이 끝나는 대로 저희가 꼭 영감님을 찾아뵙고서 이 은혜를 두고두고 갚겠습니다.

노인 난중 같은 쓸데없는 소린 짚어 치우고 말여. 우선 너희 놈들 그 군복부터 벗어내 던지거라. 이제 날도 푹하니께 춥진 않을 꺼여. 혹시라도 인민군놈들 눈에 띄면 느그들은

뼈도 못 추려! 그 군화도 아깝지만 내던져뿔고! 그리고 저
놈은 내 웃저고리 벗어줄 테니께 이걸로 어깨 상처 가리고
말여!

학준 (넙적 엎드려 절을 하며) 영감님! 고맙습니다. 정말로 고맙습니
다. 약속드린 대로 평생 이 은혜는 잊지 않겠습니다.

노인 알겄다. (웃옷을 벗으며) 그럼 이거 입고 설랑 퍼뜩 날 따라
오니라.

학준·승윤 감사 합니다. 영감님!

#26. 험한 산길

심마니 노인을 따라 힘겹게 뒤따라가는 학준과 승윤. 산길이 매우 험
하다.

노인 (뒤돌아보며) 이 길은 인민군놈들도 모르는 길이다. 험하니
께 잘 따라 오니라.

학준 (승윤을 붙잡고 내려오며) 네 감사합니다. 영감님…!

노인 (중얼거리듯) 감사는 한번만 하면 되았지 뭐 말끝마다 감산
게여!

험준한 산비탈을 내려오는 세 사람의 풍경 속에 음악이 흐른다.

#27. 화전농가

산 중턱에 화전을 일구고 사는 산비탈에 세워진 심마니 노인의 외딴 집. 굴뚝에 연기가 피어오른다. 초라한 움막 같은 집이지만 주변 풍경과 어우러져 목가적인 아름다운 경치가 일품이다. 그들이 다가가자 뒤꼍에서 할머니가 조심스레 나타난다.

노인 (할머니에게) 밥은 먹응겨? 잠은 쬐매 잤구?

산할머니 (조심스럽게 학준과 승윤을 번갈아가며 쳐다본다) 영… 감! 쟈들은 누구래요?

노인 나쁜 놈들은 아니니께 겁먹질 말어! 그라고 이놈들 며칠째 굶어 뱃가죽이 등짝에 붙었을 꺼니께 어여 먹을 것 쫌 꺼내와!

산할머니 (승윤을 뚫어지게 쳐다보며) 가만 가만….

노인 또 왜 그러능겨?

산할머니 (승윤에게 다가가며) 야가 우리 승내미 아니래요? 내 눈엔 그래 보이는데….

노인 무슨 뚱딴지같은 소리여! 승내미 아니니까는 어여 먹을 거나 내오라니까는.

이때 승윤이 푹 쓰러진다.

산할머니 야가 또 와 이래요? 우리 승내미 맞구먼… 승냄아! 또 와 그라는데… 승냄아!

학준 오 하사! 오 하사!

노인 (맥을 짚어보고는) 빨랑 안으로 들여다 눕히거라! 잠시 정신을 잃은 걸 꺼여!

음악.

#28. 화전 움막집 내실

승윤이 웃옷이 벗겨진 채 누워 잠들어 있고 얼굴과 몸에 여러 개의 침이 꽂혀져 있다. 그 옆에서 곰방대를 물고 있는 심마니 노인과 감자를 먹고 있는 학준. 산할머니가 삶은 옥수수를 바가지에 담아 문을 열고 들어온다.

산할머니 쟈가 아직 자는 거래요? 저녁도 안 먹고 자면 어떡해요. 얼른 일나 이거라도 좀 멕여야 할 텐데… 우리 승내미는 이 옥시기를 참 좋아하잖아요. 안 그래요? 영감?

노인 침을 여러 군데 놨으니께 날 새면 일어날 끼여! 그러니께 깨우덜 말어!

학준 (감자를 먹으며) 영감님께서 직접 침까지 노시는 거 보니 영감님은 예사 어른이 아니신 것 같습니다!

노인 예사 어른은 무신? 이놈아 난리통에 우덜도 먹을 양식이 귀한께 하루 두 끼만 먹자 약조 안 했드냐? 근데 아무리 며칠 굶었기로서니 아까 낮부터 니놈이 먹어치운 것이 우덜 사나흘 양식은 되얐을 거다. 그러니 그만 처먹고 너도 이리 와 누워 보거라. 니놈도 얼굴 안색을 보니 니놈 몸도 어딘가 고장이 난 게 분명해 보인다. 어여 다친 바지가랭이도 벗고 말여!

학준 (감자를 내려놓으며) 예 영감님! 아니 어르신…! (바지를 벗는다)

노인 (학준 다리를 살펴보고는) 그래도 총알이 뼈는 비켜가 다행이다만서도 먼저 총알을 빼내야 할 텐께 좀 많이 참아야 할 끼다. 안 그럼 살이 썩어 다리를 절단해야 할지도 몰라! 그리고 아까 본께 네놈도 눈언저리가 퍼런 게 간이나 췌장도 많이 안 좋은 거 같든데 다리 낫구고설랑 그것도 고쳐야 쓰겄다.

학준 어르신 몰라 뵈어 죄송합니다. 한의학을 공부하신 분이군요.

노인 (농짝 안에서 의료기구를 꺼내며) 한의학은 무슨! 기냥 선친한테 어깨 너머로 침 놓는 거 좀 배운 거지! 그나저나 니놈들 나안 만났으면 어쩔 뻔했냐! 진즉 죽었을 몸들이야! 이래 우덜 인연이 겹친 거 본께 니놈들 위해 누군가 지극정성을 다하는 사람이 있는갑다.

학준 그러게 말입니다. 저희는 정말….

산할머니, 승윤이 곁으로 와서 승윤의 얼굴을 들여다 본다.

노인 (산할머니를 향해) 갸는 우리 승내미가 아니라니까 그러네! 그러니 그만 나가서 양구비꽃잎 따 만든 약술이나 한 바가지 퍼와! 내 쇠칼 불에 지지고 있을 테니까 말여! (버럭) 아, 퍼뜩 안 나가!

산할머니 왜 소린 지르는 거래요! 나가 떠올라카는데… 그라고 쟈우리 승내미 맞아요! 영감도 좀 자세히 들여다 봐요! (문을열고 나간다)

노인 (쇠칼을 화롯불에 달구면서) 아무나 젊은 놈들만 보면 저래 승내미라 헌다! 작년 갈부터 저 할망구한테 약간 노망기가 찾아든 것 같어! 젠장 할망구라도 건강해야 할 텐디….

학준 승내미가 영감님 아들입니까? 그런데 어쩌다가….

노인 (화로불을 뒤저으며) 뭘 그런 걸 물어봐! 속 시끄런 얘긴게 기냥 입 다물고 그러려니 혀! 자 인자 할망구가 약술 가지고 오면 한 모금 들이키고 눈감고 잠을 청해봐라! 아픈 게 조금 가실겨. 아파도 참고 말여!

학준 네 어르신 이 은혜를 어떻게 갚아야할지….

산할머니가 바가지에다 약술을 가지고 들어온다.

노인 (약술을 건네받으면서) 니놈들이 입으로 내한테 은혜를 갚는다고 했잖여! 그래서 니놈들 내한테 은헬 갚으라고 내 지금 니놈들 살리려능겨! 그러니께 어여 이거 한 술 들이키고 잠을 청해봐라! 아파도 꿈이라 생각하고 말여!

학준 네 어르신! (약술을 한 바가지 들이킨다. 그리고 자리에 눕는다)

음악이 흐른다. 산할머니 다시 승윤 곁으로 가 앉으며 승윤이 얼굴을 들여다본다.

산할머니 영감 눈이 삐었구만이래요. 우리 승냄이가 맞아요!

다시 음악소리. 약간 크게 들리며 심마니 노인, 헝겊에 싼 가는 나무막대기를 학준이 입에 물리고는 불에 달군 쇠칼을 꺼내든다. 잠시 후 학준, 움틀하며 소리친다. 살을 태우는 듯한 연기가 심마니 노인 등 앞쪽에서 피어오른다.

산할머니 영감 우리 승냄이래요!

음악.

#29. 초막집 풍경

심마니 노인의 외딴 초막집을 배경으로 주변 산새의 풍경이 보이면서 학준의 독백이 O.L 되어 들린다.

학준 (독백) 도가에서 사람 팔자는 운수소관이라 하여 길흉화복이 이미 정해져 있다고 말하지만 그것은 실상 우리 자신들이 만들어내는 행동의 결과일 뿐 난 그런 것들을 믿지 않았었네! 그리고 자네는 어땠는지 모르겠지만 나는 어떻게든 죽지 않고 살아야한다는 집념인지 생존본능인지 그러한 내 의지로써 나 스스로 내 앞에 놓인 운명들을 헤쳐왔다고 생각했지! 그런데 요즘 들어 그것만이 다가 아닐 거라는 생각이 드는 거야! 우리가 이 넓고 넓은 땅에서 또 그 수많은 사람들 가운데서 어떻게 자네와 내가 만나고 산중서 그런 훌륭한 영감님 내외를 만날 수가 있었으며 어떻게 내게 그런 집념, 의지, 생존 본능 같은 것들이 존재할 수 있었는지? 우연이라고 생각하기엔 너무나 신기한 것들이 많아! 그래서 요즘 나는 분명 이 우주 속에는 그 어떠한 사람의 운명을 주관하는 신의 기운이 있을 거라는 확신이 드는 거야! 그래서 그런지 또 사람이 산다는 것이 무엇이며 삶의 의미와 가치는 무엇일까? 하는 종잡을 수 없는 생각들을 자주하게 된단 말이야!

승윤, 산할머니하고 산약초를 멍석에 널며 깔깔대고 학준은 심마니 노인과 함께 평상에서 약초를 썰고 있다.

노인   (약초를 썰면서) 어떠냐? 다리 통증은 좀 괜찮아졌드냐?

학준   괜찮은 정도가 아니라 이제 망아지처럼 뛰어 다녀도 될 것 같습니다. 참 신기하네요.

노인   그래도 온전해지려면 아직 침구를 몇 번 더 혀야해!

학준   네? 침구라니요!

노인   인석아 침도 맞고 부양을 떠서 나쁜 피를 더 빼내야한다는 말여! 사람 몸이라는 것은 본시 오장육부하고 오체오관이 있는디 오장이라는 것은 간(肝)·심(心)·비(脾)·폐(肺)·신(腎)을 말하고 육부(六腑)는 담(膽)·위(胃)·소장·대장·방광·삼초 (三焦)를 말하는 것이여. 또 오체(五體)는 피모(皮毛)·기육(肌肉)·혈맥·근(筋)·골수(骨髓)를 말하며 오관(五官)은 귀·눈·입·코·혀를 말하는 것이니라. 근디 이것들은 사계절 변화와 오기(五氣: 風·暑·寒·濕·燥), 오색(五色:靑·赤·黃·白·黑), 오미 (五味: 酸·苦·甘·辛·鹹)를 구별함과 동시에 그에 따라 좋고 나쁜 것을 걸러주고 메꿔져야 하는디 사람들은 먹고사느라 바뻐 그런 것들을 잘 챙겨주지 못하니께 병이 생기는 것인기여!

학준   와! 영감님 박사시네요!

노인   이놈아 언제는 어르신이라더니 인제 좀 살만해지니까 영감님이냐? 존칭을 통일혀, 남북통일 바라듯이 말여.

학준   근데 영감님 아니 어르신께서는 진짜로 어떤 분이십니까?

노인 뭐가 어떤 분이여! 기냥 산에서 약초나 캐고 화전 일구며 사는 신선이지!

학준 그런데 언제부터 그렇게 한의학에 대해 공부를 깊이 하셨습니까?

노인 왜? 늙은이가 좀 씨부렁대니까 뭘 좀 아는거 같이 보여 그러는게냐? 글구 너 그 한의학이란 말은 어디서 들은 게냐? 배운거?

학준 그런 게 아니구 아주 쪼그만 했을 때 부모님 조실하구 형님들 밑에서 농사짓는 것이 싫어서 서울로 도망을 가지 않았습니까? 그때 종로 어느 한약방에서 잔심부름하며 밥술 얻어먹었던 때가 있었는데 그때 아마 오다가다 귀동냥으로 들은 걸 껍니다!

노인 그려? 어려서부터 고생 많이 했구나. 이놈 너 이름이 학준이라고 했지?

학준 네 어르신!

노인 너 예있는 동안에 내한테서 니놈이 말하는 한의학 좀 배워볼 생각은 없냐?

학준 제… 제가 한의학을요?

노인 그래! 그거이 뭐 그리 쉽게 배울 수 있는 것은 아니다만서도 니놈 말하는 거나 행동거지를 봐설랑은 내 밑에서 한 몇 년간 같이 지내다 보면 제법 쓸 만할 것 같아 그런다. 싫으냐?

학준 아니 뭐 싫어 그런 것이 아니고요 빨랑 집에 가봐야지요. 가족이 기다리고 있거든요?

노인 가족? 그럼 니놈 총각이 아니었드냐?

학준 네 얼마 전에 혼례를 치루어서 고향 집에 예쁜 색시가 있습니다.

노인 그렇구나!

학준 저 그렇지만 저희가 여기서 얼마나 더 있어야 할지는 모르겠지만 여기 있는 동안만이라도 어르신한테 침 놓는 기술 몇 가지만이라도 배우면 안 되겠습니까?

노인 그리 하려므나! 그치만서도 아무리 몇 가지래도 침 놓는 기술보다는 그 원리를 잘 알아야 하능겨!

학준 네 명심하겠습니다 어르신!

다시 영상과 함께 학준의 독백.

학준 (독백) 참, 그 말 한마디에 또다시 내게 몰아닥친 인생 시련에 그렇게 색다른 변화가 있을 줄 누가 알았겠냐! 물론 오 하사 자네가 다 아는 이야기지만… 그래도 내가 그런 침술에 눈썰미가 있어서 그랬는지 불과 한 달도 안 되었는데 제법 침쟁이 노릇을 할 수가 있었다니까… 한방은 말이야 음양오행설에 기초를 둔 오행의 고유한 특성에 분류하고 그 속성이 같은 부류에 배속시켜 치료하는 의학이야! 특히 인체를 오행과 결합, 오장을 위주로 하고, 이를 통해서 육부·오체·오관·오색 등과 결합시키며, 여기에 일련의 관계를 형성시키지. 비록 잠깐이지만 난 그때부터 한방에 대한 깊은 관심을 가지게 되었지. 그것이 발단이 되었지만서도!

#30. 깊은 산속 약초 캐는 날

심마니 노인과 함께 학준, 깊은 산 속에서 약초를 캐고 있다.

노인 외(外)는 양이고 내(內)는 음이며 상부와 하부는 각각 양, 음에 속하는 거다! 따라서 생리기능에서 발열·혈압상승·빠른 맥박 등은 양에 속하고 오한·혈압강하·느린 맥박 등은 음에 속하는디 사람 몸이라는 건 말이지 음과 양이 서로 주거니 받거니 하며 조화를 이루면서 어느 한쪽에 치우치지 않도록 서로 조절을 하능겨! 이러한 음양이 상대적으로 균형을 이루지 못하면 그때 병이 나는 거고! 가만 있자! 옳거니 여기 옹골찬 산더덕이 있구나. 우리 할망구가 좋아하는 찬이지!

학준 (약초를 캐느라 숲을 헤치며) 그럼 어르신! 음양은 대충 알겠는데 오행은 무엇입니까? 일전에 오행의 기본 개념은 우주 만물을 형성하는 원기라 하셨는데 그때 제가 이해를 잘못 했거든요.

노인 오행은 말이다 쉽게 말혀 달력에 표기된 일요일하고 월요일을 뺀 나머지 목(木)·화(火)·토(土)·금(金)·수(水)를 일컫는 말이다. 이 다섯 가지 물·불·땅·나무·쇠는 말여 우주만물이 생겨나고 없어지며 끊임없이 뒤바뀌는 과정을 의미하는겨! 동의보감에서는 말이다. 오행의 상생(相生)·상극(相剋)의 이치를 활용하여 내장(內腸)의 상호자생(相互資生)·상호제약(相互制約)의 관계를 설명하고 있지.

학준 그렇게 설명 없이 줄줄 말씀하시면 제가 잘 못 알아 듣습니다. 우리같이 배움이 짧은 사람들은 이해하기가 힘들구

먼요.

노인   인석아 누구나 쉽게 깨우칠 학문이라면 세상 병 모두 없어지겠다. 내 깨둥이 때부터 선친으로부터 배움을 받고 그 뒤로 50년을 넘게 공불했어도 이해하기 힘든 걸 니놈같이 불과 열흘도 안 되가지고서 이해할 수 있는 그런 이치가 아닌겨! 오행의 운행에 따른 상생관계란 말이다 목생화(木生火)·화생토(火生土) 토생금(土生金)·금생수(金生水) 수생목(水生木)이라고 해서 그 상극관계는 목극토(木剋土)·토극수(土剋水)·수극화(水剋火)·화극금(火剋金)·금극목(金剋木)인 거여! 또한 인체에서 간(肝)은 목(木)에, 비장(脾)은 토(土)에, 심(心)은 화(火)에, 그리고 폐(肺)는 금(金)이고, 신(腎)은 수(水)에 배속되는데 이 이치를 활용해서 오행의 상생·상극관계를 몸에 적용하는 거시 한의학의 기본인 거다. 예를 들자면 간은 심장과 상호자생 관계가 있고 비장은 상호제약의 관계가 있능겨. 한의에서는 말이다 오행학설을 통해 장부간(臟腑間)의 관계성을 고려해서 모든 질병들을 진단하고 치료하는 것이지.

학준   (갑자기 소스라치게 놀라며) 저… 어르신!

노인   (더덕을 캐내며) 내 니놈 귀에다 오행의 이치를 읊어대는 것은 용어에 익숙하라고 읊는 것이지 단번에 암기하라고 읊어대는 게 아닌기여! 인석아! 뭐여? 왜 그러능겨?

이때 산등성이 바위 틈에서 인민군들 대여섯 명이 따발총을 들고 서 있다.

인민군1   이보우 동무들 여기서 뭐 하는기야? 심마니들이네?

노인 (침착하게) 보… 보면 모르는가?

인민군1 날레 머리에다 손을 얹기요!

심마니 노인과 학준 머리에 손을 얹는다.

인민군1 산 아래 사람들임메?… 날레 말하라우야 쌍!

노인 그래 그런데 니놈 어따대고 어른한테 반말인겨! 니놈 눈
엔 내가 니놈들 손 아래로 보이느냐? 넌 조선사람이 아닝
겨?

인민군1 뭐… 뭐시기야?

노인 이놈들아 따발총을 가졌으면 아무한테나 소릴 질러대고
말을 경우 없이 해도 되느냐 이 말이여! 버르장머리 없는
놈 같으니라구!

인민군2 (인민군1에게) 저리 비키라우! 영감님 잘못했시요. 보시다시
피 저휜 북에서 온 조선인민해방군입네다. 그런데 이 산
아래 사는 사람들입네까?

노인 그려! 이 근동에 사는 건 맞지만 우덜은 저 아래 동리에는
살지 않고 화전하며 사는 사람들이라서 예서 얼마 떨어지
지 않은 산 중턱에 살고 있네.

인민군2 기래요? 기럼 같이 있는 저 젊은 동무래는 뉘기요? 아들임
메?

노인 아! 자식잉께 이런 심심산골서 늙은 애비 부양하면서 이
렇게 산 타고 험하게 약초를 캐고 살지 어떤 미친놈이 이
난리통에 이 짓꺼리를 하겠어?

인민군2 기렀티요? 저 그럼 말입네다! 영감님 부탁이 있시요! 내레
야들 분대장인데 말입네다. 우덜이 벌써 몇 끼를 굶었는둥

알 수가 없시요! 우덜이 영감님 집에 가설라무니 나무를 패든지 아님 잡일이라도 할 테니까는 먹을 것 좀 주시라요! 길구 야들 중에 두 명이래 부상을 당한 아가 있는데 말입네다. 약초가 필요합네다! 영감님!

노인 그려? (학준을 바라보며) 마침 잘됐구먼! 우리 큰놈이 침놓는 침쟁잉께 저놈한테 부탁하면 되겠네 그려.

학준 (깜짝 놀라며) 예? 뭐… 뭐라구요?

인민군2 (학준에게) 동무! 부탁합네다. 남조선 사람들이래 우리 북조선서 왔다카금 죄다 빨갱이라 하면서 사람 잡아먹는 귀신처럼 아는데 기런 게 아입네다. 우덜도 다같은 조선 사람이야요. 다 부모님이 계시고 동기간들이 있디요. 기리니끼니 아우라 생각하시고 서리 우리 다친 애들을 좀 살펴주시라요!

노인 아, 왜 그리 멍청하게 서 있는 기여? 이… 이놈이 덩치는 저래 있지만 산 속에서만 살아 놔서 사람들 낯을 좀 가리는 편이라 저러능겨! 그래도 침술은 쫌 신통할 정도로 기술이 있으니께 어여 내려가서 보라하자.

인민군2 고맙습네다! 동무, 부탁하기요! 야! 날레들 내려가자우야!

학준 (당황하고 놀라며) 네?… 네. 그… 그러지요.

음악과 함께 산 아래로 이동한다.

제18부

바람의 계곡

#1. 초막집 풍경

심마니 노인과 학준, 인민군들과 함께 밀밭 사이로 내려온다. 승윤, 산할머니랑 약초를 말리며 서로 웃으며 장난을 치고 있다. 이때 승윤이가 멀리서 걸어 내려오는 인민군 일행을 보고 소스라치게 놀란다.

승윤   (당황하며) 어… 어머니 저기 저… 빠… 빨갱이 인민군들이.

산할머니   뭐… 뭐시라!

승윤   (후다닥 집 안으로 숨는다) 어… 어머니. 저 없는 겁니다.

산할머니   그라면 안 되여! 얼릉 이리로 나오니라!

승윤   (소리) 뭐… 뭐라구요 어머니?

산할머니   그냥 나오라. 숨으면 잡힌다니.

승윤   (소리) 자… 잡힌다구요?

산할머니   저놈들은 이미 니랑 내를 봤을 테이 그냥 태연하게 있능기 날끼라!

이때 인민군들과 일행들이 가까이 다가온다.

노인　손님들 왔다. 모다 나오니라.

산할머니　모다 뉘기래요?

인민군2　할머니! 우리래 나쁜 사람들이 아니니끼니 놀래지 마시라요!

노인　(집 안쪽을 바라보며 능청스레) 할멈! 우리 둘째 아는 어디 간 기여! 멀찍이서 보니께 아까 약촐 널더만! 야 승냄아! 손님들 왔다. 얼릉 나오니라! 어서!

산할머니　똥 누러 간 모양이래요!

인민군2　영감님 그럼 이 동무말고시리 또 다른 아들이 같이 살고 있습메까?

노인　그렇지! 우리 둘째 놈인데 개성서 쌀장수 따라다니며 장살 배우다가 몸이 성치 않아서 난리 전에 이리루 들어와 모다 같이 살고 있네. (안쪽을 향해) 야 승냄아 아무렇지 않으니께 그만 나오니라 어서!

산할머니　똥 누러 갔다니까요!

이때 승윤, 허리띠를 묶으며 집 안에서 나온다. 몹시 긴장하면서.

인민군2　(유심히 승윤을 살펴보다가) 둘째 아드님임메?

승윤　(약간 당황하며 떤다) 네 그… 그렇습니다 여기 이분들 둘째 아들입니다

인민군2　이분들?

산할머니　야가 승내미래요! 우리 똥강아지 막내래요!

노인　이… 이놈이 인민군 군사들을 보고 놀라는 갑네! 평소 기

가 약해 심장병이 있는 놈이라서!

인민군2 기래요? 놀라지 마오! 우리도 사람이니끼니. 개성서 장살
했다면 개성을 잘 알갔습네다?

승윤 (덜덜 떨며) 네 조… 좀 압니다!

인민군2 내래 학생 때 개성보통학교래 다니덜 않았갔소? 그래 궁
금한 기 많아 그럼메다!

노인 (승윤에게) 이 손님들 모다 며칠씩 굶어서 시장들 하다니께
널랑은 얼릉 니 에미 따라서 정지깐서 먹을 거 쫌 만들어
내 오니라. 그리고 큰애 널랑은 얼릉 저 아픈 군인들 평상
에 눕혀 진맥 짚어보고설랑 상처소독하고는 침부터 놓고
어여 빨리들 혀!

인민군인들 평상과 땅 바닥에 소리를 내며 드러 눕는다.

학준 (심마니 노인에게) 아버님! 저 좀 잠깐!

노인 (눈치를 살피며) 왜! 뭐가 필요한 거여?

학준 저… 저번에 침 소독하고 어디다 두셨나하고요!

노인 (집 안으로 들어가며) 평소 둔 데다가 두었겠지! 그걸 못 찾아
나한테 묻는 게냐?

#2. 내실 안

학준, 한약재 농을 뒤지는 시늉을 하며 심마니 노인에게 속삭인다.

학준 어, 어르신 아니 어쩌자구 암것도 모르는 나를 침쟁이라고

하셔서 절 곤란하게 하시는 겁니까?

노인 이눔아 암말 말구 그냥 침쟁이 흉낼 내! 그래야 니가 살 수 가 있어! 저놈들은 지놈들한테 필요한 사람들은 절대로 죽이덜 안 해! 부려 먹을려구 말이지 그러니까 그냥 니놈 맘대로 재주껏 흉낼 내보는 거여! 겁먹질 말구! 알았냐?

학준 그런데 오 하사 아니 승윤이는 어쩌자고 한 번도 가본 적 없는 개성을….

이때 인민군2가 문 안으로 들어와 선다.

노인 이눔아 어디다 뒀길래 그리 못 찾는 거여?

인민군2 우리 아 두 명이 몹시 다쳐서래 예까지 간신히 왔습네다. 날레 어케 안 되갔습네까?

노인 우리 큰애가 사용하는 침에는 9침(九鍼)이 있는데 참침(鑱鍼)·원침(圓鍼)·시침(鍉鍼), 봉침(鋒鍼)·피침(鈹鍼)하고 또 거 뭐냐? 그렇지 원리침(圓利鍼)·호침(毫鍼)·장침(長鍼)·대침(大鍼)이 있어그래! 쟈들한테 맞는 침을 찾느라고 그러니께 조금만 기다려봐!

인민군2 예?

학준 아버님 저 군인들한테는 침만 놓아서는 안 되구 침구술로 뜸을 같이 해야 할 것 같습니다. 침구보사법에는 수기보사 침법, 오행보사침법, 시간보사침법, 사암보사침법, 체질 보 사침법 그리고 뜸의 보사법이 있는데 오행보사침법이 좋 을 것 같잖습니까?

노인 (눈을 크게 뜨고 놀라며) 그, 그래 내 생각도 오행보사법이 좋 을 것 같구나! 너 그게 니 가장 큰 재주잖여!

인민군2 오행 보사법이요? 그게 뭡네까?

학준 네? 오행 보사법이요? 그… 그러니까 우리 인체에는 첫째 눈이 있고 둘째 코가 있으며 셋째는 귀… 귀가 있고 네 번째로 이 입 안의 혀가 있고 끝으로 다섯 번째는 살… 살이 있어서 보고 듣고 냄새 맡고 맛을 느끼며 살로 촉각을 느끼는 감각이 있는데 이걸 오행이라고 합니다.

심마니 노인. 눈을 찡그리며 고개를 젓는다.

학준 (심마니 노인과 인민군2를 번갈아 쳐다보며) 그… 그래서 음양오행설에 근거하여 그 오행이라는 감각기관을 자극하기 위해 침을 놓고 부황을 떠서 상처를 고치는 것을 말합니다.

인민군2 아! 내래 침 듣는 침술방법입네다. 그거이 남조선 침술인가본데 암튼 신뢰가 가니끼니 날레 부탁하기요! (밖으로 나간다)

노인 (한숨을 내쉬고는 놀라움에) 인석아! 니가 그 침구보사법이 있다는 걸 어떻게 알았으며 또 그 모든 방법을 어찌 외운 거여? 그라구 뭐? 뭐시여? 오행이 눈, 코, 귀, 혀, 살이라고? 이… 이런 허무맹랑한 놈 같으니라구.

학준 (방 벽을 가리키며) 저… 저기 맞은편 벽에다가 어르신께서 써놓으신 글을 보고설랑 내 컨닝을 좀 했어요! 그런데 오행보사법이 뭐냐고 물어볼 줄을 몰랐습니다!

노인 이놈아! 오행보사법이란 말이다 달리 말해 '영수보사법'이라고도 하는데 경락의 오수혈에 자침하는 원리를 말하는 것이여! 암튼 고걸랑 난중에 알려줄 테니까는 지금처럼만 그런 재치를 가지고설랑 흉낼 내거라. 내가 슬쩍 슬쩍 남

안볼 때 진짜 치료를 해줄 테니까 말이다.

학준 네 어르신!

심마니 노인, 고개를 설레설레 저으며 나간다.

음악.

#3. 모닥불 밤풍경

밤하늘에 별빛이 빛나고 초막집 마당에 인민군들과 학준, 승윤, 심마니 노인 내외 모두 나와 모닥불을 피워놓고 고구마, 옥수수를 구워 먹으면서 이야기를 나누고 있다.

인민군2 이보라우 (칠석, 동근에게) 동무들 이제 좀 괜않아진 기야?

칠석,동근 (힘들어 하며) 네 그랬습메다.

칠석 내래 하해와 같은 김일성동지의 보살핌 속에서리 많이 좋 아졌습메다. 은혜디요!

인민군2 쌍! 기따위 소리 하덜 말라야! 우덜이 어케 여기까지 지내 왔는데 그러네?

인민군1 분대장 동무!

인민군2 기레 우덜이 아무리 죽을 떼고생을 했다고 해서리 함부로 이런 말을 해선 안 되지만 말이디… 내래 화가 치밀어 올 라 한 말이니끼니 방금 한 말 기억에서들 지우라야!

인민군1 성님 정말 말조심 하시라요! 낮말은 새가 듣고 밤 말은 쥐 가 듣는다 아이들었음매!

인민군2 암튼 너흴 치료해 준 거이 바로 이 학준 동무의 오행보사법 덕분이니끼니 고걸랑은 잊디말라 이 말이야! 물론 김일성 지도자 동지의 은혜와 함께 말이디 알간?

인민군1 오행보사법? 그거이 뭡네까?

인민군2 그런 거이 있어야! 남조선 사람들 침 놓는 기술이디! 날레 감사드리라우! 동무들이래 생명의 은인이니 끼니….

칠석,동근 감사합네다 동무!

하늘의 별빛이 반짝인다. 그리고 서정적인 음악이 흐른다.

인민군1 (밤하늘을 바라보며) 내레 오랜만에 하늘의 별을 구경하는 거 같습메다! 정말 아름답지 않습메까?

인민군2 부르조아적 감상 표현이디만 내레 오늘 밤만은 참갔어! 내 맘도 그러하니끼니… 이 밤이 참 좋구나야. 이거이 얼마 만에 가져보는 휴식이네! 저 밤하늘을 보니끼니 갑자기 고향생각이 나누나! (잠시 후 자신도 모르게 저절로 시를 읊조린다)

밉살머리스러운 내 고향 밉다가도 그리워
잊지 못할 실낱같은 미련이
정솟든 곳곳만을 헤매여가도
울음이 솟을듯 억제한 가슴은 한숨마저
죽이고야 말겠다

봉변한 장군의 적혈은 변색한 지 오래고
늙은솔 낡은 바위 조차 기억있는듯 싶지않은 내 고향

언제 무슨 일이 그곳에 있었드냐 싶다

인민군1   (박수를 치며) 카 좋습메 되게 좋아! (학준에게) 이봅세 남조선
          동무들! 여기 우리 분대장 동지레 시인인 거는 알고 있었
          씀메까? 인민군가하고 인민노동가도 지은 우리 조선해방
          군 내에서는 유명한 시인이디요!

학준   분대장님이 직접 지은 십니까?

인민군2   아니디요. 방금 읽은 시레 남조선서 월북해서리 우리 북조
          선에 오셔서 문학활동을 하고 있는 정호승이라는 선생동
          무의 십네다. 조선작가동맹에서리 선생의 시는 더러 사상
          성이 부족하고 사회주의 리얼리즘을 이해 못한다는 비난
          을 쏟아내고 있디만 내레 가장 좋아하는 시인이디요. 글구
          내한테 시를 가르쳐준 스승입네다.

학준   분대장님 고향은 어딘가요?

인민군2   내 고향 말입네까? 내레 본시 태어난 곳은 만주디요! 하지
          만서리 우리 아바이가 내 보통학교 다니기 전에 개성시 옆
          에 있는 개풍군 동봉면으로 이사를 했더랬시오. 기리구 거
          기서 몇 년 살다가는 다시 강원북도 통천군 고저읍에서 살
          디 않았갔습네까! 기래설라므니 남들이 내 고향이래 어드
          메냐고 물음 어디라 단정짓기 어려버시리 햇갈린단 말입
          네다. 우리 북조선이래 잘 압네까?

학준   이북 말이요?

노인   (당황하며) 아 알긴 뭘 알아? 어려서부터 하도 병약하고 골
          골해서 어디 나댕기지도 못하게 해서는 이 골짝서만 수십
          년을 살아온 놈인데! 그래 저놈은 예 경기도 땅도 잘 모르
          는 놈이야 그러니 어찌 이북을 알 수 있겠나!

학준　분대장님은 장가 갔어요?

인민군2　장가 말입네까? 기런 걸 와 묻습네까? 아, 오늘 밤 잠은 다 잤구나야! 어케 보입네까? 내레 장가간 거 같이 보입네까?

학준　글쎄요? 목소릴 들으면 간 것도 같고 얼굴을 보면 아직 안 간 것도 같고 잘 모르겠는데요!

인민군1　(깔깔대며) 이 성님이레 아니 우리 분대장동무래 아가 셋 아임메! 장갈 간 지 몇 핸둥 오래 됐는데도 동안이라서리 저리 총각 같단 말임네다! 믿어지기요?

학준　글쎄 그렇게 말하니 그런 것도 같고 아닌 것도 같고… 암튼 아가 셋이라믐 가족들이 무척 그립겠습니다.

인민군2　그립디요! 어찌 아니 그립갔습메까! (긴 한숨을 내 쉬고는 갑자기 러시아어로 시를 낭송한다)

에슬리 지즈니 테뱌 옵마녤/ 네 페찰리샤, 네 세르디씨!

노인　엄메 저게 다 뭔 소린겨?

인민군2　브 데니 우느니야 스미리씨/ 데니 베셀리야 베리 나스타넷/

세르드쩨 브 부두쌤 지붓/ 나스토야세에 우늘로/

브쇼 므그노벤노 브쇼 프로이돗/ 쉬토 프로이돗 토 부뎃 밀로

일동　….

인민군1　삶이 그대를 속일지라도 슬퍼하거나 노여워하지 말라

기쁜 날이 오고야 말리니 마음은 미래에 살고

현재는 우울한 것 모든 것은 순식간에 지나가고

지나간 것은 다시 그리워지나니.

승윤 저 분대장님은 이북서 공부를 많이 하신 분 같네요. 러시아말도 잘 알고… 시도 참 좋은데요!

인민군2 알렉산드르 세르게예비치 뿌쉬킨 동무라고 러시아 문학을 대표하는 유명한 시인이디요! 하지만 바람난 마누라 땜에 결투를 하다가서리 젊은 나이에 요절한 시인임메다.

인민군1 어떴슴메? 내레 하도 우리 성님 아니 분대장님 옆에서 들어서리 기냥 저 시는 다 외우고 있지 않슴메. 우리 분대장 동무래 저레뵈두 피양노어대 출신임메다. 아이디 (인민 군2에게) 지금은 피양외국어대학이라 개명 안했슴네까? 우리 같은 족제비파 군발이들이랑은 신분이 다르디요!

인민군2 기따위 말 말라우야! 그거이 부르조아 사상 아니네? 요즘 같은 전쟁통에는 출신 성분이래 아무짝에도 쓸모없는 쓰레긴기야. 사람이 산다는 거이 뭐이가? 뿌쉬킨 동무가 읊었듯이 삶은 우리네 인생을 속이는데도 희망을 내세우면서 우릴 멍청하게 꼬시는 거 아이겠니? 동무레 앞으로는 말조심하기요! 기래 학준 동무는 장가레 갔슴메까?

학준 (우물쭈물하며 말을 더듬는다) 거… 그거시 그러니까…!

노인 아 갔음 여기가 뭐라구 저래 혼자 살것어? (눈치를 보며) 저 놈오 자식은 거시기가 고장난 것도 아니면서도 도통 장가들 생각을 안 허니 원! 옛날 같으면 저 나이믐 버얼써 동리로 내려가설랑 야밤에 처녀가 없으면 젊은 과부라도 보쌈을 해 왔을거인디… 하기사 뭐 동네로 내려가 봤자 별수 없는 거시 이놈오 전쟁이 터지는 바람에 어느 날 마을에 가보면 태극기가 펄렁대고 어느 날 가보믐 빨갱이 놈들의 인공기가 펄럭대고 있는 바람에…. (아차!)

승윤 (얼른 심한 기침을 한다) 콜록 콜록! (그리고 아파서 평상에 누워 잠

든 인민군 칠석이 옆으로 쓰러지는 척하며 아픈 다리를 꽉 힘주어 짓누른다)

칠석 (자다가 비명을 지르며) 아이구 내 다리! 아이구 내 다리? 어떤 간나새끼레 … 내 다리를 아이고야!

인민군1 갑자기 자다서리 왜 그럼메? 어디가 아프오?

칠석 아이고 내 꿈에서리 산중서 커다란 바위가 굴러 떨어지면서 내 다리를 꽉 드리받은 거이 같은데… 아이고 내 다리야! 아아!

노인 야! 승냄아! 얼릉 안에 들어가서 복령가루 한 종지 꺼내와서 물에 타설랑 저놈아한테 멕여라. 학준이는 호롱불이라도 들고 와서 영수보사법으로 오수혈 두 군데를 보법으로 자침하고… 자다가 꿈에서 바위에 쳐받치면 아픈 다리가 썩는다는 증건데… 야단이구먼!

칠석 뭐요? 썩습메까? 기리면 안 됩네다. 살려주시라요! 내레 이래 다릴 잃을 수는 없습메다. 학준이 동무 아니 성님! 날레 내 다릴 고쳐주시라요! 아이고 오마니!

음악.

#4. 초막집 아침풍경

이른 아침 운무가 산중턱에 내려앉아 초막집 풍경이 더 아름다운 경치를 보여주는 가운데 인민군들은 운동하고 면도하고 나무장작을 패면서 한가한 모습을 보인다. 이때 인민군1이 무전기를 가지고 인민군 2에게 다가온다.

인민군2 무전기래 고쳤네?

인민군1 기거이 벌써 고쳤드랬시요!

인민군2 뭬야 기린데 와 여태 말 안 한 거이네!

인민군1 (조용하게 작은 목소리로) 기리면 우덜이 이래 쉬지도 못했을 꺼 아입메까! 일부러 그랬디랬시요! 성님! 아니디 분대장 동무!

인민군2 (역시 작은 소리로) 간나새끼레 어드메서 그런 재간이 있는 거이네? 그리고 앞으로 성님이든 분대장동지든 하나로 통일 해 부르라우야. 남들한테시리 남사스러워 죽겠어야. 암튼 아직 무선으로 내려온 지령은 없었네?

인민군1 방금 상위군 군관동지로부터 명령이 하달됐는데 오늘이래 흩어진 병사들 모다 가군지계곡으로 집결하라는 지령이 내려 왔습메다!

인민군2 뭬야? 가군지! 그카면 거기래 여기서 얼마나 걸리갔네?

인민군1 아마도 뛰어도 하루 반나절은 걸리지 않갔습네까?

인민군2 뭬야? 기리면 시간이 없는 거 아이네?

인민군1 기맀티요. 빨랑 서둘러야 하갔습메다!

인민군2 이거이 큰일났구나야! 우리는 기맀타해도 저 다친 동무들 이레 어카간? 저 산을 넘을 수 있을 것 같네?

인민군1 무조껀 끌고 가야디요! 길티 안음 우리 분댄 작살납네다!

#5. 초막집 아침식사

모두 멍석에서 또 평상에서 감자밥으로 아침식사를 한다. 이때 심마니 노인, 삼태기 소쿠리를 메고 나온다.

노인 조식 끝내면 어여 저 칠석이 동무라는 놈을 내실로 옮겨다 놓거라! 아무래두 우리 큰 애한테서 영수보사법인가 뭔가로 피를 뽑아내야 할 꺼여!

학준 영수보사법이요? 제… 제가요?

노인 (슬쩍 인민군2 눈치를 보며) 인석아 그럼 니놈이나 침을 놀 줄 알지 여기 다른 침쟁이가 또 있더냐? 나도 약초나 캘 줄 알지 침은 잼뱅인기여!

학준 아버님 식, 식전부터… 영수보사법으로 침구뜸 하라구요?

노인 (학준에게 눈을 찡긋하고는) 쟈가 엊저녁 꿈에 커다란 바위에 부딪쳤잖여! 니들 같이 젊은 놈들은 미신이라고 할진 모르겠다만서도 내 경험으로 봐선 저런 꿈을 꾼 놈들 모두 백이면 백 다 살이 썩어 문드러져 결국은 죽는 걸 보았단 말여. 빨리 혈에 균 들어간 나쁜 피를 뽑아내 줘야혀. (겁에 질린 칠석이를 쳐다보고는) 본시 꿈이라는 건 말이다 이승과 저승 사이에 있는 허공인겨! 그리고 돌이 산중서 굴러왔다는 것도 산은 신령한 것인게 재앙일 수도 있고 말여. 그러니 학준이 너는 오늘 암것두 하지 말고 승냄이랑 같이 저 칠석인가 하는 놈하고 저 동근이 놈을 돌봐주거라. 내는 야들하고 모다 산에 가설랑 이놈들 기를 보강하는 약초들을 캐갖고 올 테니께.

인민군 칠석 (학준에게) 성님동무 살려주시라요! 내레 죽으면 안 될 몸이야요. 돌아가신 우리 아바이, 오마니하고 한 약조가 있시오. 내레 손 귀한 삼대독자디요. 그래설라므니 고향집에 돌아가서리 꼭 아들을 낳아야 함메다. 우리 마누라도 매일 지성을 드리고 있디요 살려주시라요!

학준 (당황하며) 아… 알았어요

인민군2 (학준에게) 어드레 할 수 있갔습네까?

학준 (당황하며) 네? 뭐 뭘?

인민군2 (약간 표정이 굳으며) 우리 칠석동무레 살려낼 수 있느냐 말입네다!

학준 해… 해보야지요? 아… 아니 살려내야지요! 그럼 잠시 후에 안으로 옮겨들 주시오. 그런데 (심마니 노인에게) 아… 아버님 저… 저 좀 잠깐….

노인 왜 그러는데…?

학준 (인민군2를 의식하며) 뒷광으로 좀! 저 친구에게 오행의 상생(相生)·상극(相剋)의 이치를 활용하려면 아무래도 시침보다는 호침이나 장침이 더 필요한데 그것들 광 어디다 숨겨 놓았지요? 좀 찾아주고 가시지요!

노인 아… 알았다 왜 그 봉다리 속에 넣어두었잖어. (학준과 함께 광 쪽으로 간다)

인민군2, 광으로 가는 두 사람을 물끄러미 쳐다본다. 그리고 권총을 꺼내든다.

#6. 약간 어둑한 광

아침절에 아직 햇살이 어둑한 광 안에는 나무 선반에 여러 가지 농기구와 살림도구가 놓여 있고 감자, 고구마, 옥수수 같은 곡식들이 놓여있다. 광 안으로 들어오는 심마니 노인과 학준.

학준 (밖을 의식하며 작은 소리로) 아니 어쩌자고 저한테 자꾸 이러시는 겁니까 영감님? 아니 이번에는 영수보사법이라니요?

노인 (역시 작은 소리로) 이눔아. 그거이 모다 같은 말이여! 너 잘 들어라. 아무래도 놈들 행동이 심상치 않은 것 같다. 놈들이 아무리 착하고 인테리건 간에 어쨌건 놈들은 북에서 온 빨갱이 인민군들이여! 그러니 내 저놈들 데리고 모두 산으로 갈 테니께 널랑은 승윤이하고 둘이서 놈들에게 양구비 꽃잎으로 만든 약술을 먹여 잠재우고는 얼릉 우리 할망구 데리고 저그 마을 쪽으로 무조건 내빼거라! 내는 내 혼자서 알아서 할 테니까. 알아들었냐?

학준 (놀라며) 뭐라구요?

노인 아니 뭐라니? 인석아 지금 내가 조선말 하는 거지 로스께 말하는 거 같냐?

이때 광문이 열리며 총을 든 인민군2가 들어온다. 걸음걸이와 표정이 엊저녁과 사뭇 다르다. 그 뒤로 인민군들이 서 있다.

인민군2 그 호침과 장침 다 찾았습네까?

노인 (깜짝 놀라며) 아… 아니 아죽 못 찾았는데 왜들 이러는거? 총을 들고서 말여…?

인민군2 아바이 동무! 내 말 잘 들으시라요. 아무래도 우리가 여기에 더 지체할 수 없는 사정이 생겨설라무니 지금 곧 떠야 야겠시오. 그래서리 하는 말인데 아무래도 우리가 아바이 동무 두 아들을 델고 가야겠습메다!

학준 (놀라며) 뭐라구? 아니 우리 아들은 왜?

인민군2 야! 그 오마니 동무하고 승냄이 동무래 들여보내라우!

겁에 질린 승윤이가 할머니와 함께 떠밀려 광으로 들어온다.

인민군2 두 동무래 모다 우리랑 같이 북으로 델고 가갔시요! 승냄이 동무는 말이디 우리래 다친 동무들을 위해서 필요한 약초들을 한 짐 골라게지고 가고, 학준 성님 동무는 다친 우덜 동무들을 가면서 치료해줘야 갔시요! (인민군들에게) 야 뭣들 하는 기야! 날레 먹을 것들을 챙기라우야! 시간들 없으니끼니…!

인민군들, 감자, 옥수수 등 식량들을 자루에 담고 자기들 배낭에도 담는다.

산할머니 (심마니 노인에게) 야들이 모다 왜 이러는 거래요?
노인 (인민군2에게) 모두 뭐하는 짓거리들이야? 아 배고파 뒤져가는 놈들 멕여주고 다쳐 죽어가는 놈들을 살려주었더니만 지금 이게 뭐하는 짓이냐고!
인민군1 (식량을 주어 담다 히죽거리며) 우리네도 어쩔 수 없어 기래요! 상부에서 오늘까지 우덜을 목적지꺼정 오라는구만요! 상부명령을 어기면 우리래 기냥 그 자리서 총살입메다. 기래 기러는 거니까네 이해 하시라요!
노인 이놈들아 아무리 그렇기로서니 우리도 먹고 살아야잖여! 그리 다 가지고 가믐 우린 뭘 먹고 살고 또 남의 금쪽같은 두 아들들은 왜 델구 가려는 거여? 안된다 이놈들아! 쟤들은 절대 못 델구 간다!
산할머니 (심마니 노인에게) 야들이 우리 승냄이를 또 델고 가는 거래요?

강한 음악.

#7. 화전 밭 풍경

초막집을 뒤로 하고 인민군2가 앞서고 학준과 승윤이가 인민군들 감시 하에 뒤따라 걷는다. 잠시 후 초막집에서 따발총 소리가 들린다. 그리고 인민군1 초막집에서 나와 일행을 향해 뛰어온다.

학준   (오열하며 소리친다) 어르신! 아버니–임.

함께 오열하는 승윤, 학준의 외침이 메아리쳐 울린다. 강한 음악 up-down.

#8. 1960년대 초 대전의 거리 풍경

목척교를 중심으로 한 대로를 달리는 택시들과 버스들, 그리고 마부들이 이끄는 마차들 사이로 신작로를 걷는 행인들 중에는 초라한 낡은 한복을 입은 남녀들이 많이 섞여 있다. 그 신작로 행인들을 헤집고 뛰어오는 영신과 동네 아이들. 모두 다 그 손에 포장용 골판지와 곽대기(두툼한 종이박스)를 들고 있다.

#9. 동네 놀이터

놀이터 구석진 한 쪽에 고장난 고물 트럭 한 대가 세워져 있고 그 옆에 평상이 놓여있다.

두익 (종이 곽대기와 골판지를 내려놓으며) 오늘 왕생백화점을 다 돌아 다녔는데 이거뿐이 못 주었어!

영신 (가위로 종이를 자르면서) 용식이 너는 니꺼 만들 종이 가져왔어?

용식 이거 우리가 같이 주어온 거 다 합친 거야!

영신 관용아! 너는 풀 쑤어왔어?

관용 아니! (주머니에서 주먹밥 찌꺼기를 꺼내며) 엄마한테 풀 쑤어 달랬다가 딥다 혼만 나서 아까 내가 먹던 점심밥을 몰래 가져 온 거야!

영신 (완성된 관을 들어보이며) 자! 호동왕자가 쓰던 왕관이야! 이건 두익이 꺼!

두익 와! 딥다 멋있다!

영신 어때 똑같지?

두익 응! 진짜랑 똑 같아!

용식 내 껀 언제 만들어 줄 껀데?

영신 어제 중도극장 앞에서 놀다가 어떤 아저씨한테 말해서 그 아저씨 손잡고 극장엘 들어갔는데… 호동왕자랑 낙랑공주를 했어!

관용 재밌었어?

영신 응 딥다! 김경수가 호동왕자로 나왔고 김진진이 낙랑공주였는데 딥다 멋있었어!

용식　내 껀 언제 만들어 줄 꺼냐니간?

영신　가만 있어봐! 얘네한테 어제 본 여성국극단 얘기 좀 하구. 내가 생각나는대로 이야기 해줄 테니까 (용식이에게) 넌 그 중에 한 명을 골라. 그러면 내가 그 사람 관이나 가면을 만들어줄께!

용식　정말? 그럼 어서 이야기 해봐!

　　　아이들 모두 영신이 주변에 둘러모여 영신이가 하는 이야기에 빠져든다.

영신　호동왕자는 고구려 태자마마였고 낙랑공주는 가야나라 임금님 딸이었는데 그 나라에 자명고라는 큰 요술북이 있었어! 근데 고구려 군인들이 쳐들어오면 이 요술북은 저절로 둥, 둥, 둥둥둥둥 울리는 거야. 그러면 가야나라 임금님하고 백성들을 모두 숨고 군인들에게 전쟁준비를 하게 해서 언제나 고구려군을 쳐부셨어! 그래서 호동왕자가 할 수 없이 낙랑공주를 꼬셔서 그 북을 찢어버리게 했어. 그래서 낙랑공주는 아버지한테 잡혀가서 죽게 되었어. 그때 아버지 왕이 낙랑공주한테 물었어. (흉내내면서) 너는 어떻게 나쁜 나라 편에 서서 우리나라의 보물인 자명고를 찢었느냐? 그랬더니 그 여자가 아니 공주님이 뭐라고 대답했는 줄 알아?

아이들　뭐라고 했는데?

영신　(공주의 흉내를 내면서) 저는 이제 공주가 아니고 고구려 호동왕자의 각시가 되었기 때문에 고구려사람이 되었습니다. 그래서 그 북을 찢었어요! 라고 울면서 말했어!

석찬	왜? 낙랑공주가 호동왕자 각시가 됐는데…? 그 이야기는 안 해줬잖아!
영신	임마, 그건 호동왕자가 나처럼 잘 생겨서 낙랑공주가 반해서 사랑을 했으니까 그렇지!
아이들	뭐 사랑? 히히히 헤헤헤.
용식	잠깐! 그럼 나 호동왕자 할래. 그러니까 아까 만든 그 호동왕자관 나한테 줘!
두익	그건 내 꺼잖아 임마!
용식	그럼 호동왕자는 니가 할 거야?
두익	응! 영신이가 나한테 하랬어! (영신에게) 그치?
영신	응! 그러니까 용식이는 다른 거 해!
용식	다른 거 뭐?
석찬	낙랑공주! 너 여자 애들 흉내 잘 내잖아! (아이들 웃음소리)
용식	에잇! 싫어 나 차라리 임금님 할 꺼야.
석찬	그건 내가 할 건데….
용식	나쁜 새끼들 나 그럼 연극 안 할래. 지네들끼리 남자 나오는 거 다하고….
영신	그래도 재미있잖아 그럼 내가 공주마마 왕관 멋있게 만들어 줄게!
관용	나는 아무것도 안 맡았는데?
용식	그럼 너는 내 시녀 해!
아이들	하하하!

동네 아이들, 자기네들끼리 만든 왕관과 가면과 목검을 가지고 칼싸움을 하며 연극놀이를 한다. 가느다란 음악.

#10. 여성 국극단 다큐 영상

여성국극단 다큐 영상과 함께 영신의 독백이 O.L 된다.

영신   (독백) 그 시절 우리는 동네에서 연극놀이를 하며 놀았다. 그때 당시 사람들에게 가장 인기가 많았던 것은 영화하고 연극이었는데 특히 여성국극단이라고 하는 여성들만 출연하는 연극 공연을 무척 좋아했다. 내 기억으로는 임춘앵, 조금앵, 김경수, 김진진이라는 여성국극단 스타배우들이 있었는데 임춘앵은 자기 이름을 딴 춘앵무라는 북춤을 잘 추었고 김경수, 김진진은 실제로 자매들 간인데 항상 김경수는 남자 역할을 했고 김진진은 여자 역할만 했다. 귀 옆에다 긴 구렛나루를 그리고 큼직한 눈, 오뚝한 코로 분장한 그들의 태자마마와 공주마마의 모습은 어린 우리가 보아도 정말 멋있고 예뻤다. 특이했던 것은 그때 내 나이가 초등학교 3, 4학년 정도였을 텐데 나는 손재주가 무척 좋았던 모양이다. 아이들은 내가 만든 왕관이나 가면수염 그리고 목검이나 연 등을 무척 가지고 싶어했다. 뿐만 아니라 주변 어른들도 내가 만든 것들을 보시면서 크게 놀랐고 칭찬을 아끼지 않으셨다. 그리고 우리들이 연극놀이를 할 때면 언제나 동네 아이들은 내가 시키는 대로만 따라했다. 그러니까 나는 일찍부터 연출의 재능과 함께 소품제작에도 소질이 있었던 모양이다. 그러던 어느 날이었다. 나는 내 생애에 있어서 아주 커다란 갈등을 불러일으킨 사건을 만나게 되었다.

#11. 다큐 영상

가수 안정애가 부르는 '대전브루스'라는 가요와 함께 1960년대 대전 시가지와 대전의 여러 가지 풍물사진이 비쳐진다.

노래 잘 있거라 나는 간다 이별의 말도 없이
떠나가는 새벽열차 대전 발 영시 오십분
세상은 잠이 들어 고요한 이 밤
나만이 소리치며 울 줄이야
아~ 붙잡아도 뿌리치는 목포행 완행열차

기적소리 슬피 우는 눈물의 플랫트홈
무정하게 떠나가는 대전 발 영시 오십분
영원히 변치 말자 맹서했건만
눈물로 헤어지는 쓰라린 심정
아~ 보슬비에 젖어우는 목포행 완행열차

#12. 동네 놀이터

영신이 동네 아이들과 함께 사방치기를 하며 놀고 있다. 이때 운기가 다가오며 소리친다.

운기 (소리치며) 야--- 애들아! 최무룡이 왔어! 최무룡이!
영신 뭐라구 최무룡이 왔다구?
운기 응 신성일도 왔대!

용식	뭐? 신성일도 왔다구?
운기	응 지금 대전역전에 사람들이 구경하느라고 무진장 많이 모여 있어!
관용	최무룡하구 신성일이 왜 왔는데?
운기	바보야! 영화촬영하러 왔지! 지금 대전역전에서 대전발 영시오십분 영화촬영을 하고 있데
영신	정말? 야 우리도 역전으로 구경가자!
동네 아이들	그래 그래! (아이들 뛰어 간다)

브리지 음악.

#13. 대전 역 광장

대전 역 광장 우측으로 영화촬영을 구경하러 온 사람들로 장사진을 치고 있다. 구경하는 사람들 앞쪽에는 진입 차단하는 기다란 줄이 쳐져있다. 동네 아이들이 구경꾼 사이로 뚫고 나와 맨 앞자리에 와서 앉아 구경을 한다. 영신이도 앉아있다. 이때 확성기 소리가 난다.

소리1	자! 구경하러 오신 대전 시민여러분! 촬영을 위해서 협조를 당부합니다. 절대 여러분 앞에 쳐진 줄을 넘어오시면 안 되고 또 촬영 중에 배우들을 보고 소리를 지르시면 안 됩니다. 꼭 협조해주시길 부탁드립니다. 자! 그럼 촬영을 시작합니다. 카메라 준비됐지?
소리2	네 준비됐습니다.
소리1	조명팀도 준비됐습니까?

소리3	네 준비 완료했습니다.
소리1	그럼 씬 넘버링 해주세요!
소리4	씬 37-4번입니다.

#14. 촬영 현장

군복을 입고 마스크를 한 채 유골함을 들고 있는 최무룡과 신성일의 모습이 보이고 그 앞쪽으로 촬영 카메라가 놓여있다. 그리고 촬영을 지휘하고 있는 영화감독이 확성기를 들고 촬영 카메라 뒤에 서 있다.

영화감독	자 그럼 찍겠습니다. 최무룡 씨 유골함을 앞으로 들지 말고 약간 옆으로 잡아주세요. 네 좋습니다. 그럼 레디 고! 자… 정면을 향해서 걷는다. 그리고 비통해 하는 표정으로 컷! 성일이는 왜 자꾸 위쪽을 향해 힐끔거리는 거야? 다시! 그리고 최무룡 씨 팔에 힘이 너무 들어간 것 같습니다. 사람들이 너무 많이 몰려오니까 오늘 빨리 끝냅시다. 다시 조감독 씬 넘버링!
조감독	(넘버링 판을 들고 카메라 앞에서 소리친다) 씬 37-5번입니다.
영화감독	레디 고! 자 정면으로 네 좋고요… 비통해하는 표정… 네 좋습니다. 컷! 아주 좋았어요! 어이 조감독 다음 장면은 대합실 안쪽인가? 이민자 씨랑 최지희 씨 도착들 했어?
조감독	네! 분장 마치고 대합실에 대기 중입니다.

이때 서서 구경을 하던 한 사람이 소리를 친다.

구경꾼1 (종이 한 장을 내밀며 소리친다) 최무룡 씨! 싸인 한 장 부탁드립니다. 최무룡 씨!

구경꾼2 (역시 소리치며) 저도요! 저도 싸인 부탁해요!

조감독 저 선을 넘어오시면 안 됩니다.

구경꾼3 저… 신인배우가 신성일이야? 잘생겼는데. 야 최무룡보다 인물은 더 좋다야!

구경꾼4 더 젊으니까 그렇지! 아까 대합실 쪽으로 최지희가 지나가는 걸 봤는데 와! 진짜 몸매가 끝내 주더라!

용식 (큰소리를 치며) 최무룡 씨! 신성일 씨! 최무룡, 신성일!

영신 (용식에게) 임마 어른들한테 이름을 부르면 어떻게 해! (갑자기 소리를 지르며) 최무룡 아저씨! 신성일 아저씨!

동네아이들 (일제히 일어서면서) 최무룡 아저씨! 신성일 아저씨! 여기요 여기. (손을 흔들며 소리를 질러댄다)

이때 최무룡과 신성일이 아이들 앞 쪽으로 지나간다. 아이들, 소리를 지른다.

영신 아저씨! 여기 좀 봐주세요! 아저씨!

이때 최무룡과 신성일이 영신이 쪽으로 다가온다.

영신 최무룡 아저씨! 신성일 아저씨! 저도 싸인 좀 해주세요 네?

최무룡 (영신에게 다가서며) 학생이 공부를 해야지 이런 델 쫓아다니면 되나? 어서 그만 집에 가거라.

신성일 (최무룡에게) 잠깐! 선생님 이 꼬마 정말 잘 생겼네요! 너 이름이 뭐니?

석찬 애 이름은 우영신이에요. 얘 하나님 아들이에요!

신성일 뭐? 하나님 아들! 하하하 너 이담에 커서 영화배우하면 아주 한몫 하겠는데!

최무룡 (영신에게) 공부를 해야지, 먼저 공부를 열심히 해야 배우가 될 수 있는 거야! 알겠니?

영신 네!

용식 암마 넌 목사님 된다고 했잖아!

최무룡 목사? 오히려 그것이 낫지! 하하하! 그럼 공부 잘해라!

신성일 (영신에게) 꼬마야! 그럼 안녕! (손을 흔들고 다시 간다)

구경꾼들이 다시 소리친다. "여기 싸인 좀요!" 영신이 흐뭇한 표정을 지으며 웃고 있다.

영신 (독백) 유골함을 들고 군복차림으로 촬영을 하던 최무룡, 신성일 두 배우가 촬영을 끝내고 인산인해를 이룬 구경꾼들 사이를 지나면서 우연히 나를 쳐다보고는 잠시 걸음을 멈추고 했던 말이다. 그날 그 두 분은 어린 내 가슴에 큰 울림을 안겨주었다. 특히 신성일 선생님이 나를 보고 웃음 지으며 하셨던 말 "너 이담에 커서 영화배우하면 아주 한몫 하겠는데!"라고 했던 그 말은 옆에서 내 친구 용식이가 했던 "넌 목사님 된다고 했잖아!"라는 말과 함께 지금도 나에게 갈등과 울림의 소리가 되고 있다. 그날 이후 나는 날마다 하나님을 귀찮게 해드리고 있다. 하나님 아버지 저 배우 될까요? 목사님 될까요? 그런데 하나님은 아직도 나의 이 기도에 대해 확실한 응답과 확증을 주시지 않으신다. 그 해에 또 잊지 못할 〈돌아오지 않는 해병〉이라는 영

화가 있었는데 여기서도 최무룡 선생님이 너무나 멋있게
나왔었다. 웬일인지 최무룡, 신성일 두 분 선생님이 나오
는 영화를 보면 어린 마음이 요동쳤던 것을 기억한다. 지
금도 마찬가지다.

음악 서서히 F.I 되었다가 다시 F.O.

#15. 우영신 교수 서재

우영신 교수, 서재에 앉아 물끄러미 창밖을 내다 보고 있다. 잔잔한
음악.

영신 (독백) 나는 지금도 내가 살던 달동네 사람들의 얼굴을 기
억한다. 그리고 그들의 가난으로 찌든 삶의 모습들이 기억
난다. 비록 어린 나이였지만 그때 나는 내 맘속으로 그들
을 동정하고 있었던 모양이다. 우리 동네에 유독 나를 귀
여워해준 어떤 아줌마가 있었는데 그 아줌마 이름이 가수
이미자와 같아서 나는 미자아줌마라고 불렀다. 그런데 사
람들은 그 아줌마를 술집 작부라고 했다. 그때까지만 해도
난 아직 어린 나이라서 작부의 의미를 알지 못했지만 그
아줌마는 참 착했던 것으로 기억한다. 그런데 어느 날 그
미자아줌마가 술을 마시고 성남동 굴다리 위 철길에서 기
차에 뛰어들어 자살을 했다. 그때 나는 비록 어린아이였지
만 그 불쌍한 미자아줌마를 위해 기도를 해주었던 기억이
난다.

#16. 동네 거리

어수선한 달동네 풍경. 그 안에 '우리집'이라는 간판을 내건 동네 선술집이 보이고 그 앞 평상에 미자아줌마가 담배를 피우며 혼자 앉아 있다. 영신이 보이스카웃 단복을 입고 그 앞을 지나간다.

미자아줌마 (담배를 입에 문채) 야! 예쁜 꼬마. 너 이리 좀 와봐!

영신 (약간 당황해 하며) 저요?

미자아줌마 그래! 너 이름이 영신이 맞지?

영신 네!

미자아줌마 맞구나! 우리 엄마가 니 칭찬을 하도 많이 해서… 내가 너를 딱 보는 순간 니가 영신일 거라고 생각했지!

영신 근데 왜요?

미자아줌마 니가 그렇게 예배당에 열심히 잘 다녀서 니네 엄마가 아팠는데 니가 살려냈다며?

영신 내가 살려낸 게 아니라 우리 아버지가 살려주신 건데요!

미자아줌마 니네 아버지? 너네 아버지가 있어? 우리 엄마가 그러는데 너는 니네 엄마하고 단둘이 산다고 했는데…? 내가 잘못 들었나!

영신 아-! 우리 아버지는요 하나님 아버지예요.

미자아줌마 뭐? 하나님 아버지라고! (갑자기 깔깔대며 웃는다) 그러니까 니가 말한 아버지는 진짜 아버지가 아니고 예배당 사람들이 섬기는 그 하나님을 말한 거였구나!

영신 네! 저는 애기 때 울 아버지를 잃어버려서 하나님 아버지가 우리 아버지가 됐어요. 그런데 진짜로 하나님 아버지가 제 기도를 다 들어주셨어요!

미자아줌마 (갑자기 심각해지며) 그래? 넌 참 좋겠다. 니 맘에 그런 아버지라도 모시고 사니까! 나도 옛날 어렸을 땐 예배당에 다녔었는데… 그런데 니네 그 하나님 아버지가 무슨 기도를 들어주셨는데?

영신 뭐든지 다 들어주셨어요. 제가요 우리 방에 이불 얹어두는 궤짝에다가요 볼펜으로 십자가를 그려 놓았는데요 맨날 거기에다 머리를 대고 두 손 모으고 기도를 하거든요. 그럼 다음날 다 이루어지는 거예요. 아줌마 신기하죠! 내가 며칠 전에도 학교선생님이 보이스카웃을 뽑는다고 했는데 단복비를 내야 한댔어요. 그래서 보이스카웃이 너무 하고 싶어서 그 십자가 그림에다 머리를 대고 기도했는데요. 어제 엄마가 장사 마치고 오시더니 어떤 손님이 엄마가 늦도록 혼자 장사하는 것이 안됐다고 하면서 남은 양키 물건을 다 팔아주셨대요. 그러시면서 제 단복비를 주셨어요. (옷을 보이며) 이 단복 멋있지요? 우리 아버지는 그렇게 제 기도를 다 들어주시걸랑요.

미자아줌마 그럼 아줌마가 너한테 부탁이 하나 있는데 너 그 십자가에다 머리를 대고 기도할 때에 이 아줌마를 위해 한번 기도해줄래?

영신 어떤 기돈데요?

미자아줌마 응 이 아줌마가 지금 무척 외롭거든 그래서 홀애비도 좋고 나이 많은 사람도 좋으니까 이 아줌마 시집 좀 가게 니가 기도해줄래? 그럴 수 있어?

영신 그건 아줌마 일이니까 아줌마가 기도해야죠!

미자아줌마 그럴 수만 있으면 얼마나 좋겠니? 난 말이야 엄청 죄를 많이 진 년이거든 그래서 아마도 내 기도는 니네 하나님이 안들어 주실 거야.

영신 그런 게 어딨어요. 우리 교회 선생님이 그러셨는데요. 사람들은 모두다 죄인이래요. 그래서 누구든지 먼저 자기 죄를 용서 받은 후에는요 무슨 기도든지 다 들어주신다고 했어요!

미자아줌마 에이 그건 거짓말이다. 어떻게 모든 사람이 다 똑같은 죄인이니! 너랑 나랑만 봐도 너는 착하고 이런 아줌마를 부끄러워하지도 않고 이렇게 친절하게 얘기도 해주는데… 그리고 넌 동네에서 소문난 효자라던데 니가 왜 죄인이니? 하지만 나는 죄인인 거 맞아! 맨날 남자들 꼬셔서 등쳐먹고 술에 취해 욕지거리나 하고 우리 불쌍한 시골에 혼자 사는 늙은 엄마 버리고 온 나쁜 년이니까! 사람이란 말이다 다 제 처지가 있는 거거든! 나는 내 양심상 기도를 할 수가 없어! 그러니까 니가 나 대신 기도 좀 해줘라 응! 그러면 나 더럽게 번 돈이지만 너한테 기도 해준 값을 쪼금씩 떼어 줄 테니까!

이때 '우리집' 안쪽에서 덕수네 엄마가 소리친다.

덕수엄마 애, 미자야! 누구하고 노닥거리는 거야? 어여 빨랑 들어와 이년아! 저녁장사 준비 안 할 거야?

미자아줌마 알았어 엄마! 금방 들어갈게!

덕수엄마 (안에서) 어이구 저 썩어 문드러질 년. 적당히 눈치껏 받아 먹을 내기지 웬 술이 보약이라고 그리 쳐 마셔대는지 맨날 밤새 토하고 헛구역질하고 또 한나절씩이나 퍼질러 자고 이제 저녁손님 받을 시간이 다 됐구먼서도 누구하고 그리 노닥대며 꼼짝도 않는 거여! (빗자루를 들고 나오며) 누구여! 어떤 놈하구 그리… (영신이를 보고는 깜짝 놀란다) 아니 너는 영신이 아녀?

영신　아줌마 안녕하세요!

덕수엄마　난 또 어떤 놈인가 했더니 우리 영신이구나! 그래 요즘 니네 엄마 장사 잘된대?

영신　예! 어저께는 양키 물건 몽땅 시마이해서 저 보이스카웃 단복 사주셨어요?

덕수엄마　시마이라구? 암튼 좋겠네! 근데 니덜 엄마한테 조심하라구혀! 요즘 양키 물건 단속한다더라!

영신　예!

덕수엄마　그리구 어여 가! 어린애라도 학생은 이런 술집 앞에서 노닥거리는 거 아녀! 사람들이 욕해!

영신　예! 안녕히 계세요! (미자에게) 아줌마도 안녕!

미자아줌마　(멍하니 가는 영신이를 쳐다보면서) 엄마! 저 아이 참 멋있다. 얼굴도 잘생기고 싹싹하고 친절하구 신앙심도 좋고… 나도 첫 선 들어왔을 때 시집갔으면 벌써 저런 아이를 키우고 있었을 꺼야! 그치?

덕수엄마　미친년 지랄하고 자빠졌네! 그러게 시골구석에 처박혀서 착한사람 만나 시집이나 갈레기지 뭔 바람이 나서 고향 뛰쳐나와 이 고생인겨! 지금이라도 늦지 않았으니께 눈 딱 감고 고향으로 돌아가 이년아! 요새 기집년들 숫처녀가 어딨어! 사내놈들 지들도 숫총각이 아니니까 그런 거 안 가린다더라!

미자아줌마　그러게 말이야! 하지만 난 양심상 그렇게 남 속이고는 시집 못 갈 거 같아!

덕수엄마 잘났다 이년아! 양심은 뭔 얼어죽을노메 양심! (빗자루를 내밀며) 어서 이걸루 집 앞이라도 쓸어!

브릿지 음악.

#17. 우영신 교수 서재

영신 (독백) 그날 이후 나는 미자아줌마를 위해 기도했다. 나도 사실은 동네 사람들이 미자아줌마를 흉보는거 하구 때로 아줌마가 지나가면 뒤에다 소금 뿌리는 걸 여러 번 보았다. 하지만 나는 교회에서 배운 대로 불쌍한 사람들을 마음으로 동정하는 것과 함부로 판단을 해서는 안 된다는 것을 알고 있었기 때문에 아줌마와의 약속을 지키려고 아줌마가 시집가게 해달라고 기도를 했다. 그리고 가끔씩 미자아줌마를 볼 때마다 미자아줌마는 사람들이 욕하는 것처럼 그렇게 나쁜 사람이 아닌 것 같았다. 그러던 어느 날 나는 엄마로부터 이상한 이야기를 들었다.

#18. 집 앞 평상 위에서

길자가 영신이를 무릎에 누이고는 머리핀으로 귀 소제를 하고 있다.

길자 아이고 마! 이래 해갖꼬도 귀가 들리드나? (귓밥을 꺼내 보이면서) 이게 쥐포제 귓밥이가?

영신　엄마 살살해 너무 아파!

길자　가만히 좀 있거라! (문득) 참 너 저 아래 덕수네 집에서 술 파는 미자라 카는 여자 알제?

영신　응 그 아줌마 참 착해! 그래서 내가 요즘 그 아줌마가 부탁한 거 맨날 맨날 기도해주고 있어!

길자　뭘 부탁했는데?

영신　나더러 아줌마 시집가게 해달라고 부탁했어! 그 아줌마는 자기가 죄를 너무 많이 져서 양심상 하나님께 기도할 수가 없대!

길자　아니 얼라한테 부탁할 게 따로 있지. 무슨 부탁을 그리 하노! 그래 그랬나? 참 얄굽데이?

영신　뭐가? 뭐가 얄미운데?

길자　얄미운 게 아이고 이상타 말이다!

영신　(일어나 앉으며) 뭐가 이상한데?

길자　그 여자 시집갔다 카드라!

영신　뭐? 정말! 와 우리 아버지가 내 기도 또 들어주셨네. (두 손을 모으고) 아버지 감사합니다.

길자　아직 내 말 다 안 끝났다. 더 들어보거래이! 참말로 그리해도 될랑가 모르겠다.

영신　뭔데?

길자　내도 자세히는 다 몬들었다만서도 덕수어메가 그라데. 얼마 전에 어떤 남자가 술집에 와 설랑 덕수어메한테 그랬단다. "아줌씨요. 누구라도 좋으니까 젊은 여자 일주일만 빌려갈 데 없을까유?" 그래가 그게 무슨 말이냐고 했더만 이래 말하드란다.

#19. 우리 선술집 안

희미한 전등 불빛 아래 덕수엄마하고 미자, 한 남자가 막걸리를 놓고 탁자에 마주 앉아있다.

남자　아줌씨요. 나 말인데유, 누구라도 좋으니까 젊은 여자 어디 일주일만 빌려갈 데 없을까유?

덕수엄마　그게 뭔 말이여! 아, 쎄고 쎈 게 여자애들인데 돈만 줘봐라! 일주일 아니라 한 달이라도 빌려갈 수 있지. 근데 그게 뭔 말잉겨? 아 댁은 마누라 있잖여?

남자　나 말고 내 동생 때문이지유!

미자아줌마　아저씨가 여자 필요한 게 아니구 아저씨 동생 때문이라니 고게 뭔 말이래?

남자　난 지금 서울에 살고 있는데 우리 고향이 저어기 옥천 청라라고 하는 곳이구면. 근데 내 밑에 동생 놈이 하나 있는데 이놈이 내 대신 우리 부모님 모시고 농사를 짓느라 나이 서른이 넘었는데도 장가를 못 갔지 뭡니까. 그래 걱정을 하며 지냈는데 올봄에 전갈이 오기를 참한 색시를 만나 결혼을 한다는 거유. 그래 잘됐다 싶어 저번에 언젠가 고향에 댕기려 갔을 때 영동에 산다는 제수씨 될 여자를 만나보니 정말 어디서 저런 색씨를 얻었나 싶을 정도로 참 곱고 참해 보이더란 말입니다. 그래 마침 이태 동안 누워계시는 아버님 성화도 있으셔서 서둘러 이번 가실께 혼례를 올리기로 했는데 세상천지 이런 변이 다 있습니까요?

덕수엄마　아니 뭔 변이 났기에 댁 표정이 갑자기 그래유?

남자　하 내 참. (미자아줌마에게) 술 한잔 따라봐유.

미자아줌마, 막걸리를 남자 술잔에 따른다.

남자 글쎄 그 씨부럴 신부될 년이 자기 첫 정을 나눈 사내놈하고 줄행랑을 쳤다지 뭡니까!

덕수엄마 (놀래며) 아니 저, 저런 신부가 결혼을 앞두고 도망을 쳐유?

남자 암만 생각해봐두 참 몹쓸 년이지유! 혼례는 인륜지대사이거늘 어떻게 정혼한 여자가 다른 사내와 줄행랑을 칠 수가 있단 말입니까? 에잇 벼락 맞아 죽을 년놈들 같으니라구….

덕수엄마 그… 그래서 아까한 말은? 그 젊은 여자 일주일만 빌려달라는 말 말여!

남자 그려! 이제 워쩌겄시유? 아즉 동네 사람들은 아무도 이 사실을 모르고 있고 또 아버님도 전혀 모르신 채 혼례 날짜만 기다리는데 어떻게 해서라두 동네잔치로 혼례식은 치루어야 하잖유! 그래서 지가 오늘 이렇게 여기저기 다니다가 여기 아줌씨네 집꺼정 와서 이 하소연을 하게 됐네유.

덕수엄마 그러니까 갑자기 처녀를 구할 수도 없고 하니 아무나 하루개 여자라도 좋으니 임시방편으로 혼례식을 치루게 한 다음에 동네 사람들 모르게 뒤에 처리하겠다 그 말이유?

남자 그렇지유! 아 안 그럼 워쩌겄시유 동네 망신 집안 망신일텐디! 어디 그럴만한 여자 없을까유? (미자아줌마를 보며) 여기 이 아가씨는 어때유? 미자씨라고 했던가?

미자아줌마 (화들짝 놀래며) 아이구머니나! 지… 지가유?

남자 그래 미자 씨가 말여! 속된 말루 미자 씨 숫처녀는 아닐 꺼 아녀! 뭐 일주일 정도 신부대역만 해주면 되는 것인께 어때 생각 없어? 내 화대는 두둑히 줄 테니까 말여!

덕수엄마 여기 장사는 워떡하구? 사내놈들이 이 늙은이 보며 술 마시것어? 그래도 저런 애가 있어야 술맛 땡긴다고 우리집엘 찾아오는 거지! 아 쓸데없는 소리말구 다른 데나 가서 알어보슈!

남자 아 혼례가 바로 내일 모렌데 어디 가서 알아봅니까? 그러니 내 아줌마 술장사 몫까지 넉넉히 챙겨줄 테니까 여기 미자 씨 좀 한 일주일만 빌려줘유. 미자 씨 정도면 얼굴도 예쁘겠다. 술만 안 먹고 다소곳하면 동네사람은 물론 지들 집안 식구들조차 아무도 눈치 채지 못할 테니까! 어때 미자 씨는?

미자아줌마 (얼굴을 붉히며) 저야 뭐 돈만 두둑히 주고 또 엄마가 허락해 주면야 손해볼 거 없지요!

덕수엄마 미친년! 입만 열면 시집타령 하더니만 면사포 한번 써 보겠네! 그런디 신랑이 그렇게 해도 괜찮대?

남자 그놈은 어릴 적부터 순둥이라서 아무렇지두 않을 겁니다! 그렇게라도 해서 부모님만 좋아하시면 그놈은 효잔께 괜찮겠지유! 지 동생놈한테도 귀뜸은 하고 왔구유!

덕수엄마 그럼 뭐 한번 흥정해 봅시다!

약간은 구슬픈 음악.

#20. 집 앞 평상 위에서

길자와 영신, 평상에 앉아 이야기를 나누고 있다.

길자	이래 된 기라. 그카니까 우에 됐든동 니가 기도한 것처럼 그 미자라는 여자 면사포는 써봤을 테니까 지 소원 푼 게 아니겠드노?
영신	그래두 그 미자아줌마 불쌍하네. 대신 신부 노릇해주는 것두 속상할 텐데 일주일간만 신혼생활을 해주고 와야 하다니… 엄마! 그래도 나는 계속해서 아버지한테 아줌마를 위해 기도할 꺼야!
길자	(영신이의 머리를 쓰다듬으며) 내 전에도 말했다만서도 니는 애가 애 같지 않고 너무 어른스러버가 이래 기특하다 싶다가도 어느 땐 걱정이라카이.
영신	엄마! 나도 이제 엄마 키하고 비슷해질려고 해!
길자	그래 내도 안다. 엄마가 니를 남들처럼 잘만 멕였으면 버얼써 더 컸을 텐데…
길자	아닌데 내 친구들도 키가 내 키만한데….

브리지 음악.

#21. 유등천 다리 옆 계단에서

음악 서서히 F.O 되고 유등천 다리 옆 계단에서 훌쩍 거리는 영신이와 영신이를 달래는 동네 아이들.

관용	울지마! 그만 울어 응!
용식	개새끼! 우리가 가서 힘 합쳐서 저 닝마주이 새끼를 혼내줄까?

두화	그래! 짱돌로 뒤에서 한방 먹이고 도망치면 돼!
석찬	그러다 저 새끼들이 떼거지로 몰려와서 우리를 해코지하면 어떻게 해?

이때 모시적삼을 입은 할아버지가 지나가다 멈춰 서서 아이들에게 말을 건넨다.

할아버지	아니 쟈는 왜 저렇게 울고 있는 거냐?
용식	저 넝마주이 새끼가 애를 물속으로 밀어 넣어서 죽일려고 했어요!
할아버지	뭐라구? 그게 무슨 말이냐? 아니 왜?
석찬	저 새끼는 장난으로 했지만 얘는 진짜로 죽을 뻔 했다구요!
할아버지	암튼 다행이네. 울지마 인석아! 안 죽었으니 감사해야지 그리고 여름철에 물가에서는 정말 조심해야혀. 물이 불보다 더 무서운 거여!

할아버지가 지나가시고 창기형하고 덕수형이 운기와 함께 뛰어 온다.

창기형	(영신이에게 내려오며) 영신아 괜찮아?
영신	(훌쩍거리며) 응!
덕수형	어떤 새끼야? 운기야 어떤 새끼가 그랬어?
운기	(다리 아래를 가리키며) 저어기 저 까부는 넝마주이 새끼!
덕수형	개새끼 죽여버릴 꺼야! (계단으로 뛰어 내려간다)
영신	형! 그러지 마. (눈물을 닦으며 말린다) 난 이젠 괜찮으니까 싸우지 마!
석찬	덕수형 저 새끼 혼자 온 게 아냐! 저 위쪽에서 개네 형들이

개잡고 있어!

창기형 영신이 너 어떻게 된 건데?

영신 (울먹이며) 아까 내가 다리 난간에서 확 물속으로 뛰어내려서 얕은 대로 헤엄쳐 가려고 했는데 발이 땅바닥에 안 닿잖아. 그래서 허우적대며 물먹다가 다시 물밑으로 기어가면 될 거라고 생각해서 다시 물속으로 내려갔어. 그리고 돌을 잡으면서 겨우 얕은 데로 나와서 깨금발로 물 밖으로 나오려고 하는데 아까 그 새끼가 웃으면서 잠자리채로 나를 다시 깊은 데로 밀어 넣는 거야! 그래서 막 소리치는데도 자꾸 밀어넣었어! 그때 운기가 와서 나를 도와줬어!

창기형 다른 데는 안 다쳤구?

영신 응!

창기형 (아이들에게) 앞으로 니네 여기 올 때는 꼭 같이 다녀! 알았어? 안 그러면 저 양아치 놈들이 니네들 물 멕일 수도 있어! 그러구 목척다리 밑이나 선화다리 놔두고 왜 하필 이먼 데까지 온 거야? 여기 유천다리는 버스 타고와도 한참을 와야 되는데 니들 오늘 걸어왔지?

용식 예 처음에 운기랑 영신이가 먼저 오자고 했어요!

창기형 여긴 유원지라서 깡패들도 많고 아까같이 넝마주이 패거리들도 많아서 니들끼리 오면 돈도 뺏고 나쁜 짓도 시키면서 말 안 들으면 막 때린단 말이야. 다음부터 여기 오지마. 알았지?

아이들 예-

창기형 그럼 가자!

모두 창기형을 따라 나선다. 그때 다리 밑에서 그 넝마주이 아이가 손가락으로 욕을 하며 까분다. 석찬이와 용식이도 그 넝마주이 아이를 향해 손가락으로 맞대응해준다.

#22. 우영신 교수 서재

영신　(독백) 그날 나는 이것이 죽는 거구나 하는 죽음의 순간을 경험했다. 참 이상한 것은 그 허우적대는 순간에도 나는 아버지 저를 살려주세요 그러면 하나님 아버지께서 하라시는 대로 착하게 살께요라는 기도와 함께 또 내가 죽으면 불쌍한 울 엄마 혼자서 어떻게 살지? 하며 엄마와 함께했던 시간들이 떠올랐고 또 물가로 나올 때에는 나도 모르게 하나님 아버지 감사합니다라는 감사기도를 드렸던 것이 생각난다. 그리고 어린 마음에도 내가 살았으니까 우리 엄마 이제 불쌍하지 않을 꺼야 하면서 장차 내가 엄마에게 효도해야겠다는 생각을 했던 것이다. 어떻게 그 짧은 순간에 그렇게 많은 기도를 할 수 있었으며 또 엄마와의 일들이 내 머리 속에 그려질 수가 있었을까? 하는 이 이상한 시간 길이의 오묘한 법칙에 대해서 오랫동안 두고두고 생각했었던 것이 기억된다. 알파와 오메가요 처음과 나중이요 시작과 끝이라는 이 시간 길이의 법칙을… 지금도 알듯 하면서도 잘 믿어지지가 않는다. 그러면서 나는 그날 처음으로 산다는 것과 죽는다는 것이 어떤 것인가를 깨달았던 것이다. 그날 우리는 그렇게 당시 대전의 유일했던 유원지였던 유등천 냇가를 다녀왔다. 그런데 우리는 우리 동네에 들어서자마자 이번에는 진짜 죽음을 애도하는 울음소리를 듣게 된 것이다.

#23. '우리집' 선술집 앞

'우리집' 술집 앞에 놓인 평상에서 덕수엄마가 소리내어 울고 있다.
울고 있는 덕수엄마의 주변에 동네 사람들이 모여든다. 길자도 함께
서 있다.

덕수엄마 아이고 세상천지에 이런 불쌍한 것이 또 어딨겠소? 아이
고 불쌍한 것 아이고 불쌍한 것… 아이고 미자야! (다시 타령
조로 통곡을 한다)

이때 길자도 함께 눈물짓고 있다가 영신이를 보자마자 아이 곁으로
달려온다.

길자 니 괜않나? 응? 물에 빠져 혼났다카더니 증말 괜않은 거
맞나?

영신 응 괜찮아! 엄마!

길자 엄마가 지금서야 니 야길 안 들었드노! 그래 내 막 니한테
로 갈라캤는데… 우찌된 일이고 응?

영신 아냐 괜찮다니까. 근데 덕수형네 엄마 왜 저렇게 우시는
거야?

길자 아이고 마 저래 우는 사연이 있다. 참 니 니한테 기도해달
라꼬 했던 그 미자라카는 여자 알제?

영신 응 그 미자아줌마가 왜?

길자	(눈시울이 붉어지며) 그 여자가 죽었다!
영신	왜? 그 아줌마 작년에 시집갔었잖아 그런데 왜 죽었어?
길자	아이고 말도 말거레이. 내 집에 가가 말해 줄꺼고마. 자 우선 집에 가자! 니 점심은 묵었드나?
영신	으… 응 아니?
길자	와? 내 정지간에다 밥차려 놓고 갔는데 와 안 묵었는데?
영신	아… 그게 아니고 아까 용식이랑 관용이랑 우리 집에 와서 그 밥 같이 나누어 먹었어!
길자	뭐라카노? 그 얼마 안 되는 밥을 나눠 먹었다고!
영신	응! 걔들 엄마도 엄마처럼 일 나가잖아. 그래서 다들 밥을 못 먹었나봐!
길자	아이고야! 그라믐 억수로 배고팠을 텐데 여즉 우에 참았드노? 밥 한 그릇이 얼마나 된다꼬. 그럼 빨랑 집에 가자!

덕수엄마의 울음소리가 더 울려퍼진다.

#24. 방 안

영신은 엄마가 차려준 밥상 앞에서 맛있게 밥을 먹으며 엄마 이야기를 듣는다.

| 길자 | 이래 됐다 카드라! 그 미자라카는 여자가 도망간 신부 대신으로 혼례식을 치루고 난 뒤에 약속대로 일주일가량 더 머물면서 새색씨 행세를 해주었는데 아무리 생각해봐도 그곳에 더 머무를 자리가 아닌 듯 싶어가 신랑캉 또 신랑 |

집 식구들 모르게 그 집을 도망쳐가 어데 먼 데 숨어있다가 얼마 전에 다시 덕수네 술집으로 도로 왔던 모양인기라! 그칸데 아이고야 덕수 엄마 말에 시상에 배가 남산만 해가 왔다 카드라!

#25. '우리집' 객주 안

대폿집 부엌에서 덕수엄마 설거지를 하고 있고 술집 안에는 두어 명의 중년남자들이 술을 마시고 있다. 이때 방 안에서 미자가 노래를 부른다.

미자아줌마 (노래) 이름도 몰라요 성도 몰라 처음 본 남자 품에 얼싸안겨 푸른 불빛 아래 붉은 등불 아래 춤추는 댄서의 순정 그대는 몰라 그대는 몰라 울어라 색소폰아!

이때 덕수엄마 부엌일 하면서 안에다 대고 소리를 지른다.

덕수엄마 이년아! 언제까지 그리 방구석에 처박혀서 청승을 떨고 있을겨? 니 말대로 그 집하고 인연이 아니믐 딱 끊고 일어나 일이나 하던지, 아님 니네 시골집으로 내려가 니가 불쌍타는 느그 엄마 모시고 거기서 애 낳고 살든지 아 뭘하든 해야할 거 아녀! (사이) 남들은 그래 애걸복걸해도 삼신할미가 애를 안 주드만 저년은 남 대신 도둑혼례를 치루고도 금세 애는 배다니… 어이구 니년 팔자도! 아니 너 전에도 몇 번 누구 씬지도 모르는 애를 가진 적 있었다매? 그

럼 그때처럼 싹 지우던지 하지 왜 애는 낳겠다고 고집을
부리는 거여! 너 애 하나 키운다는 것이 얼마나 뼈빠지는
건지나 알어? 그리고 너 행여 그애 낳아서 그 집으로 가믄
어이구 우리 며느리 하고 반겨줄 성 싶어서 그러는 게냐!
에라! 이년아 세상을 몰라도 저래 모를까!

이때 배가 부른 모양으로 흥얼거리며 소주병을 들고 나오는 미자아
줌마.

미자아줌마   (혼자서 술을 따라 마시며) 엄마! 그럼 세상을 아는 엄마가 갈
           켜줘! 내가 어떡하면 되는지?

덕수엄마   아이고 저년 좀 봐! 너 그 쐐주병 냉큼 내놓지 못혀! 아 아
           밴 년이 태중에 애를 어쩔려구 술을 마시는 거여? 그건 독
           이여 독! 아를 없앨려고 그러는 거면 차라리 병원엘 가든
           지!

미자아줌마   (쓴웃음 지며) 엄마두 참 ! 엄마두 덕수 뱄을 때 소박맞구서
           술독에 빠져 살았다면서… 그래두 저렇게 잘난 덕수를 낳
           았잖아. 그러면서 웬 독이래?

덕수엄마   (약간 더듬거리며) 이것아 그… 그건 그냥 한 소리지!

미자아줌마   엄마! 나 말이야! 정말이지 그 개좆같은 조씨놈 보고싶어
           미치겠다! 그래두 나한테 면사포 씌어준 놈이잖아! 그것
           이 진짜든 가짜든 난 상관없어! 그래서 (배를 만지며) 이놈을
           내가 혼례를 치뤘다는 증표로 낳을 거란 말이야! 그러니
           까 앞으로 이 뱃속아이 앞에서 지우네 마네하는 그딴 소리
           하지 마! 애도 다 듣는다잖아!

덕수엄마   알았다. 그러니까 얼른 그 쐐주병 이리로 내! 그리고 취했

	으니까 어여 들어가 자빠져 자. 어서!
미자아줌마	아니 쫌 아까는 방구석에 처박혀서 청승떤다고 나와 일하 라메?
덕수엄마	이년아, 그건 니가… (사이 밖을 쳐다보며) 아니 저… 저것들은 또 누구래?
미자아줌마	(고개를 돌리고는 얼어붙은 듯 서 있다)

이때 남자하고 조씨가 문 앞에 서 있다.

조씨	미… 미자 씨!
남자	아줌마 오랜만이구먼유!
덕수엄마	그러네 증말 오랜 만이여? 근데 저 남자는?
남자	쟈가 지 동생입니다. 전에 말했던.
조씨	(눈물을 글썽거리며 약간 말을 더듬거린다) 미… 미자 씨!
덕수엄마	아니 그럼 우리 미자하구 혼례를 치뤘던 그 신랑이란 말 여?
남자	(미자아줌마에게) 저 미자 씨! 오랜만이네유. 시간이 있으면 잠깐 요 앞 다방에 가서 이야기라도 할까 하는데 괜찮겠 어유?
미자아줌마	(버럭) 엄마! 이 사람들 누구야? 누군데 남의 영업장소에 와 서 다방으로 나가제?
덕수엄마	이년아! 니가 보고싶어 미치겠다던 니 머리 얹어준 니 사 내 왔잖여!
남자	(조씨에게) 너 그러고 섰지만 말구 어여 안으로 들어와서 똑 바로 인사 못혀!
조씨	미자 씨, 그동안 잘지냈시유 (덕수엄마에게 꾸뻑 절하며) 자…

장모님 안녕하세유? 저… 조덕춘이라고 합니다

덕수엄마 그… 그려 어서 와유!

미자아줌마 (다시 버럭 소리를 지르며) 엄마! 이 사람들 이제 나랑은 상관 없는 사람들이야! 그런데 왜 들어오라고 하는 거야? 왜! 왜에!

덕수엄마 이년아 여긴 술집이야! 이년아! 아무 사내들이나 술 처먹고 싶음 드나드는 술집이라고! 근데 니가 뭔데 내 집 찾아오는 손님을 들어오라 말라 하는 거냐 이년아!

미자아줌마 그래 맞아! 여긴 술집이지! 그럼 술 처마시려 왔으면 그냥 술이나 처마시고 가라고 해! 나헌테 아는 척하지 말고!

덕수엄마 그 주둥아리 닥치고 가만있질 못혀! (남자에게) 그래 무슨 일이여? 그때 그런 일 있었으면 그걸로 끝난 거 아니었어?

남자 저 실은 미자 씨가 지 동생 애를 가졌다고 해서 이렇게 찾아왔네유!

미자아줌마 참말로 지랄 염병! 웃기는 사람들이네. 아 화류계에 몸담고 술집에서 갈보짓 하며 살아가는 년이 가진 씨가 누구 씬 줄 알고, 나도 헷갈리는데 어찌 자기네 집 씨라고 저리 당당하게 말할까?

조씨 그 그… 게 무슨 말이예유?

남자 아니 미자 씨? 그… 그럼 지금 뱃속에 든 그 아이가 우리 조씨네 집 애가 아니란 말입니까?

덕수엄마 (미자에게) 아, 이년아 똑바로 말해. 그럼 아까꺼정 나한테 한 말은 다 뭐여 응? 뭐냐구?

미자아줌마 (버럭) 몰라요 나도 모른다구! 시팔… 길 수도 있구 아닐 수도 있구 나도 잘 모른다구요. 이봐요! 풍양조씨네 양반집 남자분들! 그러지들 마! 아무리 갈보라지만 아무리 화대

받고 치룬 혼례였지만 첫날밤에 저치가 날더러 뭐라 했는
줄 알아? (조씨에게) 당신이 말해봐! 이 좆같은 놈아 어서 말
해봐! (모두에게) 저자가 내게 첫날밤에 이러대! 이왕지사
이렇게 맺은 인연이니까 과거를 생각지 말고 우리 이대로
삽시다. 우리 서로 상처가 많은 사람들끼리 그냥 이대로
애 낳고 오순도순 삽시다. 너! 그랬어 안 그랬어? 그리고
병신 주제에 기운은 얼마나 쎈지 매일 밤마다 하루에 열탕
을 뛰더라니까! 나 같은 갈보년이니까 그걸 다 받아냈지
처녀 시집온 새색시 같았으면 아마 삼일 저녁 지나믐 몸
헤어져 초상 치루게 했을 사내였어. 저놈이! 그래도 난 저
자가 내게 해준 말을 가슴에 새기면서 남몰래 얼마나 울었
는지 몰라. 그리고 (울먹이며) 우리 동네에 사는 한 꼬마애가
나를 위해 자기 아버지라는 하나님께 기도해줘서 내가 이
렇게 결혼하게 되었구나 하는 생각을 하며 그애 하나님께
얼마나 고맙던지 내 난생 처음으로 기도라는 걸 다 해봤
네… 그런데 씨팔! 한 닷새쯤 지났나? (남자를 가리키며) 하루
는 저 인간이 나를 부르더라구! 그리고는 뭐라 했는줄 알
어! 당신 설마 아니라고 말 못하겠지? 어휴 그때를 생각하
믐 저 인간들 좆대가리를 모두 잘라버리고 싶은데 내 이렇
게 참는다. 알어!

남자 (당황해 하며) 미… 미자 씨! 그, 그만해요. 내 잘못했으니까!

덕수엄마 아 뭔데?

남자 (애원하듯) 제… 제발 암말 말어유 미자씨 제발 그 말만
은…!

미자아줌마 (조씨에게) 잘 들어라! 니 형인가 개좆인가 하는 저 인간이
나를 어떻게 했는 줄 알어?

남자	미… 미자 씨!
미자아줌마	자기랑 한번만 해달래! 돈 준다고! 내 참 그러면서 이러대… 어차피 도망간 재 진짜 색씨를 찾으면 넌 약속대로 있는 동안에 치룬 화대를 계산해서 주고 보낼 참이니까 그리 알고 한번만 해달라는 거야!
덕수엄마	(버럭 열 받으며) 이런 쓰레기 같은… 그… 그래서!
미자아줌마	뭐…! 별 수 있어? 밑구멍이랑 입은 더럽게 살았어도 몸뚱아리는 힘없는 여잔데 힘이 있나! 말재주가 있나? 그냥 그렇게 당했지 뭐. (와락 울음을 터트리며) 그리고서는 남은 사나흘을 낮에는 저치한테 그리고 밤에는 이치한테 난 시집을 간 게 아니고 몸 팔러간 갈보년이 되었는데 어떻게 내가 그 집에서 살 수 있었겠냐구? 그래서 도망을 나온 거지! 엉엉.

강하고 애잔한 음악이 배경음악으로 깔리면서 내 목소리가 들린다.

#26. 새벽 어슴푸레한 동네 골목길

우 교수, 베이지색 코트를 입고 성경책을 들고 낙엽 떨어지는 골목길을 걷는다. 옷깃을 여밀면서… 대사 중에 미자아줌마의 죽음 영상 장면이 O.L 된다.

영신	(독백) 그 나쁜 조가네 형제는 한 여인을 그렇게 상처를 입혀놓고 훗날 처음 도망갔었던 신부를 되찾아와서 부모님한테는 예전에 잠깐 맞선보았던 남자한테 강제로 납치되

었던 거라고 변명을 하고는 다시 재결합하여 살았다고 했다. 그런데 그 여자가 애를 가질 수 없는 불임여성인 것을 알고 또 미자아줌마가 자기네 애를 배어 임신 중이라는 소문을 듣고는 애를 낳으면 자기네한테 넘겨달라고 찾아왔던 것이다. 이에 미자아줌마는 만약 애기가 태어나 그 집에서 자라게 된다면 이 애도 저런 인간들 입에서 갈보년 자식이라는 소리가 분명 나올 테고 또 구박받으며 자라게 될 거고 또 자기가 키운다 하더라도 뭇사람들의 손가락질을 받으며 형편없이 자라게 될 거라는 생각에서 차라리 아이가 세상에 태어나기 전에 같이 죽자면서 술을 잔뜩 마시고 다량의 수면제를 동시에 복용한 뒤 성남동 굴다리 위 철길로 올라가서 철로에 드러 누워 스스로 목숨을 끊었다는 것이다. 그 말을 들은 나는 아줌마가 죽었다는 그 굴다리 위 철길로 달려갔다. 그리고 그 철길 옆에 이제 막 피어난 코스모스를 하나 꺾어 아줌마가 사고당한 그 자리에 올려놓고 우리 하나님 아버지께 기도를 했던 기억이 난다.

애잔하고 구슬픈 음악과 함께 어린 영신이가 철길 가에서 우두커니 서서 기도하는 영상과 함께….

#27. 꺾인 코스모스 한 송이가
누워있는 철로가

영신 하나님 아버지! 미자아줌마가 너무 불쌍해요. 미자아줌마를 용서해주세요. 그리고 미자아줌마하고 그 뱃속에 있는

아기가 꼭 천국 가게 해주세요. 그 아줌마 나더러 대신 하
나님께 기도해달라고 했어요. 미자아줌마는 정말로 마음
씨 착한 아줌마예요.

하늘을 향해 눈물을 흘리며 고개를 들 때에 멀리서 교회 종소리가
들려온다. 음악(코러스)과 함께… 이때 멀리서 기적소리가 들려온다.

제 19 부

제 3 공화국

#1. 라디오에서

자막: 1962년 3월 22일
(윤보선 대통령 하야성명)

윤보선 (라디오소리) 금번 군사쿠데타가 발생하면서 나는 무엇보다도 귀중한 인명의 희생이 없기를 바랐으며 순조롭게 수습되기를 희망하였습니다. 다행히 하늘은 우리를 도와서 무사하게 이 나라의 일을 군사혁명위원회의 사람들이 맡아서 보게 하였으며 국민 여러분이 또한 커다란 기대를 가지고 있다는 것을 알게 된 나는 지금 안심하고 이 자리를 물러나겠습니다. 아무쪼록 군사혁명위원회의 사람들은 그 소신과 충성을 다하여 이 나라를 발전시키고 이 국민을 하루속히 궁핍에서 건져내 주기를 바라며 나의 친애하는 국민 여러분이 적극적으로 이에 협조해주실 것을 간곡히 부탁하는 바입니다.

#2. 달동네 새벽

아직도 초승달이 별 한 개와 함께 어둑한 하늘에 머물고 있는 이른 새벽, 허름한 잠바 차림의 두부장수가 손잡이 종소리를 딸랑대며 지나가고 있고 쌀가게 양씨 아저씨가 문을 열고 있을 때 구멍가게 연씨는 진즉부터 가게 문을 열고 물건을 정리하고 있다.

양씨   (연 씨에게) 일찍 일어났네! 몸은 괜찮은 거여? 어제 엄청 마셔대드만….

연씨   그랬어? 난 하나도 기억이 없어….

양씨   왜 뭔 일 있어? 또 마나님들끼리 한바탕 한 거야?

연씨   뭐… 하루이틀 일인가! 그나저나 조가넨 잘 들어간 거야?

양씨   말도 말게나. 그 친구 자네보다 먼저 떡 돼가지구설랑 어찌나 성가시게 굴던지 모두 혼났다네!

연씨   그 친구 주사가 심하지! 아 안 그렇겠어? 이북에 두고온 자식들 생각하믐 복장터지지!

양씨   저만 그런가 뭐? (사이) 참 오늘 조간신문 왔어?

연씨   아직! 한 삼십 분 내로 오겠지! 왜?

양씨   이봐 연 씨! 자네 생각은 어떤가? 박정희 군부가 정말 민간인들한테 정권을 이양해 줄 것 같애?

연씨   두고 봐야지? 지 입으로 숱하게 떠들어 됐으니까! 헌데 그럴 성 싶진 않을 것 같아! 생각해봐! 어떻게 쟁취한 권력인데… 말이 쿠데타지 사생결단하고 얻은 거 아냐….

이때 자전거에 신문 뭉치를 싣고 두익이 삼촌이 등장한다.

두익삼촌 (연 씨에게 신문을 건네주며) 일찍 문 여셨네요 매형! 어제 밤에는 과음하셔서 일찍 못 일어나실 것 같았는데… (양씨에게) 안녕하셨어요? 형님.

양씨 응 그려! 아니 그 보급소에는 소장이 직접 신문배달꺼정 하는 거여? 보급소 영업은 어떡허구?

두익삼촌 안 그래요. 오늘 이 구역 담당한 배달원 애가 몸이 아파서 오늘만 제가 대신 나온 거예요

연씨 (슬그머니) 이봐! 처남 자네 누나가 뭐 암소리도 않던가?

두익삼촌 글쎄요? 암말도 없던데요!

양씨 (말을 가로채며) 저 말이야 자네 생각은 어떠한가? 박정희군부가 정말 민정 이양을 해 줄 것 같은가?

두익삼촌 아직 라디오 못 들으셨어요? 오늘 아침 조간신문에 대서특필해서 기사로 나왔던데….

양씨 그려? 뭐라고 나왔는데?

두익삼촌 박 장군이 군복을 벗고 민간인 신분이 되어 대통령후보로 나온다고 하네요!

양씨 그러면 그렇지! 안 나올 리가 있나! 민심은 천심인 게여!

두익삼촌 세상천지에 믿을 놈 하나 없다고 하더니만 틀린 말이 아닌 것 같네요. 지난 2월에만 하더라도 박정희 장군이 절대 민정참여를 하지 않겠다고 발표 했었잖아요. 근데 불과 석 달 만인 어제 군정 핵심에서 주도해 창당한 민주공화당 전당대회에서 박정희를 대통령후보로 지명했다는 겁니다. 이게 말이나 되는 소립니까?

연씨 아니 그럼 군사혁명 터지구 10개월 만에 하야한 윤보선 대통령은 어떻게 되는 거야? 그 어른이 다시 민정을 이끌어 가는 게 아니었어?

두익삼촌 그분도 포기하시지는 않겠죠! 아마 모르긴 해도 범야권을 연합해서 박정희와 대결 구도를 이룰 겁니다. 투표 결과를 보면 아시겠지만 막상막할 걸요?

양씨 막상막하라니? 민심이 천심인데!

두익삼촌 아니 그럼 형님은 어느 게 민심이고 천심이란 말인데요? 윤보선 대통령 편입니까? 아님 박정희 군부편입니까?

양씨 (슬그머니 말꼬리를 흐리며) 나야 뭐 누구 편이랄 것까지는 없지! 하지만 대세에 따라야 한다는 거지! 내말은 민심은 천심인 께 말여!

두익삼촌 글쎄 형님이 말씀하시는 그 민심이라는 거시 누굴 말씀하는 거냐니까요?

연씨 누군 누구야! 저 친군 박정희 장군 편이지! 맨날 술좌석에서 5.16쿠데타가 일어나지 않았으면 이 나라가 쫄딱 망했을 거라구 떠들어 대며 아주 박정희장군의 열혈 추종잔데 뭘 그래! 김종필이가 자기 고향 친구라나 어떻다나… (양씨에게) 아 안 그냐?

양씨 글씨 민심은 천심이라니까 그러네….

두익삼촌 저 그러면 가보겠습니다.

연씨 어 이보게 처남!

두익삼촌 네? 매형….

연씨 저 말이야! 두화어멈 이야긴데… 이왕지사 이렇게 된 거 어쩌겠나? 두익이도 그렇고 두화도 그렇고 다 내 자식인걸… 그러니 처남이 좀 나서서 자네 누나한테 잘 설득해 줘! 두화네 입장을 좀 헤아려 달라고 말이야! 응?

두익삼촌 알겠어요 매형! 저 그럼 가겠습니다. 배달 늦으면 난리치는 집이 몇 군데 있거든요.

양씨 (두익삼촌에게) 자네 내가 말한 뜻을 알겠지, 민심이 천심이란 말 말여!

두익삼촌 네 잘 알았습니다요. (자전거를 타고 사라진다)

양씨 역시 배운 사람은 뭐가 달라도 다르다니께 아무렴! 민심은 천심이구 말구! (가게 안으로 들어간다)

이때 덕수엄마가 술집 문을 열고 나와 연씨를 바라보고는 소리친다.

덕수엄마 이봐! 연 씨 자네 괜찮은겨?

연씨 아니, 누님 이 시간에 주무시지 않고 웬일이시래유? 어제 지들이 통행금지꺼정 있었던 것 같은데….

덕수엄마 그렇게 인사불성이었으면서 취중에도 시간 기억은 났나베? 웬간히 작작들 좀 처먹지. 뭔 사연이 그리 많다고 울며불며… 어제 술값이 얼마나 나왔는 줄이나 알어? 자그만치 오천 원이여 오천 원!

연씨 뭐… 뭐요, 오천 원? 아이구 이거 큰일났네! 아 누님이 좀 말리시지요! 매상 오르는 것도 좋지만 같은 이웃끼리 이거 너무하는 거 아녀유?

덕수엄마 지랄 염병허구 자빠졌네? 아 시간은 생각나면서 그래 딴건 생각도 않나? 그렇게 그만들 마시구 제발 들어가라고 소리쳐싸도 주방까정 들어와 그 난리를 칠 때는 언제구….

연씨 그래 계산은 어떻게 했슈?

덕수엄마 계산? 뭐 계산이야 이번에도 황해면옥 강 씨가 했지. 거 오형제계라고 하지만 이번엘랑은 좀 나눠서들 보태. 맨날 돈 좀 번다고 강 씨한테만 떠넘기지 말구! 벼룩두 낯짝이 있어야지 원….

연씨   알았슈. 양가놈이 총무니께 같이 한번 상의 해보지유 뭐…
        그런데 오늘은 웬일루 이렇게 일찍 일어났남유?

덕수엄마 (한숨 쉬며) 그 미자년 때문에 도통 잠을 잘 수가 있어야지!
        고것두 산 정이 있다구 그년 그렇게 떠나보내구 난 후부터
        는 잠이 잘 안와!

연씨   아 그 일일랑 잊어 버려유 뭔 좋은 일이라구!

덕수엄마 잊어버리자구 해서 그거이 쉽게 잊어버려지남! 사람 하나
        잃는다는 기 이렇게 힘든 건지 몰랐어! 아 장화홍련 영화
        에 나오는 귀신마냥 어떤 땐 그년이 자꾸 꿈속에 나타나니
        께! 무서워 눈을 감을 수가 있어야지… 아이구 이참에 나
        두 이 물장사 때려치우고 덕수놈 데리구 아주 먼 데루 자
        릴 옮겨서 다른 살 궁리를 해야할 것 같아!

양씨   (쌀가마 지고 문 앞에 내놓으면서) 잘 생각하셨수 누님! 거 미자
        같은 애를 두고 해두 힘들 판국인데 누님 혼자선 벅차지
        유! 연세가 얼만디!

덕수엄마 아 가게 안에 있었어? 그럼 내가 연 씨하고 나눈 얘길 다
        들었겠네… 암튼 자네가 총무라니께 잘 알아서들 혀봐! (하
        품을 하며) 아 난 그만 들어가 잘란다. 억지로라두 눈 좀 붙
        여 봐야지 안 그럼 병날 것 같아…. (문을 닫고 들어간다)

짧은 음악.

#3. 어슴푸레한 아파트 동네길

우 교수, 새벽기도회를 마치고 집으로 돌아오는 길. 아파트에는 아직도 창문에 불이 꺼져있는 집이 많다.

영신   (독백) 내가 어릴 적에 살던 달동네 어른들이다. 쌀가게를 하시는 양씨 아저씨는 석찬이 아버진데 고향이 부여이고 그 옛날 6.25때 하사관 출신이었다고 한다. 사변이 끝나고 군수사업으로 트럭을 몰다가 사고가 나서 다리를 약간 저셨다. 하지만 동네일이라면 물불을 가리지 않고 나서는 분이시라 동네 통장을 몇 년째 하고 계신다. 그리고 연 씨 아저씨네는 집안이 좀 복잡하다. 이건 비밀인데 자식이 없던 연씨네 아줌마가 누구 자식인지도 모르는 어떤 미친 여자 걸인이 낳은 갓난아기를 빼앗아 키우고 있다. 쉿! 그애가 바로 두익이다. 그런데 그런 일이 있고 난 뒤 얼마 되지 않아서 연씨 아저씨가 어떤 과부하고 눈이 맞아 바람을 피웠는데 그만 그 과부한테 아기가 생긴 것이다. 그애가 두화란다. 이렇게 해서 두 집 살림을 하게 된 연씨 아저씨는 양쪽 집 아줌마들의 시샘과 다툼으로 인해 하루도 편할 날이 없다고 했다. 또 술만 드시면 주사가 심하다는 조씨 아저씨는 6.25때 이북에다 가족들을 남겨두고 홀홀단신 홀로 넘어오셨다는 바로 그 지게꾼 아저씨이다. 지금은 역전 옆 근방에서 인동 꿀빵이라고 하는 호떡장사를 하고 계신데 가끔씩 나에게 꿀빵을 공짜로 주시곤 했다. 그리고 두익이 삼촌은 연씨 아줌마의 친동생인데 역시 6.25 때 가족 모두를 잃고 전국으로 떠돌아다니다가 누나가 있는 대전으로 와서 그 당시 두익이네 하고 같이 살고 있었다. 두익이 삼촌은 그때 노총각이었고 정말 멋진 분이셨다. 운동도 잘하고 나에게는 정말 잘해주셨던 잊지 못할 분이신데 지금 그분의 생사를 알 길이 없다.

#4. 대전 도심이 바라보이는 달동네 언덕

아침 햇살이 환하게 비쳐오는 언덕에 신문배달을 마치고 온 두익이 삼촌이 아령을 들고 운동을 하고 있다. 그 옆에 영신, 운기, 두익이가 평상에 앉아있다.

두익삼촌 영신아 너 어제 학교에서 상 탔다며?

운기 영신이가 어제 학교 전체운동장 조회에서 미술상을 탔어요! 영신이 그림 딥다 잘 그려요!

두익삼촌 그래? 그런데 왜 삼촌한테 아무 말도 안 했어?

영신 다른 애들도 같이 탔는 걸요!

두익삼촌 미술그리기 대회에서 1등 한 거야?

영신 아뇨! 특선인데요. 내 친구랑 다른 형이랑 세 명이서 탔어요!

두익삼촌 (아령운동을 멈추고) 야! 그럼 축하해줘야겠는걸. 우리 동네 경산데… 오늘 학교 끝나면 모두 일루 다 모여! 삼촌이 역전에 있는 성심당 빵집에 가서 찐빵 사줄게!

아이들 정말이요?

영신 진짜루 성심당 찐빵집이요?

두익삼촌 왜 찐빵 싫어?

아이들	아니요! 와 신난다.
영신	근데 삼촌!
두익삼촌	왜?
영신	저 삼촌네 보급소에서 신문 배달하면 안 돼요?
두익삼촌	왜 신문배달하고 싶어?
영신	네! 운기랑 같이 하고 싶어요. 돈도 벌고 운동도 하고 우리 반 애들 중에도 신문 돌리는 애들이 몇 명 있어요!
두익삼촌	그럼 엄마한테 허락을 받아야 할 텐데?
영신	네! 받을 수 있어요!
두익삼촌	운기 니네 엄마는 허락 안 하실 것 같은데…?
운기	우리 엄마는 영신이랑 같이 다닌다고 하면 아무 소리 안 해요!
두익삼촌	그래? 그럼 그러지 뭐! 마침 한 놈이 자꾸 빠지는 구역이 있어 사람을 다시 구하려던 참인데 잘됐네. 그런데 너희 둘이서 한 구역을 같이 돌려야해. 신문이 무겁거든.
두익이	삼촌 나도 같이 하면 안 돼?
두익삼촌	너는 얘들보다 한 살 어리고 또 새벽잠이 많아서 안 돼! 넌 늦잠꾸러기잖아!
두익이	치 나도 일찍 일어날 수 있는데….
두익삼촌	아침운동도 그렇게 깨워야 겨우 일어나는 놈이… 암튼 앞으로 일찍 일어나는 거 봐서… 모두 오늘 학교 끝나면 바로 이곳으로 와! 영신이가 그렇게 큰 상을 받았는데 그냥 있을 수가 없잖아 우리 동네 경산데 말야!
아이들	(신이 나서) 예 삼촌!

즐거운 음악.

#5. 학교 가는 길목의 전파상

여러 사람들이 전파사 창문 안에 있는 텔레비전을 보고 있다. 흑백 텔레비전에서는 지지직거리며 제3공화국 대통령 취임식이 방영되고 있다.

아나운서 (소리) 1961년 5.16 군사혁명 이후 만2년 7개월 만에 군정이 끝나고 제5대 대통령선거에서 박정희 후보가 야당의 단일후보로 나선 윤보선 후보를 근소한 표 차이로 누르고 당선됨으로서 제3공화국의 통치권자가 되셨습니다. 1963년 12월 17일 역사적인 오늘 중앙청 광장에서 거행된 대통령 취임식에서 신임 박정희 대통령 각하께서는 "정치적 자유와 경제적 자립, 사회적 융화와 안정을 목표로 대혁신운동을 추진함에 있어서 우리는 먼저 개개인의 정신적 혁명을 전개해야 한다고 강조하셨습니다. 그러면 신임 박정희 대통령각하의 오늘 취임사를 함께 들어보시겠습니다."

박정희 (소리) 사랑하는 삼천만 동포여러분, 단군성조가 천혜의 이 강토 위에 닦으신 지 반만년 면면히 이어온 역사와 전통 위에 이제 새공화국을 바로 세우면서 나는 국헌을 준수하고 나의 신명을 조국과 민족 앞에 바칠 것을 맹세하면서 겨레가 쌓은 이 성단에 서게 되었습니다….

강한 음악과 함께 영상과 소리 서서히 F.O 된다.

#6. 가로등 골목길

뛰어 다니며 신문을 돌리는 영신의 모습. 이어 운기와 함께 신문을 돌리는 모습.
이 장면 위로 주영신 교수의 독백이 흘러나온다.

영신   (독백) 그즈음 나는 두익이 삼촌이 하는 보급소에서 신문을 배달하게 되었다. 처음에는 나 혼자 돌리다가 언젠가부터 운기와 함께 새벽마다 신문을 돌리게 되었는데 조간신문이 석간신문으로 바뀌는 바람에 우리는 다시 저녁에 신문을 돌리게 되었다. 운기는 나보다 한 살 위였지만 우리는 친구처럼 지냈다. 운기는 참 용감한 아이였다. 신문을 돌리다보면 딱 세 군데 개가 있는 집이 있었는데 그 중 한 집에는 무서운 세파트 개가 있었다. 이놈은 집 근처에만 가도 우리에게 으르렁거리며 겁을 주었다. 그런데 그때마다 운기가 세파트 앞으로 다가가서 같이 으르렁댄다. 그러면 그 세파트가 겁을 먹고는 슬그머니 개집으로 들어갔다.

영신   (운기에게) 아까 보급소에서 잠깐 신문을 봤는데 미국 케네디 대통령이 암살당했대….

운기   왜?

영신   모르지! 미국에서 일어난 일이니까… 하지만 내 생각으론 미국에서도 우리나라처럼 서로 대통령이 되려고 싸움을 하다가 그렇게 된 게 아닌가 싶어!

운기   그래서 죽었어?

영신   그럼 총을 맞았는데 죽지 안 죽어? 그런데 말야 그 암살범이 누군 줄 알아? 너랑 같은 오씨야?

운기 뭐? 뭐라구? 그럼 그 암살범이 한국 사람이야?

영신 (웃으며) 순진하긴. 그런 게 아니구 이름이 오스왈드인데 굉장히 무섭게 생겼어! 미국 F.B.I가 바로 잡았대.

운기 오… 스… 왈… 드? 그럼 성은 오씨고 이름은 스왈드라구?

영신 (소리내어 웃으며) 하하하! 아니야 이 바보야! 미국에 오씨 성이 어딨니?

운기 난 또 진짠줄 알았네… 어쩐지 우리 아버지가 만약 오씨가 미국 대통령을 죽였다면 또 밤새도록 우리를 꿇어앉히고 질리게 연설을 했을걸!

영신 케네디 대통령은 참 좋은 사람이라고 했는데… 얼굴도 잘생기고 굉장히 부자고 또 재클린이라고 하는 미국에서 제일 예쁜 아내와 함께 살아서 사람들이 무척 부러워했던 인물이고 또 소련 놈들이 미국을 함부로 건드리지 못하도록 정치도 아주 잘했대!

운기 그런데 넌 어떻게 그렇게 잘 알아?

영신 신문에서 봤으니깐 그렇지!

운기 난 한문이 섞여서 신문을 하나도 못 읽겠던데! 넌 한문글씨도 알아?

영신 모르지! 그치만 한글을 읽다보면 앞뒤 내용으로 봐서 무슨 글잘 꺼라는 걸 짐작을 할 수가 있어!

운기 (신기한 듯 쳐다보며) 우리 아버지 엄마가 너보고 뭐라는줄 알어? 너는 애지만 천재래!

영신 아닌데 난 천재가 아니구 그냥 애들인데….

운기 넌 우리 학교에서 그림을 제일 잘 그려서 맨날맨날 상 타오지. 또 글짓기도 잘해서 상 타지 공부도 잘해서 항상 우등상을 타잖아 그러니까 내가 봐도 넌 천재야!

영신　아니야. 그건 내가 천재라서 그런 게 아니고 하나님이 우리 아버지라서 날 항상 도와주셔서 그런 거야! (사이) 운기야!

운기　응?

영신　넌 이담에 커서 뭐가 되고 싶어? 니 꿈 말이야!

운기　꿈? 희망! 나… 난 말이야 (혼자서 끼득대면서) 이건 비밀인데… 7반에 숙자하고 결혼을 해서 히히 아빠가 되고 싶고 또 운전수가 되고 싶어! 그래서 전국을 씽씽 달리고 싶어!

영신　뭐? 그 뚱뚱이 정숙자?

운기　뭐가 뚱뚱해? 살이 좀 찌긴 했지만 얼마나 예쁘다고! 그리고 그애 아버지가 택시 운수사업을 하는데 겁나 부자래! 그애네 집에 택시가 열 대가 넘는데… 너 이거 아무한테도 말하지 마 알았어?

영신　아 알았어! 절대 말 안 할게! 그래두 좀… 아닌 거 같은데.

운기　그럼 너나 미국 가서 케네디 대통령처럼 예쁜 여자 데리구 와서 살아! 참! 그런 너는 이담에 뭐할 껀데…?

영신　글쎄? 고민인데 처음엔 목사님이 되고 싶었거든. 그런데 요즘엔 영화배우도 되고 싶어!

운기　뭐? 영화배우!

영신　응! 그래서 돈을 많이 벌고 싶어! 그러면 우리 엄마 서울에서 최고로 좋은 병원에서 치료받게 해서 완전하게 낫게 해드리고 싶고 또 크고 좋은 집에서 맛있는 음식 실컷 잡수시게 해드리고 최고로 좋은 옷 입혀드리면서 효도할 수가 있잖아. 또 교회도 여러 군데 세워서 불쌍한 사람들 도우면서 살 수도 있을 것 같아서….

운기	와! 영화배우가 그렇게 돈을 많이 벌어?
영신	그럼! 최무룡, 김지미, 신성일, 엄앵란, 그 사람들 한번 영화에 출연하면 백만 원도 더 받는대!
운기	뭐? 백만 원! 우와! 그럼 나도 영화배우 돼야지!
영신	(뜸들이다가) 그래 그럼 니가 영화배우 해! 난 아무래도 목사님이 돼야할 것 같아!
운기	왜?
영신	내가 아주 어렸을 때 하나님 아버지하고 그렇게 약속을 했거든….
운기	아…! (이때 어디선가 세파트 개가 짖는 소리가 들린다)
영신	(깜짝 놀라며) 앗! 그 집이다. 운기야 그 집이야! 그 세파트 있는 집….
운기	(의기양양하게) 걱정말어. 내가 신문 던지고 올께! 저 개새끼 내가 으르렁대면서 뭐라고 한마디만 지껄이면 꼼짝 못해!
영신	뭐라고 하는데!
운기	(개 짖는 곳 앞으로 가서) 잘 봐! 헤이 보신… 보신 이루와 너 보신탕 해먹을게! 헤이 보신 으르렁….
영신	하하하! 운기 넘 웃겨!

이때 길자가 골목길에 서 있다가 영신이를 발견하고 영신이를 부르며 다가온다.

길자	영신아! 너 거기 영신이 맞제? 운기하고?
영신	엄마! 여긴 어떻게 알고 왔어?
길자	느그들 오나 싶어가 내 여기서 한참을 안 기다렸드노! 느그들 오늘은 와 이래 늦었는데! 내 얼마나 걱정했는지 아나?

영신	아닌데? 나 맨날 이 시간에 집에 가는데!
길자	느그들 오늘 강원도서 일어난 야기 들었제?
영신	아니? 무슨 얘기?
길자	고재봉이라는 살인마가 글씨 도끼를 가지고 어떤 군인 집에 들어가가 일가족 6명이나 몽땅 도끼로 내리 찍어 죽였다 카드라!
운기	아 그 사건요! 아까 보급소에서 우리도 신문을 보고 다 아는데요!
길자	느그는 벌써 알았드노? 아이고 내사마 심장이 떨려가 죽는 줄 알았다. 그 살인마 같은 인간들이 강원도에만 있다꼬 누가 장담할 수가 있노? 그래가 느그들이 걱정되가 이래 왔능기라!
영신	엄마! 고재봉이가 드라큘라야? 그냥 살인한 사람이라구!
길자	살인마라 캤다 그럼 귀신 아니가?
영신	그 살인마는 귀신이 아니고 순간적으로 정신을 잃고 사람을 마구 죽였다는 뜻으로 붙인 별명일 꺼야!
길자	그렇제? 내도 그럴 끼라 생각했드만 자 운기네 엄마가 끔찍하다고 하면서 귀신혼령이 씌운 것 같다 카길래! 내 무서버가….
영신	엄마 우린 괜찮으니까 그만 집에 들어가자
길자	시상에 눈 한번 깜빡 안코 사람을 여섯이나 죽잇다카데! 그것도 도끼로… 아이 끔찍타! 인간이 되가 어찌 그럴 수가 있드노! 가자.

당시 신문과 고재봉 검거, 재판 등 다큐 영상이 비추는 가운데 O.L
되어 길자와 영신, 운기가 어두운 골목길을 걸어 집으로 간다. 음악

과 함께.

#7. 대학 현관 입구

김유리 작가가 방송국 PD와 통화를 하고 있다.

유리 강 PD님 그래서 어떻게 결정났는데요? 그래요? 뭐… 다행
이긴 하지만 제 입장에선 아직도 썩 개운치가 않네요. 생
각해보세요. 국영 방송이라면서 왜 제작비에 연연하고 또
엄연히 TV제작국이라는 부서가 존재하는데 방송노조의
심의가 필요한지 모르겠네요! 국민을 위한 국민의 방송이
라는 캐치프레이가 분명한 실효성은 있는 거예요? 물론이
죠. 그건 강 선배 말이 맞아요. 하지만 작가가 아닌 국민의
한 사람으로 공영방송을 살펴볼 때 그건 아니라는 거죠!
암튼 수고 많았어요 선배. 서울 가면 제가 한턱 쏠게요! 에
이 또 그러신다. 암튼 알았어요. 선배, 땡큐!

이때 우영신 교수가 현관 문을 지나다가 유리를 보고 잠시 서 있다
가 유리를 부른다.

영신 유리야!
유리 어머 아버님!
영신 무슨 전환데 그렇게 소란스럽게 통화를 하는 거야?
유리 아니에요. 방송국 전화예요. 그런데 왜 그 쪽에서 오세요?
어디 다녀오셨어요?

영신　응. 갑자기 아주 오랜 친구한테 연락이 와서 시내서 점심 먹고 오는 중이야!

유리　친구 누구신데요? 이번에 제가 쓰고 있는 작품에도 등장하실 분이신가요?

영신　아마 그럴걸! 아주 어렸을 때 친구였으니까? 자 어서 내 방으로 올라가서 이야기하자. 유리 너 그렇게 옷 입고 다녀도 괜찮아? 안 춥니? 너도 이제 환절기 때 건강 잘 챙겨야해! 감기 걸리지 말고. 곧 새색씨 될 몸이니까….

유리　네 아버님 명심하겠습니다. 참 아버님 먼저 올라가세요. 저 구내매점서 커피 뽑아 갈게요. 아버님 거하고 제 거요! 조교 커피 맛이 별로예요! 아버님!

영신　이제 교수님 소린 쏙 들어가고 말끝마다 아버님이로구나! 아직 학교에선 남들 눈이 있으니까 조심해!

유리　(웃으며) 네 명심하겠습니다. 우리 교수님!

약간 경쾌한 음악.

#8. 우영신 교수 연구실

유리와 소파에 마주 앉아 커피를 마시며 이야기 하는 우영신 교수.

유리　어머 그러니까 아버님 어렸을 때 한 집에서 같이 사셨다던 그 주인집 둘째 아드님 그 분을 만나고 오신 거예요? 운기라는 그 분이요?

영신　그래 넌 확실히 작가라서 그런지 기억력이 좋구나! 그 운기라는 친구를 만나고 왔어! 와, 진짜로 몇 년 만에 만난 거야? 아마 오십년이 훨씬 넘었을 거야! 내 지난번에 말했던 고재봉 사건이 있는 해에 나랑 같이 신문을 돌렸다는 그 친구야! 그런데 말이다 내 오늘 한 가지 놀라운 것을 발견했어!

유리 그게 뭔데요?

영신 하나님은 말이다.

유리 우리 시할아버님 말씀이에요? 아버님의 진짜 아버님 하나님 아버지!

영신 인석아 장난 말고 진짜로 잘 들어봐! 내 오늘 놀라운 것은 그 하나님은 말이다. 비록 어린 아이들이 밤중에 담 아래서 하는 소소한 이야기도 다 들으신다는 거야! 놀랍지 않니?

유리 예를 드시면요?

영신 내가 말이다 오늘 점심에 만났던 운기라는 친구하고 밤에 신문을 돌릴 때 그 아이와 나는 꿈에 대해서 각각 말한 적이 있었거든. 근데 그 친구는 그때 자기는 이담에 커서 운전을 하는 운전사가 되어서 전국방방곡곡을 다니고 싶다고 했고 나는 목사가 되어야 할 것 같다고 했거든!

유리 아. 지난주에 말씀해 주셨던 그 이야기요? (메모수첩을 보면서) 네, 그 운기라는 분은 운전수가 되고 싶다고 하셨어요. 뚱뚱하다는 정숙자와 결혼을 해서요. 그리고 아버님은 영화배우나 목사가 되고 싶다고 하셨구요!

영신 그렇지! 근데 말이다. 하나님은 우리가 그때 나눈 어린 우리의 소원을 다 들어 주셨다는 거야. 그 친구는 지금 뭐를 하느냐하면 빙그레 아이스크림 영업소장이 되어 충남북 곳곳을 돌아다니며 직접 운전하면서 장사를 하고 있어. 그의 소원대로 운전수가 되게 하신 것이지. 그리고 나는 비록 목회를 하는 목사는 아니지만 이렇게 목사가 되었고 또 영화배우는 아니지만 영화학 교수가 되었잖니! 아 물론 몇 편의 영화에도 출연했던 영화배우도 해보았지! 어때? 정말 신기하지 않니?

유리 정말 그렇네요. 대박!

영신 뭐? 대박?

유리 아 대박이라 표현은 요즘 젊은 애들이 쓰는 일종의 감탄사예요!

영신 그래 대박이지! 한 가지 실현되지 못한 것이 있다면 운기 그 친구는 그 뚱뚱한 정숙자와 결혼을 하지 못했다는 거고 나는 부자가 되지 못했다는 점이지. 그렇게 어머니께 효도를 해드리고 싶었는데 내 어릴 적 꿈만큼 효도를 해드리지 못한 것이 너무나 아쉬워! 배움이 적으셨던 어머님은 살인마 이야기를 들으시고는 그것이 혼령인 줄 아시고 우리한테 뛰어 오실 정도로 오직 아들만을 생각하시면서 사신 분이었는데… 지금도 돌아가신 어머님께는 늘 죄송스런 마음뿐이야! 한 번은 이런 일이 있었지! 무척 말하기 부끄러운 이야기이지만.

음악.

#9. 집 앞

영신이가 집 앞 평상에 엎드려 공부를 하고 있다. 이때 길자가 미제

물품을 담은 보따리를 머리에 이고 급히 집으로 뛰어 들어온다.

영 신 엄마! 오늘은 웬일로 이렇게 일찍 집에 오는 거야? 장사가 잘 안 돼?

길 자 (다급한 목소리로) 영신아! 미제물건 단속반이 집에 와가 니 네 엄마 장사 뭐하냐꼬 묻걸랑은 메리야스 속옷하고 양말 장사 한다고 하거레이. 단속반이 시장을 뒤집고 다니는데 젓갈장수 아지매가 귀뜸해 줘가 내 퍼뜩 이리로 도망온기 라 알았제? (방안으로 들어간다)

영 신 (하늘을 우러르며 마음속으로 기도한다) 하나님 아버지! 우리 엄마 미제물건 파는 것이 불법이면 엄마 죄를 용서해주시고 우리 엄마 다른 장사하게 해주세요. 이른 새벽부터 잠도 안 자고 회덕 장동 미군부대 앞에 가서 물건 떼어가지고 오시고 또 밤늦게까지 시장 돌아다니면서 장사를 하시는 데 아직도 몸이 많이 아프세요. 네? 하나님!

이때 가죽점퍼를 입은 단속반 공무원인 듯한 중년남자가 아이에게 다가온다.

단속반 얘야! 여기 이 동네에 미제물건 파는 아줌마가 있다고 하 던데 너 혹시 그 집 아니?

영 신 (얼굴이 빨개지며) 아니요? 잘 몰라요!

단속반 그럼 방금 전에 보따리를 이고 이리로 달려온 아줌마가 있 었을 텐데 그런 사람도 못 봤니?

영 신 모… 못 봤는데요!

단속반 (영신이를 천천히 쳐다보며) 그런데 왜 니 얼굴이 갑자기 빨개지는 거냐? 너 알고 있구나 그치?

영신   아니에요. 저는 정말 몰라요.

단속반   그래? 그럼 니네 부모님들께서는 뭐하시는 분들이야?

영신   우리 아버지는⋯ 요, 6.25 때 헤어지셨구요. 우리 엄마는 메⋯ 메리야스랑 양말장사 하는데요!

단속반   어디서?

영신   금산장하고 유성장 진잠장 같은 데서요. 오일장 설 때마다 돌아다니시며 장살하세요!

단속반   그래! 너 거짓말 하는 거 아니지?

영신   (약간 떨리는 음성으로) 예!

단속반   알았다. 니 얼굴을 보니 거짓말 하는 애 같지는 않구나. 그런데 왜 니네 엄마 양말 장사 한다면서 넌 그렇게 빵꾸난 양말을 신고 있는 거니?

영신   아! 이 양말이요? 엄마가 좋은 양말만 골라서 내다 팔고 저한테는 나쁜 양말만 신으라고 해서 그래요!

단속반   아 알았다. 고놈 참 관상이 아주 좋은데⋯. (사라진다)

영신   (한참을 단속반이 사라진 곳을 바라보다가 2층을 향해) 엄마! 엄마! 단속반 갔어! 이제 나와도 돼!

길자, 조심스럽게 방문을 조금 열고 쳐다보다가 방을 나온다.

길자   (안도의 한숨을 내쉬고는) 뭐라드노? 니 엄마가 일러준 대로 했나?

영신   응! 그런데 엄마!

길자   와! 뭔 말 할라꼬?

영신   미제물건 파는 거 잘못된 거라면 우리 다른 장사하면 안 돼?

길자 다른 장사 어떤 거? 니는 이 엄마가 다른 장사 어떤 거 했으면 좋겠노?

영신 엄마 말대로 메리야스 장사나 양말 장사 같은 거! 그리고 나도 지금은 신문을 돌리지만 중학교에 가면 다른 일을 해서 엄마를 도울게 응 엄마!

길자 그게 말처럼 쉬우면 얼마나 좋겠노? 엄마도 그리 생각해 봤는데 그 메리야스 장사라 카는 게 솔찬히 밑천이 있어야 되는기라! 또 무겁긴 얼마나 무거분데… 엄마 힘으론 힘에 부쳐 몬 한다.

영신 엄마! 미안해. 내가 얼릉 커서 엄마 일 안하고 편히 쉬게 해줄게!

길자 (아이를 대견스럽게 쳐다보며) 어느 세월에! (사이) 참 그카고 니 왜 엄마한테 말 안 했드노?

영신 뭘?

길자 아까 전에 운기엄마 만났드만 느그 학교 6학년 아들 서울로 수학여행 간다 카데! 맞나? 근데 니는 와 엄마한테 그런 말 안 했는데…?

영신 응 그거 나 가고 싶지 않아서 그랬어! 삼일이나 가야 한다는데 신문배달을 삼일씩이나 빠뜨릴 수도 없고 또 수학여행비가 360원씩이나 내야 한다는데 우리가 그런 돈이 어딨어! 그래서 선생님한테 안 간다고 했어! 그리고 나 말고도 다른 두 명도 안간대.

길자 가라! 다른 아들이 다 가는데 니만 안가면 엄마 속이 어떻겠노? 그카고 니도 서울 가고잡다고 안 했드노 엄마가 무슨 수를 써서라도 그 돈 해줄게!

영신 싫어! 나 안 가고 싶다니까!

길자   와 안 가고 싶은데?

영신   수학여행비만 내는 거 아니잖아. 내 친구들이 그라는데 옷도 새로 사입고 운동화도 새로 사신고 또 용돈도 가져가야한대! 그러려면 돈 천원도 모자란다고 했어!

길자   니도 새 옷은 아니지만 엄마가 깨끗하게 새 옷처럼 빨아주고 신발도 씻어주면 안 되겠나!

영신   싫다니까! 그리고 엄마! 나 중학교 갈 때 입학금은 걱정하지 마! 지금 내가 신문돌리는 거 그 월급 모으면 갈 수가 있을 것 같아! 두익이 삼촌이 그랬어!

길자   (영신이 머리를 쓰다듬으며) 어이고 내 새끼 여전히 아가 아니고 어른이고마 엄마가 못나가 자식새끼 그 한번 있는 수학여행도 몬 보내고… 엄마가 니한테 마이 미얀테이!

영신   엄마! 또 울려고 그러지? 그러지마 난 세상에서 엄마만 있으면 돼! 엄마하고 이렇게 있으면 행복하단 말이야!

길자   (와락 아이를 끌어 앉으며) 그래… 내 새끼! 이 에미도 니캉 같다. 내도 니 하나만 있으면 된다!

잔잔한 음악이 흐른다.

#10. 우영신 교수 연구실

영신   사실은 그때 정말로 수학여행에 가고 싶었었지. 아이들이 창경원 덕수궁, 남산케이블카를 말하면서 들떠 있을 때 정말로 가고 싶어 미치는 줄 알았어. 하지만 어머니께서 하루에 장사해서 벌어오시는 돈이 얼만데! 어머니 말씀대로 난 어린애가 아니었던 것 같애. 늘상 생각이 깊었던 아이였어!

유리   세상에 정말 그 어린 가슴에 얼마나 가슴이 아팠을까? 그럼 아버님 주특기인 하나님 아버지께 기도는 안 해보셨어요?

영신   왜 그런 생각을 안 해봤겠니! 그런데 하나님 아버지께 기도를 하려고 했다가 하나님 입장도 생각해서 기도를 하지 않았어! 하하하. 분명 하나님도 엄마를 통해 역사하셔야 하셨을 테니까….

유리   어머 아버님 어리셨을 때 정말 속 깊은 아이셨네요. 그리곤 혼자 안 우셨어요?

영신   왜 안 울었겠어! 아무리 애 어른이라지만 어린애는 어린애인데… 반 친구들이 새벽에 대전역 앞에 모여서 수학여행을 떠나는 날 사실 나는 이불 속에서 깨어있었지. 주인집 내 친구 운기가 새벽부터 수학여행 간다고 수선을 떠는 바람에 나도 덩달아 잠에서 깨어났거든. 그런데 자꾸만 눈물이 나는 거야. 그래서 억지로 딴 생각을 하면서 참았어! 이 담에 내가 어른이 되걸랑 매주마다 엄마 모시고 서울 구경을 하겠다고 하는….

유리   어머 불쌍해라. 아마 이 장면 드라마로 나오면 시청자들 꽤나 울겠는데요! 에이 우리 시할아버지 하나님! 좀 불쌍한 그 아이 좀 도와주시지…!

영신   아니야! 정말로 우리 하나님 아버지께서 나에게 큰 위로를 주셨어! 니가 생각해도 얼마나 안 됐고 불쌍하니! 그런데 우리 하나님께서는 그런 생각 안 하셨을 거 같아? 신앙이 있다하는 사람들도 흔히 하나님은 전지전능하신 하나님이시기 때문에 감정이 전혀 없으신 분일 거라고 생각하는데 천만의 말씀! 우리 하나님은 정말 감정이 풍부하셔서 우리들을 지켜보시면서 잘 웃으시고 또 자주 우시는 하나님이시라는 것을 알아야해!

유리 어머, 그래요? 그래 하나님께서 아버님께 어떤 위로를 주셨는데요?

영신 반 친구들이 수학여행을 다녀온 다음 주에 우리 하나님은 내게 수학여행을 안 보내신 대신에 정말 커다란 선물을 주셨는데 바로 내가 전국학생미술실기대회에서 어린이부 최고상을 받게 해주셨던 거야! 당시 그 상이 얼마나 컸는 줄 아니! 그때 어린이 한국일보 신문에 내 사진과 수상 내용이 기사로 나왔고 나는 우리 학교 전교생이 모인 운동장 조회 때 이번에는 나 혼자만 교장선생님으로부터 상장을 받게 되었고 당시 교육청에서 장학사님까지 날 보려고 학교에 오셨을 정도였으니까. 그때 전교생과 선생님들께서 나한테 큰 박수를 보낼 때 그리고 교장선생님께서 훈시를 하시며 나를 칭찬해주셨을 때 내가 어떤 생각을 했는 줄 아니?

유리 어떤 생각을 하셨을까요? 애 어른께서….

영신 우리 하나님 아버지께서는 나를 수학여행에 안 보내신 것을 미안하게 생각하셔서 이렇게 내게 위로의 큰 선물을 주시는구나 하는 생각을 했지! 그런데 그때 그 많은 전교생과 선생님들 앞에서 나는 주책없이 막 울었던 거야. 그건 우리 하나님 아버지가 너무 고마우신 분이라서… 그런데 내 친구들이 나한테 아까 왜 울었느냐고 한 명도 안 물어보는 거 있지! 지들 딴에도 우는 내가 그냥 불쌍하게만 생각되었던 모양이야? 실은 나한테 물어보면 나는 우리 하나님 자랑을 하고 싶었는데… 난 말이다 어렸을 때부터 그런 신앙을 가지고 자랐어! 이 얼마나 영적으로 큰 축복이었겠니! 참 감사한 일이지 그러니까 우리 하나님은 공평하신 하나님이신 거야! 오 참 그리고 하나님의 또 다른 보너스도 있었지!

유리　또 다른 보너스라구요?

#11. 국민학교 교무실

영신이가 교무실에서 담임선생님과 마주 앉아있다.

담임선생님　영신아! 너 참 자랑스럽다. 어떻게 전국미술실기대회에서 이렇게 최고상을 받을 수가 있었니? 서울 학생들도 받지 못하는 큰상을… 아까 교장선생님께서 선생님들 직원회에서 그려셨는데 네가 받은 수상은 학교의 명예와 큰 경사니까 트로피를 복도 전시관에다 전시를 해서 두고두고 기념이 되게 해야 한다고 하셨어. 그리고 말이다. 더 큰 좋은 소식은 우리 학교 근처에 있는 보문중학교에서 연락이 왔는데 니가 그 학교에 지원을 하면 삼년 동안 장학금을 준다고 꼭 너를 그 학교로 보내 달라고 하더라! 어때? 보문중학교로 갈래? 니 성적으로 보면 대전중학교에 시험을 쳐볼만 하지만 니네 집 형편으로 볼 때는 차라리 삼년 동안 장학금을 주는 그 학교로 가는 것도 선생님은 나쁘지 않다고 생각하는데… 집에 가서 너네 어머니하고 잘 상의를 해봐라! 알았지?

경쾌한 음악 up 되었다가 서서히 F.O 된다.

#12. 국민학교 강당 졸업식장

1960년대 졸업식장 다큐 영상이 펼쳐지면서 졸업의 노래가 들린다.

졸업의 노래
빛나는 졸업장을 타신 언니께
꽃다발을 한아름 선사합니다
물려받은 책으로 공부 잘하며
우리는 언니 뒤를 따르렵니다.

잘있거라 아우들아 정든 교실아
선생님 저희들은 물러갑니다
부지런히 더 배우고 얼른 자라서
우리나라 새 일꾼이 되겠습니다.

아이들이 여기저기서 흐느껴 운다. 그리고 졸업식장 단상 위에서 영신이가 큰 메달과 함께 상장을 받는다. 모든 사람이 박수를 치는 그 무리 중에 한복을 입고 종이 화환을 들고 서 있는 길자.

교장선생님 공로상 제6학년 1반 우영신. 위 학생은 학업성적이 뛰어

나고 매사 행동이 모범적이며 특히 전국어린이 사생대회에서 최우수상을 수상하는 등 예능 특기자로서 학교의 명예를 드높여준 자랑스런 학생이기에 이 상장을 주고 이를 표창함. 단기4294년 2월 7일 삼성국민학교장 송명호.

우레와 같은 박수소리가 들리며 흐느껴 우는 길자의 모습이 보인다.

길자 (독백) 엄마! 지금 우리 영신이가 핵교를 졸업하는 날이니더. 그 쬐매하던 것이 어느새 벌써 저리 커가 핵교에 들어가 갔고 벌써 또 오늘 졸업을 하네예. 부모 잘몬 만나가 얼라 때부터 호로자식 소릴 들어가며 먹고잡을 때 제대로 몬 먹고 입고잡은 옷 한 벌 제대로 못 입고 이날 이때꺼정 남의 아들 입다 버린 옷을 주워다 입혔는데… (울먹) 오늘 보니께 우리 아가 제법 쓸 만하게 컸네예. 오늘 우리 영신이가 그 많은 졸업생 아들 앞에서 대표로 단상에 올라가가 교장선생님한테 직접 상장과 메달을 받고 또 상품도 받았어예. 그것도 한번도 아이고 네 번씩이나 말입니더. 학업우등상과 공로상, 예능우수자특기상, 또 육년 개근상을 받았지 뭡니꺼! 참말로 지는 이제 죽어도 여한이 없다는 생각이 드네예. 하지만서도 내 죽으면 그걸로 끝이지만 이 아는 아직까지는 더 커가야 할 놈인데 그래서는 안 된다 아입니까 그래서 내도 이놈아 닮아가 하나님께 기도를 안 했습니꺼. 하나님요 낼러 좀 도와주이소, 저놈아 고등핵교 졸업해가 대학에 들어가는 거까지만 보게 해주이소 그카면 참말로 고맙겠습니다.

#13. 국민학교 운동장

수많은 사람들 가운데 종이 화환과 메달을 걸고 졸업장 케이스와 상장, 상품을 들고 상고머리의 영신이와 길자가 사진을 찍고 그 사진 insert. 그리고 이어 영신이가 밝게 웃는 얼굴 클로즈업 되며 어린 영신의 독백이 잔잔한 음악과 함께 들려온다.

영신　(독백/웃는 얼굴에 눈물을 흘리며) 엄마! 고맙습니다. 나 졸업했어! 이제 중학생이 되면 더 열심히 공부하고 그림도 잘 그리고 책도 많이 읽어서 더 착한 학생이 될게요. 그리고 남들보다 세 시간 더 먼저 일어나서 새벽기도도 가고 신문배달도 계속해서 내 힘으로 중학교에 다닐 꺼야! 엄마 그러니까 더 아프지 말고 조금만 더 참어. 알았지? 엄마 엄마… 엄마!

잔잔한 음악 up 되고 다시 F.O 된다

#14. 우영신 교수 연구실

창가에서 교정을 바라보며 우수에 찬 모습의 영신.

영신　(독백) 그날 엄마는 집에 오시자마자 목을 놓아 우셨다. 피란 중에 나를 낳아 그 핏덩이를 안고 지금까지 고생하시며 살아오신 일들이 주마등 같이 떠올랐나 보다. 그런데 그 어린 것이 남들 앞에서 자랑스럽게 상을 타는 모습을 보시니 너무나 감격스러우셨던 것이다. 그날 난 처음으로 엄마와 함께 중국집에 가서 짜장면을 먹었던 기억이 난다. 그리고 그 다음 날인가? 처음으로 당시 내 기억에도 없는 시골 지경에서 사촌형님이 우리집엘 찾아 오셨다. 말이 형님이지 나이는 아버지 뻘이었는데 내가 졸업한다는 편지를 받고는 나를 위로해주기 위해서 일부러 찾아오신 것이다.

#15. 동네 찐빵집

김이 모락모락 나는 동네 찐빵 집. 보따리를 탁자 위에 얹어놓고 길자와 마주한 장호 그리고 싱글대는 영신이가 길자 옆에 앉아있다.

장호형님 아이고 작은어머니! 그동안 잘 지내셨어유? 이게 몇 년 만이래유? 이 아이가 영신인 감유! (울먹이며) 그 어린 깐난쟁이가 벌써 이렇게 컸다니…!

길자 어서 오시소! 참말로 오래 됐네예! 그때 장조카께서 언뜩 들어보이 내 떠나오고 그 해에 장갈 갔다 들었는데? 시상에… 그래 큰성님은 건강하시지예? 또 조카며누님도 모다 잘있고예?

장호형님 네 모두 잘들 계시구먼유! 그래 작은어머니 혼자서 영신이 키우시느라고 얼마나 고생이 많으시대유 글쎄! 참말로 죄송하구먼유. 농사일에다 요즈음은 또 동네 지도자 일까지 맡다보니까 정말 집안 동기간을 챙길 여가가 없었구먼유!

길자 어데예! 지들도 마찬가지 아잉교! 쟈가 저레 클 동안에 한

번도 집안 어른들 찾아뵙지도 못하고 저그 두 모자 사는기 바빠가 사람 도리를 이래 몬 하고 살았어예!

장호형님 그건 지가 드릴 말씀이지유! 작은 아버지는 그래 여즉 소식이 없지유? … 와! 그런데 우리 영신이 참말로 잘 생겼구먼유. 얼굴에 빛이 나는 게 우리 우씨 가문에 어떻게 이런 미남이 태어났는지? 정말 자랑스럽네유! 어디 손 좀 보자! 그런데 손은 영락없는 우씨네 손이구먼유! 오동통하고 넙다듣한 게 우리 우씨네 식구들 손이 모두 야같이 머슴손이지유. 영신아 너 내 손 좀 봐라. 너하고 똑같지?

영신 어… 어 진짜네! 형님 손도 나처럼 정말 오동통하네!

길자 그래 지경에 집안 어른들은 모두 무고하시고예? 큰댁 시숙어른 건강은 좀 어떤교? 산에서 굴러 떨어지셨다는 야길 몇 해 전에 인편으로 들었어예!

장호형님 예 큰아버님이 조금 위중하시긴 하지요. 지난 가실께부터는 아예 저리 문 밖 출입을 못하시는구먼유.

길자 시상에 어쩜 좋응교? 큰시숙 어른도 그렇치만서도 큰성님이랑 조카들이 억수로 고생이 많을 텐데…!

장호형님 실은 우리 영신이 편질 받고 졸업을 축하하러 온 것도 온 것이지만 큰댁 큰아버님께서 영신이 저놈을 마지막으로 한 번 보고 가셨으면 좋겠다고 하셔서 쟤를 데리러 이렇게 온 거구먼유. 작은어머니, 그래도 괜찮겠남유?

길자 하모요. 지가 우씨 집안 자손인데 집안 어른께서 그리 위중하시다카는데 당연히 가봐 안 되겠십니꺼 걱정말고 델고 가이소!

영신 (화들짝 반가와 하며) 엄마! 진짜야? 진짜로 나 큰형님 따라서 지경에 다녀와도 돼? 진짜지?

길자	니 그리 좋나?
영신	그럼 나 지경 가면 영성이형도 만나볼 수 있겠네? 와! 신난다.
길자	니 영성이가 누군둥 기억나나? 느그들 쬐매할 때 헤어졌는데….
영신	그 형 얼굴은 기억나질 않지만 만나보면 금방 알 수 있을 것 같애. 또 우리끼리 편지는 자주 했잖아!
장호형님	영성이는 지금 지경에 없고 지들 큰 매형 사는 충주에서 자전거 기술 배우고 있어! 그런데 니가 고향에 온다고 하면 영성이도 당장에 내려올걸. 너보고 싶다고!
길자	쟈랑 영성이는 6개월 차이 나는데도 쟤는 지네 형이라 해 싸면서 윽수로 영성이를 좋아 안 합니꺼! 아주 쬐맸할 때 둘이서 그래 말썽을 부려 쌌더만!
장호형님	둘이서 누에를 잡아다 아궁이에 집어넣고 그랬다면서요?
길자	아이구 말도 마소! 내 그때 큰 성님한테 혼난 거 생각하믄….
영신	근데 큰 형님 우리 언제 가요? 형님 오늘 우리집에서 주무시고 내일 가실 거예요?
장호형님	아니야! 시골 농사일이란 하루를 건너 뛸 수가 없어 할 일이 많거든 그러니까 우리 시장엘 좀 갔다가 바로 역전으로 가자!
길자	시장은 왜 가실라 카는데예?
장호형님	우리 영신이 졸업도 했고 또 이제 곧 중학교에 들어가야 하니까 내가 명색이 야 형님인데 기냥 갈 수가 없잖유! 교복이라도 맞추고 또 가방하고 신발이라도 사줘야 쓰겠구 먼유!

길자	아입니더 됐어예! 그건 지가 할 수 있어예!
장호형님	그리 말씀하시믐 지가 섭섭하지유! 쟈가 어떤 동생인데 그것이 뭔 큰돈이라고 괜찮아유! 작은어머니… 자 그럼 영신이 널랑은 어서 집에 가서 시골에 갈 준비해가지고 나와라 내 여기서 기다릴 테니께.
영신	네! 형님.
길자	괘않은데….

음악과 함께 우영신 교수의 독백이 들려온다.

#16. 우영신 교수 연구실

영신	(독백) 그날 사촌형님인 장호형님께서 내 중학교 교복하고 책가방을 선물로 사주신 기억이 난다. 마침 그때가 졸업식 후라서 중학교 입학하는 날까지 두어 주간이 남았기 때문에 나는 장호형님을 따라 고향을 떠나온 후로 처음으로 내 고향 충북 괴산군 청안면 장암리 웃지경이라는 곳에 가게 되었다. 가끔씩 어머니한테 들은 이야기로 지경은 죽을 지경이라서 사람 살 곳이 못된다고 했었는데 이렇게 나를 반겨주고 챙겨주는 친척들이 있었다는 것에 나는 처음으로 커다란 위안을 얻을 수가 있었다. 아버지의 형제분들은 모두 다섯 분이시다. 큰고모님이 한 분 계셨고 아버지가 막내이셔서 위로 세 분이 모두 큰아버지들이시다. 그런데 장호형 아버지이신 둘째 큰아버지께서는 오래 전에 돌아 가셨고 시골 지경에서는 제일 큰집 큰아버지하고 셋째 큰아

버지만 계셨다. 물론 세 분의 큰어머님들이 모두 계셨는데 그 어르신들은 모두 다 나를 임금님처럼 떠받들어 주셨다. 아버지 없이 엄마와 함께 혼자서 자란 것이 대견스러워 그리 하셨던 것 같다.

#17. 시골 초가집 안 방

시골 농촌 풍경, 초가집 방안에 화롯불이 피어있고 큰집 큰어머니와 둘째 큰어머니가 고구마를 화로에 구워 영신이에게 먹이며 이야기를 나누고 있다.

큰어머니1 세상에 어쩜 영신이가 이리도 돌아가신 아버님을 쏙 빼다 박았는지 소름이 다 끼치는구먼! 장호가 많이 닮았다고 했더만 야한테 비기면 반도 안 닮았어!

큰어머니2 성님은 시아버님 모시고 살았응께 많이 보셨겄네. 난 시집와 얼마 안 돼서 시아버님이 돌아가시는 바람에 기억이 있긴 하지만 또렷하게는 기억이 없는디. 야처럼 인물이 훤하셨던 건 기억하지.

큰어머니1 동서! 야 좀 봐라 이 눈매하고 오똑한 콧날이 영락없는 우리 아버님이다. 참말로 씨 도적질은 못한다더니 참 신기하네.

영신 제일 큰어머니. 정말로 내가 우리 할아버지하고 똑같이 생겼어요?

큰어머니1 어디! 찾아보면 집안 어딘가에 영정그림이 있을게다. 똑같아도 너무 똑같애! 자! 어여 먹어 도회지에서는 이런 고구마도 죄다 사먹는다며?

영신　네! 고구마 감자 옥수수 오이 모두 다 돈 주고 사먹어야 해요.

큰어머니2　그럴 꺼여. 도회지에는 논도 밭도 없응께 죄 사먹어야지 안 그면 어떡하겄어!

영신　근데 큰어머니! 우리 진짜 아버지도 봤어요. 우리 아버지도 나처럼 생겼어요?

큰어머니1　(머뭇거리며) 글쎄? 생긴 모양은 비슷하지만 우리 영신이처럼 이렇게 잘생긴 얼굴은 아니여! (갑자기 울먹거리며) 에구 불쌍한 거… 이것도 지 핏줄이라고 지 애비 찾는 것 좀 봐라!

큰어머니　(영신에게) 그럼 넌 지금까지 한번도 느그 아버지 만나본 적 없어야?

영신　울 아버진 6.25때 헤어져서 죽었는지 살았는지 모른댔어요!

큰어머니1　에구 이 불쌍한 것 놔두고 뭔 짓거리를 한 거여! 참말로 아무리 시동생이라지만 천벌 받아야혀!

큰어머니2　그럼 야는 여짓껏 지 애비 얘길 모르는가 보네요?

큰어머니1　아 그만혀. 그 이야기는… 난중에 이놈이 크면 죄다 알게 될 텐데 뭘 그려! (사이. 오른쪽 싸리문을 바라보며) 영자야! 왜 뭔 일 있어?

영자, 문 앞에서 소리치며 서 있다.

영자누나　끝에 작은엄니가 영신이 거기 와서 저녁 먹으래요. 엄니하고 작은 엄니도 모두 같이 오시래유!

큰어머니1　그래 알았다. 자 씰데 없는 말 집어챠뿌리고 정님네 집에나

가보자. 우리 영신이 고향 왔다고 닭기라도 잡았나보다.

#18. 같은 초가집 안 방

사촌누나들 틈에 둘러싸여 이야기를 나누는 영신.

영자누나 너 정말로 이미자를 봤어?

영신 그럼! 작년 추석 때 대전에 신도극장이라고 있는데 그곳에 쑈하러 왔었어! 그때 문 앞에서 극장에 들어가는 거 봤는 걸 최희준도 보고 남일해도 봤어!

춘자누나 뭐 최희준도 봤다구? (박수를 치며) 나 최희준 너무 좋아하는데…! 인물은 어때 잘생겼어?

영신 아니 뭐 보통인데 키가 좀 작았어!

임순누나 그렇다데! 영화배우들은 늘씬하고 잘생겼는데 가수들은 모다 키가 작대! 뭐 라디오로 소리만 들리면 되니까 작으면 어때, 눈으로 볼 것도 아닌데….

영신 아니야 극장 쑈에서는 진짜로 나와서 노래를 불러! 그러니까 예쁘고 늘씬한 가수들을 사람들이 더 좋아해. 그리구 남일해는 가수지만 키가 엄청 크던데!

춘자누나 어머 그래? 나는 남일해도 너무나 좋아하는데….

영자누나 우리 성은 남자가수들이라고 하면 아무나 다 좋대!

임순누나 너는 참 좋겠다. 도회지에 살아서 가수들도 보고 배우들도 보고하니까… 참 너 최무룡하고 신성일도 봤다며?

영신 응 신성일이 나보고 영화배우하면 좋겠다고 했어!

춘자누나 정말! 정말이야? 얘! 영신아 너 진짜로 영화배우해라 너는 얼굴도 끝내주게 잘생겼고 공부도 장학생이 될 정도로 잘하니까 영화배우 나가면 꼭 성공할 거야 응! 영신아!

영신　누나는! 영화배우는 얼굴만 잘생겼다고 되는 게 아니래 연기도 잘해야 되고 뭐라더라…? 응 운도 따라야 한대.

춘자누나　그러니까 딱 너지! 너는 얼굴 잘생겼지! 연기도 잘할 거지! 또 너는 하나님 빽이 있잖아! 그러니까 꼭 배우해라 알았지?

영신　그렇잖아도 나도 지금 고민 중이야.

브릿지 음악.

#19. 같은 초가집 사랑방

또 다른 사촌 형인 장덕형님이 가마니 짜는 틀 앞에서 새끼를 꼬며 이야기를 하고 있다. 영신이는 비스듬히 누워서 그 이야기를 듣고 있다.

장덕형　그러니까 이수일이가 신순애한테 이렇게 말했어!

영신　뭐라구 말했는데요?

장덕형　여기서 잠깐! 뭐라고 했을 것 같으냐 영신아! 니가 한번 상상해서 말해봐!

영신　(일어나 앉으며 신파조로 흉내낸다) 세상에 여자가 너 하나 뿐이더냐 가거라! 네가 나를 배신한 후부터 내 사랑도 떠나간 거야!

장덕형　아쭈 잘하는데! 너 정말 배우하면 잘할 것 같은데! 와 자

　　　　　　 슥 제법이야!

영신　 아이 뭐라고 했는데요 진짜루!

장덕형　 (앉아서 흉내내며) 김중배의 다이야몬드가 그렇게 탐이 났드
　　　　　 냐! 가거라 가! 하면서 매몰차게 우는 심순애를 버리고 떠
　　　　　 났던 거야!

영신　 그래서 심순애는 다시 김중배한테로 시집을 갔어요?

장덕형　 에이 그러면 소설이 재미가 없지! (사이) 안 되겠다. 정말 이
　　　　　 러다 우리 날 새겠다. 내일 해주면 안 되겠니?

영신　 아이 궁금하잖아요. 어서 빨리 마저 얘기해주세요 형님!

장덕형　 알았다! 이렇게 사랑을 배신했던 심순애는 자기가 생각해
　　　　　 도 자기가 너무 잘못했다는 것을 깨달은 거야! 그래서 깊
　　　　　 은 자책감에 시달리다가 대동강 물에 스스로 목숨을 던진
　　　　　 거지?

영신　 네? 아니 죽어요?

장덕형　 그래! 그런데 그 순간 물에 빠져 허우적대던 심순애를 이
　　　　　 수일이 물에 뛰어들어 건져낸 거야. 그렇지만 심순애는 이
　　　　　 미 거의 죽어가던 찰나였어 그리고는 이수일의 품에 안겨
　　　　　 심순애가 마지막 말을 남기지 "내 사랑은 오직 당신뿐이
　　　　　 에요"하고 말이야 그리고는 죽어. 이런 심순애를 부여안고
　　　　　 이수일은 소리치며 울었어! "순애 제발 살아나서 우리 행
　　　　　 복하게 살자 내 사랑도 너뿐이야"하지만 심순애는 영영
　　　　　 깨어나지 못하고 사랑하는 남자 품에 안겨 그대로 죽고 말
　　　　　 았던 거야! 이상 끝!

영신　 에잇! 그럼 해피엔딩이 안 되잖아요?

장덕형　 어라 이놈 봐라! 해피엔딩이라는 말도 알고? 정말 보통이
　　　　　 아니네! 너 왜 해피엔딩이 아니라고 생각하는 거니? 사랑

하는 여자가 죽어가는 순간에 사랑하는 남자 품에 안겨 서
로 사랑을 확인하는 그것이 로맨스 소설에서는 최고의 해
피엔딩인 거지!

음악.

#20. 우영신 교수의 연구실

영신 (독백) 장덕이 형님은 장호형님 동생으로서 직업군인으로
군에서 근무하다가 제대한 지 얼마 되지 않은 시간에 고향
에서 나를 만났는데 나를 무척 귀여워해주셨다. 장덕형님
은 6.25 전쟁으로 인해 학교는 겨우 중학교 중퇴이지만 혼
자서 많은 공부를 해서 이야기도 많이 알고 있고 참 똑똑
했던 것으로 기억된다. 이렇게 나는 내 고향 지경에서 내
사촌들과 큰댁 어른들의 사랑을 받으면서 꿈같은 시간을
추억으로 가슴에 새기고 다시 대전으로 돌아왔다. 지금까
지 나는 이 세상에는 어머니와 나 단둘뿐인 줄 알았는데
나한테도 이런 친척들이 계셨고 또 집안이라는 배경이 있
었다는 것에 얼마나 가슴 뿌듯하고 든든했는지… 아마도
이것 또한 우리 아버지 하나님께서 내게 주신 국민학교 졸
업 선물이셨던 것이 아닐까? 그리고 중학생이 되었다.

#21. 보문중학교 전경

중학생 교복과 교모를 쓴 영신이 친구들인 운기, 석찬, 용식, 관용과 함께 웃으며 운동장을 걸어 나오는 광경. 석찬이와 용식이가 어설픈 춤을 추며 웃기는 모습이 보인다.

경쾌한 음악.

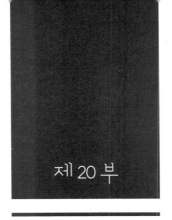

제 20 부

사춘기

#1. 동네 전파사 앞

양씨, 연씨 등 동네 사람들이 전파사 앞에서 창 안에 켜놓은 텔레비전을 보고 있다. 영신이도 운기와 함께 텔레비전을 본다.

T.V (소리)

지난 3월 9일 야당과 재야세력들은 '대일저자세 외교반대 범국민투쟁위원회'를 결성하고 회담반대 강연회를 개최한 데 이어 3월 24일부터 서울대, 고려대, 연세대, 대광고 등에서 한일회담 즉각 중지를 요구하는 대규모 시위가 전개되었고, 이후 전국으로 확산된 바 있습니다. 이후 잠시 소강상태였던 대학시위는 정부와 밀착한 YTP에 의한 학원사찰이 폭로되면서 다시 재개되었고 한일회담 중인 바로 어제 5월 20일 오후 서울대 문리대 교정에서는 '한일굴욕회담반대 학생 총연합회'가 주최한 '황소식 민족적 민주주의 장례식'이 열렸습니다.

연씨	말도 안 돼! 아 우리 민족이 왜놈들한테 어떤 수모와 고통을 당했는지 대통령 자신이 더 잘 알면서도 어떻게 저런 굴욕적인 한일회담을 할 수가 있어! 역시 배운 놈들이 똑똑하다더니 잘한다. 잘해! 역시 서울대생들이야! 그래 더 큰 소리로 반외세, 반독재, 반매판의 민족민주정신의 중요성을 떠들어 대거라!
양씨	아 뭔 소리여! 학생 놈들이 공부나 할내기지 저런 데모로 시간 낭비하믐 어쩌자는 건데! 저놈들 다 지 애비애미가 못 먹고 못 입으면서 논 팔고 밭 팔아 대학공부 시키는 건데 허구헌날 저렇게 데모질이나 하는 것이 그래 잘하는 짓이라구? 아 말이야 막걸리야?
연씨	야 이눔아! 그럼 세상이 삐뚤어져 가는데 그래도 엘리트라고 하는 배운 놈들이 그냥 숭맥처럼 가만히 교실서 처박혀 앉아 지 공부만 하란 말이냐? 그럼 뭐 하러 배우는 건데!
양씨	임마! 내가 통장이라서 정부 편을 드는 게 아니고 사실이 그렇잖아! 불경인가 성경인가에도 그런 말이 써있다더라 시저 것이면 시저에게 하늘 것이면 하늘에 드리라고… 뭔 말인고 하니 학생이면 학생답게 공부를 하고 정치는 정치인에게 맡기라는 말이야! 백번 옳은 말씀이지! 니는 그렇게 생각 안 하냐?
연씨	놀구 자빠졌네. 어쩌면 저렇게 그래도 배웠다고 하는 놈이 저런 말을 할 수가 있어! 너 8.15해방 때 태극기 들고 만세는 불러봤냐? 우리가 태극기 흔들며 되찾은 나라야 임마! 남의 나라 얘기가 아니고….

이때 짐을 머리에 인 길자가 영신을 부른다. 그리고 길자 옆에 봉수

어머니와 봉수가 서 있다.

길자	영신아! 봉수 왔다. 니 어릴 때 친구 봉수!

길자　영신아! 봉수 왔다. 니 어릴 때 친구 봉수!

영신　뭐? 봉수가 왔다구….

봉수엄마　영신아! 나 알아보겠니? 봉수엄마다. 그 쬐끄만 하던 녀석이 정말 많이도 컸네!

영신　아 알아요 아줌마! 안녕하셨어요 (봉수를 보고) 너 봉수? 서봉수 맞지?

봉수　(고개를 끄덕이며) 웅! 기억은 잘 안 나는데 너 영신이라며?

영신　그래 나 영신이야! 나는 너 기억나는데! 너 1학년 때 나랑 싸우던 생각 안 나? 그리구 맨날 학교 끝나면 니네 집에 가서 숙제하고 그랬잖아!

봉수　그건 기억나는데 니가 그 영신인지 얼굴 기억이 잘 안 난다는 거야!

봉수엄마　이놈들 봐라! 벌써 지들이 컸다고 말하는 것이 어른들스럽네!

길자　그러게 말입니더! 지가 장살하러 나간다꼬 노상 집에 없으니까 봉수어머니께서 지 아를 매일 거두어 주신기 지금도 고마버가 잊질 못하는데… 저 녀석들이 벌써 저레 컸네예!

봉수엄마　그래 지금도 그 미제물건 장살해요?

길자　어데예 그 장산 진즉 때려치운 지 오래 됐어예. 지금은 집에다 쬐그마한 가겔 내놓고 메리야스 장살하고 있어예!

봉수엄마　우리 봉수가 지형들이 아즉 대전에 살고 있으니까 한번 대전에 오고 싶다고 해서 이렇게 내려오게 됐는데 기차간에서 영신이 얘길 하더라구요. 지가 어렸을 때 문방구점 앞에서 영신이랑 싸웠다나 어쨌다나… 그런데 인사도 안 하고 서울로 전학을 갔는데 여즉 그것이 마음에 남았었나봐요. 그래서 이렇게 옛날 생각도 나고 해서 이 동넬 찾아 왔더니 마침 영신이네를 만날 수 있었네요!

길자 진태 할머니라꼬 그분이 봉수 큰이모라 카잖았능교? 증말 잘왔어예! 그찮아도 우리애도 가끔씩 봉수가 보고잡다고 했는데… 지가 찬은 없지만 저녁 준비할 테니께 저녁이나 좀 드시고 가시소!

봉수엄마 안 그래도 되요! 영신이 엄만 세월이 얼만데 여즉 그 경상도 사투리를 못 버리고 있네! 지금까지 충청도에서 산 세월이 있는데 말씨 고치기가 그렇게 어려워요?

길자 어데예? 그래도 옛날보다는 많이 고쳐졌다 아입니꺼! 어느 땐 이래 사투리를 쓰다가도 또 어느 땐 충청도 말도 나오고 그래예! 암튼 반갑네예!

봉수엄마 저희도 그래요. 듣자니 영신이가 그렇게 공부도 잘하고 그림도 잘 그린다면서요?

길자 아입니다. 그냥 쬐끔… (봉수 보고) 야! 봉수 니도 정말 잘 컸네, 그래 지금 서울 어디서 사노?

봉수 영등포에 살고 있어요!

영신 영등포?

길자 니도 공부 잘하지?

봉수엄마 공부는 무슨! 저 놈은 그저 바둑에만 푹 빠져 살아요! 어린 게 무슨 바둑이 지 인생의 전부라나 어쩌나….

길자 그래도 뭐 한 가지라도 잘하믄 됐지요!

봉수엄마 암튼 정말 반가와요. 앞으로 우리 제 아버지 땜에 자주 대전에 와야 하니까 그때마다 꼭 만나요. 정말 반갑네요. (영신에게) 우리 봉수는 아직 중학교 1학년 밖에 안 된 놈이 얼굴에 저렇게 여드름이 나서 벌건데 영신이는 어쩜 피부가 그렇게 곱고 흰하니!

잔잔한 음악.

#2. 우영신 교수 아파트 거실

텔레비전에 바둑 국수전이 펼쳐지고 있다. 서봉수와 조훈현이 바둑을 두고 있다. 그리고 우영신 교수가 그 영상을 시청하고 있다. 이때 영신의 아내 선혜가 과일을 들고 와서 영신 옆에 와서 앉는다.

선혜 (사과를 깎으며) 당신 어릴 적 친구라는 분 또 나왔네요! 저 분이 한국에서 고추장 바둑의 명인이라면서요?

영신 당신 고추장 바둑이라는 뜻이 뭔지나 알어? 저 친군 1970년에 프로바둑에 입단해서 1988년에 9단에 올랐고 바둑계에서는 최고봉인 명인, 왕위, 국기, 최고위, 제왕, 국수, 기왕 등의 타이틀을 몽땅 거머쥔 정말 바둑계의 제왕이야! 아주 천재지!

선혜 그런 친구를 둬놓고 왜 당신은 오목도 잘 못둬요? 저 분은 1994년에 국내 프로 바둑계에서 최초로 1,000승 고지에 오르는 대업을 이룬 분이시라면서요?

영신 당신 나 모르게 저 친구가 내 친구라고 하니까 공부 많이 했나보네! 저번에도 말했지만 이제 세월이 오래 지나서 그런지 저 친구 날 기억 못하더라구! 국민학교 1학년 때 헤어지고 중학교 1학년 때 다시 만났는데 우리는 서로 취

미생활이 달라서 그런지 대전에 와서 만날 때마다 우리는 헤어짐이 불투명했어!

선혜 헤어짐이 불투명 했다니요? 그게 무슨 말이에요?

영신 나는 그때도 영화를 좋아해서 봉수를 데리고 영화관에 갔는데 영화를 본 후 봉수는 늘 목척교 앞 목척기원으로 날 데리고 갔지. 하지만 그곳에만 가면 봉수는 어른들과 함께 몇 시간이고 바둑을 두곤 했어. 그래서 나는 나대로 교회도 가야하고 저녁에 신문도 돌려야 했기 때문에 봉수에게 간다고 인사를 하면 녀석은 듣는둥 마는둥 관심도 없이 친구의 존재도 잊은 채 바둑에만 몰두하는 바람에 나는 그냥 기원을 빠져 나오곤 했지.

선혜 아 그런 말이었어요?

#3. 다큐 영상

방송해설사의 내레이션 내용에 따른 다큐 영상이 비추며 내레이션이 들려온다.

방송해설사 (내레이션) 1980년대에는 일본에 거주했던 6명의 초일류 기사가 세계적으로 인정을 받았습니다. 이들을 약칭하여 "육초(六超)"라고 불렀는데 중국의 임해봉 그리고 일본의 오다케 히데오(大竹英雄), 가토 마사오(加藤正夫), 다케미야 마사키(武宮正樹), 고바야시 고이치(小林光一) 또 한국의 조치훈(趙治勳)이었습니다. 그리고 육초가 세계바둑계를 지배하던 시기를 가르켜 '육초시대'라 불렀습니다만 그 기간은 그리 길지는 않았습니다. 그러다가 1985년 네웨이핑(聶衛平)이 제1회 중일대항전에서 가토 마사오와 고바야시 고이치를 연이어 격파하며 '육초'의 벽을 넘어섰고, 그후 다시 제2회 중일대항전에서는 다케미야 마사키와 오다케 히데오를 격파했습니다. 또 1989년에는 조훈현(曺薰鉉)이 연속으로 고바야시 고이치, 임해봉, 네웨이핑을 꺽고 제1회 응씨배우승을 차지합니다. 이때부터 세계 바둑계는 한중일의 8명의 초일류고수들이 쟁패하는 시기가 되지만 바둑계와 방송이나 언론 매체에서는 '팔초'라는 말이 나오지 않았습니다. 왜냐하면 1992년에 이르러, 돌부처(石佛)라 불리우는 이창호(李昌鎬)가 돌연 등장하여, 제3회 동양증권배 결승에 올라 임해봉을 꺽고 세계 바둑계의 가장 젊은 우승자가 되었고 이어 1993년에는 한국의 고수들이 대폭발하여, 이창호는 동양증권배를 다시 차지하고, 야전사령관격인 서봉수가 예상을 깨고 조치훈과 오다케 히데오를 연이어 꺾으면서 제2회 응씨배에서 우승했기 때문입니다. 이어 유창혁이 나타나 조훈현을 잡으며 후지쯔배를 거머쥐면서 한국에서 한꺼번에 3명의 고수들이 나타나 세계의 주목을 끌게 되는데 이른바 이들 서봉수, 조훈현, 이창호, 유창혁을 가르켜 한국의 제1대 '사대천왕'이라고 부르게 됩니다.

#4. 다른 다큐 영상

이때 거리에서 "박 정권 하야, 악덕재벌 처단, 학원사찰 중지, 여야 정객의 반성촉구, 부정부패 원흉 처단" 등의 구호가 들려오면서 당시 다큐 영상이 비쳐진다.

#5. 대전제일장로교회 전경

교복을 입은 영신이 교회를 배경으로 교회 종탑을 바라보고 있다. 이때 "깰 때라"라는 성가 합창곡이 은은히 들려오는 가운데 어둠 속에서 우영신 교수의 목소리가 들려온다.

영신　(독백) 1965년 나는 드디어 중학생이 되었다. 그 전까지만 해도 이 세상에는 엄마와 나 단둘만이 존재하는 것으로 알고 살아왔는데 나에게도 친척들이 있어서 나와 엄마를 염려해주는 우씨 집안 친척들이 있다는 사실에 새삼 마음 한 구석에 은근히 든든함을 느끼게 되었다. 그리고 이른 사춘기에 들어서는 때라서 그런지 한층 성숙해지고 또 전과는 달리 성격이 밝아졌던 것으로 기억된다. 교회에서도 초등부에서 중고등부로 진급을 하게 되었는데 그때 우리 반을 정순량 선생님께서 담임을 맡으셨다. 선생님은 내가 초등부 4학년 때부터 계속해서 우리 반 아이들을 맡아오셨는데 선생님은 우리 반 아이들의 간청으로 중고등부 교사로 자리를 옮기셔서 중1 남자반을 다시 맡아주신 분이시다. 그때 내가 교회학교 학생부라고 부르는 중고등부로 올라와서 처음 활동하게 된 곳이 학생 성가대였다.

#6. 교회 안 성가대석

학생부 성가대원들이 성가연습을 하고 있다. 이때 영신이도 성가대 맨 앞줄에 앉아 성가대 지휘자의 지휘에 따라 노래를 부른다.

성가대 깰 때라 주의 아들 어둠 가고 밝은 빛 찾아오네 (일어날 때라)
깰 때라 주의 아들 겨울 가고 봄이 찾아오도다 (일어나도다)
일찍이 속히 일어나 함께 아침 아슬 내리기 전에
속히 일어나겠네

아침 해가 솟아오를 때 벌써 땀 흘리며 힘을 모아
전진하겠네
마음 드려 전진하겠네 앞을 향해 전진하겠네 주가 함께
계시리로다

깰 때라 일어날 때라 어둠 가고 밝음 찾아오네
일어날 때라
깰 때라 곧 자다 깰 때라 겨울가고 봄이 찾아오도다

때를 잃지 말고 깨어서 큰일을 하러 나가세
주가 항상 같이 계시니 근심 없도다 두렴 없이 전진하라
아멘

지휘자 자! 모두 잘했어요. 오늘 여러분에게 새로운 신입합창단원 둘을 소개하겠는데요. 이번에 중등부로 올라온 중1 남학생들입니다. 아직 변성기를 지나지 않아 남성적인 소리를

낸다는 것이 약간 불안하긴 하지만 곧 안정될 겁니다. 아마 4-5개월 정도? 암튼 선배 되는 여러분들이 많이 아껴주고 도와주세요! 테너 파트로 오게 된 신입단원, 자 환영의 박수!

일동 (환호와 함께 박수를 친다) 오! 우!

종대 안녕하세요? 저는 김종대라고 하는데요 저기 우리 김종운 형 동생이에요! (인사를 꾸뻑)

일동 (다시 박수)

영신 안녕하세요! 저는 종대 친구 우영신입니다. 중등부 남1반 입니다 (인사를 한다)

일동 (박수와 함께 여자단원들이 소리친다) 와우 와 너무 귀엽다!

지휘자 여기 종대는 우리교회 김대학 장로님 막내아들이고 여기 영신이는 어릴 때부터 죽 우리 교회를 다니고 있는 학생인데 아마 어머님이 집사? 아니 권찰이시라고 했나?

영신 아직 엄마는 초신자시라서 그냥 평신도예요.

지휘자 암튼 반갑다. 대부분 중1 정도면 여러 사람들 앞에서 긴장해서 말을 잘 못하는데 이 두 신사 양반들은 또박또박 자기 의사를 분명하게 표현하는 걸로 봐서 우리 학생성가대의 재목이 될 것 같습니다. 그럼 자 47페이지를 넘겨서 흑인영가곡 "깊은 강"을 펴주세요.

열심히 노래를 따라하는 영신이 모습이 클로즈업 될 때 우영신 교수와 유리와의 대화가 O.L 된다.

#7. 우영신 교수 자택 거실 소파

유리 어머 기특하셔라! 그 나이 또래 애들은 아직 철도 없고 무척 까불 나일 텐데 아버님은 그때 성가대에 들어가셨다구요?

영신 내가 어떻게 그 성가대를 들어가게 됐는지 지금 기억에는 없지만 암튼 나는 어렸을 때부터 예능에 남다른 소질과 관심이 있었던 것 같아! 미술은 뭐 특기생으로 뽑힐 만큼 남다른 회화능력이 있다는 평가를 이미 받았고 글 쓰는 것도 작문이나 시를 써서 제출할 때마다 글표현이 어른스럽다고 하면서 선생님이 칭찬을 해주셨거든. 그래서 그때 국어선생님이 김규환 선생님이라는 분이셨는데 내가 과제로 제출한 글을 꼭 다른 반 아이들에게 읽어주시곤 하셨어!

유리 예, 저희 학교 다닐 때도 어떤 국어 선생님이 꼭 그렇게 하신 분이 계셨어요! 옆 반에 어느 누가 쓴 글이라고 하시면서 읽어주셨지요. 그땐 그 애가 엄청 부러웠었는데… 아버님도 그러셨구나….

영신 또 그 선생님 덕분에 자주 학생 문예백일장 대회에도 나가서 여러 차례 상도 받았지. 그리고 음악도 국민학생 때는 당시 대전 KBS방송국이 지금 대흥동 옛 중구청 자리 우리들 공원터에 있었는데 그곳에서 어린이 공개방송이 있을 때마다 여러 번 출전해서 노래를 부르곤 했으니까!

유리 할머니께서는 아버님 때문에 그래도 사시는 보람이 있으셨겠어요!

영신 물론 지금 내가 커서 생각해보니 그러셨을 거지만 그 당시 어머니는 그런 나를 두고 항상 하시던 말씀이 그림 그리는 환쟁이들은 가난하게 살고 노래 잘하는 가수들은 팔자가 사납고 또 뭐라셨더라 그래 니가 면서기 될라고 그리 글 잘 쓴다는 소릴 듣는 기가? 하시면서 그런 내 재능을 늘 탐탁지 않게 여기시곤 하셨어!!

유리　어머나 웬일이야? 대부분 부모님들은 자식들보다 더 자랑하고 다니시던데…?

영신　아마도 생활이 어려우셨으니까 그리 하셨을지도 몰라. 옛날에 예능 하는 애들 집들은 대부분 부자였었거든. 그런데 우리는 그렇지 못했으니까 어머님 나름대로 염려가 되셔서 예방책으로 하신 말씀이셨을 거야!　암튼 나는 어렸을 때 얘기지만 예능적 소질이 있긴 있었던 것 같아. 그 어린 것이 음악, 미술, 문학, 연극, 영화 등에 관심이 무척 많았고 또 무척 좋아했었거든. 그런데 지금 생각나는 것은 중학교 1학년 때 뜻하지 않은 부끄러운 사고를 친 기억이 나는구나!

유리　네? 부끄러운 사고라구요?

영신　그래 어려도 한참 어린 나이였으니까

브리지 음악.

#8. 학교 교실 안

같은 반 급우인 동성이가 부르는 "불나비" 노래가 들리면서 1960년대 중학교 교실. 여러 명의 반 친구들과 영신이가 둘러앉아 동성이 노래를 듣고 있다.

동성	(모자를 삐뚤게 쓰고 두 손을 거머쥐고 몸을 흔들면서)
	얼마나 사무치는 그리움이냐
	밤마다 불을 찾아 헤매는 사연
	차라리 재가 되어 숨진다 해도
	아 - 너를 안고 가련다 불나비사랑
아이들	(박수를 치며) 앵코-올 앵콜!
동성	야! 아직 안 끝났어! (다시 눈을 지그시 감고 2절을 부른다)
	무엇으로 끄나요 사랑의 눈길 밤을 안고 떠도는
	외로운 날개
	한많은 세월 속에 멍들은 가슴
	아 - 너를 안고 가련다 불나비사랑
아이들	(박수를 치며) 박동성! 앵코-올 !
동성	캄사합니다. 캄사합니다. 그런데 신도극장에 이 〈불나비사랑〉이라는 영화가 들어 왔는데 우리 가서 안 볼래?
찬열	그거 연소자입장 불가잖어! 그런데 어떻게 볼 수가 있어?
동성	포스터 보니깐 김지미가 속옷 바람으로 창가에 요렇게 앉아 있고 신영균이 시커먼 안경을 쓰고 권총을 들고 있는데… 아 정말 멋져! 빨리 어른이 되고 싶어.
영준	나는 아는데!
아이들	(영준이에게 시선이 쏠리면서) 뭐! 안다구?
영준	그래 임마. 어른 되는 거 안다는 게 아니구 그 영화를 볼 수 있는 방법을 안다구 임마!
동룡	뭐, 진짜? 그게 뭔데? 응, 그게 뭐냐구?
영준	빠방을 트는 거야!
아이들	뭐 빠방?
영준	근데 있잖아. 만약 그거 하다가 들키면 기도 보는 주임아

저씨한테 엄청 두들겨 맞는다! 그래도 괜찮아?

동룡 만약 안 들키면?

영준 안 들키면 보는 거지! 불나비… 얼마나 사무치는 그리움
이냐! 짜자잔 짠! 있잖아. 니들 신도극장 옆으로 돌아가면
계단 있는 거 봤어?

찬열 아! 똥 누는데….

영준 짜슥 아네! 거기루 해서 삼층까지 올라가면 난간 바로 옆
으로 창문들이 있는데 그 옆에 있는 물받이통을 붙잡고 세
걸음만 조심해서 타고 가면 제일 가까운 창문이 있어. 근
데 그 창문은 항상 열려있거든 그래서 거기루 들어가면
돼! 그쪽은 영화 보는 양쪽 날개좌석이라서 사람들이 아
무도 없어! 대신 소리 내면 절대 안 돼!

동성 가자! 오늘 밤에

동룡 뭐 진짜 빠방 틀자구?

동성 그래 임마!

#9. 신도극장 옆 계단 창문

영신이를 포함한 친구들 조심스럽게 계단을 오른다. 이 장면에서 찬
열이가 똥을 밟는다. 모두 주변을 살피며 3층 창문 물받이통을 잡고
아슬아슬하게 난간을 타고 극장으로 빠방 트는 영상이 보이면서 우
영신 교수와 김 작가의 대화가 들린다.

영신 그날 밤 우리 다섯 명은 영준이가 일러준 대로 신도극장으
로 갔지! 그리고 그 동네아이들이 똥을 눈다는 그 계단을

지나 3층으로 갔어. 그리고 난간을 타게 되었지!

유리   어머나! 3층 건물 난간이라면 꽤 높았을 텐데 무섭지 않았어요?

영신   왜 무섭지 않았겠니? 난 너무나 무서워서 하나님께 기도를 했지! 하나님 저 여기서 떨어지지 않게 해주세요 하고 말이야! 그러면서도 한편으로는 이 녀석아 너 이거 죄짓는 일인데 기도가 나와? 하는 하나님 음성이 들려오는 것 같았어! 얼마나 무서웠다고.

유리   그래 모두가 무사히 그런 식으로 빠방인가를 틀어서 극장 안으로 들어들 갔어요?

영신   그때만 해도 모두 다람쥐 새끼들 마냥 날쌔고 겁도 없이 까불 때니까 나만 빼고는 모두 그깐 일들은 식은 죽 먹기였지 후후후.

유리   휴우… 그래서 재미나게 미성년자 불가인 영화를 실컷 보았겠네요? 그런데 참 나올 때도 그리로 나왔어요?

영신   아니야 더 들어 봐!

#10. 어두컴컴한 극장 안

아이들 넋을 놓고 영화에 몰두한다.

동성   (아주 작은 소리로) 야 진짜 죽여주는데….

영준   (작은 소리로) 근데 이게 무슨 냄새야? 똥냄새 아냐?

찬열   (작은 소리로) 나 아녀 새끼야! 왜 나를 쳐다보고 그래?

영준   (작은 소리로) 야 시키야! 너한테 분명히 나는데? 개새끼! 똥

밟았으면 들어오지 말았어야지 새끼야!

찬열 (작은 소리로) 아니라니까 이 새끼가 정말!

동룡 얌마 니 신발에서 냄새가 나는데두 계속 뺑깔래? 아휴 토할 것 같애!

영준 나두! 엑!

찬열 임마 내가 걸릴까봐서 존나 겁먹고 오느라고 똥 밟은 것도 몰랐단 말이야 새끼야!

동룡 개새끼 진작 자수하여 광명 찾지. 씹새!

이때 왼쪽 입구에 건장한 기도주임이 서 있다. 말없이 아이들을 향해 나오라고 손짓을 한다.

#11. 극장 내 간판 그리는 광고부 안

아이들 모두 무릎을 꿇은 채로 두 손을 들고 서 있다. 그 앞에 서서 겁주는 기도주임. 그리고 계속해서 대화내용과 같은 영상이 나타난다.

영신 (목소리) 어휴 말도 마라 그날 밤에 우리는 신도극장 내 극장간판 그리는 미술광고부라는 데로 끌려가서는 그 불독같이 생긴 험상한 기도주임한테 쌍소리를 들어가며 지독히 혼났지!

유리 (목소리) 〈우리들의 일그러진 영웅〉 같은 영화를 보면 그 시절에는 아이들이 그런 짓 하다 매까지 맞았다면서요?

영신 (목소리) 우린 다행히도 매는 맞지 않았어! 하지만 대신 기도주임 아저씨가 우리 이마와 양볼에다 페인트 붓으로 빠방이라는 글씨를 썼지. 그리고 극장 밖으로 쫓겨났어! 하하하.

유리   (목소리) 우리 시할아버지 하나님께서 ˮ이놈들ˮ 하셨네요. 호호호. 그리고는요?

영신   (목소리) 그리고 우린 극장 앞에 있는 목척교 다리 밑으로 가서 또랑물에다 얼굴을 씻으러 갔는데 페인트가 잘 지어지지 않는 거야! 참 혼났지! 그런데 말이다 유리야! 왜 그 시절이 그렇게도 그리운지 모르겠다. 너무나 오래된 시절 이야기라서 그 친구들이 지금 모두 어디서 무얼 하며 살고 있는지 모르지만 모두 같이 만날 수만 있다면 만나서 그때 이야길 하며 실컷 웃고 싶어! 지금이라면 그런 웃음이 보약이 될 것 같아!

유리   (목소리) 추억 그 자체가 보약이니까요! 그래서 그것이 엔딩인가요?

영신   (목소리) 아이구 말도 말아라. 우리도 그것으로 끝인 줄 알았는데 이 맘씨 나쁜 기도주임이 학교로 연락을 했던 모양이야!

유리   (목소리) 아이쿠 저런!

영신   (목소리) 우리 모두 다음날 학교 교무실로 불려가서 다시 벌을 서게 되었는데 학생주임 선생님으로부터 춘향전에 나오는 사또 곤장이라는 걸 처음 경험하게 되었지!

유리   (목소리) 사또 곤장이요?

영신   (목소리) 그래 사또 곤장! 큰 몽둥이로 얼마나 엉덩이를 맞았든지 애들이 모두 픽픽 쓰러졌어! 앙앙 울면서 말이지 그때는 왜 그렇게 학교선생님들이 걸핏 잘못하면 매로 다스렸는지 몰라? 지금 같으면 학부형들이 난리난리를 쳤을 거다. 아마!

#12. 보문중 뒤편 뚝가 잔디밭

사람들이 오가지 않는 곳이라서 모두 엉덩이를 까내리고 엎드려서 매로 후끈거리는 엉덩이를 식히고 있다. 이때 학생주임이 건네준 안티프라민으로 서로 돌려가면서 엉덩이에 약을 바른다.

동룡 영준이 저 새끼가 괜히 빠방 틀자고 해서… 시팔새끼.
영준 왜 나한테 시빌 걸어 새끼야! 저 찬열이 새끼가 똥 밟는 바람에 들켜서 그렇지!
영신 좀 조용히 해! 그러다 또 학생주임한테 걸리면 혼나!
동 성 엉덩이 식으면 또 교무실로 오랬지? 아, 존나 독한 새끼! 미술선생이 꼭 체육선생 같다니까!

#13. 보문중 3층 창문

3층 창문에서 학생주임이 아이들에게 소리친다.

학생주임 야 이노무 새끼들아! 약 다 처발랐으면 어서 바지 올리고 다시 교무실로 뛰어들 와!

#14. 보문중 뒤편 뚝가 잔디밭

아이들 허겁지겁 일어나 바지를 올린다.

영준 야! 동룡이 저 새끼 벌써 고추에 털 났다!
영준 아녀 새끼야! 풀 묻은 거야!

아이들 모두 깔깔대며 웃는다.

#15. 다시 학교 교무실

학생주임 이 새끼들 아까 창문으로 내다보니까 벌 받는 놈오 새끼들이 참새 새끼들처럼 아주 잘 놀더만! 수업 까먹고 벌 받으니까 좋대? 인제 갓 중학교에 들어온 놈들이 연소자 입장 불가인 영화를 보러가질 않나 또 그것도 몰래 숨어들어가서, 극장사람들한테 들켜서, 이렇게 학교 망신을 줘야겠어? 앙!
영신 선생님 잘못했어요. 한번만 용서해주세요! 다신 안 그럴게요!
아이들 예 잘못했어요!
학생주임 (영신에게) 너! 니가 우영신이지, 이리루 나와!

영신, 겁먹은 채 선생님 앞으로 다가간다.

학생주임 너 삼성국민학교에서 특기생으로 우리학교에 온 놈 맞지!

영신　　네!

학생주임　　그런 놈이 애들과 그런 짓을 해? 너만 남고 (아이들에게) 너
　　　　　　희 놈들 모두 일어나서 일단 교실로 가있어! 그리고 내일
　　　　　　까지 무슨 잘못을 했는지 자세하게 반성문을 써서 나한테
　　　　　　가지고와! 그럼 진짜 반성했는지 안 했는지 읽어보고 용
　　　　　　서를 하던 안 하던 할 테니까! 알았어? 빨리 교실로 가서
　　　　　　수업해! 어서!

아이들　　(선생님한테 꾸벅 인사를 하고 우르르 교무실 문을 열고 나간다)

학생주임　　너 우영신! 니가 어떻게 해서 우리 학교에 장학생으로 들
　　　　　　어 왔는지 알어? 내가 자세히 말해줄 테니까 오늘부터 학
　　　　　　교수업 끝나는 대로 미술실로 와서 그림 그려! 애들이랑
　　　　　　몰려다니지 말구! 알았어?

#16. 다시 여러 가지 영상

잔잔한 음악과 함께 옛 삼성국민학교와 미술 실기대회, 크레파스 등
여러 영상이 겹치면서 우영신 교수의 목소리가 들린다.

영신　　(목소리) 그날 나는 학생주임인 미술선생님으로부터 내가
　　　　어떻게 해서 보문중학교에 삼년 장학생으로 선발되었는
　　　　지를 듣게 되었다. 내가 육학년 때 미술실기대회에 나가면
　　　　남들이 다 가지고 있는 크레파스를 살 형편이 못되어서 그
　　　　냥 갈 때가 많았다. 그 사정을 아신 강신호라는 미술부 선
　　　　생님이 나보다 두 살 어린 4학년 이동영 이라는 애와 함께
　　　　짝지어서 그림을 그리게 했다. 그 아이가 가지고 있던 48

색 왕자 크레파스를 빌려 쓰도록 말이다. 그 아이는 참 귀여웠고 얼굴이 동글동글했는데 동영이도 나를 무척 따랐고 나도 슬쩍슬쩍 그 아이의 그림을 도와주곤 했다. 그런데 동영이가 자기 집에 가서 나를 가족들에게 자랑했던 모양이다. 그 아이의 아버지가 바로 한국 문학계의 거목이셨던 보문중학교 이재복 교장선생님이셨다. 이재복 교장선생님은 보문중학교 미술 선생님에게 나를 살펴보라고 하셨고 내가 다행히도 전국대회에서 최고상을 받게 되자 곧바로 삼년 장학금을 주고서 데려오라고 하셨다고 한다. 아! 하나님은 그렇게 내 가난을 도우셨고 나는 중학생이 될 수 있었던 것이다. 그런데 내가 친구들과 어울려서 그런 나쁜 짓을 했으니 우리 하나님 아버지께서 얼마나 실망하셨겠는가? 그날 나는 밤새 베개를 적실 정도로 울면서 반성을 했다. 다행히도 엄마는 내 우는 모습을 못 보신 모양이다. 그것이 부끄러운 사고였던 것이다.

음악이 서서히 up 되었다가 다시 천천히 F.O 되어 사라진다.

도완석 장편 시나리오

길 위의 초상 2

초판 1쇄 인쇄일 2022년 3월 15일
초판 1쇄 발행일 2022년 3월 20일

지 은 이   도완석
만 든 이   이정옥
만 든 곳   평민사
         서울시 은평구 수색로 340 〈202호〉
         전화 : 02) 375-8571
         팩스 : 02) 375-8573
         http://blog.naver.com/pyung1976
         이메일 pyung1976@naver.com
등록번호 25100-2015-000102호
ISBN   978-89-7115-823-4 03800
정 가   24,000원